テリ文庫

特捜部Q

—キジ殺し—

ユッシ・エーズラ・オールスン
吉田薫・福原美穂子訳

早川書房

7174

FASANDRÆBERNE
by
Jussi Adler-Olsen

Translated by
Kaoru Yoshida and Mihoko Fukuhara
Published 2013 in Japan by
HAYAKAWA PUBLISHING, INC.
This book is published in Japan by
arrangement with
JP / POLITIKENS FORLAGSHUS A/S
through TUTTLE-MORI AGENCY, INC., TOKYO.

特捜部Q

―キジ殺し―

登場人物

カール・マーク……………………警部補。特捜部Qの責任者
アサド………………………………カールのアシスタント
ヴィガ………………………………カールの妻
イェスパ……………………………カールの義理の息子
モーデン・ホラン…………………カールの同居人
ローセ・クヌスン…………………カールの新人アシスタント
マークス・ヤコプスン……………殺人捜査課課長
ラース・ビャアン…………………殺人捜査課副課長
ハーディ
アンカー　}……………………………カールの元同僚
ヨハン・ヤコプスン………………カールの同僚
キアステン・マリーイ・
　　　　ラスン（キミー）……ホームレスの女性
ディトリウ・プラム………………病院経営者
トーステン・フローリン…………人気ファッション・デザイナー
ウルレク・デュブル・
　　　　イェンスン………………株取引会社の経営者
クレスチャン・ヴォルフ…………船舶会社の元経営者
ビャーネ・トゥーヤスン…………「ラアヴィー殺人事件」犯人。服役中
フィン・オールベク………………私立探偵
ティーネ・カールスン……………麻薬中毒者。キミーの友人
カサンドラ・ラスン………………キミーの継母
コーオ・ブルーノ…………………寄宿学校の元生徒。キミーの元ボーイフレンド
カイル・バセット…………………寄宿学校の元生徒
クラウス・イェベスン……………寄宿学校の元教師

プロローグ

また、木々の梢の上空に銃声が響いた。

勢子《せこ》の呼び声が、はっきりと聞こえてくる。耳の奥で脈動が聞こえ、湿った空気を激しく吸い込んだ肺に痛みが走った。

行け、行け、進め、走るんだ、転ぶなよ。転んだら二度と立ち上がれなくなる。くそっ、くそっ、どうして手が自由にならない？　進め、さあ行け……ああ、ちくしょう……物音を立てるな。今の音、やつらに聞かれたか？　こんな形で、俺の人生は終わるのか？

枝が顔に当たり、血がひと筋流れた。血が汗と混ざる。

また銃声が響いた。ヒュン。今度は、矢の音が耳のすぐ近くを走り、滝のような汗が噴き出た。まるで湿布のように、汗が体を包んでいる。

あと一、二分で、やつらはやって来るだろう。

ちくしょう、手を後ろに縛られていて思うように動かせない。いったいどんな粘着テープ

を使ったんだ？

大きな音とともに鳥たちが突然、木々の上に飛び上がった。モミの木の深い森の、踊るような影がくっきりと見えてきた。あそこまで、あと百メートルといったところだろう。すべてが見えてきた。声もはっきり聞こえてきた。血に飢えたハンターたちだ。

やつらはどうするつもりだ？　銃で一発ずつか？　それとも矢か？　一発だけでさようなら、か？

いや、そんなことはないだろう。その程度で満足するやつらじゃない。あの畜生どもは、そんなに慈悲深くないはずだ。なにせ、銃や、よく手入れしたナイフを持っているのだ。それに、クロスボウの威力もよく知っている。

どこかに身を隠せる場所はないか？　引き返すべきか？　それで逃げ切れるのか？

地面をくまなく見ようと、あちこち歩き回った。しかし、粘着テープに目を覆われ、なかなかうまくいかない。何度もつまずいた。

もうじき俺の体は、やつらに痛めつけられる。あいつらは俺を大目に見たりはしないだろう。暴力があいつらを恍惚《こうこつ》とさせる。暴力によって、やつらは生きながらえるのだから。

心臓の鼓動が、痛いほど激しく打っていた。

1

コペンハーゲン中心地区にある歩行者天国、ストロイエを足早に通り抜けながら、彼女はナイフの刃先の上でダンスしているような気分だった。こうして外を出歩くのは、あまりにも危険だということはわかっている。くすんだ緑色のスカーフで顔を半分隠し、彼女は明るいライトで照らされたショーウィンドーの前を通り過ぎた。神経を研ぎ澄ませ、周囲を見渡す。自分の正体を知られずに他人の正体を見抜くこと。それが重要だ。自分の内なる悪魔を飼いならし、すれちがうすべての人を悪魔の手に委《ゆだ》ねること。それが大事だ。虚《うつ》ろなまなざしで彼女を避けていく人たちも。彼女の邪悪さを求める卑劣なやつらも。

キミーは、ヴェスタブロー通りを冷たく照らす街灯を見上げた。そしてにおいをかいだ。まもなく夜になり、冷え込んでくる。そろそろ冬支度をしなければならない。

それからキミーは、チボリ公園から帰る人々に紛《まぎ》れ、歩行者用信号のそばで止まり、駅のほうを見た。すると、ツイードのコートを着た女が横に立っているのに気づいた。女は目を細めてキミーをじろじろ見ると顔をしかめ、一歩離れた。実際はほんの数センチだったが、それで充分だった。

まあ待て、キミー！　怒りに襲われそうになったキミーの頭の片隅でアラームが点滅した。

女の頭からつま先までをゆっくり眺める。光沢のある薄いストッキングにハイヒール。キミーは唇に意地の悪い笑みがもれるのを感じた。強い蹴りをくらわせれば、女のか細い足首が折れるだろう。濡れた街路に倒れたら、クリスチャン・ラクロワのスーツだって汚れることもあるのだと思い知るだろう。この女にとってはよい教訓だ。

キミーは顔を上げ、女の顔をじっと見据えた。くっきりとしたアイライナー、鼻の上にはうっすらとパウダーが光り、カールした髪は美しくカットされている。かたくなで冷たいまなざし。なるほど、この手の女についてはよく知っている。キミーもかつてはそのひとりだったのだから。上流階級の思い上がった嫌な女。そのくせ、頭の中身は空っぽだ。キミーの昔の女友達もこんなふうだった。キミーの継母も。

どいつもこいつも我慢ならない！

それならなんとかしなよ！　キミーの頭の中で声がささやいた。**我慢することなんかない！　あんたのすごさを見せてやるんだ。さあ、ぐずぐずしないで！**

道の向こう側にいる浅黒い肌の少年の一団が、キミーの目に入った。少年たちが周囲をきょろきょろ見回してさえいなければ、四十七番のバスの真ん前へ、本当に女を突き飛ばしていただろう。バスが通り過ぎたあとに残る見事な血痕が、キミーの脳裏にはっきりと浮かんだ。轢《ひ》かれた女の体も。女の体から発せられる衝撃の波が、雑踏にどんどん広がっていく。なんという満足感！

だが、キミーは女を突き飛ばさなかった。人ごみの中にはいつだって、まわりを観察している者がいるものだ。それに、彼女の中の何かが、その衝動を押し留めた。それは、はるか昔に耳にした、あの恐ろしい音だった。

キミーは自分の腕をさっと鼻の下に持っていった。着ている服からひどいにおいがした。信号が青に変わると、キミーは道路を渡った。スーツケースのすり減った車輪が、キミーの横でゴトゴトと音を立てる。このスーツケースを使うのもこれが最後になるだろう。がらくたを捨てるときが来たのだ。

脱皮のときだ。

駅の売店の新聞スタンドに、一面が見えるように新聞が並べられていた。足早に通り過ぎる人や視覚障害者にとって、駅の構内のど真ん中に置かれたスタンドほど邪魔なものはない。紙面には、トップニュースの大見出しが躍っている。街中を歩いているときも、キミーはその見出しを何度も目にした。気分が悪くて吐きそうだ。

「豚どもめ」そうつぶやいたキミーは、新聞スタンドの前にさしかかると、まっすぐ正面を見て通り過ぎようとした。だが、やはり振り返って、大見出しの横にある写真を見ないではいられなかった。

写真がちらりと目に入っただけで、キミーの体は震え始めた。

写真の下にこう書かれている。「ディトリウ・プラムが百二十億クローネでポーランドの民間病院を買占め」キミーはつばを吐き、しばらく立ち止まって、体の震えが収まるのを待った。ディトリウ・プラムが憎い！ トーステンとウルレクが憎い！ 今に見ていろ！ 思い知らせてやる！ 三人ともだ。

再び歩き出したキミーの口からふっと笑いがもれた。それを見た通行人が、彼女に微笑みかける。お人よしの馬鹿ども。他人の気持ちがわかった気になるなんて。

ふいに、キミーは歩みを止めた。

少し先に、ドブネズミのティーネが立っていたのだ。そういえば、あそこはティーネのお気に入りの場所だった。前かがみのまま少しふらつきながら、汚れた手を前に伸ばしているティーネ。まったくあいつはどうかしてる。こんな雑踏で誰かが小銭でも恵んでくれると思ってるの。何時間も立っていたら、麻薬常用者なんだからぐったりくたびれるよ。哀れなやつ。

キミーはそっとティーネの後ろに回り、レーヴェントロウ通りへと続く階段へ向かった。だがティーネはとっくにキミーに気づいていた。

「キミーじゃないか！ ああ、キミーに会えるなんて！」背後から声がした。だがキミーは反応しなかった。公衆の面前でドブネズミのティーネに返事をするなんて時間の無駄だ。話したってどうしようもない。ベンチに座ったときにしか頭が働かないやつなのだから。

それでもキミーにとっては、ティーネが唯一我慢できる人間だった。

なぜかわからないが、この日、街中を吹く風は凍てつく冷たさだった。誰もが急いで家に帰ろうとしていた。黒塗りのメルセデス・ベンツのタクシーが、イステ通りを渡ったところにある駅の階段の前にエンジンをかけたまま列を成している。あれだけの台数が並んでいれば、あとで必要になったときにすぐ乗り込むことができるだろう。今の時点でキミーが知っておきたいことはそれだけだった。

キミーはスーツケースを引きずりながら、一階にあるタイ食品店へ向かって道路を渡った。店に入ると、窓際にスーツケースを置いた。以前、一度だけスーツケースを盗まれたことがあった。だが泥棒ですら出かける気にならないこんな天気の日に、そんな心配はいらないだろう。だいいち、盗まれたってかまわない。値打ちのあるものなど何も入っていないのだから。

十分間、キミーは駅前広場で待ち続けた。そして、ついにそのときが来た。ミンクのコートを着こみ、しっかりした車輪のついたスーツケースを持った上品な女性がタクシーから降りてきたのだ。とても華奢《きゃしゃ》な女性で、服のサイズは大きくても三十八だろう、とキミーは思った。キミーはサイズが四十の服を着ていたこともあったが、それも数年前までの話だ。路上生活をはじめて以来、太ることはなかった。

女性は駅のコンコースに入り、切符券売機のところで料金を調べている。その隙に女性のスーツケースを手に取ったキミーは、まっすぐ出口へ向かい、すぐにレーヴェントロウ通りのタクシー乗り場にたどりついた。

このやり方は、キミーにとってすっかり手馴れたものになっていた。

キミーは、列の先頭のタクシーの運転手に、スーツケースをトランクに積んでもらい、街を一周案内してくれるように頼んだ。

コートのポケットから紙幣を二枚取り出して「言うとおりにしてくれたら、二百クローネはずむわ」と言うキミーに、運転手が不審そうなまなざしを向けた。運転手の鼻がひくひくと震える。だが、キミーは見て見ぬふりをした。

これからキミーはどこかで新しい服に着替え、見知らぬ女の香りを身にまとい、一時間ほどしたら、さっきのタイ食品店に古いスーツケースを取りに戻るのだ。

着替え終わったキミーの姿を見たら、タクシー運転手の鼻はまったく違う震え方をするだろう。

2

ディトリウ・プラムはハンサムな男だ。彼もそのことを自覚していた。飛行機のビジネスクラスでたまたま出会った女性に、愛車ランボルギーニのことや、その車でロングステズにある別荘へ行く話をどれだけ自慢げに聞かせても、嫌な顔をされることはなかった。

今回、彼は、柔らかくて豊かな髪の女性に目をつけた。彼女は太い黒縁のメガネをかけ、近寄りがたい雰囲気をかもしだしている。まさにそこが彼を惹きつけた。

ディトリウは、女性に話しかけてみた。だが取りつく島もない。原子力発電所を逆光で撮った写真が一面に載った《エコノミスト》誌を勧めてみたが、彼女は手で断わる仕草をした。

ディトリウは次に、キャビン・アテンダントにドリンクを持ってこさせたが、彼女はそのドリンクに手をつけなかった。やがて、ポーランド中西部ポズナンの空港を出発した飛行機は、定時にコペンハーゲン・カストロップ国際空港に着陸した。貴重な七十分間が無駄に終わろうとしている。

こういうとき、ディトリウは凶暴になる。

ターミナルのガラス張りの通路をまっすぐに急いだ彼は、動く歩道に着く直前に生《い》け贄《にえ》を見つけた。動く歩道のほうによたよたと歩いてくる老人がいたのだ。

ディトリウ・プラムは足を速め、まさに老人が動く歩道に片足を乗せようとする瞬間にたどり着いた。ディトリウの脳裏に、ある光景がはっきり浮かんだ。こっそりと伸ばした自分の足。老人の骨ばった体がアクリル樹脂のガラスにぶつかり、ガラスにこすり付けられた老人の顔のメガネがずれる。老人は、あわてて体勢を整えようとする。

ディトリウ・プラムの足がうずいた。彼はそんな人間だった。彼の友人たちも同じだ。罪のない者を痛めつけることは、彼らにとって称賛すべきことでもなければ、恥じ入ることでもない。幼少のころから慣れ親しんできた、いわば習慣なのだ。ディトリウは、飛行機の馬鹿な女のせいで、老人がひどい目にあうのも当然だと思っているのだ。あの女はこの老人と家に帰ればいい。一時間後には、老人のベッドでいっしょに寝ればいい。あんな女はそうするべきなのだ。

バックミラーにストランムラ・ホテルが映り、きらめく海が目の前に広がった。そのとき、携帯電話が鳴った。ウルレクからだった。

「数日前に彼女を見かけたらしい」とウルレクが言った。「ベルンストルフ通りの、駅に向かう横断歩道だ」

ディトリウは車のMP3プレイヤーを止めた。

「本当か？　正確にはいつのことだ？」

「先週の月曜日。九月十日、夜の九時ごろだ」

「それでどうしたんだ？」

「トーステンと俺とで現場に行ってみたが、彼女は見つからなかった」

「トーステンもいたのか？」

「ああ。わかるだろう？　あいつはたいして役に立たない」

「結局、誰が彼女を見つけたんだ？」

「オールベクだよ」

「そうか。で、彼女はどんな格好だったって？」

「服装はかなりまともだったらしいぜ。昔より痩せたとか。それと、くさかったたって話だ」

「くさかった？」

「ああ、汗と小便の臭いだよ」

ディトリウはうなずいた。汗と小便の臭いがするとは、キミーにとって最悪の状況だ。数ヵ月、いや数年間失踪しているというだけでも、彼女にとっては最悪なはずなのに。いや、彼女の本性は測り知れない。いつまでたっても見えてこなかった彼女の本性が、あるとき突然、おそろしくはっきりと見えた。キミーは、彼らの人生においてもっとも危険な存在といえる。唯一、本当に危険になりうる存在なのだ。

「今度こそ捕まえろ。ウルレク、わかっているだろうな？」

「おいおい、わかってるから電話したんだぜ」

3

コペンハーゲン警察本部の地下室に着いたとたん、カール・マークは、夏も休暇もついに終わってしまったのだと観念した。特捜部Qのオフィスは暗かった。カールは明かりをつけた。デスクの上に積み上げられた書類の山が目に飛び込んでくる。カールは思わず、回れ右をして部屋から出て、後ろ手にドアを閉めたくなった。この混沌《カオス》の真ん中に、アサドがグラジオラスの花束を生けてくれたのも、なんの救いにもならなかった。花束は、そこそこ広い通路をふさぐほど大きかったが。

「おかえりなさい、ボス！」カールの背後で声がした。

振り返ると、アサドの澄み切った茶色い瞳と目が合った。細いこげ茶色の髪が相変わらずぼさぼさだ。アサドの全身からエネルギーがあふれ、闘いのリングに再び上がるのが待ちきれないといった様子だ。やれやれ。

「これはまた！」アサドは上司のよどんだ目に気づいて言った。「休暇から戻ったところだなんて信じられないような顔じゃないですか」

カールは首を振った。

「休暇なんてあったかな」

三階の連中は、また引っ越したようだ。警察の構造改革なんて、くそくらえだ。そのうち、GPSがなければ殺人捜査課課長マークス・ヤコプスンのオフィスさえ見つけられなくなるだろう。留守にしていたたった三週間に、五人も新顔が増えている。五人とも、まるで宇宙人でも見るような目でカールを見た。こいつはいったい誰だ？

「カール、君にいい知らせがあるんだ」ヤコプスンが言った。カールはライトグリーンのガラス板が貼られた壁に目を走らせた。新しいオフィスは、最近読んだレン・デイトンのスパイ小説に出てくる緊急会議室と手術室とを混ぜ合わせたように見える。あちこちから、写真に撮られた死体のよどんだ目がじっと見下ろし、壁には色とりどりのカードや図表や行動計画表が、乱雑に貼られている。どれもこれも気分を滅入らせるには効果抜群だ。

「いい知らせですって？」

カールは上司のヤコプスンの向かいにある椅子に座った。

「ノルウェーからもうじき客が来るんだ、カール。前にも一度話しただろう」

カール・マークは、重いまぶたの奥からけだるげにヤコプスンを見た。

「オスロ警察のお偉いさんたちが視察に来るんだよ。前にも話したよな。とにかく、もうじき五、六人がやって来て、特捜部Qを見たいそうだ。来週金曜の十時だ。わかったな？」

そう言うとヤコプスンは微笑み、「楽しみにしています、と伝えてくれだとさ」と付け加えてカールにウィンクした。

アサドとふたりだけでノルウェーからの客を引き受けろというわけか。

「この機会に、君のチームを強化したよ。ローセという名の女性だ」

カールは思わず椅子から立ち上がった。


上司の部屋を出たカールの眉は憤《いきどお》りでつり上がっていた。よく、悪い知らせにはいい知らせがついてくると言う。だが、そんなの嘘っぱちだ！　仕事を始めて五分も経たないうちに、秘書課の見習い生の教育係と、ノルウェーから来る山ゴリラの一団の案内役をいちどきに引き受けなくてはならなくなったのだ。

「俺のところに上の階から来るっていう新人は、いったいどこです？」

カールは、いつもと変わらず秘書課のカウンターの向こうに座っているサーアンスンに尋ねた。

だがサーアンスンは、キーボードから目を上げようともしなかった。カールは、カウンターを軽く叩いた。このくらいしないと、話もできないのだ。

そのとき突然、誰かに肩をつつかれた。そして、「ローセ、ここにご本人がいらっしゃるわよ」というリスの声が背後から聞こえた。「紹介するわ。この人がカール・マークよ」

振り返ると、唖然とするほど顔の似ている女性がふたり立っていた。黒という色はこんなふうに活用できるものなのか、とカールは思った。真っ黒の髪は不ぞろいなベリーショート、目は真っ黒のアイライナーで縁取りして、服装も黒。なんて陰気くさいんだ。

「リスじゃないか、いったいどうしたんだ？」

秘書課でいちばん有能なリスは、以前は見事なブロンドだった自分の黒髪をなでた。そして、さっと微笑んで言った。

「素敵でしょ？」

カールはゆっくりとうなずいてから、もうひとりの女性を見た。塔のように高いハイヒールを履いている。女性は、魅力的な微笑みを浮かべてカールを見つめていた。それからカールは、もう一度リスのほうを見た。ふたりは間違えそうなほどよく似ている。

「こちらがローセよ。とっても前向きで魅力的なのよ。一、二週間、この秘書課に活気をもたらしてくれたわ。これからはあなたに任せるから、彼女の面倒をよくみてあげてね、カール」

反論の言葉を数えきれないほど頭に浮かべながら、カールはマークス・ヤコプスンのオフィスに駆け込んだ。だが二十分後には、事態はもう変えることができないのだとあきらめざるをえなかった。新人が来るまでの猶予はたった一週間。一週間後には、あの若い女を地下で引き受けなければならない。これまで事件現場を立ち入り禁止にするための道具が保管してあった部屋が、これからは彼女の仕事部屋になる。カールの部屋のすぐ隣だ。その部屋はすでに片付け、掃除して家具も入れてある、とマークスが言った。とにかく、ローセ・クヌスンは特捜部Qの新メンバーに就任したのだ。

「ローセ・クヌスンは警察学校で最優秀の成績を修めたのに、自動車運転免許の試験には落ちたらしい。君も知ってのとおり、どれだけ有能でも、運転免許がすんなりとれないんじゃあ、たいした仕事は任せられないよな。それと、ローセは捜査中に少々過敏に反応する傾向があるようだ。だがなんとしてでも警察で働きたかったから秘書の仕事を覚えたらしい。これまでの一年間は、コペンハーゲンの中心地区のシティ署にいた。それからここ数週間は、休暇中のサーアンスンの代理で働いていたが、サーアンスンはようやく休暇から戻ってきた」

マークス・ヤコプスンはそう言うと、形がくずれたタバコの箱をくるくると回転させた。

カールは、殺人捜査課課長がどうして自分にローセ・クヌスンの面倒をみさせる気になったのかはあまり興味がないものの、こう尋ねた。

「でもその新入りをなぜ、シティ署に送り返さなかったのか、きいてもいいですか？」

「なぜって、内部で何かまずいことがあったようだが、私たちには関係のないことだ」

「わかりました」まずいことだって？　何やら物騒じゃないか。

「とにかく、君には秘書ができたってことだ、カール。彼女はよく働くぞ」

ヤコプスンは誰のことでもそう言うのだ。

「彼女、感じがいいじゃないですか！」地下室の蛍光灯の下で、アサドはカールを元気づけようとした。

「彼女はシティ署で何かまずいことをやらかしたらしい。そんなやつのどこが感じがいいんだ？」

「何かまずいこと……？　面白そうじゃないですか」

「ふざけてる場合じゃないんだ、アサド」

アサドは、はいはいとうなずき、自分で入れたハッカの香りの飲み物をひと口飲んだ。

「それと聞いてくださいよ。休暇中に任されていたあの事件のことですけどね。あれから先に進められませんでした。思い当たるところは全部探してみたんですが、この事件の資料はすべて、上の階の引っ越し騒ぎで、どこかに消えてしまったんです」

カールは顔を上げた。どこかに消えてしまっただって？　そんなことがあるか！　まあいい。それならそれで、今日のような日でも、まだいいことがあったというわけだ。

「ええ、すべて行方不明です。だから代わりに、この地下にある書類の山に少し目を通しました。そうしたら、これを見つけましたよ。とても興味深い事件です」

そう言うと、アサドはカールに黄緑色の書類ファイルを渡した。それからカールの目の前に立ったまま、期待に満ちたまなざしでカールを見た。

「俺がこの書類に目を通しているあいだ、ずっとそこに突っ立ってるつもりか？」

「はい、そうです」アサドは言って、手に持っていたカップをカールのデスクの上に置いた。

カールは頬をふくらませ、ファイルを開きながら、ゆっくりと息を吐いた。

古い事件だった。それもかなり昔だ。正確には一九八七年の夏。カールが仕事仲間と聖霊降臨祭のカーニバルを見物するためにコペンハーゲンに立ち寄った夏だ。あの日、赤毛の若い女の子が、カールにサンバを教えてくれた。彼女はその夜、ずっと踊り続け、ふたりは公園の茂みに敷いたブランケットの上で夜を締めくくった。カールが二十二歳のときだ。彼がこの日ほどピュアだったことはない。

一九八七年の夏は、本当にいい夏だった。カールがヴァイレ市からコペンハーゲンのアントーニ通りの派出所に転属させられた夏だ。

この連続殺人事件は、そのカーニバルのおよそ二カ月後に起きたはずだ。たしか、あのサンバダンサーの赤毛の女の子が、ほかの男に心変わりした時期だ。そう、まさにカールが、コペンハーゲンの狭い街路で、初めて夜のパトロールを行なっていたころのことだ。おかしなことに、カールはこの事件のことをまったく覚えていなかった。それは本当に奇妙な事件だった。

十八歳と十七歳の兄妹が、身元も確認できないほど暴行され、ラアヴィーにある別荘で発見されたのだ。デュプスーからそう遠くない場所だ。特に少女のほうがひどく痛めつけられていた。何度も殴られて、痛みに苦しみ、相手の攻撃から身を守ろうとしたようだ。そうとわかる特有の傷跡が残っていた。性的暴行はなし。

カールは、検視報告書をもう一度読んでから、新聞の切り抜きに目を通した。記事は少ないが、目立つように太い文字で見出しがつけられていた。

「死ぬまで殴られる」と、《ベアリングスケ》紙の見出しにはあり、硬派の新聞にしては珍しく遺体の状態が詳細に記されている。

ふたりの遺体は暖炉のある部屋に横たわっていた。妹はビキニ姿、兄は裸だった。兄は片手に半分空《から》になったコニャックのボトルを握りしめていた。後頭部を狙った一撃が致命傷となったらしい。その凶器は後に、フルナスーとデュプスーのあいだの荒地の藪《やぶ》の中から発見された。釘抜き付きハンマーだった。

動機は不明。それでもすぐに、寄宿学校の少年グループに容疑がかけられた。少年たちは、そのなかの一人の親が所有する、フルナスーの近くの大きな別荘に滞在し、地元の音楽バー〈デン・ルンデ〉で、何度も騒ぎを起こしていた。地元の少年たちが、何度か彼らにひどい暴行を受けたのだ。

「容疑者が誰だったのかが書いてあるところまで読みましたか？」

カールは眉間にしわを寄せてアサドを見上げた。はっきりした否定の顔だとわかったが、それでもアサドは話し続けた。

「もちろん読みましたよね。報告書からは、容疑者の少年たちの父親たちがみんな裕福だったことがわかります。でも、黄金の八〇年代って言うのでしたっけ？あの時代は誰もがよく稼いでいたって言いますよね」

カールはうなずきながら記事を読み続けた。やっと、アサドが話している箇所までたどりついた。

アサドが言ったとおりのことが書いてある。父親たちはそろいもそろって有名な人物ばかりだった。当時だけではなく、今でも有名だ。カールは寄宿学校の少年たちの名前をもう一度読み返した。理解しがたいことに、世界的に有名で大金持ちなのは、父親たちばかりではなかった。少年たち自身も、今では有名になっている。裕福な家に生まれ、さらに名を上げたというわけだ。その中には、数々の民間病院を経営する、ディトリウ・プラムや、国際的に名高いファッション・デザイナーのトーステン・フローリン、コペンハーゲン株式市場のアナリストで株式ディーラーのウルレク・デュブル・イェンスンの名があった。デンマークの出世街道の最前線にいる連中だ。すでに亡くなった船舶会社代表のクレスチャン・ヴォルフの名もあった。しかしあとふたり、その中に入らない者がいた。キアステン・マリーイ・ラスンもこの有閑富裕階級に属していたが、現在は、誰も彼女の居所を知らないという。また、兄妹殺人の犯行を認めて服役中のビャーネ・トゥーヤスンは、ただひとりみじめな人生を送っている。

キアステン・マリーイ・ラスンのところまで読み終わると、カールは書類を机の上に放り投げた。

「それでですね、なぜこの事件の書類がここにあるのか、まったく理解できないんです」

アサドは言った。いつもならアサドはここでにっこりするはずなのだが、今日はなぜか微笑まなかった。

カールは首を横に振った。

「俺にもわからんよ。この事件で男がひとり服役中。男は容疑を認めていて懲役刑だ。さらに悪いことに、男は自首している。この事件について、いったい何が未解決だっていうんだ？　完全に終わっている」

カールはパシッとファイルを叩いて、もう一度「捜査終了！」と言った。

「ううむ」アサドは下唇を嚙んだ。「でも、この男は、事件の九年後になってようやく自首しているんです」

「だからなんだ？　肝心なのは、やつが自首したってことだ。殺人を犯したときはまだ十八歳だった。年齢を重ねるうちに、やましい気持ちが積もり積もって安眠できなくなったのかもしれない」

「アンミン？」

カールはため息をついた。

「〝心にやましさがなければ安眠できる〟ということわざがあるんだ。やましい気持ちってのは、月日がたってもなくならないものなんだよ、アサド。むしろその逆だ」

アサドの心に、何かが引っかかった。

「シェラン島のニュクービング警察とホルベク警察が、この事件の合同捜査を行ないました。機動部隊も加わりました。でも誰が私たちのところにこの書類を送りつけたのか、まったくわからないんです。わかりますか？」

カールは書類ファイルの表紙を見た。

「いいや。どこにも書かれていない。奇妙といえば奇妙だ」

捜査ファイルを送ってきたのが捜査を担当した両警察ではないのなら、いったい誰なのだ？　そもそも、すでに判決が下された事件をなぜいまさら取り上げろというのだろう？

「これと何か関係があるんでしょうか？」アサドがきいた。

アサドはファイルのページをめくっているうちに、税務署の書類を見つけたのだ。カールに渡されたその書類の表紙には「年度末決算」と記され、作成者はビャーネ・トゥーヤスンとなっている。居住地はアルバッツロン町にあるヴリズスルーセリレ刑務所。少年と少女を殺害した罪で服役している男だ。

「見てください！」アサドは、株の売買という項目に記載された巨額の数字を指差した。

「これ、どう思います？」

「トゥーヤスンが裕福な家の生まれで、今はマネーゲームをする充分な時間があるんだろうよ。そしてどうやらうまくいったらしいってことさ。何が言いたいんだ？」

「カール、このビャーネとかいう男は裕福な家の生まれじゃないんですよ。寄宿学校に通っていた生徒の中で、唯一の奨学生です。ここを見れば、他の者とはかなり違っていることがわかりますよ。見てください」

そう言ってアサドはページをめくった。

カールは片手で頬杖をついた。

休みが明けたとたんにこれか。
本当に、休みが終わってしまったのだ。

4

一九八六年　秋

高等部二年生の六人は、それぞれとても違っていた。しかしひとつだけ共通点があった。授業が終わったとたん、森の中の踏みならされて自然にできた道に集合し、どんなに大雨の日でも、そこでマリファナを吸ったことだ。吸引道具はすべて木の洞《うろ》の中に隠してあった。用意しておくのはいつもビャーネの役目だった。タバコの銘柄はスィースィルで、マッチに巻き紙、そしてネストヴィズで調達できるもっとも良質のマリファナがそろっていた。金はいくらかかってもいい。

六人は身を寄せ合って立ったまま、素早く二、三回吸い込んだ。深く吸いすぎてもいけない。瞳孔でばれてしまうほど強くラリってはいけないのだ。

彼らにとって重要なのは、恍惚状態になることではなかった。大事なのは、自分で判断して決めるということだ。権威的な存在は徹底的に無視すること。寄宿学校のできるだけ近くでマリファナを巻いたジョイントを吸う。こんなすごいことがあるだろうか。

彼らはマリファナを回して吸っては、教師をあざ笑い、教師にどんな仕打ちをしてやるかを空想し、互いに自分の空想のほうが勝っていると言い合った。

秋のある日、クレスチャンとトーステンの息がニンニクの大きなかけらを十個食べてもごまかせないほどマリファナ臭くなったことで、周囲にばれそうになった。まさに、危機一髪だった。それからは彼らはマリファナを吸うのではなく、食べることにした。

その日以来、彼らは本格的にエスカレートしていった。


マリファナをやっている現場を目撃されたとき、六人は川べりの茂みの近くにいた。頭の中がとても軽くなった気がして、さんざんふざけまわっていた。木の葉の霧氷が溶けて、頭の上に滴《しずく》を垂らしている。

突然、ひとりの下級生が茂みの後ろで立ち上がり、彼らと真正面から目が合った。明るいブロンドの点取り虫と言われている、いまいましい小さな模範生だ。生物の時間に見せられるようなカブトムシをつかまえに来たのだ。

ところが彼は、虫の代わりに、クレスチャンがマリファナの吸引道具を木の洞に隠すところを見てしまった。トーステン、ウルレク、ビャーネ、キミーは、ハイになって笑いころげている最中だった。ディトリウに至っては、両手をキミーのブラウスの中に突っ込んでいた。いつものように。

「寮長さんに言いつけてやる」その少年は大声で言ったが、上級生たちの笑い声が突然静まり返ったことにはすぐに気がつかなかった。機転がきき、敏捷《びんしょう》で、普段から人を挑発するのが好きな子だった。だからいくらでもその場から逃げ出すことができたはずだ。彼らの動きもそれほどまでに緩慢になっていたのだから。しかし足元の草が密に茂っているうえに、少年は彼らにとってあまりに危険な存在になっていた。少年の逃げ道はもうなくなっていた。学校を退学になったら、いちばん困るのはビャーネだ。少年に見つかるとすぐに、クレスチャンの後ろに隠れたほどだ。そのビャーネが最初に殴りかかった。

「うちのお父さんは、その気になれば、いつだって君のお父さんの会社ぐらいつぶせるんだぞ。知ってるだろ？　だからやめろ。そうしないと痛い目にあうぞ！　すぐに僕を放せ！」

少年は大声を出した。

一瞬、クレスチャンたちは躊躇《ちゅうちょ》した。目の前にいるこの少年には、今までも多くの同級生が頭にきていた。この子の父親も叔父も姉も、この寄宿学校の卒業生だ。学校に定期的に大金を寄付している一族だと噂されている。ビャーネが頼りきっている奨学金の出所なのだ。するとクレスチャンが前へ出た。彼はそんな経済的な問題とは無縁だった。

「黙っていれば、二万クローネやるよ」

「二万クローネだって！　お父さんにたった一回電話するだけで、その倍の額がもらえるよ」少年はそう言って、クレスチャンの顔につばを吐いた。

「このチビが！　ふざけやがって。ひと言でも話したら、ぶっ殺すぞ！」

クレスチャンが一発殴ると、少年は切り株に激しくぶつかって倒れた。肋骨が二、三本折れる音が聞こえた。

彼は地面に横たわり、痛みにあえいでいた。しかしその目はいまだに、反抗的な光を放っている。今度はディトリウが近づいた。

「おまえを絞め殺したっていいんだぜ。それとも川に頭を沈めてやろうか？　二万クローネでおまえを逃がしてやってもいい。誰にも言わないならな。今から寄宿学校に戻って、転んだって言えば、みんな信じてくれるさ。さあ、この間抜け野郎、どうする？」

しかし少年は、地面に横たわったまま返事をしなかった。

するとディトリウは彼に近寄り、じっと見た。次第に興奮してきたディトリウは、突然腕を振り上げて、少年を殴るふりをした。だがまだ反応しない。するとディトリウは、いきなり平手で彼の頭頂部を思いきり叩いた。少年はびっくりして縮みあがった。ディトリウはもう一度殴った。最高にいい気分だ。ディトリウはにやにや笑った。

後日、ディトリウは、あれが生涯で初めて味わった恍惚状態だったと語っている。

「俺もやる」いちばん背の高いウルレクが、ショックを受けている少年にぐいと近寄った。

ウルレクの拳《こぶし》は少年の頬骨に醜い痕を残した。

キミーは少し嫌がったものの、突然、茂みにいた鳥たちがすべて飛び去ってしまうほどの笑いの発作に襲われた。それからはすっかり平気になり、キミーも下級生をいじめるのが楽しくなった。

彼らはその少年を学校に連れて行き、救急車を呼んだ。初めのうちこそ少し心配したが、少年は沈黙を守った。そして二度と学校に戻らなかった。父親が香港《ホンコン》に連れて行ったという噂が流れたが、本当かどうかはわからない。

二、三日後、彼らは森で一匹の犬を捕らえ、殴り殺した。引き返す道はもうなかった。

5

三枚の豪奢《ごうしゃ》な窓に、〝カラカス〟と建物の名前が書かれた壁。この建物は、もともとはコーヒーの取引の成功で建てられた別荘だった。

ディトリウ・プラムは、この建物の価値を即座に見抜いた。対《つい》になった柱がそこかしこに立ち、アイスグリーン色のガラスが多用されている。エーレスンド海峡を臨《のぞ》む広大な芝地には屋外プールがつくられ、未来派の彫刻が置かれている。ロングステズの海岸地域に最新の民間病院の環境を整えるのには、この上なく理想的だ。専門は顎顔面外科と形成外科になるだろう。さして独創的とはいえないが、この二つの科は法外に儲《もう》かる。ディトリウ・プラムにとっても、ディトリウのもとで働く多くのインド人医師や、東欧出身の医師にとってもだ。

ディトリウには兄がひとりと妹がふたりいる。父親は、一九八〇年代に株式投機と公開買い付けによって財を成した。四人は、父の莫大な遺産を手に入れ、ディトリウがそれを巧みに管理した。ディトリウの〝王国〟にはすでに十六の病院があった。さらに四つの病院が準備段階にある。彼は、豊胸手術やフェイス・リフティングの分野で、北欧全体で落とされる金の少なくとも十五パーセントを手中に収めたいという野心をもっていた。実際、それを成し遂げるための最短の道を歩んでいた。ドイツの黒い森《シュヴァルツヴァルト》より北にいけば、自然に逆らえない老化現象をディトリウ・プラムの手術台の上で修正してもらおうとする裕福な女性がごまんといる。

ディトリウは輝かしい成功を収めつつあった。

だが、気がかりなことがひとつだけあった。十年以上、キミーの存在が脳裏から離れないのだ。もういいかげんにしてくれ。

ディトリウ・プラムは、机の上に少し斜めに置かれているモンブランの万年筆をまっすぐに直した。それから、何度も見ているブライトリング製の腕時計をもう一度見た。

まだ時間がある。オールベクが来るのは二十分後、ウルレクは二十五分後だ。トーステンが来るかどうかはまったくわからない。

ディトリウ・プラムは立ち上がった。ベッドが並ぶ病棟や手術室の前の黒檀の廊下を歩いて行く。誰かとすれちがうたびに愛想よく丁寧に会釈《えしやく》した。全員が、ディトリウこそがこの場所でもっとも重要な人物だと認めているのだ。それから一階の厨房へと続くスイングドアを押し開けた。ここからは、アイスブルーの空とエーレスンド海峡のすばらしい眺めが見える。

自分から手を差し出して調理師と握手しながら、ディトリウは相手が困惑するほど褒《ほ》めちぎった。そして調理補助員たちの肩をポンポンと叩きながら、洗濯室へと消えた。

ベレンスン・テキスタイル・サービス社にベッドのシーツやカバーの洗濯を依頼したほう

が安くつき、仕事も早いことを彼は知っていた。だが、病院内に洗濯室を置くことには、洗濯以外の目的があった。多少のコストの違いなど、どうでもよい。重要なのは、いつでも洗い立てのシーツやカバーが使えることではなく、洗濯室にフィリピンから来た六人の若い女がいることだった。洗濯以外の面倒をみてもらおうと雇ったのだ。

ディトリウが洗濯室に入ると、浅黒い肌の若い女性たちが彼の視線にびくっとした。彼はいつものようにそれを楽しんだ。それから手近の女を捕まえた。女はびっくりした様子だったが、ことの手順は知っていた。女性たちの中でいちばんウェストが細くて胸が小さな女だったが、いちばん経験豊かだった。彼女が"見習い"として勤めていたのは、マニラの売春宿だったからだ。今、ディトリウが彼女にたいしてしようとしている行為は、マニラで彼女がされていたことに比べたらたいしたことではなかった。

女はディトリウのズボンを脱がせると、ためらうことなくペニスを口に入れた。女がディトリウのものを舐め、腹をなでているあいだ、ディトリウは女の肩や上腕を叩いた。

ここの女たちとやるときは、ディトリウは決して射精はしない。彼は別の形でオーガズムに達する。女を叩くのと同じリズムで、アドレナリンのポンプがフル稼働する。たちまち、彼はアドレナリンで満たされる。

ディトリウは体を離し、女の髪をつかんで引っぱり上げた。それから舌を女の口の中に深く押し込み、ズボンを脱がせて指を女の性器に突っ込んだ。ようやくディトリウが女を突き放し、女が床に倒れたときには、ふたりとも十二分にくたびれていた。

ディトリウは服装を整えて、女の口に千クローネ札をねじ込み、愛想のよい微笑みをたたえながら洗濯室を出た。来週も毎日、このカラカス病院に来ることにしよう。女たちは、なぜここで雇われたのか、もうわかっている。

この日の午前、私立探偵オールベクは、とにかくひどい格好をしていた。ディトリウのぴかぴかに磨き上げたオフィスとは対照的だ。ひょろりと背が高く痩せた探偵の様子から、彼がひと晩中コペンハーゲンの町を歩き回っていたことが、誰の目にも明らかだった。

「おやおや、どうしたんだ、オールベク？」

ディトリウの隣に座ったウルレクが、会議用テーブルの下で足を伸ばしながら低い声で言った。

「失踪したキアステン・マリーイ・ラスンについて、何か新しい情報は？」

オールベクと話すときの最初の言葉はいつもこれだな、とディトリウは思いながら、パノラマ窓の向こうで次第に濃い灰色になっていく海を見渡した。

いまいましいこの一件が解決してくれたらどれだけ嬉しいか。キミーの思い出に四六時中、頭を悩ませずにすめば、どんなにいいだろう。キミーをついに捕まえて消すことができたなら。どうやってキミーを消すかは、まだこれからだ。

私立探偵は首筋を伸ばし、あくびをかみ殺そうとした。

「キミーは二、三回目撃されています。見たのは、駅で靴の修理や合鍵をつくっている男です。キミーはキャスターのついたスーツケースを引きずるようにして歩いていたそうです。最後に目撃されたときは、タータンチェックのスカートをはいていました。チボリ公園近くにいた女が言ったのと同じ格好です。ただし聞いたかぎりでは、キミーが駅に来るのは定期的ではないようです。そもそもキミーが定期的に何かをするなんてことはないですがね。あのあたりにいた連中全員に聞き込みをしましたよ。駅員にも警察官にもホームレスにも店員にもね。何人かは、キミーの存在をよく知っていましたが、キミーがいつもどこで過ごしているのかはわかりません。それと、誰も彼女の正体を知りません」

「キミーが次に現われるまでに、駅を昼夜見張るチームを用意する必要があるな」

ウルレクはそう言って立ち上がった。長身だが、キミーのことを話題にしているときは実際よりも小さく見えた。彼らの中で本気でキミーに惚《ほ》れていたのはウルレクだけだったのかもしれない。キミーと寝ることができなかったのはウルレクだけだということが、いまだに尾を引いているのだろうか？　ディトリウ・プラムは今までに何度も自問したことを思い、微笑んだ。

「四六時中見張れですって？　そんなことしたら、莫大な金がかかりますよ」オールベクが言った。

「金など問題じゃない！」ディトリウ・プラムは大声で言った。探偵の頭に何かを投げつけてやろうかと思ったが、椅子の背に体を預けた。

「いいか！　金についてえらそうな口を叩くな。全部でいくらになるんだ？　二万、いや三万か？　おまえとこうしてここに座り、おまえのばかげた時給について話しているあいだに、ウルレクと俺がどれだけ稼げたと思うんだ？」

そう言うとディトリウは万年筆をつかんで、オールベクに向かって投げつけた。目を狙ったが、当たらなかった。

オールベクの痩せた姿がドアの向こうに消えると、ウルレクはモンブランの万年筆を拾い上げ、ポケットに入れた。「床に落ちているものは、自分のものにしていいんだよな」そう言って笑った。

ディトリウは返事をしなかった。いつか、ウルレクが二度とそんな真似ができないようにしてやる。

「トーステンから連絡は？」ディトリウがきいた。

ウルレクの顔から生気が消えた。

「ああ、今朝、アイルストロプへ出発したそうだ。あいつの別荘がある場所だ」

「今ここで起きていることを、あの男はどうでもいいというのか？」

ウルレクは「さあね」と言って、フォアグラ料理が得意な料理人を家に雇い入れたせいで幅広く肉付きのよくなった肩をすくめた。

「トーステンは今、あまりノリがよくないのさ、ディトリウ」

「まあいいだろう。それなら俺たちでこの件を片付けるだけのことさ。そうだろ？」

ディトリウ・プラムは奥歯を噛みしめた。トーステンはいつか、神経がすっかりまいってしまうかもしれない。そうなると、トーステンはキミーと同じくらい危険な存在になるだろう。

ウルレクがディトリウをじっと見ていたが、ディトリウは気づいていなかった。

「トーステンには何もしないだろうな？」

「するわけがないだろう。相手はトーステンじゃないか」

一瞬、ふたりは猛獣のようににらみ合った。顎を引いて相手の目の中を探る。ディトリウは、頑固さという点ではウルレクに勝てないことを知っていた。ウルレクの父親は株式市場の分析を行なう研究所を創設したが、父親に影響を与えたのはウルレクだった。ウルレクが何かにこだわったら、最後には彼の意図したとおりになる。そのためならどんな手でも使うやつだからだ。

「わかったよ、ウルレク」ディトリウが沈黙を破った。「まずはオールベクが仕事を片付けるのを待つ。それからどうするか考えよう」

ウルレクの顔つきが変わった。

「キジ狩りの準備は整っているか？」

今度は子どものように熱心な声だった。

「ああ、ベント・クルムが頭数をそろえた。木曜の朝六時にトラーネケーア・ホテルに集合だ。また地元の有力者たちを招くことになったよ。もっともこれで最後にするがね」

「狩りのための計画が何かあるんだな」ウルレクが笑って言った。

ディトリウはうなずいた。「ああ、サプライズもある」

ウルレクの顎の筋肉が動いた。興奮すると我慢ができない。それがウルレクの本性だ。

「どうする、ウルレク？　いっしょに来て、下の洗濯室の小柄なフィリピン人たちの様子を見るか？」

するとウルレクは顔を上げた。目を細めている。こうした誘いに乗るときもあれば、乗らないときもある。ウルレクの行動はまったく予測がつかない。彼の女の好みは、あまりにもつかみどころがないのだ。

6

「リス、この書類がどこから俺のデスクに運ばれてきたのか、知ってるか？」

リスはカールが手に持っている書類ファイルを一瞥《いちべつ》し、ぼさぼさに見える新しいヘアスタイルの髪をつまんで引っぱった。その口角が下がったのは、おそらく「知らない」という意味なのだろう。

カールは次に、サーアンスンにファイルを差し出した。

「サーアンスンさん、どうです？　何か知ってますか？」

サーアンスンが最初のページにざっと目を通すのに五秒とかからなかった。

「あいにく知りません」サーアンスンは言って、勝ち誇った目をした。カールが問題を抱えていると、いつもそんな目になる。

殺人捜査課副課長のラース・ビャアンもヤコプスンも、各捜査課の課長ですら、その書類の出所をよく知らなかった。まるで書類に足が生えて、ひとりでにカールの机までたどりついたかのようだ。

「ホルベク署に電話しましたよ」アサドが小さな仕事部屋から大声で言った。「彼らが知るかぎり、書類ファイルは資料保管室に置かれている決まりだそうです。でも時間ができたら、決まりどおりだったかどうかすぐに確認してくれるそうですが」

カールは机の上に足を上げた。

「それで、シェラン島のニュクービング警察はどうなんだ？」

「ちょっと待っててください。電話してみます」

アサドはプッシュホンの番号を押しながら、故国の物悲しい歌を口笛で吹いた。まるで歌を逆再生して吹いているように聞こえた。なんてへたくそなんだ。

カールは掲示板を見上げた。そこには四種類の新聞の一面が貼ってあった。感動するほど調和の取れた形に並べてある。ミレーデ・ルンゴー事件は見事に解明された、とどの新聞も意見が一致しているようだ。特捜部Qが七年間監禁されていた女性議員を解放して、輝かしい成功を収めたのだ。これまで未解決の〝特別な重要性をもつ事件〟を捜査する、カール・マーク部長率いる新設の捜査部だ。カールは自分のくたびれた手を眺めた。力が入らなくなったこの手は、出所がまったくわからない三センチもの厚さがある書類ファイルを一冊持つことすら難しい。〝成功〟という言葉を見て、むしろ気がめいった。

カールはため息をつき、書類ファイルを開いて、もう一度この事件の概要に目を通した。

少年と少女が殺害された。残忍な方法で。容疑者のほとんどが富豪の子どもだ。九年後にこのグループのひとりが警察に名乗り出て、罪を告白した。彼らの中でただひとり哀れな人生を送っているともいえるその犯罪者トゥーヤスンは、あと三年もすれば出所してくるだろう。特筆すべきは、彼が刑務所内でも株の売買で莫大な金を稼ぎ、出所時にはそれを手にすることだ。そもそも、そんなことが許されているのだろうか。刑務所にいながら株の取引をするなんて。

カールは尋問記録のコピーを再び注意深く読んだ。ビャーネ・トゥーヤスンの裁判記録にはさっと目を通しただけだったが。どうやらトゥーヤスンは、事件前まで被害者のことを知らなかったようだ。彼自身は何度もこの兄妹と会ったことがあると主張したにもかかわらず、裏づけはとれなかった。書類からは、むしろ逆のことが浮かび上がっているのだ。

カールはもう一度、ファイルの表紙を見た。〝ホルベク警察署〟と書かれている。なぜニュクービング署の機動部隊が書類の作成にあたらなかったのだろう？　もしかするとニュクービング署の者たちでは、被害者に近すぎたのか。あるいは力不足だったのか。

「おい、アサド」カールは通路の向こう側へ声をかけた。「ニュクービング署に電話して、署の誰かが被害者と直接の知り合いだったか、きいてみろ」

アサドの小部屋からは返事がなかった。もごもごとつぶやく声だけが聞こえた。

カールは立ち上がり、アサドの部屋に向かった。

「アサド、ニュクービング署で誰かが……」

アサドは手で待ってください、という合図をした。電話している最中だったのだ。「ええ。はい。ええ」受話器を握ったアサドは十回ほど、単調なトーンで、ええ、はい、の返事を繰り返した。

カールは重い息を吐き出し、ぼんやりと部屋じゅうを見回した。アサドの棚に写真立てが増えている。年配の女性がふたり写った写真が、ほかの家族写真と場所を奪い合っている。女性のひとりは、唇の上に濃い産毛が生えており、もうひとりは髪があちこちに向かってはね、まるでオートバイのヘルメットのようにふくらんでいた。

アサドが受話器を置くと、カールは写真を指差した。

「ハマにいる叔母です。髪がたくさんあるほうは、もう亡くなっていますけどね」

カールはうなずいた。外見からして、順番が逆だったら驚くところだ。

「それで、ニュクービング署の者はなんと言っていた？」

「あちらからは書類ファイルを送っていないそうです。そもそもそんな書類を受け取ったことがないっていうんです」

「なんだって？　書類には、当時、ニュクービング署も捜査に関わったとあるぞ」

「それが実は違うんです。ニュクービング署が検視を担当して、その後はほかの警察が引き継いだらしいんです」

「妙だな。ニュクービング署に、被害者と個人的な関係があった人物でもいたのか？」

「イエスとノーです」

「イエスとノーって、どういうことだ」

「つまり、被害者のふたりは、ある警部の子どもたちだったんですよ」アサドは自分のメモを指でなぞりながら言った。「その警部とは、ヘニング・P・ヤーアンスンです」

カールの脳裏に、暴行を受けた少女の姿が浮かんだ。殺害されたのがわが子だなんて、警察官にとってこれほどの悪夢があるだろうか。

「ひどい話だ。だからこそ、俺たちがこの事件を洗い直す必要があるってわけか。どうやら個人的にこの事件に関係している者が、裏で動いているな。それにしても、どうしてイエスとノーなんだ？」

アサドは座っている椅子の背にもたれかかった。

「シェラン島のニュクービング署には被害者の親族はもういないから、そう言ったんですよ。遺体の発見直後、被害者の父親はニュクービング署に戻りました。そして当直勤務中の同僚たちに挨拶をすると、真っすぐ武器庫に向かい、職務用のピストルをきっちりここに当てたそうです」

アサドは二本の短い指で、自分のこめかみを示した。

警察の構造改革の結果は、おかしなことだらけだった。各部署の名称が変わり、職員の肩書きも資料保管室の場所も変わった。同僚のほとんどはこの騒動のなか、自分の足場を失わないようにするのに大わらわだった。この機を利用して早期退職する者も、あとを絶たなかった。

以前は、警察官にとって年金生活に入るのはさして嬉しいことではなかった。引退した警察官の余命は、平均で十年にもならないと言われている。警察官よりひどいのはジャーナリストだ。ジャーナリストのほうが酒を飲みすぎるからにちがいない。死ぬからには、それなりの理由があるのだ。

カールも、年金生活者になってから定年一周年を祝う前にあの世に召された刑事を知っている。しかし、ありがたいことにそんな時代はもうおしまいだ。それどころか、刑事だってそれまでとは別の世界も見たいし、孫たちの高校卒業パーティーにも出席したいのだ。いまや多くの警察官が、配置換えと第一線での任務からはずれることを希望していた。今、カールとアサドの目の前にいるクレース・トメースンもそのひとりだ。ニュクービング警察を退職した、腹がだぶだぶの元警察官。退職後の生活が話題になると、トメースンはうなずきながら、あの紺色の制服は三十五年間も着れば充分だよ、と言った。

「家内ともだいぶうまくやれるようになったよ」トメースンは言った。

その言葉に悪気がないのはわかっていたが、カールの胸はちくりとした。カール・マークには表向きはまだ妻がいる。だが、とっくにカールの元を去っていた。妻を取り戻そうとすれば、とがった顎ひげをたくわえた妻の若い愛人が乗り込んでくるにちがいない。

どんなことを想像しようと、今となっては意味がない。

アサドは、大きな窓から見えるスティーンルーセ村とクレース・トメースンが手入れをした芝生を取り囲む草原を眺め、いかにも感動したという声で言った。

「すばらしいところにお住まいですね」

「トメースンさん、私たちとお会いくださって感謝しています」カールが言った。「現役警察官のころのヘニング・ヤーアンスンを知っている人が、もうあまりいないもので」

クレース・トメースンの顔から笑みが消えた。

「ヤーアンスンは、最高の同僚で、友人でもあったんだ。私たちは当時、家が隣同士でね。だからこそ、あの事件後、妻と引っ越したんだよ。あの後すぐヤーアンスンの奥さんが精神を病んでしまってね、私たちはもうあそこに住みたくなかったんだ。思い出すだけでもつらいよ」

「ヘニング・ヤーアンスンがあの別荘に着いたときには、よもや事件現場だとは知らなかったというのは本当ですか？」

トメースンはうなずいた。

「別荘の隣の住民が、うちの署に連絡してきたんだ。ヤーアンスンに挨拶をしに行こうとして、殺害された子どもたちを発見したんだよ。すぐに分署に電話をかけてきた。あのとき、電話を受けたのは私だった。あいつはあの日、非番だったんだ。ただ、息子と娘を迎えに行こうとしただけさ。すると自分の別荘の前にパトロールカーが停まっていて、警察官がいた。子どもたちにとっては、夏休みが終わり、次の日から新学期が始まるはずだった」

「つまりヤーアンスンが到着したときには、すでに警官がいたというわけですね？」

「ああ。鑑識と捜査課長もいた」そこでトメースンは首を横に振った。「捜査課長ももう生きちゃいない。交通事故で亡くなったんだ」

アサドはバッグからノートを取り出すとメモを取り始めた。カールは、アサドはきっとあっという間になんでも自分でやれるようになるだろうと思った。なかなか楽しみじゃないか。

「別荘の中はどんな状態でしたか？　ざっとでいいんですが」

「窓やドアはどこも大きく開いていて、複数の人間の足跡がついていた。靴は見つからなかったが、犯行現場に落ちていた砂の出所は、あとで特定されたよ。容疑者の両親の部屋のテラスにあった砂だ。私たちが暖炉の部屋に入ると、ふたりの遺体が床に横たわっていた」

トメースンはソファーに腰掛け、カールとアサドにも、座るように身振りで伝えた。

「あの少女の姿、できることならあんな光景は早く忘れたい。わかるだろう？　あの子のこと、前から知っていたんだから」

トメースンがそう言ったとき、白髪まじりの妻がコーヒーを運んできてカップに注いだ。アサドは結構ですと断わったが、彼女は無視した。

トメースンは話を続けた。

「あんなに殴られた痕のある遺体を見たのは初めてだ。あの子はとても小柄で華奢だった。あんなに長い時間暴力を受けて、どうやってもちこたえていたのか、いまだにわからん」

「どういうことですか？」

「遺体解剖の結果、犯人たちがあの子を置いて出て行ったとき、彼女はまだ生きていたことがわかった。おそらく一時間程度だが。肝臓からの出血が腹に溜まっていた。死因は失血死ってことだ」

「ということは、犯人たちはかなりのリスクを冒したということですね？」

「そうとも言えん。何しろ、あの子の脳は損傷が激しく、生き延びたとしても口で何かを説明するのはとても無理だっただろうから。見ただけですぐわかったよ」

トメースンは顔を背《そむ》けて、草原を見た。カールにその気持ちが伝わってきた。広い世界を見渡すことによって、陰惨な情景の記憶を消してしまいたいのだ。

「犯人たちはそれも承知していたと？」

「そうだ。あんなふうに頭蓋骨折していたら当然だよ。珍しいことに前頭の中央を骨折していたんだから」

「少年のほうはどうだったんですか？」

「隣に横たわっていた。驚いたような、でも平穏な顔つきでね。あの子もとてもいい子だった。よく家に呼んだり、パトロール中にもばったり出くわしたりしたものだ。父親のような警官になりたがっていたな」

そう言って、トメースンはカールをまっすぐに見た。かつてのベテラン警察官がこんなにも悲しそうな目をすることは、めったにないだろう。

「そこに父親が来て、すべてを見てしまったのですか？」

「残念だが、そういうことだ。ヤーアンスンは子どもたちの遺体をすぐに連れて帰りたがった。絶望して現場を歩き回ったため、当然のことながら多くの痕跡が消えてしまったがね。だから私たちは、力ずくでヤーアンスンをあの別荘から追い出さなければならなかった。そのことを今でも心底悔やんでいるよ」

「それから、この事件をホルベク署に任せたんですね？」

「いや、そうじゃない。取り上げられたんだ」

そう言うと、トメースンは妻を見てうなずいた。テーブルの上には、いろいろな食べ物が置かれている。

「クッキーはいかがです？」

だが、その言い方はむしろ、いいえ、結構ですと断わって早く帰ったほうがいい、と思わせるような響きだった。

「ということは、あなたがあの書類を私たちのところに送ったわけですか？」カールはきいた。

「いいや」そう言ってトメースンはコーヒーをひと口飲み、アサドが取っているメモを見た。

「だが、あの事件が再捜査されるのは喜ばしいことだ。あのいまいましい連中、ディトリウ・プラムとトーステン・フローリン、それにあの株式仲買人をテレビで見るたびに、はらわたが煮えくりかえる思いだからな」

「誰が犯人なのか、あなたにははっきりわかっているということですね？」カールが言った。

「間違いない」

「有罪判決を受けたビャーネ・トゥーヤスン、あいつはどうなんですか？」

机の下でトメースンの足が寄木張りの床に弧を描いていたが、表情は穏やかだった。

「裕福な家庭で育った六人のちんぴらども。あいつらが全員でやったんだ。間違いない。ディトリウ・プラムとトーステン・フローリンとあの株式仲買人、それからやつらが連れ歩いていた少女だ。ビャーネ・トゥーヤスン、あのろくでなしのチビも、その場にいたにちがいない。でも、やったのはあいつら全員だ。それからクレスチャン・ヴォルフ、六人目の仲間さ。やつも、心臓発作のような単純な死に方をしたわけじゃない。ヴォルフが怖気《おじけ》づいたから、やつらが消したってところだろう。殺人さ。あれも、やつらの仕業にちがいない」

「私が知るかぎりでは、クレスチャン・ヴォルフは狩りの最中に事故で死んだそうですが、そうじゃなかったということですか？　自分で大腿部を撃ち、出血多量で死んだと報告書には書かれていましたが。狩り仲間で、そのときヴォルフといっしょにいた者はひとりもいなかったと」

「そんなのは真っ赤な嘘だ。あれは殺人だ」

「そこまで確信されるからには、何か根拠があるのですね？」アサドは手を伸ばし、クッキーをひとつつまんだ。でも、決してトメースンから目をそらそうとしなかった。

クレース・トメースンは肩をすくめた。警察官の直感だよ、おまえみたいな助手に何がわかるんだ、とでも思ったのだろう。

「ふうむ。でも、ラアヴィー殺人事件について、何か特別なことはないですか？　例えばほかの事件とは違うこととか？」アサドは続けた。

クレース・トメースンは、クッキーの皿をアサドの近くへ寄せながら「ないと思うがね」

と答えた。

「いったい誰が？」アサドはクッキーの皿を押し戻して言った。「いったい誰がこの先、私たちの力になってくれるのでしょう？　それがわからないなら、この書類はまたもとの書類の山に戻すしかありません」

驚くほど独断的な発言だ。

「ヘニングの奥さんの居所を探してみろよ。マータ・ヤーアンスンだ。彼女にきいてみるといい。子どもたちが殺害されて夫が自殺したあとに、捜査員の家に強引に何度も押しかけたらしい。マータにあたってみなさい」

7

上空に、灰色の霧が漂っている。クモの巣のように張り巡らされた鉄道線路の向こうで、もう何時間も郵便局の黄色い車が行ったり来たりするエンジン音がしている。キミーの住処《すみか》を揺らす近郊列車《エストー》は、通勤する人々ではちきれんばかりの満員だ。

まったくいつもどおりの一日の幕開けになりそうだった。キミーの内面で悪魔たちが動き出している以外は。悪魔は、まるで高熱にうなされたときに見る幻覚のようだ。災《わざわ》いを告げ、脅かし、言うことをきかない。厄介だ。

キミーは一瞬ひざまずき、悪魔の声がやむようにと祈った。しかし今日は、キミーよりも強い力が勝手に動き出しているようだ。そこで、簡易ベッドの横にあるボトルからウィスキーをごくりとひと口飲んだ。

アルコールが内臓に浸みこむと、キミーはスーツケースをここに置いていくことに決めた。憎しみ、嫌悪、憤怒《ふんぬ》の感情があまりに重く、もうこれ以上の荷物は運べない。

次はトーステン・フローリンの番だ。トーステンは、いまやリストのいちばん上にいる。クレスチャン・ヴォルフが死んで以来、ずっとそうだ。

キミーはキツネのようなトーステンの顔を、写真週刊誌で見たことがあった。トーステンは、改装して何かの賞を受賞したというガラス張りの現代建築の前で誇らしげに立っていた。その建物は、旧自由貿易港敷地内のインディアカイ通りにあるトーステンのファッション専門ビルだ。そしてキミーはまさにそこで、トーステンに現実を見せつけてやるつもりだった。

背中が痛くなってきたので、キミーはみじめな簡易ベッドから体を動かし、自分のわきの下のにおいをかいだ。汗のにおいはまだつんとくるほどではなかった。フィットネスクラブの風呂に入りに行くのはもう少しあとでもいいだろう。

キミーは両膝をさすった。それから簡易ベッドの下に手を伸ばし、小さな箱を取り出してふたを開けた。

「いい子ね、よく眠れた？」と言いながら、キミーは一本の指で小さな頭をなでた。その毛の柔らかさ、まつげの長さには、毎日驚かされる。キミーは、もう一度その小さな子に愛情深く微笑みかけ、注意深くふたをして、箱をまた簡易ベッドの下にしまった。一日の中で、もっともすばらしいと思える瞬間だ。

服の山の中から、キミーはいちばん暖かいタイツを引っぱり出した。天井の防水シートに、警告するようにカビのしみが出ていたからだ。今年の秋の天気は変わりやすい。

キミーは準備が整うと、用心しながら小屋のドアを開けた。それから鉄道の線路を真っすぐにじっと見た。キミーと、ほぼ四六時中大きな音を立てて通過する近郊列車の車列とのあいだは一・五メートルも離れていなかった。

誰にも彼女の姿は見えなかった。

キミーは小屋から素早く出ると、ドアに鍵をかけ、コートのボタンをとめた。鉄道の従業員がたまにしか見にこない鋼灰色の変圧器室のまわりを、キミーはぐるりと歩き、さらにアスファルト舗装された小道へと進んだ。この道は、インガスリウ通り沿いのフェンスの出入口に続いていた。キミーはフェンスの扉の鍵を開けた。

この扉の鍵を手に入れることが、ずっとキミーの夢だった。はじめのころは、デュブルスブロー駅からフェンスの脇の砂利の上を歩くしか、線路沿いの自分の小屋に戻る方法がなかった。それには、人目のない夜中でなければならない。だからキミーはいつも、黄色い煉瓦の小屋を出るまで、三、四時間しか眠れなかった。誰かに見られてしまったら、すぐにここを追い出されるだろう。こうして、夜がキミーの友になった。そんなある朝、キミーはインガスリウ通りへ続くフェンスの扉に、札がかかっているのを見つけたのだ。札には〈グネボ・ルーイストロプ・フェンス株式会社〉と書かれていた。

キミーはフェンス会社に電話をかけ、デンマーク国鉄資材課のリリ・カーステンスンと名乗った。そして扉の前の歩道で、錠前師と落ち合う約束をした。キミーはきれいにアイロンがけしてある紺色のスーツを着た。これなら鉄道会社の管理職だと思われるだろう。合鍵二本と請求書を受け取り、その場で現金で支払った。それ以来、キミーはいつでも通りたいときにこの扉を通ることができるようになった。

充分に気をつけ、悪魔が彼女をそっとしておくあいだは、何も心配はなかった。

ウスタポアトに向かうバスの中で、キミーは人々の張りつくような視線を感じていた。自分がぶつぶつとひとり言を言っているのはわかっている。**やめてよ、キミー！** と心の中で叫んだが、いまいましい口は従おうとしなかった。

キミーは何度か自分の言葉に耳を傾けた。まるで別人が話しているようだ。実際、この日のひとり言はまるで別人の言葉だった。キミーは、小さな女の子に微笑みかけてみたが、女の子は顔をしかめて目をそらした。それだけひどいひとり言だったのだろう。

背中に刺さるような視線を受けながら、キミーは目的地より手前の駅で降りた。**バスに乗るのはこれが最後だ**、と彼女は自分に誓った。バスの中では他人との距離が近すぎる。近郊列車のほうがまだましだ。

「ずっとましだ」キミーは声に出して言い、ストーア・コンゲンス通りを見下ろして様子をうかがった。歩行者も車もほとんどいない。頭の中の声も、ほとんど聞こえなくなった。

キミーがインディアカイ通りの建物にたどりついたのは、昼休みが終わったあとだった。トーステン・フローリンが所有しているらしき駐車スペースを確認すると、車はなかった。

彼女はハンドバッグのふたを開け、中をじっと見た。パレス映画館のロビーで、手鏡を熱心にのぞき込んでいた若い女から盗んだバッグだ。

キミーは手榴弾を脇に押しやり、バッグからタバコを出して火をつけた。〝喫煙は心臓疾患の原因となります〟と、箱に書いてあった。

キミーは声をあげて笑い、煙を深く吸い込んだ。寄宿学校を追い出されたときからずっとタバコを吸っているが、心臓はいまでも申し分なく動いている。心臓発作で死ぬようなことは、絶対になさそうだ。

たたずむこと一、二時間。タバコの箱はすっかり空《から》になり、キミーの足元の歩道の敷石の上には、踏み消された吸殻が散らばっている。若い女がひとり、ガラスのドアから軽やかに出てきたので、キミーは女の腕をつかんだ。

「トーステン・フローリンはいつ来る？」

若い女は黙ったまま、拒むような目でキミーを見た。

「知らないの？」キミーは力を込めて女の腕を揺さぶった。

「離してよ！」若い女は大声で言い、両手でキミーの片腕をつかんでねじろうとした。

キミーはぎゅっと目を閉じた。力ずくで引っぱられるのは嫌だ。返事をしない女は嫌だ。女の視線も嫌だった。だから空いているほうの手を滑《なめ》らかな動きで振り子のようにぶらぶらと動かし、腰から勢いをつけて、女の頬骨を拳で殴った。

若い女はへたへたとくずおれた。いい気分と嫌な気分が交錯した。こんなことをしてはいけない。わかってはいるのだ。

キミーはショックを受けている女の上にかがみこんだ。

「もう一度きくわ。トーステン・フローリンはいつ来る？」

女が三度目の「知らない」という返事をすると、キミーはくるりときびすを返し、その場を立ち去った。ここにずっといて、誰かに見られていてはいけない。それはよくわかっていた。

スケルベク通りにあるジェイコブス・フルハウス食品店の角の削れたコンクリートの前で、キミーはドブネズミのティーネに出くわした。ティーネは〝季節のきのこ〟という特売の札の下で、ビニール袋を手に立っていた。化粧はとっくにはがれ落ちている。ティーネが裏通りでフェラチオをしてやる客たちは、はじめのうちこそ濃いアイラインと赤い頬紅を見ることができるが、あとのほうの客は、化粧が落ちた顔で我慢しなければならない。今、目の前にいるティーネは口紅を塗りたくった状態で、服の袖には精液を拭き取ったあとがついていた。ティーネの客たちはコンドームを使わない。つけるように要求しようと思えばできたはずだ。まだ要求できるうちにしておけばよかったのだ。

「おやまあかわいいキミーちゃん。会えるなんて嬉しいよ！」ティーネは言い、骨ばった足でキミーに近寄ってきた。「あんたを探してたんだよ、キミー」ティーネは、ちょうど今火をつけたタバコの灰を振り落とした。「中央駅であんたのことをかぎ回ってるやつらがいるよ。知ってたかい？」

そう言うとティーネはキミーの腕をつかんで通りを渡り、カフェ・ユアサの脇にあるベンチのほうへ引っぱっていった。

「このごろどこにいるんだい？　すごく会いたかったよ」ティーネはビニール袋からビール

を二本、取り出した。

ティーネがビールの栓を開けているあいだ、キミーはフィスケトーウェズ・ショッピングセンターのほうを見ていた。

「誰が私のことをかぎ回ってるって？」そう言いながら、キミーはティーネが差し出したビールを押し戻した。ビールを飲むのは田舎者だけだ。家では、そうしつけられてきた。

「男が二、三人さ」ティーネはキミーに差し出したビールをベンチの下に置いた。ティーネはベンチに座るのが好きだ。片手にビール、バッグにはお金、黄色い指でいつもタバコを挟んでいる。ティーネはそうやって生きている。

「詳しく教えてよ、ティーネ」

「キミーったら、あたしの頭がザルみたいだって知ってんだろ？　クスリのせいさ。これはただ上にのっかってるだけで、全然働かないのさ」ティーネは人差し指で自分の頭をトントン叩いた。

「でもあたしは何もしゃべらなかった。ただ、あんたが誰かなんてちっとも知らないね、って言っただけだ」ティーネは笑い出した。

「あいつら、あたしにあんたの写真を見せたんだよ」そう言うと、ティーネは首を振った。

「あんなに洒落《しゃれ》てたんだねえ、キミー」

ティーネはタバコの煙を深々と吸い込んだ。

「あたしにもきれいなときがあったよ。きれいだって言ってくれた男もいた。あいつの名前は……」ティーネは空を見上げた。名前なんか忘れてしまった。

「私のことをきいてきたやつって、ふたり以上？」キミーは言った。

ティーネはうなずき、ビールをもうひと口飲んだ。

「ふたりだよ。でもいっしょに来たんじゃない。ひとりは真夜中、駅が閉まる直前だった。朝の四時ごろかな。心当たりがあるのかい、キミー？」

キミーは肩をすくめた。心当たりがあろうがなかろうが、どうでもいいことだ。とにかくふたりだということはわかった。

「いくらだ？」

頭上から声がした。キミーの目の前に人影が立っていたが、キミーは反応しなかった。これはティーネの商売なのだから。

「フェラはいくらだ？」

キミーは、ティーネの肘がわき腹に当たるのを感じた。

「こいつ、あんたにきいてるんだよ、キミー」ティーネは無感情に言った。どうやらもう今日の分は稼いだらしい。

キミーは頭を上げ、男の顔を見た。ごく普通の男だった。手はコートのポケットに深く突っ込んでいる。なんて哀れな光景。

「とっとと失せな」とキミーは言って、殺意に満ちた視線を男に向けた。「じゃないと痛い目にあうよ」

男はあとずさって、背筋を伸ばした。そしてあたかも、脅かされただけで充分に快感を得たとでもいうように、そっと微笑んだ。

「五百だ。君がまず口をゆすいだら、五百払う。君のつばが僕のものについてほしくないんでね」

男はポケットから金を出してキミーの目の前で振ってみせた。キミーの頭の中の声が大きくなった。**そら、やっちまえ、やつはそうしてほしいのさ。**キミーはベンチの下のビール瓶を取り出し、ゆっくりと口をつけた。男はキミーをじっと見ている。

キミーは一瞬顔をのけぞらせたかと思うと、口に含んだビールを男の顔に吹きかけた。男は仰天してあとずさりした。そしてビールまみれの自分のコートを見て激怒して、またキミーの目を見据えようとした。男はいまや危険な存在になっていた。スケルベク通りで襲われるのは珍しいことではない。近くの交差点で無料の新聞を配布しているタミル人も、見て見ぬふりをするだろう。

キミーは中腰になると、男の頭をいきなりビール瓶で殴った。瓶の破片が通りの反対側にある傾いたポストのところまで飛んでいった。男の片耳の上から流れ出た血が三角形に広がり、コートの襟に達した。男は無言で、割れたビール瓶が自分のほうに向けられているのをただ見ている。きっと、妻や子どもたちや同僚にこのことをどう説明したらいいものかと、必死で考えているにちがいない。そして男は、事態を収拾するにはとりあえず医者の手当てと新しいコートが必要だと判断したのか、駅に向かって走り出した。

「あの馬鹿、前にも会ったことがあるよ」キミーの横でティーネが言った。そして、道のタイルの上に広がるビールのしみをじっと見た。

「それにしてもキミー、なんてことしてくれたんだよ。またビールを買ってこなきゃならないじゃないか。おいしいビールなのにもったいない。なんであの馬鹿、あたしたちがちょうどここに座っていい気分になってたところに通りかかるんだ」

キミーは、男の姿をそれ以上目で追おうともしなかった。手に持っていたビール瓶を地面に放り投げ、指をズボンのポケットに入れて、なめし革の貴重品袋を引っぱり出した。袋の中に入れられた新聞記事の切り抜きは、まだかなり新しい。やつらが今、どんな姿をしているのかをできるだけ正確に知るために、新聞の切り抜きをときどき新しいものと取り替えていたからだ。キミーはその切り抜きを広げて、ティーネの目の前にかざしてみせた。

「私のことをきいてきたやつの中に、こいつはいた？」

キミーは、下に〝ＵＤＪ証券アナライズ代表のウルレク・デュブル・イェンスンが保守党の専門家チームへの協力を断わる〟と書かれた記事の写真を指差した。

ウルレクは、大きな男に成長していた。体格のことだけではない。

ティーネは、タバコの青白い煙の向こうから新聞記事の切り抜きを眺めた。そして首を横に振った。

「こんな太ったやつは見なかったね」

「じゃ、こいつは？」

その記事は、ウスタ・ファイマクス通りのゴミ箱の中から見つけた女性誌のものだった。長い髪と輝くような肌のせいで、写真に写ったトーステン・フローリンは同性愛者のような印象を与えていた。だが実際は違う。キミーはそのことをよく知っている。

「この男は見たことがあるよ。テレビかなんかでさ。ファッション関係のやつだろう?」

「私のことをきいてきたのは、こいつ? ティーネ」

ティーネは、まるでゲームをしているかのようにクスクスと笑った。つまり、トーステンでもないということだ。

ティーネがディトリウ・プラムの写真も否定するのを見て、キミーは新聞記事を貴重品袋にしまい、袋をズボンのポケットに押しこんだ。

「男たちは、何か私のことについて話してた?」

「あんたを探しているっていうことだけさ」

「駅の中でいっしょに探したら、その男、すぐわかる?」

ティーネは肩をすくめた。「毎日は来ないさ」

キミーは下唇を嚙んだ。用心しなければ。あいつらが近づいてきている。

「また見かけたら、教えて。どんなやつか、よく見ておいてよ。いい? 忘れないように、紙に書きとめておいて」そう言って、キミーは片手をティーネの膝に置いた。ティーネの膝は、すり減ったジーンズの下で、まるでナイフの背のような形をしていた。

「情報をつかんだら、メモした紙をあそこの黄色い看板の後ろに挟んでおいて」キミーは

〝レンタカー――格安〟と書かれた黄色い看板を指差した。

ティーネは咳をしながらうなずいた。

「役に立つ情報をくれたら、そのたびに、あんたのネズミのために千クローネ払うよ。どう、ティーネ？　それだけあったら、ネズミに新しい檻が買える。今もあの部屋に、飼ってるんだろう？」

キミーは五分間、駐車場の入口で、ティーネがもうこちらを見ていないと確信できるまで立っていた。それからようやく、フェンスの入口の方向へと道を渡った。キミーがどこに住んでいるか、誰も知らない。これからも知られてはならないのだ。

キミーは頭痛が始まるのを感じた。同時に、皮膚の中の刺すような痛みが激しい怒りやフラストレーションとともに湧き上がってきた。キミーの悪魔たちはこれが大嫌いだった。

しかしウィスキーのボトルを片手に、細長い簡易ベッドに座り、薄暗い小さな部屋を見回しているうちに、キミーはだんだんと落ち着いてきた。ここは自分だけの世界だ。安全で必要なものがなんでもある。簡易ベッドの下には、最愛の小さな宝物を入れた小箱。ドアの内側に貼られた、遊んでいる子どもたちの写真のポスター。小さな女の子の写真。防寒のために壁に貼った新聞。服の山、床に置かれた鍋、その後ろには新聞紙が積み上がり、電池式の小型蛍光管が二本と、棚には予備の靴が二、三足。これだけあれば、なんでもできる。何か新しいものが欲しくなったら、買うための金もある。

酔いが回ってくると、キミーは笑った。それから煉瓦の壁のいくつかの空洞の中をチェックした。この小屋に戻るたびに、ほとんどいつもこの空洞をチェックする。クレジットカードに銀行のATMの残高照会の紙、それに現金が入っているのだ。

毎日、彼女は残金を確認した。十一年前から路上で暮らしているキミーには、まだ百三十四万四千クローネが残っていた。これまでと同様の生活を続けていけば、まったく使い切らない額だ。盗んでくるお金だけで、一日に必要とするものはだいたいまかなうことができる。服も盗んでくる。食べる量は多くないが、酒も飲む。健康優先をうたう政府のくせに、アルコールは格安で売られている。この国では、以前の半分の金額で、浴びるほど酒が飲めるのだ。彼女はまた笑い、バッグから手榴弾を取り出して三つ目の空洞にしまった。それから隙間が目立たないように、細心の注意を払って煉瓦をまたもとの位置に戻し、空洞にふたをした。

不安が前触れもなくキミーを襲った。ふだんはこんなことはない。いつもは、頭に浮かぶイメージが彼女に警告するからだ。殴ろうとして振り上げた両手。血や、乱暴に扱われた体。また、ずっとずっと昔、笑っていたはかない思い出。ささやかれた約束は、あとで破られる。ところが今回だけは、彼女の内なる声が警告してくれないのだ。

キミーは震え出し、下腹部の痙攣《けいれん》が内臓を圧迫するのを感じた。吐き気と涙を抑えられなくなった。以前は、炎の嵐のような感情に襲われるとなんとか酒で紛らそうとした。だが最近は酒を飲んでもつらさが増すばかりだった。

今ではそんなとき、慈悲に満ちあふれた暗闇が訪れるのをひたすら待つことにしている。ときには何時間も。

頭の中がすっかり静かになってきたら起き上がるつもりだった。デュブルスブロー駅まで行こう。ホームに上がるエレベーターに乗り、ホームの端で通過する列車が疾走するのを待つ。ホームの縁に立ち、両腕を伸ばしてこう言うのだ。

「あんたたち、私から逃れるなんてできないんだよ!」

そうして頭の中の声に、どうするのかを決めさせよう。

8

カールは仕事場に入るとすぐ、デスクの真ん中にビニール袋が置かれているのに気づいた。

これはなんだ？　カールはアサドを呼んだ。

アサドが来ると、カールはその包みを指差した。

「どこから来たんだ？　知ってるか？」

アサドは首を横に振るだけだった。

「触るなよ、いいな？　指紋が残っているかもしれん」

二人は、透明なビニールの中に見えるいちばん上の紙をじっと見た。〝寄宿学校生グループの襲撃〞と印刷された文字が見える。文字はレーザープリンターで印刷したもののようだった。

襲撃の日時、場所、犠牲者の名前がリストアップしてあった。襲撃は、どうやら長い期間にわたって行なわれたようだ。ニュクービングの浜辺では若い女性。白昼タバノイイにある児童公園では双子の兄弟。ランゲラン島でひと組の夫婦。合計で二十件の襲撃事件が記されている。

「アサド、誰が資料をここに置いていったのか、いいかげん突き止めないと。鑑識を呼んでくれ。署内の人間なら、すぐに指紋で調べがつくはずだ」

「私の指紋は採取されてませんがね」アサドはがっかりした様子で言った。

カールはやれやれと首を振った。なぜ、アサドの指紋は採取されていないんだ？　アサドが採用されてから、どうも不公平なことばかり起こっている気がする。

「殺害された兄妹の母親の住所を調べろ。あの事件のあと、何度も引っ越している。最後に母親が住民届けを出したティスヴィレにはもう住んでいないようだ。少しは想像力を働かせろよ、アサド。いいな？　近所に住んでいた人に電話するんだ。その人の電話番号はそこに書いてある。何か知っているかもしれん」

カールは、たった今バッグの中から取り出した山ほどのメモ用紙を指差しながら言った。

それからノートを手に取り、処理すべき仕事を順番に書き出した。新しい事件を手がけることになったという実感がわいてきた。


「まったくどうかしてるぞ、カール。とっくのとうに判決が下りている事件で時間を無駄にするのはやめておけ」

殺人捜査課課長のヤコブスンは首を横に振りながらそう言うと、デスクの上に乱雑に積まれた書類の山を引っかき回した。この一週間だけで、四件もの重大事件が起きている。加えて、休暇願いが三人に病欠届けが二人。ひとりは簡単には復帰できないだろう。カールには、マークス・ヤコプスンが何を考えているか、はっきりわかっていた。どの事件から、誰をはずそうか？　それが目下の問題だ。しかしありがたいことに、それはカールの仕事ではない。

「そんな事件は放っておいて、ノルウェーからのお客さんに集中してくれよ。ミレーデ・ルンゴー事件のことを知って以来、ノルウェーのお客さんはみんな、君がどんな優先順位や段取りで仕事を進めているのか、興味津々《しんしん》だ。ノルウェー警察では、数多くの古い事件をほったらかしにしてきたのだろう。仕事部屋の片付けに専念してくれたまえ。そしてお客さんたちに、デンマーク警察がどれだけきちんと仕事をしているのかについて、説明してほしい。客人はここを訪問したあと、大臣のもとに招かれているらしい。そのとき、うちの署がいかにすばらしいかを大臣に話して聞かせるかもしれないだろう？」

カールは、あきらめたような表情で首を振った。客人たちが、ここを訪問したあとであの偉そうな法務大臣のところに茶飲み話でもしにいくというのか？　そこで警察についておしゃべりをする？　そんな馬鹿な。

「知りたいのは、俺のデスクの上に事件の資料をどっさり置いていったのが誰かってことですよ、マークス。それさえわかれば、これからどうするか考えられますから」

「わかった、わかった。決めるのは君だ、カール。だがな、ラアヴィー事件を取り上げるなら、私たちを巻き込むのだけはやめてくれ。ひとりでも手が欲しいところなんだ。短期間でもだ」

「少し落ち着いて聞いてください」カールは言った。

ヤコプスンはインターホンのほうに前かがみになった。

「リス、ちょっとこちらに来てくれるか？ 私のスケジュール帳が見つからないんだ」

カールは床を見下ろした。ヤコプスンの手帳が落ちている。机の端からすべり落ちたようだ。

カールは、その手帳をつま先でそっとつつくと、机の引き出しの下に押しやった。手帳を紛失したついでに、ノルウェー人の訪問もなくなるといいのだが。

足早に部屋に入ってくるリスに、カールは上機嫌な顔を向けた。大変身する前のリスのほうが気に入っていたが、たいした問題ではない。リスはいつだってリスなのだから。

ヤコプスンの部屋を出て秘書課の前を通りかかると、ローセ・クヌスンがカウンターの向こう側からカールに向かって微笑んだ。あなたがたがいる地下の部署に行けて嬉しいですわ、とマリアナ海溝のように深いえくぼが語っていた。

カールはローセの微笑みに反応しなかった。カールにはどちらにしろえくぼがないから、反応したところで同じだった。

地下室では、アサドがだぶだぶのウインドブレーカーを着こんで待機していた。午後のお祈りは無事に終わったようだ。小さな革製の書類入れが、アサドのわきの下に挟まれている。

「殺害された兄妹の母親は、ロスキレの古い友人宅に住んでいます。少し急げば三十分で行けますよ」アサドは言った。それからこう続けた。「ところでホアンベクの病院から電話がありましたよ、カール。あまりいい知らせではないようでしたけどね」

カールの脳裏にハーディのことが浮かんだ。身長二百七センチ。脊柱損傷で体が不随になった。ハーディは、ヨットのシーズンが終わりかけのエーレスンド海峡のほうに顔を向けたまま、病院で横たわっていることだろう。

「何があったんだ？」カールは気分が悪くなった。昔の同僚、ハーディを最後に訪問してから、もう一カ月以上が過ぎている。

「ハーディ・ヘニングスンがよく泣いているそうです。薬を大量に飲ませても泣くのだそうです」


それはファサン通りのはずれにある、平凡な一戸建ての家だった。真鍮《しんちゅう》の表札に、〝イェンス・アーノル＆ユヴェッテ・ラースン〟とあり、その下に〝マータ・ヤーアンスン〟と書かれた小さな厚紙が貼られている。

玄関のドアを開けた女性は、年齢は年金生活に入ってから数年といったところで、体つきはとても華奢だった。美しいその老婦人に、カールは柔和な微笑みを返した。

「ええ、マータはここに住んでいますよ。私の夫が亡くなって以来ずっとです。先に申し上げておきますが、マータは今日、体調が悪くて」廊下を案内しながら老婦人は言った。「お医者様は、すぐによくなるとおっしゃっているのですけれど」

サンルームの入口につくと、マータの咳が聞こえてきた。

サンルームの中で椅子に座っているマータが、くぼんだ目でこちらを見つめた。マータの前に置いてあるテーブルには、小さな薬瓶が数本と錠剤の箱が置いてある。

「どちらさまでしょう?」そう言うとマータは、指に細い葉巻きを挟み、灰をトントンと落とした。手が震えている。

アサドは、色あせたウールの毛布と、窓のそばの観葉植物の枯れ葉がのった椅子に腰掛けた。そしてさっとマータ・ヤーアンスンの手をとり、自分のほうに引き寄せた。

「ひとつだけ言わせてください。マータさん。あなたの今のご様子は、以前の私の母と同じです。お気持ちお察しします」

もしこれがカールの母親だったら、すぐに手を引っこめただろう。しかしマータ・ヤーアンスンは違った。アサドはどこでこんなテクニックを身につけたのだろう? この状況で自分はどうすべきかを考えながら、カールはアサドのことを不思議に思った。

「看護師さんがいらっしゃる前に、もう一杯お紅茶を飲む時間がありますよ」

この家の主である老婦人は、マータを元気づけるように微笑んだ。ところが、アサドが訪問の理由を話すと、マータは泣き始めた。

マータが落ち着くまでの時間、老婦人は紅茶とケーキを用意した。

「夫は警察官でした」ようやくマータが口を開いた。

「ええ、ヤーアンスンさん、我々もそう聞いています」初めてカールがマータに向かって発した言葉だった。

「夫の昔の同僚から、書類の写しをもらいました」

「そうですか。クレース・トメースンからですか？」

「いいえ、トメースンではありません」

マータは、細い葉巻きを深く吸い込むことで、咳の発作が出るのを鎮めようとした。

「別の人です。アーネという人ですが、もうこの世にはおりません。彼はこの事件に関係する資料をすべて集め、一冊のファイルに綴じたのです」

「そのファイルを見せていただけますか、ヤーアンスンさん」

すると唇が震えだし、マータは頭に手をやった。透き通りそうなほど白い手だ。

「無理です。もう持っていないのですから」

そう言って彼女はしばらく黙り、目を細めた。どうやら頭痛がするようだ。

「そのファイルを最後にどなたにお貸ししたのか、覚えていないのです。何人も、あのファイルを見にきましたから」

「このファイルですか？」カールは黄緑色の書類ファイルを差し出した。

マータは首を横に振った。「いいえ、もっと大きいファイルです。色はグレーで、もっと大きいファイル。片手では持てないほどです」

「ほかにも資料はありませんか？　何か、我々がお借りできるようなものはありませんか？」

マータは老婦人のほうを見た。「言ってもいいと思う、ユヴェッテ？」

「わからないわ、マータ。あなたがいいと思うなら」

マータは、窓台の上にある錆びたじょうろと砂岩で作られたアッシジの聖フランチェスコの小さな像とのあいだに置かれた一対の人物写真を見た。

「あの写真を見てよ、ユヴェッテ。あの子たちがいったい何をしたというの？」

マータの目が潤んだ。「私のかわいい子どもたち。あの子たちのために、もう何もできないの？」

すると、ユヴェッテと呼ばれた老婦人が、アフターエイト・チョコレートの箱をテーブルの上に置いた。

「いいえ、できるわよ」ユヴェッテはため息をつき、おもむろに部屋の隅へ行った。そこには、古いクリスマス用ラッピングの紙を折りたたんだものや、まだ使えそうな箱や缶などが積み上げられ、まるで霊廟のようだった。物が不足していた時代にとっておいたものが、長い歳月を経て風変わりなしろものになってしまうということもあるのだ。

「これです」ユヴェッテは、ぎっしりと中身が詰まった通信販売会社の箱を、隠し場所から引っぱり出してきた。

「ここ十年、マータとときどき、新聞記事の切り抜きをスクラップしてきました。私の夫が亡くなってからはふたりきりですもの。そうよね？」

アサドは箱を受け取って開けた。

「解決されないままの暴力事件の記事がいくつか入っています」とユヴェッテは話を続けた。

「それから、キジ殺しの記事も」

「キジ殺し？」カールは問いかけるように繰り返した。

「ええ。それ以外にああいう人たちのことをなんと呼べばいいのかしら？」ユヴェッテは箱の中を少し引っかき回すと、記事の切り抜きを一枚取り出した。

なるほど、確かにキジ殺しという呼び方がしっくりくる。ゴシップ紙に掲載された大きな写真では、誰もが気取ったポーズをとっていた。王室のメンバーたちや、のんきなブルジョア連中の有名人のほか、ウルレク・デュブル・イェンスンやディトリウ・プラム、トーステン・フローリンが写っている。それぞれ自分の散弾銃を腕に抱え、勝ち誇ったように片足を前に出している。その前には仕留められたキジとヤマウズラが並べられていた。

「ああ」と、アサドは言った。それ以上、何も言いようがなかった。

マータが急に興奮し始めた。

「こんなこと、許せない！　あいつらは正当な罰を受けるべきよ！　私の子どもたちと夫を殺したのよ。地獄に堕ちるがいい！」

マータは立ち上がろうとしたがバランスを失い、前のめりに倒れた。テーブルの角に額を強くぶつけたが、そのことにすら気づいていないようだった。

「あいつらは死ぬべきよ」息を切らして苦しそうに言った。そして、頬をテーブルクロスの上にのせたまま腕を前に伸ばし、ティーカップをひっくり返した。

「落ち着いて、マータ。大丈夫よ」ユヴェッテは、苦しそうに息をするマータを椅子のクッションの上に座らせた。

マータは呼吸が落ち着くと、放心したように座ったまま、葉巻きをふかし出した。すると、ユヴェッテがカールとアサドを隣のダイニングルームへ連れて行き、マータの反応について謝った。脳の腫瘍《しゅよう》が大きくなってきており、彼女が何にどんなふうに反応するのか、予測できないのだという。

「マータは、前はあんなじゃなかったのです。あるときひとりの男が訪ねてきて、当時のリスベトをよく知っている、とマータに話したのです」そう言ってユヴェッテは薄い眉を少し上げた。「リスベトっていうのはマータの娘です。息子はセーアン。ご存じでしょう？」

アサドとカールはうなずいた。

「もしかしたら、ファイルを借りていったのはリスベトのボーイフレンドだったのかもしれませんわ。よくわかりませんけど」

ユヴェッテはサンルームのほうを見ながら続けた。

「その男はマータに、しばらくしたら返しにくるとはっきり約束していました。でも手遅れになる前に返しにくるのは、無理でしょう」ユヴェッテはそう言って、マータにこれ以上はないというほど悲しげな視線を向けた。

「ファイルを持っていった男の名前を思い出せますか、ユヴェッテさん？」

「残念ですが、覚えていません。マータがファイルを貸したとき、私はその場にいなかったのです。マータはたいていのことをもうあまり覚えていませんし」そう言いながら、ユヴェッテは指でこめかみをトントンと叩いた。「腫瘍のせいです。おわかりになるでしょう?」

「その男が警察の者かどうかわかりませんか?」カールは質問した。

「違うと思いますわ。でも絶対違うとも言えません。私にはわかりません」

「でもどうして、その男はこの箱を持っていかなかったのです?」

アサドは自分が抱えている通信販売会社の箱を見せながらきいた。

「ああ、この箱ですか。〝キジ殺し〟の記事を集めるのは、マータが思いついたことです。ラアヴィーの殺人の犯人だと、男がひとりだけ白状しましたわね? それで新聞記事を集めるとマータが少し落ち着くので手伝ったのです。書類を持ち帰った男は、これらの切り抜きがラアヴィーの事件とは関係がないと思ったにちがいありませんわ。実際、関係はないでしょうし」

それからカールとアサドはマータの別荘の鍵を借り、ユヴェッテに、殺人事件直後の日々について慎重に尋ねた。しかしユヴェッテは、手で答えるのを拒む身振りをした。あの事件からもう二十年が過ぎている。それに、思い出して楽しいことなどひとつもないのだ。

しばらくして、教会の福祉担当のシスターが訪ねてきた。カールとアサドはいとまを告げた。


ハーディのナイトテーブルの上には、息子の写真が入った写真立てがあった。それは、尿道に管を入れられ、髪はべとつき、ほとんど動くこともできない人間が、かつては人工呼吸器やつけっぱなしのテレビや過労気味の看護師といったものとは無縁の生活を送っていたことを示す唯一のものだった。

「おまえがまたここに来るとはな……」ハーディは言い、ホアンベクの脊椎損傷専門病院の千メートル上空にある想像上の一点を凝視した。その〝点〟からは、あちこちを見渡すことができ、そして二度と目が覚めないようにそこから墜落することもできるのだ。

カールはあわてて言い訳を探したが、すぐにあきらめた。代わりに写真立てを手にとり、「マスは大学生になったそうだな」と言った。

「どこで聞いたんだ？　俺の女房と寝たのか？」ハーディは、まばたきもせずに言った。

「違うよ、ハーディ。どうしてそんなことを言うんだ。まあ無理もないが……いや、署の誰かから聞いたんだ。誰だったか忘れたが」

「おまえの部下のシリア人はどこにいる？　砂漠に送り返されたのか？」

カールはハーディの性格を知っている。これは悪意のない、ただのおしゃべりだ。

「ハーディ、今、何を考えてるのか、教えてくれないか。また会いにきたんだから」

そう言ってカールは深く息を吸い込んだ。

「これからはまたしょっちゅう会いにくる。今まで休暇だったんだよ。わかるだろう」

「テーブルの上のハサミが見えるか？」

「ああ」

「それはいつもそこにある。ガーゼやカテーテルや注射針を俺の体に貼り付ける接着テープを切るためだ。そのハサミ、先がとがってるだろう。そう思わないか？」

カールはハサミをじっと見て「ああそうだな、ハーディ」と、答えた。

「それを、俺の頚動脈に突き刺してくれないか？　そうしてくれたら本当に恩に着る！」

そう言ってハーディは一瞬笑ったが、すぐに笑みが消えた。

「二の腕の内側が震えるんだ、カール。肩の筋肉のすぐ下だと思う」

カールは眉間にしわを寄せた。ハーディが震えを感じるとは、なんと哀れなんだ。それが本当だったらどれだけいいだろう。

「そこを掻いてやろうか？」

カールはベッドの上掛けを少しめくると、シャツの袖をたくしあげて掻いたほうがいいか、それともシャツの上から掻いたほうがいいか、と考えた。

「馬鹿野郎、俺が言ったことが聞こえなかったのか？　震えるんだよ。見えるか？」

カールはシャツの袖をたくしあげた。かつてのハーディは、いつも魅力的なルックスを保とうとしていた。洗練された身だしなみに褐色の肌。だがいまやハーディの肌は、浮き出た青い血管以外はうじ虫のように白かった。カールはハーディの二の腕に手をのせた。筋肉が落ちている。まるで充分柔らかくなった牛肉のようだった。震えは感じられなかった。

「カール、おまえが触っているところの一点だけ、かすかに感じることができる。ハサミでそのへんをちくちく刺してくれ。ゆっくりとだぞ。ちくりと感じたら、そう言うから」

なんと哀れなんだ。首から下が麻痺して、片方の肩にほんのかすかな感覚があるだけ、それだけなのに。それ以外の感覚はすべて絶望した者のささやかな願望にすぎないのに。

それでもカールは、求められたとおりにハサミでちくちくとつついてやった。上腕の真ん中から上へ、それから腕のまわりをぐるりと一周させて、規則正しくつついた。わきの下まで届こうかというとき、ハーディははっと息を吸った。

「そこだ、カール。おまえのボールペンで、そこに印をつけてくれ」

カールは言われたとおりにした。

「もう一回だ。俺の予想を裏切るようについていてくれよ、カール。おまえが印のところをついたら、俺はそう言う。それまで目をつむっているから」

カールがもう一度印にたどりつくと、ハーディは笑った。あるいはすすり泣きだったのかもしれない。「そこだ!」ハーディは大声で言った。

ありえない。カールは鳥肌が立った。

「看護師には言わないでくれ」

カールは眉間にしわを寄せた。

「どうしてだ? これはすごいことだぞ、ハーディ。もしかしたらほんのわずかでも希望がもてるかもしれないじゃないか。これからの治療方針が変わるかもしれない」

「俺は自分でそれを変えたいんだ。片腕を取り戻したいんだ、カール。わかるか?」

こう言うと、ハーディは初めて、昔の相棒のカールを見た。

「そうしたらその片腕を何に使うか、それは誰にも関係がないことだ。わかったな?」

カールはうなずいた。ハーディが元気になるなら、なんでもいい。どうやら、いつか自分でハサミを首に突き刺すという夢が、今のハーディの生きがいのようだ。問題は上腕のこの小さな点がこれまでも存在していたのかどうかだ。しかし今はそっとしておこう。謎を解いたからといって、何か結果が出るわけではないのだから。

カールはハーディのシャツを整え、ベッドカバーをハーディの顎まで引っぱり上げた。

「今でもまだあの心理カウンセラーと話してるのか、ハーディ？」

カールはモーナ・イプスンの魅力的な体を思い浮かべた。

「ああ」

「それで？　どんな話をしてるんだ？」

カールは、自分の名前が話題に出たと言われることを期待していた。

「あのカウンセラー、アマー島で襲撃されたときの話をしつこくつっついてくる。そんな話をしてなんの意味があるのか、俺にはわからない。でもとにかく、あいつはここに来るたび、いつもあのいまいましい『ステープル釘打機事件』のことばかり話題にするんだ」

「ああ、そうだな」

「知ってるか、カール」

「何をだ？」

「あいつ、俺はそんなこと望んでないっていうのに、あの事件のことを洗いざらい俺に思い出させたんだ。ちくしょう、そんなことしてどうなる？　ただ、ひとつだけいまだにわからないことがある」

「なんだ？」

ハーディは、カールの目をまっすぐに見た。複数の容疑者を警察官が集中尋問しているときの目だ。非難するでもなく、その逆でもない。ただ相手を不安にさせる目だ。

「おまえと俺とアンカーは、あの男が殺害されてから一週間後、いや十日ぐらいたったころに、あの殺人現場の小屋に行ったんだよな？」

「そうだ」

「犯人たちは、証拠を隠滅する時間がたっぷりとあったはずだ。たっぷりとだ。それなのになぜ、犯人はそうしなかったんだ？　なぜあそこで待ち受けていたんだ？　あいつらは、あの小屋に火をつけることだってできた。死体を片付けて、現場全体を焼き払うことができたはずだ」

「ああ、たしかにおかしな話だ。俺もそう思う」

「それなのになぜ、ちょうど俺たちが行ったそのときに、あいつらはあの小屋に戻ってきたんだ？」

「ああ、それもおかしな話だ」

「おかしな話？　いいか、カール。俺はおかしな話だとは思ってない。以前は思っていたがな」

ハーディは咳払いをしようとしたが、うまくできなかった。

「だがアンカーがまだ生きていたら、もっと言いたいことがあったのかもしれない」

「どういうことだ？」

カールがアンカーのことを最後に思い出したのは、もう何週間も前のことだ。優秀な同僚だったアンカーが、アマー島の朽ち果てそうな小屋で自分たちの目の前で凶弾に倒れてから、たったの九カ月しか過ぎていない。それなのにもう、アンカーのことはカールの記憶から抜け落ちてしまっている。もしも自分に同じようなことが起きたら、人々はどれくらいの期間、自分のことを覚えていてくれるのだろう。

「あのとき、誰かがあの小屋の近くで俺たちのことを待ち伏せしていたんだ、カール。そうでなければ、あそこで起きたことの辻褄《つじつま》が合わない。つまり、あれは普通の捜査じゃなかったってことさ。俺たちのうちのひとりに何か関係しているはずだ。俺じゃない。ひょっとしておまえか、カール？」

9

トラーネケーア・ホテルの黄色い漆喰《しっくい》を塗った正面玄関前の砂利の上に、四輪駆動車が六台停まっていた。ディトリウ・プラムは、自分の車の窓から顔を出し、ほかの者に、ついてくるようにと合図をした。

彼らが森に到着したとき、まだ日の出前だった。勢子《せこ》を担当する男たちは、鳥獣保護繁殖区域に姿を消した。車に乗った者たちは手順をわきまえており、数分後には上着の前ボタンをとめ、銃身を抱えて、ディトリウのまわりに集まった。二、三人は、犬を連れていた。

トーステン・フローリンはいつものように、最後に出てきた。細かい格子縞のニッカーボッカーズボンに、オーダーメイドの細身の狩猟用ジャケットといういでたちは、舞踏会にも行けそうなぐらいお洒落《しゃれ》だ。

ディトリウ・プラムは、最後に四輪駆動車のトランクルームから出された一頭のキジ狩用の猟犬を、とがめるような目でじっと見た。それからようやく、他の参加者を見回した。ある顔を見て、ディトリウは面食らった。元妻のリサン・ヨートがいたのだ。

そこで、ベント・クルムを脇へ連れ出して小声で尋ねた。「クルム、誰があの女を呼んだんだ?」

ディトリウ・プラム、トーステン・フローリン、ウルレク・デュブル・イェンスンといった仲間たちの弁護士であるベント・クルムは、狩りのコーディネーターでもある。いくつもの顔を持つ男で、数年前からディトリウたちが緊急事態に陥ったときの火消し役に回っている。クルムの生活は、彼らが毎月口座に振り込んでくれる大金に、完全に頼りきっていた。

「あなたの元奥さんじゃないですか、ディトリウ」と、クルムは答えた。「リサンは、夫のお伴をしてもいいでしょう、と言っていました。ご存じかもしれませんが、彼女のほうが射撃の腕は上ですよ」

射撃がうまいだって? いまいましい、そんなこと何も関係がない。ディトリウ・プラムの狩りに女はいらない。その理由はいくらでもある。クルムには知らせていない理由が!

ディトリウはリサンの現在の夫、ヨートの肩に手を置いた。

「悪いが今日は、奥さんを連れて行けないぞ」

そう言うと、たとえ気まずい雰囲気になったとしてもリサンに車のキーを渡してホテルまで帰らせるよう、頼んだ。

「彼女が自分でトラーネケーア・ホテルまで運転して行くなら、私が電話をして玄関を開けてもらうよう頼んでおく。それから彼女には君たちのしつけの悪い犬も連れて帰ってもらう。今日は特別な追い込み猟だ。そのことはわかっているはずだ、ヨート」

男たちが二、三人、仲裁に入ろうとした。親からもらった金はあるが、頭が悪く、たいした財は築いていない男たちだ。そのくせ、何かを言う権利があると勘違いしている。あのしつけの悪い猟犬のことをよく知りもしないくせに。

ディトリウ・プラムはブーツのつま先で森の地面を蹴り、「女は入れない。リサン。頼むから帰ってくれ」と繰り返した。

それから帽子につける蛍光色のリボンを配りながら、リサンの前を通るときは彼女と目を合わせず、ただ、「犬を連れて帰るのを忘れるな」とだけ言った。

俺の狩りのルールに口出しするなんて許せない。これは普通の狩りではないのだ。

「妻がいっしょに行けないのなら、私も行かないでおくよ、ディトリウ」ヨートは言った。すり切れた上着を着たこのみすぼらしい小男めが。今までディトリウ・プラムの邪魔をしたときにどんな目にあってきたか、少しも気がついていないのか？　ディトリウ・プラムが中国ルートで御影石を仕入れたせいで、やつの会社は倒産寸前になったのではなかったか？　ヨートは本当にもう一度、懲らしめられたいのか？　お望みなら、そうしてやろう。

「自分で決めるがいいさ」

ディトリウはヨート夫妻に背を向け、ほかの参加者のほうを見た。

「君たちはルールを知っているな。今日、君たちが体験することは、絶対に他言しない。いいな？」

全員がうなずいた。ディトリウは、それ以外の反応を求めてはいなかった。

「二百羽のキジとヤマウズラを森に放してある。雌も雄も両方いる。全員に充分いきわたる数だ」

そう言ってディトリウは笑った。

「雌には、少しシーズンが早すぎるがな。だがそんなことを気にする者はいないよな」

ディトリウは、地元の狩猟団体の男たちの顔を見回した。誰も異議などないはずだ。ここにいる者は全員、何かしらの形でディトリウの下で働いているか、ディトリウの世話になっているのだから。

「ここで延々と鳥の話をする気はない。どっちみち、充分な数に出くわすことになる。もっと面白いのは、今日私が君たちのために用意した別の獲物だ。それがなんなのかは言わないでおく。じきにわかるだろう」

ディトリウがウルレクから小枝の束を受け取ったのを見て、男たちは期待に満ちた顔になった。

「みんな手順はわかっているな。この中に、二本だけ短い枝が入っている。それを引いた者は散弾銃を置き、代わりに別の武器を借りることができる。そのふたりはキジの代わりに、今日の特別な獲物を持ち帰ることができるんだ。準備はいいか？」

タバコを吸っていた者は吸殻を地面に捨て、踏み消した。そうやって、それぞれが自分のやり方で、狩りへの心の準備を始めた。

ディトリウ・プラムは微笑んだ。ここには、強者《つわもの》たちがそろっている。強者とは、まさにこのような者たちのことをいうのだ。血も涙もなく、何よりもわが身が大事という者たちばかりだ。これこそ理想的な存在だ。

「普通は当たりくじを引いたふたりの射撃者が、獲物を山分けすることになっている。だが、今回も山分けにするのかどうかは、獲物を仕留めた者の判断に任せる。ウルレクが景品を獲得したらどんなことになるか、みんな知っているよな？」

ウルレクをのぞく全員が笑った。株式であれ、女であれ、放しておいたイノシシであれ――ウルレクは誰にも分け前を渡さない。誰もがよく知っていることだ。

ディトリウはかがんで武器ケースを持ち上げた。そして、「見てくれ」と言いながら、朝の陽光の中で武器を取り出した。

「我々の古いザウエル・クラシックモデルの銃を、ハンターズ・ハウスに引き渡してきた。その代わりにこの二梃の最高傑作を試せるようにな」

そう言ってディトリウは、ザウエルの〝エレガンス〟というモデルの散弾銃を頭上に掲げた。

「本物の傑作だ。こんな希少なものを手に取れるなんて、ほかではありえない。喜んでくれ！」

ディトリウは小枝の束を持って一周した。ヨート夫妻が激しく言い争っていたが、まったく無視した。くじ引きが終わると、ディトリウは当たりくじを引いた幸運なふたりにザウエルの散弾銃を渡した。

ひとりはトーステンだった。トーステンは興奮しているようだったが、その理由は狩りではないはずだ。ディトリウはトーステンと、あとで緊急に話し合わなければならないだろう。「トーステンは以前にも当たりくじを引いたことがあるが、サクセンホルトは今回が初めてだよな。おめでとう」

そう言ってディトリウは、若いサクセンホルトに向かって大きくうなずいた。それから、携帯用ボトルに入れたウィスキーで、この男の成功を祈って一同が乾杯した。サクセンホルトは、髪をジェルできちっと整えた魅力的な男だった。典型的な寄宿学校出身者といえる。生涯このままに違いない。

「君たちふたりだけが、今日の特別な獲物を撃つことが許される。だから、獲物をきちんと仕留めるのは、君たちの責任だ。獲物が動かなくなるまで撃つことを忘れるな。それから、その獲物を仕留めた者が、今日の景品を受け取ることもだ」

ディトリウは一歩下がり、内ポケットから封筒を取り出した。

「景品は、三部屋ある小ぶりだが豪華なマンションの売買契約書だ。ベルリン・テーゲル国際空港の滑走路が眺められる場所にある。だが心配するな。空港はもうじきなくなる。そうすれば窓のすぐ外に、泳ぐこともできる湖が見えるようになるぞ」

一同から拍手がわき起こり、ディトリウは微笑んだ。もとはといえば、妻から半年間、このマンションが欲しいとしつこくねだられたのだ。それなのにあいつは一度だってこのマンションを使ったことがあるのか。あの頭のおかしい愛人とだって、一度も行っていない。そんないまいましいもの、ここでくれてやる。

「妻は帰したよ、ディトリウ。だが犬は私が連れて行く」その声にディトリウ・プラムは振り返り、ヨートの反抗的な顔を真正面から見据えた。ヨートは明らかに体面を気にして、そう言っていた。

ディトリウは一瞬、トーステンと目を合わせた。ディトリウ・プラムに従わない者などいてはならない。犬を連れて行くなと言ったのに従わないのなら、どうなろうと仕方がない。

「犬を連れて行くと言い張るのだな、ヨート。いいだろう」ディトリウは言い、リサンとは目を合わせなかった。この女と言い争うつもりはない。ヨートとその妻との問題なのだから。

藪を抜けて小高い丘に上がり、木立に囲まれた空間にたどりつくと、腐葉土のにおいが弱くなった。五十メートルほど下った先には薄い霧に包まれた雑木林があり、さらにその向こうには枝が絡み合った茂みが森へと続いている。眼下に海のような森が広がっている。雄大な眺めだった。

「みんな、少し散らばってくれ」ディトリウの言葉に、一人ひとりの間隔が七、八メートルあいた。

雑木林の奥にたどりついた勢子《せこ》たちは、まだ騒々しさが足りなかった。充分にうるさくなってから、ようやく放たれたキジのうちの一羽が一瞬飛び上がり、また茂みに着地した。期待に満ちた顔で、ハンターたちがディトリウの左右を前進していく。そのうちの何人かは、この朝もやの中で得られる恍惚感の完全なとりこになっていた。引き金を引くと、その後数日間続く満足感が得られるのだ。誰もがそれなりの収入を得ていたが、生きている実感を得るために必要としているのは、生き物を殺すことだった。

ディトリウ・プラムの隣にいる若いサクセンホルトは、興奮で青ざめていた。彼の父親も、定期的に狩りに参加していた。サクセンホルトは用心深く歩き、しっかりと森を見据えながらも、その向こうの茂みと、二、三百メートル先にある森の端にも注意を払っていた。狙いをよく絞って撃てば、両親の支配から逃れるための愛の巣を手に入れることができるのだ。

ディトリウが片手を挙げると、全員が立ち止まった。ヨートの猟犬がけたたましく吠え、興奮してあたりをぐるぐる回った。飼い主が太った馬鹿犬を落ち着かせようとした。こうなることはわかりきっていた。

そのとき、雑木林の中で初めて鳥が飛び上がった。素早い射撃で、鳥が鈍い音を立てて地面に落ちた。そうなると、ヨートは、自分の犬を抑えておくことができなかった。横に立っていた者が「とってこい！」と命じると、犬は舌を垂らして死骸に飛びついていった。その瞬間、無数の鳥が一度に舞い上がり、ハンターたちは狂ったように徹底的に撃ちまくった。森の中から、耳をつんざくような発砲音とその反響が鳴り響いた。

これこそ、ディトリウ・プラムが大いに好むことだった。絶え間ない射撃音。絶え間ない殺戮《さつりく》。空に飛び上がる点が色の饗宴《きょうえん》のように一瞬動きを止める。すると鳥の体がゆっくりと落ちてくる。男たちが夢中で銃に弾を装填する。ディトリウは散弾銃を思うように操れない若いサクセンホルトのいらだちを感じた。その視線は、雑木林から森の端、さらに藪が茂った平地を落ち着きなくさまよっている。獲物はどの方角から出てくるだろうか？　サクセンホルトにはわからなかった。狩猟仲間たちが血に飢えた興奮状態を満たしていけばいくほど、サクセンホルトは自分の散弾銃をただ強く握りしめた。

そのときヨートの猟犬が、他の猟犬の喉元に嚙みついた。嚙みつかれた犬は、くわえていた獲物を落とし、クンクン言いながらあとずさった。仲間全員がそれを見ていた。装塡しては撃ち、装塡しては撃ちまくっていたヨート以外は。

ヨートの狩猟犬が三羽目の獲物を運んできて、また他の犬に嚙みついたとき、ディトリウは、ずっとその犬を観察していたトーステンを見て大きくうなずいた。引きしまっていない筋肉と、コントロールのきかない本能、悪いしつけ。この犬には、猟犬には不都合なものがすべてそろっていた。

そして、ディトリウ・プラムが予想していたとおりになった。他の猟犬たちがヨートの猟犬の本性を見抜き、仕留められた獲物が地面に落ちると、ヨートの犬が獲物に近づけないようにしたのだ。するとヨートの犬は、他の獲物を探すために森の中に姿を消した。

「これからだ、見ていろ」ディトリウ・プラムは散弾銃を持つふたりに呼びかけた。

「いいか、家具もすべてそろったベルリンのマンションがかかっているんだぞ」

そう言ってディトリウは笑い、自分の散弾銃で、保護繁殖区域から飛び上がったキジの群れに向かって発砲した。

「いちばん優秀な者が獲物を丸ごと獲得する」

このとき、早くも次のキジを捕らえていたヨートの犬が、暗い藪の中から出てきた。すると、トーステンの銃から一発だけ発砲音がし、その弾丸は、空き地にたどりつく前のヨートの犬に命中した。何があったのかを目撃したのは、ディトリウとトーステンだけだったようだ。その発砲音でサクセンホルトの呼吸が速くなり、ヨートを筆頭に他の仲間たちは笑い声をあげた。サクセンホルトがはずした一発だと誰もが思ったからだ。

しかし、ヨートが自分の飼い犬の頭に穴がひとつ開いているのを見たときに、一同の笑いも一瞬にして消えることになるだろう。そのときには、さすがにヨートも学ぶだろう。ディトリウ・プラムが駄目だと言った以上、しつけの悪い犬など連れてきてはならないということを。

雑木林の向こうの藪の中から、何かが動く音が聞こえた瞬間、ディトリウ・プラムはベント・クルムが一瞬首を横に振ったことに気づいた。クルムも、トーステンが犬を殺したところを目撃していたのだ。

「いいか、何を狙ってるかわからないうちは、むやみに撃つんじゃないぞ。わかったな?」

ディトリウ・プラムは脇にいた男たちに小声で伝えた。

「勢子たちは雑木林の向こうの一帯を担当している。だから、今日いちばんの獲物はあの雑木林の奥から出てくるだろう」

そう言ってディトリウは背の高いビャクシンの藪をいくつか指差した。

「獲物の体の中心線、地面から約一メートルのあたりを狙うんだ。そうすれば的《まと》をはずれた弾丸は地面に落ちる」

「あれはなんだ？」サクセンホルトが小声で言った。数本の樹木がまとまっているあたりが、突然ざわざわと動いたのだ。小枝がパキッと折れるような音が聞こえた。最初は小さな音だったが、だんだんと大きくなり、獲物の背後にいる勢子たちの出す大声が、興奮を帯びたものになった。

そのとき、何かが跳び上がった。

サクセンホルトとトーステンが同時に発砲した。黒っぽいシルエットが少し横に傾いたが、それでもぎこちなく前方にジャンプするのが見えた。完全に姿を現わしたときにようやく、それがなんなのかがわかった。ふたりが狙いを定めてもう一度撃つと、ほかの男たちから熱狂的な叫び声が上がった。

ダチョウだった。

「待て！」

ダチョウが立ち止まり、どの方向に行こうか迷うようにあたりを見回したとき、ディトリウ・プラムは大声で言った。まだ百メートルほど離れている。

「頭に命中させせろ。ひとり一発だ。おまえからだ、サクセンホルト」

サクセンホルトは銃身を持ち上げ、息を止めて引き金を引く。全員が固唾《かたず》をのんだ。弾は狙った目標よりも低く、ダチョウの首を引き裂いた。ダチョウの頭が後ろにのけぞる。それでも一同からうなるような声が聞こえた。トーステンですら感嘆の声をあげた。どっちみち、トーステンがベルリンのマンションを手に入れたところで使い道などないはずだ。

ディトリウ・プラムは微笑んだ。ダチョウが一発で地面に倒れるのを期待していたが、頭を失ったこの鳥はさらに数秒間走り回ってから、でこぼこした地面に座り込んだ。そして横たわったまま痙攣《けいれん》するようにダチョウの体が震え、ついに動かなくなった。めったにお目にかかれない大スペクタクルだった。

仲間たちがダチョウにまだ何発かの弾丸を浴びせている間、若いサクセンホルトはうめくように言った。

「ダチョウだったのか。ダチョウを撃ち殺した。すごいぞ。今夜はヴィクトのところに行こう。女たちはさぞかし驚くだろうな！　今夜はどの女にするか、もう決めてあるんだ」

ディトリウ、トーステン、ウルレクの三人がトラーネケーア・ホテルのレストランに集うと、ディトリウが注文したシュナップスが運ばれてきた。トーステンがどれだけこの酒を求めているかが、ありありとわかった。

「どうしたんだ、トーステン？　顔が真っ青だぞ」

ウルレクが言い、イェーガーマイスター（薬草のリキュール）をぐいと飲んだ。

「おまえの撃つ番が回ってこなかったから、怒っているのか？　おまえはすでにダチョウを撃ったことがあるじゃないか」

トーステンは自分のグラスを指で回した。

「キミーのことだよ。抜き差しならなくなってきたんだ」そう言って、トーステンは酒を飲んだ。

ウルレクは酒を注ぎ足し、ふたりに向かって乾杯のしぐさをした。

「オールベクがこの件で動いている。じきに彼女を捕まえるさ、トーステン。心配するな」

トーステンはポケットからマッチ箱を取り出し、テーブルの上のキャンドルに火を灯して言った。

「まさかキミーが、汚れたぼろをまとって通りをうろつく女になっていて、おまえたちが差し向けた間抜けな私立探偵に簡単に見つかるなどとは思ってないだろうな。キミーはそんな女じゃないぞ、ウルレク。くそっ、いまいましい。ここでキミーの話をしなきゃならないなんて。おまえたち、キミーのこと、よく知ってるだろう？　探偵じゃキミーを見つけられない。そこが問題なんだ。わかってるのか？」

ディトリウは手に持っていたグラスを置き、天井の梁を見上げた。「なんなんだよ？」ディトリウはトーステンのこういう調子が、嫌いだった。

「キミーがうちのファッションビルの前で、モデルを襲ったんだ。昨日のことだ。何時間も建物の前で待っていたようだ。タバコの吸殻が十八本歩道に落ちていたらしいからな。キミーは誰を待っていたと思う？」

「襲ったってどういうことだ？」ウルレクが不安そうにきいた。

トーステンは黙って首を横に振った。

「まあ、それほどひどいけがではなかったらしい。何発か殴られただけだから、警察を介入させなかった。そのモデルには一週間休みを取らせて、ポーランドのクラカウ行きの往復チケットを持たせたよ」

「確かにキミーだったのか？」

「ああ。そのモデルに、昔のキミーの写真を見せて確認した」

「間違いないのか？」

「間違いない」

今度はトーステンが、ふさぎこんだ顔になった。

「これ以上大げさなことになって、キミーが警察に捕まるような事態だけは避けないとまずいな」ウルレクが言った。

「ちくしょう、なんてことだ！　キミーがまた俺たちにつきまとうようなことになったらどうするんだ？　キミーならなんでもやるさ。俺にはわかる」

「キミーはまだ金を持ってると思うか？」ウルレクが言った。

このときウェイターが、追加の注文をききにきた。まだ早朝で、ウェイターは眠たげだった。

ディトリウはウェイターに向かって「いやこれでいい。ありがとう」と答えた。

ウェイターが部屋から出て行くまで、誰も口を開かなかった。

「なんてことだ。ウルレク、どう思う？　あいつは当時、俺たちからいくら巻きあげた？

二百万クローネだぞ。キミーが路上生活をするのに、いったいいくら必要だっていうんだ？」

トーステンはウルレクの口調を真似て言った。

「まったく必要ないよな。キミーはありあまるほど金を持っていて、欲しいものならなんでも買える。武器だって買える。コペンハーゲンの路上なら、なんでも手に入るんだからな」

ウルレクの重い体がびくっと動いた。

「オールベクの〝部隊〟を増強したほうがよさそうだな」

10

「なんですって？　誰とかわれって？　犯罪捜査助手のエル・アサドですか？　間違いありませんか？」唖然としながら、カールは受話器を見つめた。犯罪捜査助手のアサドだって？　それが本当なら、昇格と言っていいだろう。

カールが内線をつなぐと、数秒後にアサドの電話が鳴った。

「はい」というアサドの声が、掃除道具を入れている部屋から聞こえた。

カールは眉間にしわを寄せた。犯罪捜査助手のエル・アサドだって？　まったくずうずうしいぞ、あの砂漠の民の末裔《まつえい》め！

「ホルベク警察からでした。あちらでは午前中ずっと、ラアヴィー殺人事件の書類を探していたそうです」

カールとアサドは丸二日間、ファイルの書類を読み込んだ。アサドは無精ひげが伸び、かなり疲れている様子だ。

「それで、なんて言われたと思います？　書類はもうないそうです。紛失したそうです」

カールはため息をついた。

「それじゃあ誰かが持ち去ったということだな？　ひょっとして、マータ・ヤーアンスンがあの殺人事件について書かれたグレーのファイルを渡した、アーネとかいうやつか？　ファイルが灰色だったかどうかはきいてみたか？」

アサドはかぶりを振った。

「でもまあ、ファイルの色はどうでもいい。書類を持っていった男は亡くなったと、マータが言っていたしな。どっちみちその男とはもう話すことはできん」

カールはそこで目を細めた。

「ほかにも説明してほしいことがある、アサド。いったいいつ、犯罪捜査助手に任命されたんだ？　警察官の振りをするのは気をつけたほうがいいぞ。法律で厳罰に処されるからな。第百三十一条だ。六カ月間の懲役を科されかねないぞ」

アサドはぴくっと動いて「犯罪捜査助手ですって？」と言い、ほんの一瞬息を止めてから、まるで無実を晴らすかのように自分の胸に手を当てた。

「そんなこと、生まれてこの方、考えたこともありません」アサドは言った。「私は、犯罪捜査助手のアシスタントですと言っただけです。みんな、人の話をきちんと聞いてないんですよ」そしてアサドは腕を前に伸ばして、「私が悪いんですか？」と言った。

犯罪捜査助手のアシスタントだって！　なんという言い草だ！　胃潰瘍になりそうだ。

「あえて言うなら、警部補のアシスタントあるいは警部補の助手だ。おまえがどうしても警部補の助手だと名乗りたいなら、俺はかまわない。ただし重要なのは、間違われないようにはっきりと言うことだ。いいな？　わかったら、自動車管理部門に行って、俺たちのすばらしいポンコツの出発準備をしておいてくれ。ラアヴィーへ行くぞ」

マータの別荘は松林に囲まれた場所にあり、年月を経て、砂の中に埋もれていきそうに見えた。窓の様子からすると、この建物は殺人事件以来、利用されていないようだ。屋内は腐朽した柱に囲まれた見通しの悪い空間だ。すべてがどうしようもなく殺風景だった。

カールとアサドは、別荘の周囲に残っていた曲がりくねった轍《わだち》を調べた。九月も後半になるとあたりには人っ子ひとりいない。

アサドはまぶしくないように手を目の上にかざし、いちばん大きな窓から中を見ようとした。だが何も見えなかった。

「こっちだ、アサド。鍵は建物の裏にかかっているはずだ」と、カールが言った。

カールは別荘の裏手の軒下をのぞいた。二十年間、鍵は誰にでも見えるようにそこにぶら下げてあった。マータ・ヤーアンスンの親友、ユヴェッテがカールに説明したとおり、鍵はキッチンの窓のすぐ上に打ち付けられた錆びた釘にかかっていた。この鍵を盗む者などいるだろうか。別荘の陰鬱な雰囲気からして、中に入ろうとする者はおそらくいないだろう。シーズンオフの時期に別荘を狙う空き巣でさえ、この中には何も盗るもの《と》などないとひと目でわかるだろう。

カールは手を伸ばして鍵をとり、鍵穴に差し込んだ。驚いたことに、古い鍵なのにいとも軽く回り、すぐにドアが開いた。

カールがドアから中をのぞきこむと、悪臭が鼻をついた。湿気と腐敗臭が放置され続けたにおいだ。ときどき老人の寝室でかぐにおいと同じだ。

カールは廊下の壁の電灯のスイッチを探した。しかし電気は通っていなかった。

「これを」と言って、アサドはカールの鼻先にハロゲンランプの懐中電灯を差し出した。

「しまっておけ。それは必要ない」カールが言った。

だが、アサドはすでに過去の世界に潜り込んでいた。円錐状の光が、卵の殻のような色の収納つきベンチや、青いほうろうの台所用品を照らし出した。ほこりが積もった窓ガラスから差す弱々しい光のおかげで完全な暗闇にはなっていない。リビングルームが、古い白黒映画の夜のシーンのようにその闇に浮かび上がった。大きな暖炉に、幅広の厚板が使われたフローリングの床。スウェーデン風敷物はよれて、斜めにずれている。ボードゲームの〝トリビアル・パスート〟が、床に置かれたままだ。

「まさに報告書にあるとおりですね」そう言いながら、アサドは床にころがっていたボードゲームの箱を足でつついた。箱は、かつてはマリンブルーだったのだろうが、今では黒くなっていた。ボードゲーム自体も、少しだけ汚れていた。ボードの上に置かれたままのゲームの駒も同じだった。ゲームの最中にマス目からずれたようだが、大きくずれたわけではなさそうだ。

〝トリビアル・パスート〟は、六人までが遊べるボードゲームだ。さいころを振って駒を進め、止まったマス目で指定されたジャンルのクイズのカードを引き、クイズに正解すればそのジャンルの色の〝ケーキ〟がもらえる。クイズのジャンルは六種類で、〝ケーキ〟の色も六種類ある。〝ケーキ〟は三角チーズのような形をしており、ひとつの駒に〝ケーキ〟を六つまで入れられるようになっている。できるだけたくさん〝ケーキ〟を集められた者が勝ちだ。

目の前にある赤い駒には四つの〝ケーキ〟が入っており、茶色い駒には何も入っていなかった。四つの〝ケーキ〟が入った赤い駒は、四問のクイズに正解した少女のものだったのだろうと、カールは推測した。あの日、少女は、兄よりはいくらか頭が働いていたはずだ。兄のほうはかなり大量のコニャックを飲んでいたと、解剖所見に記されていた。

「一九八七年からこのままの状態なんですね。このゲーム、そんなに古いものなんですか？」

「シリアが独立して一、二年が経ったころからあるゲームかもしれないな、アサド。そもそも向こうではこういうものが買えるのか？」

カールは、アサドが黙りこくってしまったことに気がついた。それからクイズのカードが入ったふたつの小箱のほうを向いた。箱の前に、カードが二、三枚置いてある。つまりこれが、兄妹が生きていたときの最後のクイズだったというわけだ。痛ましい。

カールは床を見回した。少女が発見された場所には、まだ黒いしみが残っている。ゲームのボードについているしみと同じく、血痕に間違いなかった。何カ所か、鑑識が指紋を採取した際の円の跡が残っていたが、つけられていた番号は消えていた。指紋採取の専門家が使う粉はうっすらしか残っていない。それも当然のことだが。

「何も見つけられなかった」カールは声に出してひとり言を言った。

「なんですって？」

「兄妹やふたりの両親のものとわかる指紋が見つからなかったんだ」

カールはもう一度、ゲームのボードを見た。

「このゲームがまだここに置いてあるとは奇妙だな。鑑識が詳しい調査のために持ち帰ったものと思っていたが」

「確かに」アサドが自分のこめかみを指でトントン叩いた。

「カール、そのとおりです。今、思い出しましたが、このゲームはビャーネ・トゥーヤスンの裁判で証拠として提出されています。だから鑑識は持ち帰ったんですよ」

ふたりは、本来ここにあるはずのないゲームボードをじっと見た。

カールは眉根にしわを寄せた。そしてポケットから携帯電話を取り出し、警察署に電話をかけた。

リスの反応は冷めたものだった。

「あなたの手伝いはもうあまりしないようにという指示を受けているのよ、カール。私たちがどれだけの仕事を抱えているか知っているでしょ？　警察の構造改革のことも聞いたことあるわよね、カール？　知らないと言うなら、あなたの記憶を呼び戻してあげたいところだわ。そのうえ、私たちからローセを取り上げようというのだから」

あんないまいましい新人、そっちに戻ったっていっこうにかまわない。

「おやおや！　少しは休憩しろよ。俺だよ、カールだ。落ち着いて。いいか？」

「あなたには若い働き手がいるでしょう。だから彼女と話せばいいわ。ちょっと待って」

カールは困惑したが、また電話を耳にあてた。

「はい、何をすればいいでしょうか？」という声が聞こえてきた。

カールはまた眉間にしわを寄せて尋ねた。「誰だ？　ローセ・クヌスンか？」

電話から聞こえてきたしわがれ声は、将来に対して静かな不安を抱かせるものだった。

カールはローセに、ラアヴィー殺人事件の証拠品の中に青いトリビアル・パスート・ゲームがあるかどうかを調べるよう頼んだ。しかしどこを探させればいいのか、見当もつかなかった。置いてありそうな場所はたくさんあった。まず、どこに問い合わせてもらうべきだろうか。彼女には自分で探し出してもらおう。大事なのは、すぐにとりかかってくれることだ。

「誰と話したんですか？」アサドが尋ねた。

「おまえのライバルだ、アサド。緑のゴム手袋と掃除用バケツの仕事に戻されないよう、気をつけるんだな」

だが、アサドはその言葉をよく聞いていなかった。彼はゲームのボードの前にしゃがみこみ、血痕を調べはじめたのだ。

「ゲームの上にもう血痕が残っていないのは奇妙じゃありませんか？　犯人たちはまさにこ

の上で、少女を死ぬまで殴ったんですよ」アサドは自分の脇にある床のしみを指差した。

カールは、犯行現場と死体の写真を思い浮かべた。「ああ、確かにおまえの言うとおりだ」


少女が何度も繰り返される殴打に耐え、大量の血を流したわりには、ボードゲームの上の血痕は極端に少ない。事件の記録書類を持ってこなかったのはうっかりしていた。持ってきていれば、この現場と当時の写真とを見比べることができたのだ。

「私の記憶が正しければ、ボードには血がたくさんついていました」アサドはそう言って、ボードの真ん中の黄色いマス目を指差した。

カールはアサドの隣にしゃがんだ。指を一本、注意深くボードの下に入れて、ボードを持ち上げてみた。ボードの位置が少しずれた。飛び散ったいくつかの血痕が、ボードの下の床の上についている。これでは辻褄が合わない。

「アサド、これは証拠品のボードゲームじゃないぞ」

「ええ、別物ですね」

カールは注意深く、ボードを元に戻した。それから指紋採取用の粉の跡がうっすらと残るゲームの箱を手に取った。表面がすべすべしている。あれから二十年だ。何か違う粉の可能性も大いにある。片栗粉とか、もしかしたら本物の鉛白かもしれない。なんだってありうる。

「誰がここにゲームを置いていったんだろう？」アサドは言った。「このゲームを知っていますか、カール？」

カールは返事をしなかった。

カールは、壁に沿って天井の高さまで取り付けられている棚を眺めていた。ニッケル製のエッフェル塔や、バイエルン州の錫《すず》製のふたがついたビールジョッキなどが棚に置かれている。当時は、それらが定番の旅土産だったのだ。棚に百点以上の土産品が置かれているところから、オーストリアとイタリアの国境にあるブレンナー峠やドイツ中部のハルツ山地の暗い森をよく知っていて、キャンピングカーを持っている一家が思い浮かんだ。それを見て、カールは自分の父親を思い出した。父ならこれを見て、懐かしい思い出にふけるだろう。

「棚に何かあるんですか、カール？」

「俺にもわからない」カールは首を横に振った。「だがなんとなく、よく目を凝らして見たほうがいいように思うんだ。すまないがあの窓を開けてくれるか、アサド。もっと光がほしい」

カールは立ち上がり、床全体を再びよく見た。そして胸ポケットに入っているタバコの箱を片手で探り出した。アサドは窓枠をコンコンと叩いた。

どうやら事件当時にあったものとは別のゲームと、当然運び出された遺体以外は、すべてが当時のままのようだ。

カールがタバコに火をつけると、携帯電話が鳴った。ローセからだった。

ゲームはホルベク署の資料保管室にあったと、ローセは言った。書類は消えてしまったが、ゲームはそこにあったのだ。

事件解明の希望がまったくないわけではないようだ。

「また電話する」カールはローセに言って、深々と息を吸い込んだ。「それまでにゲームの駒と、〝チーズキューブ〟のことをホルベク署にきいてみてくれ」

「チーズキューブ？」

「ゲームで正しく答えたときにもらうこの小さなかけらのことを〝チーズキューブ〟と言うんだ。〝ケーキ〟とも言うが。それぞれの駒に、どの〝ケーキ〟がはめ込まれているかをきいてみてくれ。そして、それぞれの駒にどの〝ケーキ〟が入っていたか、メモをとるんだ」

「ケーキ？」

「そうだ！　そういうふうに呼ぶものなんだ！　〝チーズキューブ〟だろうが〝ケーキ〟だろうが、指しているものは同じだ。小さな三角のものだ。トリビアル・パスートで遊んだことがないのか？」

電話に出たローセは、また薄気味の悪い笑い声をあげた。「トリビアル・パスートですって？　今はそのゲーム、ベッツァーヴィッツァー（知ったかぶり）っていうんですよ、おじいちゃん！」

カールとローセのあいだに恋心が芽生えることだけは、絶対にないだろう。

カールは気を落ち着かせようと、もう一本タバコを取り出した。ローセとリスが交代すればいいのに。リスが地下に手伝いにきてはくれないだろうか。どちらにせよ、地下室に来てアサドの叔母たちの写真の横にリスが座っていれば、きっといろいろなことがすごくうまくいくだろう。そうしてくれるなら、パンクのヘアスタイルでもかまわない。

そのとき、木材やガラスが割れる音がして、アサドが叫び声をあげた。窓ガラスが粉々に砕け、光が部屋の隅々まで入ってきた。アサドは窓を開けようとして、壊してしまったのだ。天井からクモの巣が花飾りのようにぶらさがり、ほこりが旅の思い出の品の上にうずたかく積もって、色という色がモノクロになってしまっていた。

カールとアサドは、報告書で読んだことをもとに、この事件で何が起きたのかを考えた。

誰かが午後の早めの時間に、鍵のかかっていなかったキッチンの勝手口から侵入し、少年をハンマーで殴り殺した。ハンマーは、後日、二、三百メートル離れた場所で発見された。どうやら少年は、自分に何が起きたのか気づかないまま亡くなったようだ。検視の報告書にも死体解剖報告書にも、即死と書かれている。コニャックを握る手の硬直から、即死であることが証明されたのだ。

少女は逃げようとしたが、すぐに集団に襲われたようだ。少女は殴り殺された。じゅうたんに今も黒っぽいしみが残る、被害者の脳髄、唾液、尿、血液が発見されたまさにその場所で。

その後、推測によれば、犯人たちは少年の尊厳を傷つけるために、少年の水泳パンツを脱がせた。しかし水泳パンツは見つかっていない。果たして、妹はビキニ姿で、少年は水泳パンツを履いた状態でトリビアル・パスートをして遊んでいたのかどうかについての捜査は、それ以上行なわれなかった。近親相姦はまったく考えられない。ふたりとも恋人がいたし、家族とも仲良く暮らしていた。

少年のガールフレンドと、少女のボーイフレンドは、ふたりが襲われた日の前夜にふたりとともにこの別荘に泊まっていた。翌朝、彼らはホルベクの学校に登校した。彼らにはアリバイがあり、この事件でひどいショックを受けていた。

また携帯電話が鳴った。カールは画面に表示された発信者の電話番号を見て、電話に出る前に気持ちを落ち着けようと、タバコの煙を吸い込んだ。

「もしもし、ローセ？」

「ホルベク署にきいたら、〝ケーキ〟と〝チーズキューブ〟についての問い合わせなんて、変わってると言われました」

「それで？」

「それでも見てもらわなきゃいけなかったんでしょう？」

「それで？」

「赤い駒にはチーズキューブが四つはまっていました。チーズキューブは黄色、赤、緑、青いのが一個ずつです」

カールは目の前にあるゲームを眺めた。ここにあるものも同じだ。

「青、黄、緑、オレンジの駒はゲームに使われていませんでした。残りのチーズキューブといっしょに箱に入れられていたんです。それらの駒にチーズキューブははめ込まれていませんでした」

「それで、茶色の駒はどうだ？」

「茶色の駒には、茶色と赤のチーズキューブがはまっていました。これでいいですか？」

カールは返事をしなかった。ボードの上にある、チーズキューブが入っていない茶色の駒をただ見つめていた。実に、実に奇妙だ。

「ありがとう、ローセ」カールは言った。「上出来だ」

「それで、ローセはなんて言ってました？」アサドが尋ねた。

「茶色の駒には、茶色と赤のキューブが入っているそうだ。だが、ここにあるのは、空っぽだ」

ふたりは、チーズキューブがはめ込まれていない茶色い駒をじっと見つめた。

「なくなった二個のチーズキューブを探しましょうか？」そう言い終わらないうちに、アサドは動き出し、壁際に置かれているオーク材の戸棚の下をのぞき込んでいた。

カールは再び、大急ぎでタバコを取り出した。いったい誰が、なぜ、もともと置いてあったものと同じトリビアル・パスートのゲームを、この床の上に置いたのだ？　何かがおかしいことは明らかだった。それに、なぜキッチンの勝手口の鍵が簡単に開いたのか？　この事件のファイルをカールのデスクに置いたのはなぜだ？　裏で糸を引いているのは誰だ？

「この別荘で、クリスマスも祝っていたようですね。ここは寒かったはずですが」そう言いながら、アサドは戸棚の下にあったクリスマスツリーの飾りつけを取り出した。毛糸で編んだハートだ。

カールはうなずいた。寒いとはいえ、今、感じている寒気よりも寒いということはなかっただろう。この場所全体に過去と不幸が漂っていた。当時の関係者で、今も生きているのは誰だろう？　もうすぐ脳腫瘍でこの世を去る年老いた女性。そのほかに誰がいる？

カールは寝室へと続く三つのドアを見た。父親、母親、子どもたち。一部屋ずつ順に見て行った。パイン材のベッドの横には小さなサイドテーブルがあり、その上にはチェックの布きれのようなものが置かれていた。少女の部屋の壁にはデュラン・デュランとワム！のポスター、少年の部屋にはぴったりとした革の衣装を着たスージー・クアトロのポスターが貼ってある。子ども部屋には、明るく無限の未来があった。しかしこのリビングルームで、ふたりの未来が無残に奪われたのだ。ここで、ふたりの人生の時計が止まった。まさに今、カールが立っているこの場所で。

「カール、キッチンの棚にシュナップスが残っています」アサドがキッチンから呼んだ。この家に空き巣は入らなかったようだ。

外に出て建物を眺めると、カールは不思議な胸騒ぎを感じた。この事件の全容は、まるで水銀をつかもうとするかのようだ。触れると有毒で、動かないように留めておくことはできない。漠然としていると同時に具体的だ。過ぎ去った長い年月。自首した男。いまや社会の上層部にいる元寄宿学校生のグループ。

確かなことはなんだろう、とカールは自問した。そもそも捜査を続ける理由があるのか、とも。

「アサド、この件は棚上げだ。さあ、署に戻ろう」

カールは草の上を歩きながら、ポケットから車のキーを取り出した。この事件は片付いている、それでいい。しかしアサドは反応しなかった。その場に立ちすくんだまま、あたかも神聖な場所への隠された入口でも見つけたかのように、リビングルームの割れた窓を眺めていた。

「理解できません」とアサドは言った。「だって、今、被害者のために何かできるのは私たちだけじゃありませんか」

まるで、この中近東から来た小柄な男が、過去に向けて救いのロープを伸ばせるかのように聞こえた。

「ここにいても進展があるとは思えないが、ちょっと通りを歩いてみよう」カールはそう答えると、またタバコに火をつけた。タバコの煙といっしょに吸い込む清々《すがすが》しい空気が、とにかく気持ちよかった。

ふたりは、ほんの数分間、晩夏の芳香を含む柔らかな向かい風の中を歩いた。しばらくすると違う別荘にたどりついた。中から物音が聞こえてくる。年金生活者のみんながみんな、冬ごもりを始めたわけではなかったのだ。

「確かに人通りの少ない時間だが、今日はまだ金曜日だからね」その声で、カールとアサドは家の裏に男がいるのを見つけた。胸のすぐ下でズボンのベルトを締めていて、血色のいい顔をしている。「また明日来るといい。ここは土日になると人が増えるから。あと一ヵ月ぐらいはね」

男はカールの警察バッジを見たとたん、とめどなく話し出した。ありとあらゆるテーマについて延々語るのを、カールとアサドは聞いていなければならなくなった。窃盗、酔っ払いのドイツ人、ヴィーイ町の近くでのスピード違反など、話は尽きない。

この男はロビンソン・クルーソーのような生活でもしていたのだろうか、とカールは思った。よほど会話に飢えているらしい。

するといきなり、アサドが男の腕をつかんだ。

「この道をずっと行った先で、子どもたちを殺したのはあなたですか？」

男は高齢だった。アサドの言葉に、呼吸が突然つっかえた。まばたきもしなくなり、目はまるで死人のように輝きを失って、口を開いたまま、唇は青くなった。手を胸まで挙げることもできない。男がふらふらと後ろによろめいたので、カールはとっさに男を支えた。

「おい、アサド、いったい何を言いだすんだ！」

カールは、男のベルトを緩め、襟元のボタンをはずしてやった。

十分経つと男の意識がやっとはっきりしてきた。キッチンから走り出てきた男の妻は、ずっと黙ったままだった。実に長い十分間だった。

「私の同僚を、どうかお許しください」カールはまだショックを受けている男に向かって言った。「こいつは、イラク警察とデンマーク警察の交流プログラムで来ていまして、デンマーク語のニュアンスをうまく使いこなせないのです。ときどき、私の捜査方法とこいつの捜査方法が合わずに衝突するんです」

アサドは何も言わなかった。ひょっとしたら〝衝突〟という言葉が効いたのかもしれない。

男は深呼吸を三分間ほど繰り返してから、ようやく口を開いた。「あの事件のことはよく覚えていますよ。ひどい話です。でも、犯人なのかと尋ねるのなら、どうぞヴァルデマ・フローリンにきいてみてください。彼はこの先のフルナスー通りに住んでいます。ほんの五十メートル行った右側の家です。すぐに見つかりますよ」

「なぜイラク警察のことを持ち出したのです、カール？」アサドは尋ね、海に向かって石を蹴った。

カールはアサドを無視して、かわりに高台にそびえ立つヴァルデマ・フローリンの屋敷を見上げた。一九八〇年代当時、この宮殿のような平屋建築はゴシップ誌にしょっちゅう取り上げられていた。ここには自家用ジェット機で世界じゅうを遊びまわる連中が遊びにやってきて、ありえないくらいはめをはずしたパーティーが繰り広げられていた。フローリンと張り合おうとしたり、フローリンより派手なパーティーを開いたりしたら、生涯、フローリンを敵に回すことになる、という噂が広まった。

ヴァルデマ・フローリンはずっと、妥協をしないことで知られていた。法に触れるぎりぎりのことも行なっていたが、不思議なことに法律違反で捕まったことがない。若い女性従業員に対する性的暴行についてのいくつかの訴訟と、損害賠償請求の訴えが起こされたことがあったが、それだけだ。ビジネスマンとしてのフローリンはなんでもこなした。不動産、武器や兵器、被災地域への大規模な食糧配達、ロッテルダムの石油市場への素早い参入。とにかくなんでもやった。

しかしそれも過去の話になってしまった。フローリンの妻が自殺してからは、着飾った者たちや裕福な者たちが、一気に手の届かないところまで遠ざかってしまった。ある日を境に、ラアヴィーとヴィズベクにあったフローリンの家は、誰も近づかない砦のようになってしまった。フローリンが小児性愛者で、そのことが妻を死に追いやったことはよく知られていた。そういう話は誰もが忘れないものなのだ。この別荘地でもそうだ。

「なぜです、カール？　なぜ、イラク警察のことを持ち出したんですか？」アサドはなんとか聞き出そうとした。

カールは、アサドを見た。褐色の頬が真っ赤になっている。憤慨しているからなのか、カテガット海峡から吹く清々しいそよ風のせいなのかはわからない。

「アサド、いきなりあんな質問をして、相手を不安にさせるようなことは絶対にしてはいけないんだ。あの老人が犯人じゃないことは明らかなのに、なんであんなこと言ったんだ？そんなことをして何になる？」

「あなただって、やったことがあるじゃないですか」

「わかった。この話、今はやめよう」

「それで、なぜイラク警察のことを？」

「たいした意味はない。ただなんとなく言っただけだ」カールは答えた。しかしふたりがヴァルデマ邸のリビングルームに案内されたとき、カールはアサドの視線を背中に感じ、アサドの過敏な反応が気になった。

ヴァルデマ・フローリンは、一枚ガラスのパノラマ窓の前に座っていた。窓からは、通りだけでなくヘセルウーの広い入江までが見渡せた。フローリンの背後には、ガラスをはめ込んだ四枚の二重ドアが開け放たれ、ドアの向こうには砂岩を敷きつめたテラスと、庭の真ん中にはプールがあった。プールには水が入っておらず、砂漠にある乾ききった水飲み場を思い起こさせた。かつては、ここで贅沢三昧《ざんまい》の生活が送られていた。王室のメンバーまでが出入りしていたという。

フローリンは、両足を足台にのせたまま本を読みふけっていた。暖炉には火が燃え、わきにある大理石のテーブルには飲み物が置いてある。カーペットの上に、本から破られたページが散らばっていることを除けば、すべてがとても調和的な印象を与えた。

カールは二、三回咳払いをしたが、年老いた強欲な金融マン、フローリンは手に持った本のページをじっと見たまま目線をあげなかった。突然、次のページを破って床に放り投げると、ようやく訪問客に目を向けた。

「こうしておけば、どこまで読んだかがわかる」それから、こう続けた。「失礼だが、どちら様かね？」

アサドの眉がぴくりと動いた。彼には理解できない表現が含まれていたようだ。

カールが警察バッジを見せて、コペンハーゲン警察から来たと説明すると、ヴァルデマ・フローリンの顔から微笑が消えた。そしてなんの用事で来たのかを伝えると、フローリンは「帰ってくれ」と言った。

年齢はすでに七十代半ばだろうが、いまだに人を寄せつけない尊大さをもっている。相手が何かを言おうものなら、すぐにそれなりの反応をするつもりだということが、鋭い眼光から伝わってくる。辛辣な言葉を相手に浴びせかける瞬間を、今か今かと待っているのだ。

「いきなりうかがってすみません、フローリンさん。帰れと言われるなら帰ります。あなたのことを尊敬していますからね。明日の朝、出直したほうがよければそうしますが」

カールのこの言葉で、フローリンの心境に何か変化が起きたようだ。恭《うやうや》しい態度、お世辞、贈り物などは月並みだ。だがカールは、どんな人でも嫌だとは思わないものを、フローリンに向けた。敬意だ。「相手に敬意を示せば、相手は踊りだす」と、カールは警察学校の教師から教わった。まぎれもない事実だった。

「耳ざわりのいいことを言ってくれるが、その手には乗らんよ」フローリンは言った。しかし本音は違った。

「ちょっと座らせていただいてもよろしいですか。ほんの五分でいいですから」

「いったいなんの用だ？」

「ビャーネ・トゥーヤスンが、一九八七年に、本当にひとりでヤーアンスン兄妹を殺害したと思われますか？　そんなはずがないと言う人もいるのです。あなたのご子息に容疑はかけられていませんが、ご子息の友人の何人かは、疑われるかもしれません」

フローリンは、まるで悪態をつこうとしたかのような表情で口を開けた。しかし悪態をつくかわりに、ページが引き裂かれた本をテーブルに置いた。

「ヘレン、もう一杯持ってきてくれ」

そして、カールとアサドには何も勧めずに、エジプトのタバコに火をつけた。

「誰だ？　誰がそんなことを言っているんだ？」

フローリンの声には、まるで覚悟していたかのような奇妙な響きが混じっていた。何かを待っていたかのようでもある。

「それはあいにく、お教えすることができません。しかしビャーネ・トゥーヤスンが単独で殺害したのでないことは明らかです」

「ああ、あの卑しい役立たずめ」フローリンは嘲《あざけ》るように言った。しかしそれ以上は何も言わなかった。

黒い服に白いエプロンをつけた二十歳くらいの若い女性がやって来て、慣れた手つきでウィスキーと水を注いだ。カールとアサドには一瞥《いちべつ》もくれない。

彼女はフローリンのそばを通り過ぎるとき、片手でフローリンの薄い髪をそっと触って整えた。

フローリンはウィスキーをひと口飲むと「力になりたいのは山々だが、もうずいぶん前のことだしな。そっとしておくほうがいいのでは？」と言った。

「ご子息の友人を直接ご存じでしたか、フローリンさん？」カールは冷たい声で尋ねた。

フローリンは微笑んだ。「まだお若いな。わしは当時とても忙しかった。息子の友達のことまでいちいち知らんよ。トーステンが寄宿学校で知り合った子どもたちってだけのことだ」

「当時、寄宿生グループについてささやかれていた噂や疑惑のことを知ったときは、驚きませんでしたか？　そのグループの少年たちは、みんな知的で、家柄もトップクラスでしたよね」

「さあ、どうかな。誰が何に驚いたかも知らんよ」

グラスの縁の向こうから、フローリンは細めた目でカールをじっと見た。その目は多くのことを見てきたはずだ。カール・マークが経験してきたことよりも、ずっと不愉快な出来事もあっただろう。

フローリンはグラスを置くと、おもむろにこう言った。「そうは言っても、一九八七年当時の捜査の流れの中では、明らかに二、三人目立つやつがいたな」

「と言いますと？」

「わしは弁護士といっしょに、少年たちが尋問を受けているあいだずっとホルベクの警察署にいたんだ。結局、わしの弁護士が六人全員の弁護人になったんだがね」

「ベント・クルム氏のことですね？」

アサドのこの質問をヴァルデマ・フローリンは完全に無視した。フローリンは、ベント・クルムのことまでカールたちに知られているとは思っていなかったようだ。

「目立つやつがいた、ですか？　尋問中、誰が目立っていたんですか？」カールは質問した。

「ベント・クルムをご存じなら、すぐ電話をかけて、直接きいてみたらどうだ？　すばらしい記憶力の持ち主だ」

「そうなんですか？　誰がそう言っているんですか？」

「クルムは今でもわしの息子の弁護士を務めている。それから、ディトリウとウルレクの弁護も」

「さっきはご子息の友人については知らないとおっしゃいませんでしたっけ？　それでも、ディトリウ・プラムとウルレク・デュブル・イェンスンだけは事情が違うということですか？」

フローリンは首を軽く横に振って「彼らの父親を知っていた、それだけだ」と言った。

「では、クレスチャン・ヴォルフとキアステン・マリーイ・ラスンの父親のこともご存じでしたか？」

「ほとんど知らん」

「ビャーネ・トゥーヤスンの父親は？」

「そんなどうでもいい男、知るわけがない」

「彼はシェラン島の北で材木商をしています」アサドが言葉を挟んだ。

それはカールも知っていた。

「いいかね？」とヴァルデマ・フローリンは言い、ガラス天井の向こうの明るく青い空をじっと見つめた。

「クレスチャン・ヴォルフはもう亡くなったし、キミーは蒸発した。何年も前のことだ。息子が言うには、キミーはスーツケースをもってコペンハーゲンの町で路上生活をしているらしい。ビャーネ・トゥーヤスンは服役中だ。こんな話をしていまさら何になるんだ？」

「キミーって、キアステン・マリーイ・ラスンのことですか？　彼女はそう呼ばれていたのですか？」

フローリンは答えなかった。またウィスキーを飲み、本を手に取った。謁見終了というわけだ。


カールとアサドが家を出るとき、バルコニーの窓越しに、フローリンが本をテーブルの上に投げ出し、受話器をつかむところが見えた。怒り狂っているように見える。弁護士に電話して、すぐに来るようにと伝えているのかもしれない。あるいは警備会社に電話して、カールたちのような訪問者がやってきても庭木戸のところでお引き取り願うような警報システムについて問い合わせているのかもしれない。

「カール、あの人はすべてを知っていますよ」アサドが言った。

「そうかもしれないな。ああいう連中の場合はなんでもありだからな。彼らは不都合なことをひと言ももらさないようにして、ずっと生きてきたんだ。ところでキミーが路上生活をしているのを知っていたか？」

「いいえ。そんなことはどこにも書かれていませんでした」

「キミーを見つけねばならん」

「そうですね。でもまずは、この事件のほかの関係者に話をきいてみてはどうですか」

「まあな」と言ってカールは海の向こうを見た。もちろん関係者全員と話すことになるだろう。「そもそも、キミーのような女がなんの理由もなく、裕福な実家に背を向けて路上生活するなんてありえない。裕福な家で育った人間なら、路上生活をすることで、深い心の傷を負っているはずだ。その傷をさらにえぐると、何かが出てくるかもしれないぞ、アサド。何がなんでも彼女を見つけださなければ」

事件現場の別荘の前に停めておいた車の近くまで戻ると、アサドは立ち止まった。「あのトリビアル・パスートの件が、どうしても理解できません」

カールもまったく同じことを考えていた。「別荘のまわりをもう一度見てみよう。とにかくあのゲームを持ち帰って、指紋を調べるんだ」

カールとアサドは、先ほどより注意深く周囲を見て回った。離れの建物、別荘の裏の草が伸び放題の芝生、ガスボンベ置き場。

再びリビングに入ると、先ほどとは何も変わっていなかった。

アサドは膝をついて、茶色い駒におさまるはずのチーズキューブを探した。その間カールは、一つひとつの家具や旅の記念品がのった棚などをよく観察した。

そしてカールは、ゲームの駒とボードをじっと見た。

ふたつの駒が、全体の中から浮かび上がって見えた。証拠品とまったく同じ色のキューブが入った赤い駒がひとつ。それから、証拠品と同じならキューブが二個入っているはずの空《から》の茶色い駒がひとつ。

そのときカールはあることを思いついた。

するとアサドが「ここにもうひとつ、クリスマスのハートがある」とつぶやきながら、敷物の下からそれを引っぱり出した。

しかしカールは何も言わなかった。ゆっくり前かがみになり、ゲームの箱の前に並べてあったカードを手に取った。クイズが六問ずつ書かれたカードが二枚。カードの色は、クイズに正解すると獲得できるチーズキューブの色と同じだ。

カールは、茶色と赤のカードに書かれているクイズに興味を持った。

そこでカードを裏返して答えを見た。

大きな前進だ。

「これだ！　アサド」カールはできるだけ冷静に自分を抑えながら言った。「これを見てみろ」

アサドはハートを手に持ったまま立ち上がり、カールの肩越しにカードを眺めた。

「なんですか？」

「茶色い駒には、赤と茶色のキューブが足りないんだったよな？」

そう言ってアサドにカードを一枚ずつ手渡した。

「赤いカードのクイズの答えを見てから、茶色のカードの答えを見てみろ。なんて書いてある？」

「一枚は、アーネ・ヤコプスン（建築家）、もう一枚にはヨハン・ヤコプスン（映画監督）とあります」

二人は一瞬、顔を見合わせた。

「アーネだと？ ホルベク署の書類を持ち出してマータ・ヤーアンスンに渡した警察官は、そんな名前じゃなかったか？ 苗字はなんだったか覚えているか？」

アサドは眉間にしわを寄せた。そして胸ポケットからメモ帳を取り出し、マータ・ヤーアンスンに会いに行った日にメモを取ったページを開いた。

それからぶつぶつとつぶやきながら、天井を見上げた。

「そのとおり、アーネという名です。ここにメモしてあります。でもマータ・ヤーアンスンは苗字は言っていませんでした」

それから、アラビア語で何かをつぶやくとゲームのボードを見た。

「アーネ・ヤコプスンが警察官だったとしたら、ヨハン・ヤコプスンというのは誰でしょう?」

カールは携帯電話を取り出し、直接ホルベク署に電話した。

「アーネ・ヤコプスンですか?」当直の署員がきき返した。「わかりません、年配の職員にきいてみないと。少しお待ちください、電話をおつなぎします」

三分後、カールは電話を終えて携帯電話をしまった。

11

四十歳の誕生日。初めて百万クローネという額が自分の口座に振り込まれた日。年金生活に入った父親がクロスワードパズルだけで一日を過ごすようになった日。そういう日に、たいていの男は、父権制の上下関係や、知ったかぶりのアドバイスや、批判的な視線から、突然、自由になったと感じる。

しかし、トーステン・フローリンの場合は違った。

トーステンは、すでに父親が築いた富を上回るだけの財を成していた。特筆すべき功績を残していない四人の兄弟たちのはるか上を行っていた。それどころか、彼は父親よりずっと頻繁にメディアに登場していた。デンマークでトーステンを知らない者はいない。特に、父親がいまだに追いかけている女性たちからの支持は厚い。

それでも、受話器越しに父親の声を聞いただけで、トーステンは気分が悪くなった。邪魔者扱いされている子どものような気がしてしまうからだ。父親とのあいだにはよくわからないわだかまりがあった。手に持っている受話器を叩きつけさえすれば、それも消えていきそうな気もする。

だがトーステンは受話器を叩きつけなかった。できないのだ。

どんなに短い時間でも父親と話をすると、そのあとで必ず怒りがこみ上げ、フラストレーションに襲われる。

それは長男の宿命なんだ、と寄宿学校時代の唯一分別のある教師が言っていた。だからトーステンはその教師が大嫌いだった。それが当たっていたとしても変える方法はあるのか？ 教師の言葉にずっとそういう疑問を持ち続けた。ウルレクとクレスチャンもまったく同じだった。

父親への痛々しいほどの憎しみが彼らを団結させていた。トーステンは、生け贄をさんざん殴りつけたり、気のいい教師が飼っていた伝書バトの頸《くび》をひねって殺したりしたときに、いつも父親のことを思い出した。ファッション業界で成功してからも、トーステンが誰にも真似できないようなコレクションを発表してライバルがひどく驚いたときも、父親のことを思い出した。

愚かな豚野郎！

「愚かでどうしようもない野郎だ」父親が電話を切ると、トーステンは壁に飾られた数多くの賞状や狩りのトロフィーに向かって毒づいた。隣室に、デザイナーとバイヤー、そして上得意のクライアントの八割が集まっていなければ、トーステンは大声で罵詈《ばり》雑言《ぞうごん》を吐いていただろう。そのかわりに、会社設立五周年記念に贈られた装飾の彫り物をほどこした木製の物差しをつかみ、壁に掛かったカモシカの剝製の頭を思い切り叩きまくった。

「このろくでなし！」と小声で言い、何度も何度も剝製を物差しで打った。

首筋に汗が溜まるのを感じ、トーステンはようやく手を止めた。それから、冷静に考えようとした。父親の声と、その声がトーステンに伝えてきたことには耐え難い重みがあった。

トーステンが目を上げると、外で腹を空かせたカササギが羽ばたきしているのが見えた。鳥たちは、以前にトーステンの怒りをぶつけられた鳥の骨を、かしましく鳴きながらつついている。

馬鹿な鳥だ。トーステンは気持ちが落ち着いてきたのを感じた。それから壁にかけてあった狩り用の弓を手に取り、デスクの後ろに置いてある矢筒から矢を二、三本取り出して、テラスの扉を開け、鳥に向けて矢を放った。

鳥たちのかしましい声が静かになると、トーステンの頭から激しい憤怒が消えた。こうすればいつも治まるのだ。

それから芝生の上に出て行き、鳥の屍《しかばね》から矢を抜いて、その屍を森の端まで足でつついてころがした。そして、隣室の会話がよく聞こえる自分のオフィスに戻った。弓を元の場所に掛け、矢を矢筒に戻し、ようやく、ディトリウ・プラムに電話をかけた。

ディトリウが受話器をとると、トーステンはまずこう言った。

「刑事がラアヴィーに現われた。父と話をしたそうだ」

受話器の向こうが一瞬、静まり返った。

「そうなのか、なんの用で来たんだ？」

トーステンは深く息を吸った。

「刑事はデュプスーの兄妹のことをきいていったらしい。何か具体的にきかれたわけじゃないそうだが。老いぼれ親父の言ってることが正しければ、誰かが警察に何かを伝えて、ビャーネが犯人だということが疑問視されはじめたらしい」

「キミーか？」

「わからない。刑事は誰から情報が入ったとは言わなかったらしい」

「刑務所にいるビャーネに警告しろ、いいな？　今日じゅうにだ！　ほかにも何かあるか？」

「親父は刑事に、クルムにきいてみろって言ったらしい」

受話器の向こうから、ディトリウらしい乾いた笑い声が聞こえてきた。それから「クルムにきいたって何も出てこないさ」という声がした。

「そうだよな。だが、警察はなんらかの捜査を始めたようだ。面倒なことになる」

「ホルベク警察のやつらか？」

「いや、違うらしい。親父の話だと、コペンハーゲンの殺人捜査課の刑事だ」

「ちくしょう。おまえの親父は刑事の名前をきいたのか？」

「いや。あの傲慢な間抜け野郎は、いつものように人の話をちゃんと聞かなかったみたいだ。まあ、クルムにきけばいいだろう」

「やめておけ。俺がオールベクに電話してみる。あいつは警察に知り合いがいるからな」

電話を終えると、トーステンはしばらくそこに座ったまま空を見つめた。だんだんと呼吸が深くなる。このとき彼の脳裏には、怖がる者や、慈悲を請い、助けを求めて叫ぶ者たちのイメージが次々とわき起こった。血と仲間たちの笑い声の記憶。ことが終わったあとの会話。毎晩、集まっては、マリファナか覚醒剤をやり、はしゃぎながら眺めたクレスチャンの写真コレクション。このような事態になると、トーステンはあらゆることを思い出し、その記憶を楽しむと同時に、楽しんでいる自分を憎んだ。

トーステンは、かっと目を見開き、現実に戻ろうとした。通常は、血管から狂気の渦が去っていくまで二、三分かかる。それでも性的興奮だけは冷めなかった。

彼は自分のズボンの股を触った。ペニスが硬くなっていた。

ちくしょう！　なぜコントロールできないんだ！　なぜいつもこうなる？

それから、デンマークのファッション界の主要人物の半数の声が聞こえてくる隣室に通じるドアを閉めた。

息を深く吸い込み、ひざまずく。

両手を組み、頭を胸に近づけた。ときどき彼は、とにかく祈らずにはいられなくなる。

「天にまします我らの父よ」トーステンは何度か小声で言った。「私をお許しください。私にはどうにもできません」

12

ディトリウ・プラムはすぐさまオールベクに電話で状況を伝えた。のろまな探偵の人員不足や睡眠不足についての異議申し立ては無視した。要求される額を払っているかぎりは、文句を言える立場ではないはずだ。

それからディトリウはデスクチェアを回転させ、会議用机に座っているなじみの仕事仲間に微笑みかけた。

「失礼いたしました」ディトリウは英語で言った。「年老いた叔母が、すぐに家を飛び出してしまうのです。この季節ですので、暗くなる前に彼女を見つけなければなりません」

一同はにこりと笑った。何よりも家族が大事。どこの国でも同じだ。

「お集まりいただき感謝します」ディトリウ・プラムは笑顔を見せて「みなさんとチームが組めることを光栄に思います。北欧で最高の医者が一同に会した……これ以上すばらしいことがあるでしょうか」と言った。

それから、ディトリウは音を立てて両手を机の上についた。

「それではさっそく始めましょう。スタニスラフ先生からお願いできますか？」

ディトリウの病院の形成外科部長であるスタニスラフが、オーバーヘッドプロジェクターの電源を入れた。線が描かれた男性の顔が映し出された。手術のときにはこの線に沿ってメスを入れる。すでに何度かやったことがある。ルーマニアで五回、ウクライナで二回。手術後、顔面神経の感覚は、驚くほど早く戻るという。ただ一回だけは、うまくいかなかったが。このようにすれば、半分しか切らなくてもフェイス・リフティングを行なうことができる、とスタニスラフは断言した。「もみ上げのすぐ上をご覧ください。三角形に切り取り、この面を持ち上げ、わずかな針数で縫います。簡単です。入院の必要もありません」

ディトリウの病院の院長が口を挟んだ。「この手術法の説明をいくつかの専門誌に送りましたよ」ヨーロッパの雑誌を四冊、アメリカの雑誌を一冊取り出し、高く掲げてみせた。トップレベルの雑誌とはいえないが、そこそこの雑誌ばかりだ。「記事はクリスマス前に掲載されるはずです。我々はこの治療法を〝スタニスラフ顔面整形法〟と名づけました」

ディトリウはうなずいた。これなら確かに大金を稼げるだろう。メンバーもいい。メスの扱いにかけてはプロ中のプロばかりだ。どのメンバーも普通の医者の給料の十倍を手にしている。それでも罪の意識を感じることはない。なぜなら、この部屋にいる者たちは誰もが同じことをしているからだ。つまり、ディトリウはここにいる医師たちの働きによって大金を稼ぎ、医師たちもまた他の人間から金を吸い上げている。莫大な利益をもたらす階級組織《ヒエラルキー》だが、ディトリウがトップの座にいればこそだ。そしてトップに立つ者としてディトリウは、七回に一回という失敗の確率が、まったく受け入れがたいものであるという結論に達した。

ディトリウは不必要なリスクを避けるタイプの人間だ。これは寄宿生たちと過ごした時期に学んだことだ。目の前に障害が現われたら、できるだけ早くそれを取り除かなければならない。当然のことだ。この論理から、ディトリウはこのプロジェクトを取りやめにし、院長をクビにしようと思った。ディトリウに事前の許可を得ることなく雑誌に掲載させたからだ。また同じ理由から、ディトリウはトーステンの電話についても考えた。

そのときディトリウの背後にあるインターホンから呼び出し音が鳴った。ディトリウは後ろに手を伸ばし、ボタンを押した。

「なんだ？」

「奥様がそちらに向かっておいでです」

ディトリウは、ここに他のメンバーがいることを思い出し、この場で秘書を大声でののしりたい衝動を抑えた。秘書はあとで大目玉をくらうことになるだろう。

「テルマに今いる場所から動かないようにと伝えてくれ。こちらから向かう。会議は終わった」

病院から邸宅まで、百メートルのガラス張りの廊下が庭園の中につくられている。海や美しいブナの大木を眺めながら足を汚さずに庭園を通っていくことができるのだ。このアイデアは、ルイジアナの美術館から取ってきたものだ。壁に絵画が飾られていないことだけが違っていた。

ていたようだ。テルマはこの日、仕事中のディトリウに会いにくることを、どうやらとても綿密に準備していた。オフィスまで来られなくて幸いだった。ディトリウは、妻と会っているところを誰かに見られることをとても嫌っていた。

テルマの目に憎しみが煮えたぎっている。

「リサン・ヨートと話したわ」と、テルマは言った。

「そうか。狩りの話なら、だいぶ前のことだが。今日、君はオールボーの妹のところにいるはずじゃなかったのか」

「オールボーには行ってないわ。スウェーデンのヨーテボリに行っていたのよ。それに妹に会うなんてことにはなってないし。あなたたち、ヨートの犬を撃ち殺したんですって？」

「〝あなたたち〟とはどういう意味だ？　あれは事故だよ。あの犬は抑えがきかず、獲物のあいだを走り回っていた。だから俺はヨートに警告したんだ。そのことか？　ヨーテボリでなんの用事だ？」

「トーステンが犬を撃ち殺したのよ」

「ああ、トーステンも残念がっているよ。リサンに新しいワンちゃんを買ってやろう。それでいいだろう？　ところでヨーテボリで何をしていたんだ？」

テルマの顔が曇った。最大限にリフティングしている顔が、最大限の怒りにかられ、皮膚にしわが寄った。テルマは話を続けた。

「ベルリンにある私のマンションをあのサクセンホルトにくれてやったって本当？　あの役

立たずに？　あれは私のマンションよ、ディトリウ」

テルマはディトリウの前で指を振った。

「狩りをするのは、あれで最後にして。わかったわね？」

ディトリウはテルマを威嚇するかのように数歩にじり寄った。

「あのマンションは一度も使ってないだろう？　愛人が君とあそこに行くのを嫌がったのか？」ディトリウは微笑んだ。「どっちみち、あの男にとっては、君もそろそろお払い箱だろうがね、テルマ」

テルマは頭をあげ、ディトリウの底意地の悪い言葉を、驚くほどの冷静さで受け止めた。

「自分で何を言っているのか、わかっているのかしら。今回は、オールベクに私のあとをつけさせるのを忘れたのね。あの人のことを知らないなんて、手抜きだわ。誰といっしょにヨーテボリに行ったのか、本当に知らないの？」そう言ってテルマは笑った。

驚いたディトリウは微動だにしなかった。

「この離婚は高くつくわよ、ディトリウ。あなたのやっていること、本当に奇妙よ。こういうことは、弁護士を入れたら高くなる。ウルレクたちとやっているあなたの倒錯したゲームについて、なんの見返りもなしにいつまでも秘密にしておいてあげるとでも思ってるの？」

ディトリウは微笑んだ。こんな話はただのはったりだ。

「今あなたが何を考えているか、私にわからないと思う？　こいつにはそんな勇気があるはずないって思ってるんでしょ？　俺には逆らえないはずだってね。でも違うわよ、ディトリウ。もう私はあなたの手に負える存在じゃないわ。あなたがどうなろうがどうでもいいの。あなたが刑務所で朽ち果ててもかまわないわ。そうなったら、病院の下の階で奴隷にされている女性たちのこともあきらめなくちゃいけなくなるわね。それでも我慢できるの、ディトリウ？」

ディトリウはじっとテルマの喉元を見た。ディトリウは、自分が本気になればどれだけ思い切った行動をとれるかわかっていた。

テルマは不吉な気配を感じたのか、ジャコウネコのように身を引いた。

それなら裏をかいてやろう。テルマにもなにか弱みがあるはずだ。

「ディトリウ、あなた頭がおかしいのよ。病気よ。ずっと前からわかってた。これまではまだ、病気でも面白かったわ。でもいまやずいぶん変わってしまったわ」

「それなら弁護士を探すんだな」

テルマは、洗礼者のヨハネの首を皿の上に置いてもってくるようヘロデ王に求めたサロメのように、微笑んだ。

「そうしたらベント・クルムが交渉のテーブルの向かい側に座ると言いたいのね。いいえ、ディトリウ、そんなことはしないわ。違う計画があるの。まだ時期を見てるだけよ」

「脅しか？」

テルマの髪留めがはずれて、まとめていた髪が解《ほど》けた。彼女は頭をのけぞらせて、喉元をあらわにした。そうやって、ディトリウを怖れていないことを示したのだった。テルマはディトリウを嘲っていた。

「脅しだと思う?」彼女の目の中に炎が燃えた。「そんなことしないわよ。自分が納得できることがあれば、それを実行に移すだけ。私が見つけた男が私を待っているわ。成熟した男よ。思いもしなかったでしょう、ディトリウ? 実際、年齢もあなたより上よ。私は自分のバイオリズムをわかっているの。若い子じゃ私を満足させられないわ」

「なるほど。で、その男っていったい?」

テルマは微笑んだ。「フランク・ヘルモンよ。驚いた?」

いくつかのことが次々とディトリウの頭をよぎった。

キミー、警官たち、テルマ、そして今度はフランク・ヘルモン。

何かに巻き込まれている、気をつけろ、と自分に言い聞かせ、洗濯室のフィリピン人の女は、誰が今晩勤務しているのか、と少し考えた。それから、嫌悪感がわき上がってきた。フランク・ヘルモン、なんという屈辱だ! 太った地元の政治家だ。まったくくだらない負け犬じゃないか。

すでに知っていたが、ディトリウは念のためにヘルモンの住所をもう一度調べた。そこに住んでいるということは、ヘルモンは自分の力を過大評価しているということだ。そもそもヘルモンはそういう男だ。誰もが知っている。ヘルモンは、自分ひとりでは家賃も払えないような邸宅に住んでいるのに、同じ地区の住民は、そんな役立たずの政治家がいる政党に投

票していると は夢にも思わないだろう。

それからディトリウは本棚に向かい、分厚い本を取り出して開いた。本の中は空洞だった。コカインの入ったビニール袋を入れるには充分なスペースだ。

一列目の吸引で、テルマの細めた目のイメージがぼやけて消えた。二列目の吸引で、ディトリウは肩をすくめ、電話のほうを見た。〝危険〟という文字は、彼の辞書にはもうなかった。単純に、相手の人生を終わらせてやりたい気がした。何がいけないのだろう？　ウルレクといっしょにやるのだ。暗闇の中で。

「おまえの家で、いっしょに映画を観ないか？」と、ウルレクが受話器をとったとたんにディトリウは言った。受話器の向こうで、満足げなため息が聞こえた。

「あの映画か？」ウルレクが尋ねた。

「今、家にひとりなのか？」

「ああ、ディトリウ。あれを観ようというわけか？」ウルレクはもう興奮していた。

今晩はすばらしい夜になるだろう。

ディトリウとウルレクは『時計じかけのオレンジ』を、数え切れないほど何度も観ていた。この映画がなければ始まらない。

初めて観たのは、寄宿学校の八年生のときだ。文化の多様性という名目で、学校の規範を勘違いした新入りの教師が、八年生にこの映画と、寄宿舎での反乱を描いた『ｉｆもしも…

……』という映画を見せたのだ。『if』は、一九六〇年代の英国の映画で、英国の伝統を守る寄宿舎にはとても合っているように思えた。この教師の選んだ映画は非常に興味深いものだったにもかかわらず、学校の幹部たちが詳しい調査を行ない、それらは教材にはふさわしくないという判断を下した。こうして、この新入り教師はその学校に長くいることはなかった。

しかしときすでに遅しだった。キミーと、転校生のクレスチャン・ヴォルフが、これらの映画のメッセージに啓蒙されたのだ。解放と復讐の新たなる可能性だ。

イニシアチブをとったのは、クレスチャンだった。彼は同じクラスの生徒たちよりも二歳年上で、何に対しても誰に対しても敬意を払っていなかった。反対に、彼はクラスの全員から一目置《いちもく》かれていた。校則違反だったが、ポケットにはいつも充分な金を持っていた。人を見抜く目は確かで、ディトリウ、トーステン、ウルレク、ビャーネを仲間として注意深く選び出した。この顔触れは、さまざまな点において相性がよかった。まず、彼らは環境への適応力に欠けている。学校や、そのほかの権威に対する憎悪に満ちていたのだ。さらに『時計じかけのオレンジ』が、この少年たちの結びつきを強くした。

少年たちはこの映画のビデオを手に入れ、クレスチャンやウルレクの部屋で何度も鑑賞した。この映画に魅了され、映画の後味の悪さも味わいながら、ある約束をした。『時計じかけのオレンジ』の主人公たちのグループのようになること。まわりの人間などどうでもいい。いつでもスリルと限度を超えた行為を求め、向こう見ずで、容赦ないグループになるのだ。

マリファナを吸っているところを見られてしまった下級生を襲ったときに、彼らはより大きな一体感に包まれた。あとになってトーステンが、自己演出にこだわって、あのときはマスクや手袋をつけておくべきだったと言った。

フレーゼンスボーからの道のりを、ディトリウとウルレクはコカインを何度も吸い込みながら、アクセルを踏み込んで走った。濃いサングラスに、丈の長い安物のコート。帽子に手袋。ひと暴れする夜に一度だけ着る、変身するための衣装だ。

ヒレレズの町のマーケット広場に面した〈JFKカフェ〉の前に立つと、「誰にしようか？」とウルレクが尋ねた。

「まあ待ってろ。そのうちわかる」とディトリウは答えて、金曜の夜で賑わっている店のドアを開けた。中はすし詰め状態で騒々しかった。ジャズを聴きながら、気軽に誰かと話したいときにはうってつけの場所だ。ディトリウは、そんな場所がとにかく大嫌いだった。

ヘルモンはいちばん奥の席にいた。てかてかと光った丸顔で、せわしなく身振り手振りを使いながら、バー・カウンターのシャンデリアの下で地元の政治家の相手をしている。おそらく政治家にとっては、公衆の面前でこのような付き合いをすることが、仕事のひとつなのだろう。

ディトリウはヘルモンを指差し、「あいつが店を出るまで、まだしばらくかかりそうだ。それまでビールでも一杯ひっかけようぜ」と言うと、ヘルモンがいるカウンターとは違うほうに人ごみをかきわけながら進んでいった。

だがウルレクは静かに立ちすくんだまま、サングラスの奥から獲物を眺めていた。相手に満足したようだ。早くも顎の筋肉が、せわしなく動き出したからだ。

ディトリウはウルレクのことをよくわかっていた。


暖かな夜で、少し霧がかかっていた。フランク・ヘルモンは長いことドアの前で、いっしょにいた男と話し続けていたが、ようやく別れて店を離れた。ディトリウとウルレクは、ヘルシングウーア通りをのろのろと歩いていくヘルモンのあとを、十五メートルほど離れてつけていった。ここから通りを下り二百メートルほど行くと、警察の分署がある。そのことがウルレクをさらに興奮させた。

「路地に入るまで待とう」ウルレクが小声で言った。「あそこの左側に、古着屋がある。こんな遅い時間には誰もあの路地を通らない」

ずっと先を背中が丸まった老夫婦が歩いている。きっと遅すぎる帰宅になってしまったのだろう。

だが、年配の夫婦の存在などどうでもよかった。コカインが効いていて、しかも通りには人影がない。すべてが完璧だった。湿ったそよ風が、通りに面した建物の正面玄関と、三人の男たちのあいだを吹き抜けていった。三人は数秒後に、何度も試された儀式の中で正確に決められた役割を演じることになるのだ。

フランク・ヘルモンとの距離がほんの数メートルに迫ると、ウルレクはディトリウにラテックス製のマスクを手渡した。ふたりはマスクをかぶった。ウルレクは段ボール箱がいっぱいになるぐらい、こうしたマスクを持っていた。どれがいいか選べるくらいなくてはいけない、と彼はいつも言っていた。今回は二〇〇二七型と二〇〇四八型を選んできた。インターネットでも店でも買うことができたが、そうはしない。海外旅行をしたときに買って帰るのだ。どこに行っても同じ型の同じマスクが売られている。どこで買ったかを探し出すのは不可能だ。そして現われたのは、ふたりの老人の顔だった。人生が刻んだ深いしわ。本物のように見える。中に隠れている顔とはまったく違う顔だった。

いつものように、まずはディトリウが攻撃をしかけた。生け贄となったフランク・ヘルモンは横倒しになり、ウルレクはヘルモンをつかんで横道に引っぱり込んだ。

このとき初めてウルレクが殴りかかった。額を三回、それから喉元を一回殴打した。殴る強さによっては、相手がここで気を失うこともしばしばだ。しかし今回はそこまで強くは殴らなかった。ディトリウと事前に取り決めていたのだ。

彼らはヘルモンを引きずって通りを歩き、スロッツ湖の岸辺から十メートルのところまで来ると、また儀式を繰り返した。今度は、まず拳で軽く体を殴り、それからさらに強く殴った。ヘルモンは死ぬまで殴られると覚悟を決めたのか、言葉にならない小さな声をもらした。彼らの手にかかったら、何を言っても無駄なのだ。犠牲者は、声を出さず、目ですべてを物語るしかない。

殴りたいだけ殴ったら、ディトリウの体に待ち焦がれていた熱波がおとずれた。すばらしく温かい波。幼いころ、両親と住んでいた家の、陽光が当たる前庭のようだ。この感覚に達したら、殴りすぎて生け贄を殺してしまわないよう自制しなければならなかった。

ウルレクは違う。殺すことにはもともと興味がなかった。ウルレクにとって刺激的なのは、犠牲者が置かれた、失神するかしないかの狭間《はざま》の状態だ。生け贄はまさに今、その状態にあった。

ウルレクは、ヘルモンの動かなくなった体をまたいで両足を広げて立ち、マスクの奥から、その目をのぞきこんだ。そしてポケットからスタンレーのナイフを取り出した。そのナイフを、大きな手に隠れるように持った。ウルレクは一瞬、ディトリウの指示を待つべきか、あるいは徹底的にことを進めるべきか、迷った。そのときマスクの奥で、ディトリウとウルレクの視線が出会った。

俺の目も、こいつと同じ狂気の色を帯びているのだろうか？　とディトリウは思った。

それからウルレクは、ヘルモンの首にナイフをあてた。刃のとがっていない側で脈をなぞり、鼻をなぞり、震えるまぶたまで。ヘルモンは過呼吸になり始めた。

じらすのは終わりだ。獲物はすでに逃げる望みを捨てたようだ。自分の運命に身を委ねることにしたのだ。

すると、ディトリウが静かにウルレクに向かってうなずき、ヘルモンの足に目を向けた。ウルレクはどんなふうに切りつけるのだろう。そして、足はどんなふうに痙攣するのだろう。

そうだ、いまだ。ヘルモンの足が痙攣する。何よりも、生け贄が無力だということを明確に示すこのすばらしい痙攣。ディトリウは恍惚の極みに達した。

地面に滴る血が見えたが、フランク・ヘルモンはまったく声をあげなかった。生け贄の役を受け入れたのだ。立派だ。そうあるべきなのだ。

ひどく苦しむヘルモンを湖岸に捨ててくると、ディトリウとウルレクは、いい仕事をしたという満足感に包まれていた。ヘルモンの体は生きていても、精神的には死んだも同然だ。また道を歩ける勇気が持てるようになるまで、何年もかかるだろう。

ふたりの〝ハイド氏〟は帰宅し、〝ジキル博士〟がまた姿を現わした。


ディトリウがロングステズの家に帰ると、もう夜も半分が過ぎていた。頭はいくらかすっきりしてきた。ディトリウとウルレクは体を洗い、帽子と手袋、コートとサングラスを火に投げ込んだ。スタンレーのナイフは庭石の下に隠した。それからトーステンに電話をかけ、この夜の続きの作業について話し合った。トーステンはもちろん、ひどく腹を立てていた。今はそんな行動をとるべきじゃない、と怒鳴り散らした。ふたりは、トーステンの言うことが正しいとわかっていた。だからと言って、ディトリウはトーステンに謝ろうともしなければ、ご機嫌をとろうともしなかった。トーステンは自分たちと同じ船に乗っていることを、よく知っていたのだ。ひとりが遭難したら、全員が遭難する。そして警察が来たら、みんなのアリバイが一致していなければならない。

ただそれだけの理由で、トーステンはディトリウとウルレクが考えたつくり話に協力しなければならない。ふたりは遅い時間にヒレレズ町の〈JFKカフェ〉で会い、ビールを一杯飲んだあとでグリプスコウへ向かい、アイルストロプにあるトーステンの別荘へ行った。到着した時刻は二十三時。この時刻は襲撃の三十分前だ。これが事実でないとは、誰も証明できないだろう。バーでふたりを見かけた人がいるかもしれないが、誰がいつ、どこに、どのくらいの時間いたかなど、はっきりと覚えている者はいないはずだ。アイルストロプで、三人の古い仲間が集まってコニャックを飲んだ。昔の思い出話に花を咲かせた。友人と楽しく金曜の夜を過ごした。何も特別なことじゃない。そういうことにしよう。これで押し通すのだ。

ディトリウは家に入ると、家じゅうのどこにも明かりがついていないことに満足した。テルマは自分の部屋に引っこんでいるようだ。それからディトリウは暖炉の部屋で、興奮を鎮め、復讐の成功に酔いしれる悦《よろこ》びが落ち着くように、ブランデー・サワーを三杯飲み干した。フランク・ヘルモンの恐怖に打ち震える顔をもう一度思い出すまで、キャビアが食べたくなり、缶を開けようとキッチンに入った。

タイル張りのキッチンの床は、家政婦の弱点だった。テルマに点検されては、いつもさんざん叱られている。家政婦がどれだけ力を注いでも、テルマは満足しない。だが、いったい誰がテルマを満足させられるというのだろう？

だからキッチンを見たとたんに、何かがおかしいと気がついた。チェス盤模様のタイルに靴の跡を見つけたのだ。大きな靴ではないが、子どもの足ほど小さくもない。汚れた足跡だ。ディトリウは唇をとがらせた。静かに立ちつくし、全神経を警戒態勢にした。だが、それ以外は何もおかしなことはない。においも音もない。ディトリウは横歩きでナイフ立てに近寄り、いちばん大きく切れ味のいいナイフを取り出した。寿司のネタがこの上なくきれいに切れる鋭利な刃物だ。人間を切り身にするのも難しくないだろう。

ディトリウは用心深く、両開きの扉からサンルームに入った。窓はすべて閉まっているはずなのに、空気が動くのを感じた。すると、回転窓に穴が開いていることに気づいた。ディトリウは素早く、サンルームのタイル張りの床に視線を走らせた。そこにはキッチンよりもたくさんの足跡がついている。そしてガラスの破片が散らばっていた。どうやら単なる空き巣のようだ。警報装置が鳴らなかったとしたら、テルマが寝室に入る前に起きたのだろう。

突然、ディトリウはパニックに襲われた。

玄関ホールへ向かう途中で、ディトリウはナイフ立てからもう一本ナイフを持ち出した。怖れていたのは強い攻撃よりむしろ不意打ちだった。だからナイフを両手に持ち、一歩進むごとにあたりを見回した。

それから階段を上がり、テルマの寝室の前で立ち止まった。

ドアの下の細い隙間から光が漏れている。

部屋の中で、誰かがディトリウを待ち受けているのだろうか？

ナイフの柄をぎゅっと握り締め、そっとドアを開けた。煌々《こうこう》と明かりがついている部屋で、テルマがベッドに横たわっていた。ネグリジェ姿で、目は怒りで爛々《らんらん》と輝いていた。

「私のことも殺しにきたの？」テルマの瞳にたたえられた嫌悪の感情には圧倒する力があった。「そうなの？」

すると彼女はベッドカバーの上にあった拳銃を持ち上げ、ディトリウに狙いを定めた。

拳銃のせいではなく、テルマの声の冷たさのせいで、ディトリウは言葉に詰まった。そしてナイフを床に落とした。

ディトリウはテルマをよく知っていた。テルマは冗談ではこんなことをしない。ユーモアのセンスがないのだ。だからディトリウは動かなかった。

「どういうことだ？」ディトリウは尋ね、テルマの手元を見た。拳銃は大きく見えた。誰かを殺すには充分な大きさだ。

「家に強盗が入ったようだな。だがもう誰もいない。それをしまって大丈夫だぞ」

ディトリウは、脈の感覚からコカインの効き目がまだ残っているのを感じた。アドレナリンとドラッグが混ざるとすばらしい効果が表われる。ただし、このときばかりは違った。

「どこでそんな拳銃を手に入れたんだ？　さあテルマ、いい子だからそれを置きなさい。何があったか話すんだ」

だがテルマは微動だにしなかった。

そうやってベッドに横たわっているテルマは魅惑的だった。ここ数年の中でいちばんだ。

ディトリウは彼女に近づきたかったが、テルマは拳銃をさらにしっかりと握りしめて、近寄らせなかった。

「ディトリウ、フランクを襲ったでしょう」と、テルマは言った。「卑怯者！　なんでフランクに手を出すのよ！」

どうしてそんなことを知っている？　しかも、なぜこんなに早くに？

「いったいなんの話だ」ディトリウは言い、テルマの目を見つめた。

「彼は生き延びたわ。それを忘れないことね、ディトリウ。あなたには都合が悪いはずよ。よくわかってるわよね？」

ディトリウはテルマから目をそらし、床に落としたナイフを探した。落とすべきではなかった。

「なんの話だか見当がつかないね。私は今日、トーステンのところにいたんだ。電話してきいてみればいい」

「あなたとウルレク、あなたたち二人は昨晩ヒレレズ町の〈JFKカフェ〉で目撃されているわ。それで充分。私の言っていることがわかる？」

今までディトリウは、自己防衛の働きで、どんな状況でも瞬時に嘘を思いつくことができた。しかしこのときは何も思いつかなかった。テルマのほうが上手《うわて》だった。

「そのとおりだ」ディトリウはまばたきもせずに答えた。「あそこには行ったよ。その後ウルレクといっしょにトーステンのところに行ったんだ。それがどうした？」

「そんな話、聞く気はないわ、ディトリウ。こっちへ来て、これにサインして。今すぐよ。じゃなきゃ殺すわ」

テルマはベッドの端に置いてある数枚の用紙を指さすと、拳銃から一発発砲した。弾丸は大きな音を立てて、ディトリウの背後の壁に当たった。ディトリウは振り返り、壁の穴の大きさをよく見た。大人の男が手の指を広げたくらいの大きさだった。

それから、いちばん上に置いてある書類を見た。前代未聞のひどい話だ。ディトリウがサインすれば、共に歩んできた十二年間、彼女は一年につき三千五百万クローネも稼いだことになる。

「私たちはあなたを訴えないわ、ディトリウ。これにサインすればね。さあ、書いて」

「君たちが私を告訴すれば、君の手元には一銭も残らなくなるよ。そのことを考えてみたのか？　刑務所に入っているあいだに、君のために経営しているあの店を倒産させるぞ」

「そんなこと、私が考えに入れないとでも思ってるの？　さあ、サインしなさい！」

テルマの嘲笑まじりの笑い声が響いた。

「だまそうとしても無駄よ！　経営がうまくいっていないことぐらい、よく知っているわ。でも倒産する前に分け前だけはいただくわよ。そんなに多くなくても充分ならいいわ。あなたのことよく知ってるもの。あなたは現実的な人よ。お金を支払い、よくあるやり方で妻を失うだけ。それとも刑務所に入って、会社も投げ打つとでもいうの？　そんなのばかばかしいでしょう？　明日、フランクをあなたの病院に入院させるのよ。わかった？　一ヵ月以内に彼を返して。いいわね？　それも、新品同様にして。いえ、前よりよくして返すのよ！」

ディトリウは首を横に振った。いつだって彼女の中には悪魔が潜んでいた。だがディトリウの母親はよく言っていた。類は友を呼ぶと。

「どこでその拳銃を手に入れたんだ？」ディトリウは静かに尋ねながら、書類のうち、いちばん上の二枚にサインした。「何があったんだ？」

彼女は、ディトリウがサインした書類をすべて手に取るまでは答えなかった。

「あなたが今晩留守で残念だったわ。いれば、こうしてサインをもらう必要もなかったんですもの」

「そうなのか？　どうして？」

「薄汚い女がガラスを割って、そのガラスの破片で私を脅したのよ」そう言いながら、テルマは拳銃を振った。「あなたのことをきいてたわよ」

そう言ってテルマが笑うと、ネグリジェが肩から滑り落ちた。

「私は彼女に、もう一度来ることがあれば、ちゃんとドアから中に入れてあげたいと言ったわ。そうすれば、窓ガラスを割るなんてことをしなくても、片付けたいことは片付けられるわってね」

ディトリウは、体が冷たくなるのを感じた。

キミーだ！　もう何年も経っているというのに。

「その女が私に拳銃を渡して、私の頬をなでたの。まるで小さな子どもをなでるようにね。

それから何かをつぶやいて、玄関のドアから出て行ったわ」

テルマはまた笑った。

「でも悲しむことないわ、ディトリウ。また会いにくるからよろしく伝えてってたもの！」

13

コペンハーゲン警察本部の殺人捜査課課長マークス・ヤコプスンは、額をさすった。まったく、今週もなんてひどい始まり方なんだ！　いつものことながら、ヤコプスンは休暇願いを四通も受け取っていた。捜査班の優秀な刑事二名は、病気の診断書も添えてきた。そんなときだというのに、中心街の公道で残忍な通り魔事件が起きた。女性がひとり、身元も確認できないくらい暴行され、ゴミのコンテナに入れられていたのだ。当然のことながら、誰もが事件の速やかな解明を求めている。新聞、一般大衆、さらには新しい女性本部長も。被害者の女性がこのまま死亡したら大騒ぎになるだろう。今年は殺人事件が記録的に多い。あまりに多くの警察官が退職しようとするため、上層部は危機管理会議を何度も開いている。

プレッシャー、プレッシャー、いつもいつもプレッシャーだ。今度はバクまでもが辞職を願い出た。ちくしょう！　よりによってバクが。

これまでなら、こんなとき、ヤコプスンはバクを呼び出し、タバコに火をつけて、中庭をひとめぐりした。そうすれば問題はすぐに解決したものだ。だがそんな時代も終わり、ヤコプスンはいまや無力だ。もはや仕事仲間たちに差し出せるものが何もなかった。部下の給料は増やしてやれないし、長い勤務時間を改善してやれるわけでもない。ヤコプスンのチームは疲労困憊しており、どんな事件でも満足のいく形で解決するのは難しくなっていた。いまや、タバコ一本ぐらいではとてもフラストレーションを紛《まぎ》らせられないのだ。

「マークス、警察の構造改革が失敗だったって、あなたが政治家たちを叱らなければいけませんよ」と、殺人捜査課副課長のラース・ビャアンが言った。部屋の外の廊下からは、引っ越し作業の騒がしい音が聞こえてくる。警察の構造改革で約束されたのは、効率と見栄えをよくすることだけだ。表面的なごまかし以外の何ものでもない。

マークス・ヤコプスンは眉間にしわを寄せ、ここ何カ月もラース・ビャアンの顔に張りついているあきらめの微笑と同じ笑みをたたえて、ラースを見た。

「で、君はいつ辞職願いを持って私のところに来るのかね、ラース？　君はまだ若い。ほかの職業につきたいなんていう夢があるのでは？　奥さんがもっと家にいてほしいって言っているとか。どうなんだね」

「ばかなこと言わないでくださいよ。今の仕事よりもやりたいことがあるとすれば、それは、あなたが今やっている仕事ですよ」

ラースはあまりにも冷静に淡々と言った。反対にこちらが不安になるぐらいだ。

「それなら、持久力をもたないとな。私は早期退職するつもりはない。絶対にやめないつもりだ」

「本部長と話すべきです。そして、国会議員に圧力をかけて、私たちが我慢できる環境を整えてくれるように頼んでもらうことです」

そのときドアをノックする音がした。ヤコプスンが返事をするより早く、カール・マークが部屋に入ってきた。この男、一度くらい規則を守れないのか？

「今はだめだ、カール」とヤコプスンは言ったが、カールの耳はいつだってあきれるほど自分に都合のいいことしか聞き取らない、ということもよくわかっていた。

「ほんの数分です」カールはラース・ビャアンに向かってほんのわずかに礼をした。「俺が調べている件に関してです」

「ラアヴィーの殺人事件か？ 昨夜ストーア・カニケ通りで、女性を半殺しにした犯人が誰なのか教えてくれるなら、話を聞こう。でなければ、自分で処理してくれ。あの件に関しての私の考えはわかっているだろう。すでに判決が下りているんだ。犯人がまだ捕まっていないほかの事件を調べるんだな」

「この警察署にいる男がひとり、この件に巻き込まれています」

ヤコプスンは観念した。

「誰なんだ？」

「アーネ・ヤコプスンという刑事が、十年ほど前にホルベク警察署にあった書類をすべて盗み出しました。この刑事の名前、聞いたことがありますか？」

「苗字はいい響きだが、全然聞いたことのない名だ」

「やつは個人的にこの事件に巻き込まれた、とだけは言えます。ヤコプスンの息子が殺害された少女と恋愛関係にあったらしいです」

「それで？」

「それでやつの息子は、今でも警察本部で働いています。この男に来てもらって、事情聴取したいんです。一応耳に入れておこうと思いまして」

「息子ってのは？」

「ヨハンです」

「ヨハン？ ヨハン・ヤコプスンか。念のためにきくが、私のチームのヤコプスンじゃあないだろうな。そんなことあるはずがない」

「まあ聞け、カール」ラース・ビャアンが口をはさんだ。「わが署の私服警官を地下に連れて行って事情聴取するつもりなら、〝事情聴取〟ではなく何か違う名目でやってくれ。厄介なことが起きたら、組合の相手をしなきゃならないのは私だからね」

ヤコプスンは、ラースとカールのあいだの険悪な空気を察してこう言った。

「おふたりさん、ちょっと待ってくれ」そして、カール・マークのほうを向いた。「どういうことだ？ 元警察官が、ホルベク署から書類を盗み出しただけじゃないのか？」

カールは体を大きく見せようとするかのように、背筋を伸ばした。

「その警察官の息子、ヨハン・ヤコプスンが、この事件の書類を俺のところに置いたんですよ。そのうえやつは事件現場に侵入し、自分に注意が向くよう、故意に痕跡を残しました。俺の勘では、やつは資料をもっと持っています。マークス、やつはこの事件に関してさらに何かを知っているんですよ。何かとんでもなく重要なことをです」

「いいかげんにしてくれ、カール。事件から二十年以上経っているんだぞ！　地下のお祭り騒ぎはもっと静かにやってくれないか。そうでなくても、重要事件が山ほどあるんだからな」

「確かにこの事件は古いです。でも、あなたの命令で、金曜に、ヤギのチーズの国、ノルウェーからお出ましになる一団とおしゃべりしなきゃならない仕事と同じくらい重要です。お願いですから、ヨハンが私のところに来るよう、取りはからってください、マークス。遅くとも十分後には」

「無理だ」

「なぜです？」

「私が知っているかぎり、ヨハンは病欠している」

半月形レンズのメガネの奥から、ヤコプスンはカールをじっと見た。この視線で、何を言わんとしているか理解してほしい。

「ヨハンには連絡するな。いいな？　やつは神経が参って虚脱状態だそうだ。今、問題を起こしてはならん」

するとまたラースが口をはさんだ。

「そもそも、書類を君のところに置いたのがヨハンだとなぜわかるんだ？　指紋でも見つけたのか？」

「いいえ。今日、分析結果を受け取りましたが、何も出ませんでした。だが俺にはわかるんです。それでいいでしょう？　ヨハンとは俺が話をする。もし月曜に出勤してこなかったら、家まで行ってきます。それからあなたたちがどうしたいかを、決めればいい」

14

ヨハン・ヤコプスンは、ヴェスタブロー通りにある組合住宅に住んでいた。斜向《はす》かいにはオルゴール博物館と小さい劇場がある。一九九〇年に、建物の不法占拠者と警官隊が衝突したのは、まさにこの場所だ。カールは当時のことをよく覚えていた。戦闘用の装備に身を固め、自分とほぼ同年代の青少年に何度殴りかかったことだろう！　もちろん、古きよき時代の思い出などとはほど遠い。

真新しいドアのベルを二度鳴らすと、ヨハン・ヤコプスンがドアを開けた。

「こんなに早く来るとは思っていませんでしたよ」ヨハンは静かな声で言い、カールとアサドを広いリビングルームに通した。

ヤコプスンはもうかなり前から、女性なしで暮らしてきたのだろう。食器棚には食べかすがついたまま干からびているような皿が積み上がり、床には空《から》のコーラの瓶がころがっている。ほこりっぽく、不潔で、だらしなかった。

「失礼」ヤコプスンはあわてて、テーブルや椅子の上に散らかっている汚れた服をつかんだ。

「妻が一カ月前に出て行きましてね」そう言うと、警察官によく見られるように、顔面がぴくぴくと痙攣した。まるで誰かが彼の顔に砂をかけ、その砂が目に入らないようにしているかのようだ。

奥さんのことは気の毒でならなかった。カールにもその気持ちがよくわかる。

「なぜ我々がここに来たか、知ってるか？」

ヤコプスンはうなずいた。

「ラアヴィー事件の書類を俺の机の上に置いたことも認めるんだな？」

ヤコプスンはもう一度うなずいた。

「どうして、私たちに直接手渡さなかったのですか？」アサドが質問し、下唇を突き出した。このまま適当な布を頭にかければ、アラファト元議長そっくりだ。

「直接渡したら、受け取ってくれましたか？」

カールは首を横に振った。いや、受け取らなかっただろう。二十年も前の事件で、判決も下されている。確かにヤコプスンの言うとおりだ。

「直接持って行ったら、どこからあの書類を手に入れたかときいてくれたでしょうか？　なぜこの事件に関心があるのかと尋ねたでしょうか？　きちんと時間をかけて書類を見てくれたでしょうか？　この事件のために、必要な時間をとってくれたでしょうか。どうですか？あなたの机の上の書類の山を見ましたよ、カール」

カールはうなずいた。「それで、あの別荘にトリビアル・パスート・ゲームを置いておいたんだな。最近だろう？　キッチンのドアの鍵が簡単に開いたからな」

ヨハン・ヤコプスンは「ええ」と答えた。

思ったとおりだ。

「つまり、我々をこの事件に真面目に取り組ませたかったんだな。それでこういうやり方をしたというわけか。だが、我々がトリビアル・パスート・ゲームに注意を払わなかったら、どうするつもりだったんだ？　カードに書かれていた名前を見つけなかったとしたら？」

ヤコプスンは肩をすくめた。「でも、やっぱりここにいらしたじゃないですか」

「なんだかよくわかりませんが」ヴェスタブロー通りに面した窓際に座ったアサドが言った。背後から差し込む光の陰になったアサドの顔は、とても暗く見える。

「つまりあなたは、ビャーネ・トゥーヤスンの自白には満足していないということですね？」

「あの判決の日にあの法廷に居合わせたら、あなただって満足しなかったと思いますよ。なにもかも、最初からわかりきっていることなんです」

「あの男が罪を白状したのも、仕組まれたことだって、そう言いたいわけですね？」アサドが答えた。

「ヨハン、この事件に関して、いったい何が奇妙だと思ったんだ？」と、カール・マークが口を挟んだ。

ヤコプスンはカールの視線から目をそらし、窓の外を見た。まるで灰色の空が彼の内面の嵐を鎮めてくれるとでもいうかのように。

「あいつらみんな、ずっとにやにやと笑っていたんです。ビャーネ・トゥーヤスンもビャーネの弁護士も、それから傍聴席に座ったあの高慢な三人もです！」

「トーステン・フローリン、ディトリウ・プラム、それにウルレク・デュブル・イェンスンのことか？」

ヤコプスンはうなずきながら、震えを抑えたいのか唇を指で触った。

「やつらはそこにいて、にやにや笑っていたというんだな。だが、それだけでは弱い」

「ええ。でも、その後、いろいろなことがわかりました」

「親父さんのアーネが、当時この事件を追っていたね」カールが言った。

「ええ」

「当時、君はどこにいたのかね？」

「ホルベク署の鑑識にいました」

「ホルベクだって？　それじゃあ被害者のふたりを知っていたのか？」

「はい」ほとんど聞こえないような声だった。

「兄のセーアンとも知り合いだったのか？」

ヤコプスンはうなずいた。「ええ、少しだけですがね。リスベトのほうがよく知っていました」

「こういうことですね」アサドが口をはさんだ。「あなたの表情からすると、リスベトは、もうあなたのことが好きじゃないと言った。そうでしょう？　リスベトはあなたと付き合う気がなくなったのです。そしてリスベトに別れを告げられ、あなたが彼女を殺した。だから、あなたを逮捕するように、私たちに気づいてもらいたかったのです。あなたが自殺するのを防ぐために。そうでしょう？」

ヨハンは何度か目をしばたたいてから、大きく見開いた。

「この人、なんとかなりませんか！」カールに向かって言った。

カールはやれやれと首を振った。アサドの暴走は、いまや慣例だ。「アサド、ちょっと離れたところで静かにしていてくれ。ほんの五分でいいから」カールはそう言って、ヨハンの後ろにある両開きのドアを指差した。

すると、ヨハンが飛び上がった。何かをひどく恐れているようだ。カールの長年の勘だった。カールは閉まっているドアを見た。

「あの中は駄目です。部屋がとても散らかっていて」ヨハンは言い、ドアの前に立ちはだかった。「ダイニングルームにいてください。キッチンにコーヒーがありますから、一杯飲んでてください。淹《い》れたてです」

アサドも、ヨハンの怖れのサインを見逃さなかった。「いえ、結構です。私は紅茶のほうが好きなもので」アサドはそう言うなり、いきなり両開きのドアに駆け寄り、大きく開けた。

隣の部屋も、今いる部屋と同じようにみごとに散らかっていた。壁に沿っていくつかの机が置かれ、その上には書類の山が積みあがっている。もっとも興味深かったのは、壁の上部から見下ろす物悲しい目をした顔だった。それは、異常に拡大された若い女性の写真だった。

ラアヴィーで殺害されたリスベト・ヤーアンスンだ。背景は雲ひとつない空。夏らしいスナップショットだ。くしゃくしゃの髪と顔には濃い影。この目と写真の巨大さと異常な展示方法がなければ、だれの注意も引かない写真だろう。だが、こんなふうに吊り下げてあれば、嫌でも目に入った。

部屋全体が、まるでリスベトを祀《まつ》る寺院のようだった。殺人事件を報じる新聞記事が貼られた壁の前には、花が生けてある。ほかの壁には、正方形の典型的なポラロイド写真が飾られていたが、どれも時を経て色あせていた。少女の写真。ブラウスが一着に、数通の手紙と絵葉書もある。幸せなときと不幸せなときが隣り合わせだ。

ヨハンは何も言わなかった。ただ写真の前に立ち、カールたちの視線を受け止めていた。

「なぜ、俺たちがこの部屋を見てはいけなかったんだ？」カールが尋ねた。

ヨハン・ヤコプスンは肩をすくめた。カールにはわかった……あまりにもプライベートなことなのだ。ここにはヨハンの心の内がある。壁には彼の砕かれた夢があるからだ。

「彼女はあの晩、あなたに別れ話をしたのですね。何があったか教えてください、ヨハン。何よりあなたのために」そう言うアサドの口調は、ヨハンをとがめているようだった。

ヨハンは振り返り、こわばったまなざしでアサドをじっと見据えた。

「僕が世界でいちばん愛した女性が虐殺されたんです。それなのに犯人たちはいまや社会の頂点に立って、こちらに向かってにやにや笑っている。僕に言えるのはそれだけだ。ビャーネ・トゥーヤスンのような役立たずの男がその償《つぐな》いをしている理由はひとつ。金のため。卑しい富のため。裏切り者に与えられる報酬のためだ。それ以外の何ものでもない！」
「それを終わらせようというのか？」カールが尋ねた。「なぜ、今ごろになって？」
「僕は、またひとりぼっちになったのです。いまや、このことしか考えられません。わかりませんか？」

ヨハン・ヤコプスンは二十歳になったばかりのころ、リスベトにプロポーズをした。彼女も受け入れた。彼女の父親とヨハンの父親は友人同士だった。家族ぐるみの付き合いをしていくうちに、ヨハンはいつしかリスベトを愛していた。

ヨハンはあの夜、リスベトの家に行った。隣にはリスベトの兄がガールフレンドと眠っていた。

ヨハンとリスベトは長い時間、真面目な話をした。それからベッドを共にした。だが、彼女にとってそれは、別れの儀式だったのだ。ヨハンは夜明けの薄明かりの中、泣きながら自分の家に帰った。その日のうちに、リスベトは死んだ。わずか十時間で、彼は至福のときから引き離され、大失恋を味わい、そのまま地獄につき落とされた。あの夜と、それからの日々のことをヨハンはずっと忘れられずにいる。その後、新しいガールフレンドができ、結婚し、ふたりの子どもをもうけた。だが、片時もリスベトのことが頭から離れたことがなかった。

ヨハンの父親は死の床で、リスベトの母親のために書類を盗んだことがあるとヨハンに告白した。翌日、ヨハンはすぐにその母親の元を訪ね、書類を借りてきた。

それ以来、ヨハンは書類を大切に持ち続けてきた。またそれ以来、彼の人生の中でリスベトの存在がますます大きくなった。

彼女があまりにも大きく彼の心を支配するようになったので、結局、妻も彼のもとを去っていった。

「〝彼女があまりにも大きく心を支配する〟とは、どういうことです？」アサドが尋ねた。

「僕は、四六時中彼女のことばかり話していたのです。朝も晩も。新聞記事やニュースの話ばかりしていました。ずっと、あの事件についての記事ばかり読んでいましたから」

「で、今は？　そうした状態から解放されたいというわけか？　だから俺たちに探させたのか？」カールが尋ねた。

「そうです」

「それで、俺たちに見せたいものとはなんだ？　これか？」カールは両手を広げて、部屋にある資料すべてを示した。

「そうです。ここにあるものすべてに目を通せば、寄宿学校出身のグループの犯行だったということがわかるでしょう」

「君は、すでに襲撃事件のリストをつくったじゃないか。あれにはもうすべて目を通したよ。そのことを言っているのか？」

「あなたたちに渡したのは、ほんの一部に過ぎません。完全なリストはここにあります」ヨハンは机の上にかがみこみ、山のような雑誌の切り抜きを持ち上げ、その下からA4サイズの紙を一枚取り上げた。

「これが最初です。ラアヴィー事件より前のことです。この男も寄宿学校にいました。ここに書いてあります」そう言うと、ヨハンは、日刊紙《ポリティケン》の一九八七年七月十五日の記事を見せた。見出しは〝ベラホイのプールで悲劇的な事故　十九歳の少年が十メートルの高さの台から飛び込みに失敗して死亡〟となっている。

カールはリストにざっと目を通した。多くの事件には覚えがあった。特捜部Qに置かれていたリストに載っていた事件も含まれていたからだ。事件の間隔は、いつも三、四カ月おきだ。死者が出た事件もある。

「どれも、ただの事故の可能性だってありませんか？」アサドは言った。「寄宿学校の生徒とどんな関係があると言うんですか？　どれも、互いに関係があるとはかぎりません。何か証拠でも？」

「ありません。それを調べるのがあなたたちの仕事です」

アサドは首を横に振り、ヨハンに背を向けた。「どういうことです？　お気の毒だとは思いますが、あの事件で精神的に病んでいらっしゃるのでは？　私たちにゲームの相手をさせるよりも心理カウンセラーを探したらどうですか？　本部にもいるでしょう、モーナ・イプスンとかいう人が」

署への帰り道、カールとアサドは口をきかなかった。ふたりともずっと考えていたのだ。

「紅茶を淹れてくれ」地下室に戻るとカールは言い、ヨハン・ヤコブスンの集めた資料が入ったビニール袋を部屋の隅に置いた。「ただし、前みたいにたくさん砂糖は入れないでくれ。いいな？」

カールは椅子に身を沈め、机の上に音を立てて足をのせてから、TV2のニュースをつけた。こうやって脳のスイッチを切る。今日はもう何もしたくない。

だが、五分後に電話が鳴り、カールの気分はまた高まることになった。

受話器をとると、上司の暗い声が聞こえ、カールは天を仰いだ。

「カール、本部長と話したよ。本部長は、おまえがどうしてあの事件を掘り返すのかわからないと言っている」

カールはいつものように、形式的な抗議をした。だがマークス・ヤコブスンは、それ以上説明しようとはしなかった。カールはだんだんといらだちを抑えられなくなった。

「なぜ掘り起こしちゃいけないのか、教えてくれますか？」

「とにかく駄目なんだとさ。まだ判決が下りていない事件を優先して集中的に取り組め、ほかの事件は資料保管室の棚に入れておけ、だと」

「そもそもそれは俺が決めることです。そうでしょう？」

「本部長が異論を唱えた場合は、そうはいかないんだ」

話は終わった。

「おいしいハッカ茶に少しだけ砂糖を入れました」

アサドはそう言って、カールにカップを差し出した。砂糖汁の海にスプーンがまっすぐ突き刺さっている。

カールは茶を手にとり、一気に飲み下した。火傷しそうなほど熱く、むかつくほど甘い。

しばらく、そのひどい飲み物の後味が消え去るのを待った。

「気を悪くしないできいてください、カール。あの事件は、ヨハンがまた出勤してくるまで二週間寝かせておきましょう。出てきたら、来る日も来る日も、やつにこっそりとプレッシャーをかけるんです。そうすればいつか自分のしたことをすべて白状しますよ」

カールはアサドを見つめた。アサドの性格をよく知らなければ、今のアサドの朗《ほが》らかな表情がただの見せかけだと思う者もいるだろう。ほんの三十分前には、事件の解明に意欲的で、どんどん突き進もうとしていたじゃないか？　いったいその頭は、どんな構造になっているんだ？

「ヨハンが何を白状するっていうんだ、アサド？　いったいなんの話をしている？」

「ヨハンはあの夜、リスベト・ヤーアンスンから、もう好きじゃなくなったと言われたんですよ。彼女はきっと、ほかに好きな人ができたと言ったにちがいありません。それでヨハンは、次の日の午前中にあの別荘に戻ってきて、ふたりを殺害したのです。きちんと調べれば、ほかにもリスベトの兄とヨハンのあいだで何かいざこざがあったことがわかりますよ。もしかしたら、ヨハンは当時すでにあんなふうに頭がおかしかったのかもしれません」

「いいかげんにしろ、アサド。この事件はもう棚上げになったんだ。それに、おまえの推論なんかこれっぽっちも信じられん。作り話もいいところじゃないか」

「作り話ですって？」

「そうさ。単なる創作だ。そんなシナリオはいくらなんでも複雑すぎる。ヨハンが犯人なら、やつはもう何百年も前に精も根も使い果たしているだろう」

「ヨハンの頭がおかしくなっていたら、話は別ですよ」

「おかしくなったやつなら、トリビアル・パスートのようなゲームを置いていったりしないさ。誰かの足元に凶器を放り投げて、事件とは違うことを考えようとするだろう。ところで、俺が言ったことを聞いていなかったのか？　この事件は俺たちから取り上げられたんだ」

アサドは関心がなさそうに、壁にかけられた液晶テレビを眺めた。ストーア・カニケ通りの襲撃事件について放送されているところだった。

「いいえ、聞いていませんでした。聞くつもりもありません。だれが私たちからこの事件を取り上げたんですって？」

どこからともなく、パンのにおいが漂ってきた。すると、事務用品とサンタクロースの柄の手提げ袋を両手いっぱいに持ったローセが突如、現われた。どう考えても、あまりにも来るのが早すぎる。

「トントン！」と言いながら、彼女はおでこで二度、ドアの枠をノックした。

「騎兵隊のお出ましですよ。タッタラター、タッタラター！　皆さんにおいしいデニッシュを持ってきました！」

アサドとカールは顔を見合わせた。カールは悪夢を見ているかのような表情だったが、アサドの目はきらきらと輝いていた。

「やあローセ、特捜部Qへようこそ！　君のために用意はすべてできてるよ」寝返ったアサドが言った。

アサドがローセを連れて隣室に消えたとき、ローセがカールに投げかけた視線は、「私を追い出そうと思ってもそうはいかないわよ」と語っていた。ローセの好きになんかさせるものか。俺がデニッシュぐらいで買収されるなどとは思うなよ。

カールは、部屋の隅に置かれたビニール袋にさっと視線を走らせた。それから引き出しを開けて紙を一枚取り出し、こう書いた。

・容疑者―ビャーネ・トゥーヤスン？
・寄宿学校の卒業生グループのうちのほかの誰か？　複数？
・ヨハン・ヤコプスン？
・殺し屋？
・寄宿学校の卒業生グループの周辺の者？

リストとしてはあまりに貧弱だ。いらいらしながら、カールは額をなでた。マークス・ヤコプスンがカールをそっとしておいてくれたなら、カールは自らすすんでこの紙を小さく破いて捨てていただろう。だが、そうはならなかった。カールは、この事件を放っておくようにとの指令を受けたのだ。だからこそ、この事件を放っておけなくなった。

カールが少年のころから、父親はカールの性格を見抜いていたものだ。父親にうまく操られてきたのかもしれない。父親がカールに牧草地を耕すことを断固として禁止する。すると、カールは牧草地を耕した。父親はカールに、兵役を拒否するようにと何度もしつこく言う。その結果、カールは徴兵検査を受けに行く。それどころか、父親はガールフレンドのことでもこの戦略で介入した。父親が農家のある娘をけなすと、カールはあわてて彼女のところに押しかけていくといった具合だ。カールはそういう性格だった。ずっと昔から。誰も正攻法ではカールを思いどおりに動かすことはできない。だが、だからこそカールを操作するのは実はとても簡単だった。カールもそのことを自覚していた。だが、果たして本部長はカールのその性格を知っていたのだろうか？　おそらく知らなかっただろう。

しかし、いったいどうなっているんだ？　本部長は、カールがこの事件について調べていることをどこで知ったのだろう？　知っていたのは、事情に通じているほんのひと握りの人間だけのはずだ。

カールは、関係者を一人ひとり思い浮かべた。マークス・ヤコプスン、ラース・ビャアン、アサド、ホルベク署の者たち、ヴァルデマ・フローリン、事件現場近くの別荘に住む男性、被害者の母親……。

突然、カールは目を大きく見開いた。そうだ、この連中はカールが事件のことを調べていることを知っている。考えれば考えるほど、名前が次々と浮かんできた。

誰かが、〝非常ブレーキ〟をかけた可能性がある。トーステン・フローリンやウルレク・デュブル・イェンスン、ディトリウ・プラムのような名前が、ひとつの殺人事件と関連して挙がってきたとき、これはとてつもない規模の話のように思えてきた。

カールにとっては、誰がどんな名前で、本部長がなぜ捜査を中止させようと思ったのかなど、まったくどうでもいいことだった。いずれにしてもすでにカールたちは捜査を始めている。もう誰も止められない。

カールはドアのほうを見た。ローセのオフィスから聞きなれない音が地下の廊下に漏れている。低くて風変わりな笑い声だ。興奮したようにときおり大きな声が上がる。アサドが完全に調子にのっているのだ。カールはタバコを取り出し、火をつけて、紙の上に漂う煙をじっと見つめた。それからこう書いた。

課題

- 同時期に外国で似たような殺人事件はなかったか？
- 昔の捜査班にいて、いまでも現役の警察官はいるか？
- ビャーネ・トゥーヤスン／ヴリズスルーセリレ刑務所
- ベラホイのプールでの寄宿学校生の転落事故。偶然？

・当時の寄宿学校生の誰から話を聞くことができるか？
・弁護士ベント・クルム！
・トーステン・フローリン、ディトリウ・プラム、ウルレク・デュブル・イェンスン——現在何かトラブルが起きているか？　訴訟はないか？　心理的特徴は？
・キミーことキアステン・マリーイ・ラスンの行方——グループのメンバーのうち、我々が話せる相手？
・クレスチャン・ヴォルフ死亡時の状況！

カールは鉛筆で何度も紙をトントンと叩いてから、次のように書き留めた。

・ハーディ。
・ローセを追い払う。
・モーナ・イプスンと寝る。

カールは最後の行を何度も見直し、まるで机に好きな女の子の名前を彫り込む思春期の少年のような気分になった。心の眼でモーナの尻や揺れる胸を見ただけで、彼がどれだけ興奮しているかを彼女が知っていたら！　カールは何度か深呼吸して、引き出しから消しゴムを取り出し、最後の二行を消そうとした。

「カール・マークさん、お邪魔していいかしら？」

突然、女性の声がドアのほうから聞こえた。カールの血が凍りつき、同時に煮えたぎり始めた。脊髄《せきずい》から、同時に五つの命令がカールの体をせき立てた。消しゴムから手をはなせ。最後の行を隠せ。タバコの吸殻を脇によけろ。間抜けな表情を顔から消し去れ。口を閉じろ。

「お邪魔ですか？」もう一度声がした。カールは必死にその目を見ようと努力した。

その瞳は以前と変わらずブラウンだった。モーナ・イプスンが目の前にまた現われたのだ。

カールは驚きのあまり死んでしまいそうだった。


「モーナの用事はなんだったんですか？」ローセは言って微笑んだ。開いたドアのところに立ち、デニッシュをもぐもぐと食べている。カールは現実に戻ろうと努力していた。

「彼女の用事は？」今度はアサドが、同じくデニッシュをほおばりながらきいてきた。少ししかクリームが入っていないはずなのに、無精ひげにまんべんなくクリームがついている。

「あとで教えてやる」そう言ってカールはローセのほうを向いた。せわしなく鼓動を打つ心臓がどんどん新しい血液を送り続けているのか、頬が火照《ほて》っているのを悟られないことを願った。「新しい居場所は問題なさそうか？」

「あら、少しは興味があるようですね！ありがたいです。太陽の光や色つきの壁や、まわりに親切な人がいることが大嫌いだったら、あなたたちが私のために用意してくれた場所は完璧です」そう言ってローセはアサドを肘でこづいた。

「冗談よ、アサド。あなたは問題ないわ」やれやれ、どうやらローセはアサドと協力関係が築けそうだ。

カールは立ち上がり、容疑者の名前と課題のリストを、ホワイトボードに書いた。

それから、驚いている秘書のほうを見た。ローセが、自分は仕事とはなんたるかを知っていると思い込んでいたら、それは間違いだ。これから教えてやる。マーガリン工場で段ボール箱に商品をひたすら詰める仕事が地上の楽園に思えるほど、ここでこき使ってやるからな。

「我々が現在捜査している事件は、少々込み入ってるんだ」カールはローセが栗鼠《りす》のように前歯でかじっているデニッシュに目をやりながら言った。

「アサドからまず事件の概要を聞いておいてくれ。そのあとで、ビニール袋の中にある紙を時系列に並べ、机の上にある書類と照らし合わせる。それから全部のコピーをとる。アサド用に一部、君用に一部だ。こっちのファイルにはまだ手をつけなくていい」

カールは、ヨハン・ヤコプスンとマータ・ヤーアンスンのファイルを脇にどけた。

「その作業が終わったら、今度は、ここに書いてある事故の調査だ」

カールは、ホワイトボードに記されたベラホイの屋外プールでの転落事故の行を指差した。

「急いでいる。スピードアップで調査してくれ。事故の日付は赤いビニール袋のいちばん上に入っている一覧表に載っている。一九八七年夏のラアヴィー殺人事件の前々月、六月の何日かのはずだ」

カールは、ローセがぶつぶつと不平を言うのを心の隅で期待していた。ほんのひと言の不満でもいい。そうすれば、あとひとつふたつ仕事を増やしてやったところだ。だが、彼女の反応は驚くほどクールだった。冷静に、手に持っている残りのデニッシュを見たかと思うと、それをひと口で口に押し込んだ。

カールはアサドのほうを見た。「アサド、君には二、三日、地下室の外に出てもらいたいんだが、どうだ？」

「またハーディのところに行けばいいんですか？」

「いや、キミーを見つけてくれ。できるだけ早く、あの寄宿学校生グループの全体像をつかみたいんだ。俺はほかのやつにあたる」

アサドは、これからの筋書きを想像しているかのように見えた。コペンハーゲンの街中でホームレスの女性を追うアサド、一方、カールは裕福な男たちと暖かい店の中でくつろぎながらコーヒーやコニャックを飲む。少なくともカールはそのように思い描いていた。

「カール、私にはよく理解できません」アサドは答えた。「この事件の捜査を続けるんですか？　手を引くようにという指令が来たばかりじゃありませんか」

カールは額をなでた。アサドには口を開かせるべきではない。ローセが、本部長の回し者ではないとは言い切れないのだ。そもそも、どうして彼女は地下に降りてきたんだ？　カールが来てくれと頼んだわけではないことは確かだ。

「しょうがない、アサドが言ってしまったからきちんと話そう。本部長がこの件に関して、我々に赤信号を出したんだ。捜査を止めろと言われた。だが俺は捜査を続けるつもりだ。何か問題はあるか?」と、カールはローセにきいた。

ローセは肩をすくめた。「私は平気です。ただし次は、あなたがみんなにケーキを差し入れする番ね」ローセは言って、ビニール袋をつかんだ。


アサドはカールから細かい指示を受けて、出かけていった。一日に二回、カールに電話連絡し、キミーの捜索がどうなっているかを報告する。アサドは担当する仕事のリストを受け取った。リストには、役所の住民登録課、市の中心地区の保安警察、市役所の社会福祉事務所、ヒレレズ通りのホームレス収容施設を営んでいる教会のキアゲンス・コースヘーアなど、ありとあらゆる場所で聞き込みをするようにと書かれている。砂漠の砂がまだ耳のうしろについていそうなアサドにとっては、かなり膨大な仕事だ。なにより、キミーがホームレスになっているという情報源は、今のところヴァルデマ・フローリンだけだ。この情報が正しいとしても、新しい情報とはかぎらない。寄宿学校生グループの胡《う》散《さん》臭い評判から考えると、キミーがもうこの世にいないとしても不思議はない。

カールは黄緑色のファイルを開き、キアステン・マリーイ・ラスンの個人識別番号をメモした。それから立ち上がり、通路へ向かった。ローセは、心配になるほど精力的に、書類を次々とコピー機に載せていた。

「書類を置くための机がここに必要です」彼女は目線を上げずに言った。

「そうか。指定のメーカーはあるか?」そう言ってカールはあいまいな笑みを浮かべて、個人識別番号をメモした紙をローセに渡した。「キミーについてのあらゆる情報が必要だ。最後の住所、入院していた病院、生活保護の給付を受けたことがあるか、どんな職業教育を受けたのか、両親が生きていればその居所。コピーはあと回しにして、こっちを先にやってくれ。全部だ。頼む」

ローセが体をまっすぐ伸ばして立つと、ピンヒールの分だけ背が高くなった。ローセの視線がカールの喉に注がれ、カールは居心地が悪い気がした。

「机の注文表を十分後にお渡しします」と、ローセはそっけなく返事した。「マリングベク社のカタログの商品は評価に値しますよ。高さ調節可能な机が五、六千クローネぐらいであるんです」

まるでトランス状態のようになりながら、カールはスーパーの買い物かごに商品を入れていった。モーナ・イプスンへの思いが頭の中で渦巻いていた。今日、彼女は結婚指輪をはめていなかった。そのことに、カールはすぐに気がついた。そして、モーナがカールのことを見るたびに、カールの喉はからからに渇いていった。女性と関わらなくなってから、もうずいぶん経つ。

ちくしょう。カールは目線を上げた。巨大なスーパーマーケットの中で迷子になりそうだった。まるで、トイレットペーパーを探しているのに化粧品しか置いていない売り場をうろうろと歩き回っている客のようだ。頭がおかしくなりそうだった。

歩行者天国の道路の端では、古い衣料品店の取り壊し工事が終わっていたが、カールにはどうでもいいことだった。モーナ・イプスンを自分のものにできなければ、カールのために教会を取り壊し、その場所にスーパーマーケットを建ててほしいところだ。

「いったい、何をそんなに買い込んだんだ？」

帰宅したカールが荷物の中身を出していると、間借り人のモーデン・ホランが尋ねた。モーデンにとってもハードな一日だったようだ。国家学を二時間勉強したあと、レンタルビデオショップで三時間働いたという。

「今日はチリ・コン・カルネをつくってくれると思ってたよ」とカールが言った。「豆と肉を買ってきてくれたらよかったのに」というモーデンの応酬は聞こえないふりをした。

カールはモーデンをキッチンのテーブルに残し、懐しい音が義理の息子イェスパの部屋のドアから階段にまで響き渡っている二階へと向かった。イェスパは部屋の中で、レッド・ツェッペリンの轟音に合わせてニンテンドーのテレビゲームで兵士を倒していた。ゾンビみたいなイェスパのガールフレンドはベッドの上に腰掛け、遠くにいる誰かに携帯メールを送ることで寂しさを紛らわしていた。

カールはため息をつき、ブラナスリウにいた当時の自分がどれだけ発想が豊かだったかを思い出した。ベリンダと屋根裏部屋で過ごしたあの日！　それにしても、今は電子機器があるおかげで大助かりだ。肝心なのは、カールができるだけイェスパの相手をせずにすむということなのだから。

それから、ベッドの魔力に惹かれるようにカールは寝室に倒れこんだ。二十分後にモーデンが「食事だよ」と呼ばなければ、ベッドの魅力に打ち負かされていただろう。

カールは仰向けになり、頭の下で組んだ両腕を枕にして、天井をじっと見つめた。そして裸のモーナ・イプスンがカールの隣に横たわっているところを想像した。近々どこかでこの欲求を晴らさなければ、男として駄目になりそうだ。モーナをものにするか、酒場でうまい酒をしこたま飲むか、そうでなければ、すぐにアフガニスタンの警察隊に志願してもいい。脳みそに硬い弾丸を撃ち込まれたほうが、地下室で退屈しているよりましだ。

するとイェスパの部屋の壁の向こうから、ギャングスター・ラップとトタン板の屋根を叩く音を混ぜたような、ぞっとする轟音が鳴り響いた。イェスパの部屋まで行って文句を言うのと耳をふさいで我慢するのと、どちらがいいだろう？

カールはベッドに横たわったまま、枕の両端を耳に押し当てた。そんなことをしたから、このとき、ハーディを思い出したのかもしれない。

動けなくなったハーディ。額がかゆくなっても、自分の指で掻くこともできない。考えること以外まったく何もできない。自分があんな状況に置かれたら、とっくにおかしくなっているだろう。

カールは、ハーディとアンカーと自分が肩を組んでいる写真を見た。三人のとびきり優秀な警察官だ、とカールは思った。ハーディは、前回ホアンベクに見舞いに行ったときはアマー島の事件の真相なんてどうでもよさそうだったのに、なぜ今度は違うことをほのめかしたのだろう？　どうして、あのアマー島の殺人現場の小屋で誰かがカールたちを待ち伏せしていた、などと言い出したのだろう？

カールは写真の中のアンカーをよく見た。三人の中でいちばん背が低かったが、眼光はもっとも鋭かった。九カ月前に亡くなったが、あの目の光はまだここにある。アンカー自身が、アンカーを殺した犯人と何か関係があったなどと、ハーディは本気で思っているのだろうか。カールは首を横に振った。とてもそんなふうには思えない。それからカールは、部屋に飾ってある別の写真を見た。妻のヴィガと楽しく過ごしていたころに撮った写真がある。ヴィガがまだ、カールのへそに指を突っ込むことに夢中だったころだ。それから、ブラナスリウの農場での写真。そして最後に、カールが初めてきちんとしたパレード用の制服を着て帰宅した日に、ヴィガが撮った写真。

カールはぎゅっと目を閉じた。部屋の片隅の写真がかけてある場所は暗かったが、それでも、いつもはないはずのものが見えた気がしたのだ。

カールは枕を放り投げて、立ち上がった。イェスパが今度は壁の向こうで、先ほどとはまた別の音楽をかけていた。カールはゆっくりと写真に近づいた。はじめはその「しみ」が影のように見えたが、よくよく近づいてみると、それがなんなのかがわかった。

血だ！　これほど鮮明な血を見間違えることはない。今ごろになってようやく、壁から細い血痕の筋が垂れていることに気がついたのだ。どうして今まで気づかなかったのだろう？

この血はいったいなんだ？

カールはモーデンを呼び、薄型テレビの前で催眠状態になっているイェスパを無理やり連れてきた。壁の血痕を見せると、ふたりとも気味悪がった。

モーデンは、こんな不潔なものにいっさい関係がないという。

イェスパも、これがなんなのか見当もつかないという。カールが信じようが信じまいが、イェスパのガールフレンドも「あたしに関係があるなんて言うやつは頭がおかしいわよ」と言った。

カールは血痕をもう一度よく見た。

適切な道具さえあれば、ものの三分もかからずに、カールの家の玄関の鍵を開け、部屋に入ったとたんにカールの目に入ってくるであろう何かを見つけ、そこに少しばかり動物の血を塗りつけて、また家から出て行くことができる。カールの家の前のマウノリエン通りばかりでなく、レネホルト公園全体も八時から十六時のあいだはまったく人気《ひとけ》がなくなるため、忍び込むための三分間を見つけるのは難しくなかったはずだ。

しかしこんなことをして、カールが今後の捜査から手を引くだろうなどと誰かが思ったのなら、そいつは並はずれた馬鹿であるだけではなく、あとで必ず泣きをみることになるだろう。

15

酒を飲んだときだけは夢見がいい。これが、酒を飲む理由のひとつだ。ウィスキーを飲まなければ、どうなるのかはわかっている。何時間も、うとうととまどろむだけだ。それだけではない。ささやく声がいくつも聞こえてくる。ドアに貼ってある遊んでいる子どものポスターがいつしかぼやけていき、重苦しい夢に沈んでいくまで。そして悪夢の映像は列をなすようにして彼女を待ち受けている。母親の柔らかな髪と、石のように固まった顔。だだっ広い邸宅の片隅に姿を隠そうとする小さな女の子。ぞっとするような光景ばかりだ。ぼやけながらも瞬間的にぱっと光る、彼女を置いて去っていった母親のイメージ。そして、母親のかわりにやってきた女たちの凍てつくほど冷たい抱擁。

目覚めると、寒さで体中が震え、同時に額には汗がにじんでいた。夢はいつも、彼女の人生のある時点にたどり着く。体裁ばかり気にする人たちの際限のない期待や、欺瞞《ぎまん》、見せかけの親切さに、彼女が反抗したそのときだ。すべて、忘れたい。

昨晩は相当飲んだ。翌朝どうなるか、わかっていた。悪寒《おかん》、咳、頭痛は、どうにかやり過ごすことができた。大事なのは、ぐるぐる回る思考と、頭の中の声が静かだということだ。

彼女は伸びをして、ベッドの下に手を伸ばし、段ボール箱を引っぱり出した。食料保存箱だ。ルールはいたってシンプル。右側にある食べ物を食べること。右側が空《から》になると箱を百八十度回し、また右側にあるものを食べた。こうして彼女はいつも、空になった左側にディスカウント・スーパーの〈アルディ〉で買ってきたものを入れた。いつでも同じ手順だ。二、三日以上は食料を箱に入れっぱなしにしない。そうしないと食べ物が傷んでしまう。特に屋根の上に太陽がじりじりと照りつける日には。

ヨーグルトをスプーンですくって淡々と自分の口に入れた。食べるということが意味をなしていたのは、何年も前のことだ。

それから箱をベッドの下に戻し、別の小さな箱を手で探った。それをしばらくそっとなで、「いい子ね、ママは今から町に出なくちゃ。すぐに戻ってくるわ」とささやいた。

それから、わきの下のにおいをかいだ。そろそろシャワーを浴びなければならない。以前は、駅のコインシャワーを使っていた。しかし、駅で自分を探している人たちがいるとティーネから忠告されて以来、やめたのだ。どうしても駅へ行かなくてはならないときは、安全策をとる必要がある。

彼女はスプーンをなめてきれいにし、ヨーグルトの容器を足元のビニール袋に入れた。

昨晩は、ストランン通りにあるディトリウの家まで足を運んだ。たっぷり一時間、ディトリウの邸宅の前でしゃがみこみ、頭の中の声がゴーサインを出すまで、明かりのついた窓をじっと見ていた。手入れの行き届いた家だったが、ディトリウの病院と同じく無機質な建物だった。想像していたとおりだ。それからガラス窓を割り、家の中に侵入して、中を観察していると、突如、目の前にネグリジェ姿の女が立っていた。キミーが持っている拳銃を目にすると、女は恐怖で真っ青になった。しかし、目当ては彼女の夫だと知るやいなや、女はすぐに冷静になった。

そこでキミーは女に拳銃を与え、好きなように使えばいいと言った。女は一瞬拳銃を眺めると、掌《てのひら》でその重みを確かめ、最後には微笑んだ。ええ、そうね、使い道があるわ。キミーの頭の中の声が予告していたとおりだ。

それからキミーは足取りも軽く、街に戻った。キミーからのメッセージはディトリウたちにはっきりと伝わるはずだ。キミーが、やつらを追う側になるのだ。あいつらの誰ひとりとして、どこにいても落ち着いてはいられなくなるだろう。誰からも目を離さないつもりだ。

彼女の見込みが正しければ、やつらは追っ手の数を増やしてくるだろう。キミーにはそれが楽しかった。追っ手の数は、彼女がやつらに与えたパニックの大きさの指標となるからだ。

だが、やつらが用心深いということも考慮に入れなければならない。彼らはできるかぎりの対策を講じ、キミーのこと以外は考えられなくなるはずだ。

ほかの女たちの隣でシャワーを浴びているとき、キミーにとっていちばん嫌なことは、自分に向けられる視線ではなかった。キミーの背や腹に残る長い傷跡に注がれる、子どもの好奇のまなざしでもなかった。母娘たちがいっしょに泳ぐときのあからさまな喜びでもなかった。また、屋内プールに響く、憂いのない騒がしさや笑い声でもなかった。

キミーにとってもっとも嫌なものは、文字どおり生き生きとした女たちの体だった。指にはめたゴールドの指輪。栄養が足りていることがありありとわかる乳房。妊娠させられることだけを待っている下腹部。この光景が、キミーの頭の中に新しい声を生み出すのだ。

だからキミーは、あっという間に服を脱いだ。ほかの女性には目もくれずに、荷物を頭上の棚に放り投げ、新しい服を入れたビニール袋は床に置いたままにした。すべて、迅速に運ばなくてはならない。周囲をあれこれ観察することなく、さっさとこの場を去らなければならないのだ。

キミーは、警備員に声をかけられないように気をつけなければならなかった。

だから、ものの二十分と経たないうちに外に出た。ウェストを細く絞ったコートに、アップにしてピンで留めた髪、いつもとちがう上流階級の香水の香りを身にまとい、ティトゲン橋の上に立ち、中央駅まで続くレールをじっと見ていた。

こんな服装でいるのは実に久しぶりで、居心地が悪かった。このいでたちは、彼女が闘っているあらゆるものの鏡のような姿だったからだ。しかし今はどうしても必要だった。目立たぬようにプラットホームに沿った道を歩き、中央駅のコンコースへと続くエスカレーターを上って、あたりを歩き回りたかった。ひと回りしてみて、何もふだんと様子が変わらなければ、トレイン・ファスト・フードの店内に座ってコーヒーを飲み、ときどき時計を見ることにしよう。どこかへ出発しようとしているありふれた女のように。体のシルエットは流線型で、サングラスの上の眉は、くっきりと描かれている。人生の目標がはっきりしている女性のように。

痩せこけたティーネが、我を忘れた顔で微笑みながら前を通りかかったとき、キミーはすでに一時間もそこに座っていた。ティーネの足取りはおぼつかなく、頭は傾き、目は五十センチほど前を虚ろに見ていた。どう見ても、ヘロインを打っている。ティーネが透けてしまいそうなほど青白く見えていたにもかかわらず、キミーは動かなかった。その姿がマクドナルドの向こうに見えなくなるまで、キミーはティーネを観察していた。

そのとき、キミーは痩せた男に気がついた。壁際に立ち、白っぽいコートを着たふたりの男と話をしている。男が三人、しっかりと身を寄せ合って立っていることとは別にキミーの注意を引いたのは、彼らが話をしながらも互いを見ていないことだった。そのかわり、四六時中、ひそかに駅のコンコースに注意を払っているようだった。三人の服装がほとんど同じということも気になった。キミーの警告ランプが点滅を始めた。

キミーはゆっくりと立ち上がった。サングラスを鼻の上のちょうどよい位置に戻し、高いヒールの靴を履いているものの軽やかな足取りで、三人組のほうへと歩いていった。近くから見ると、三人とも四十歳前後であることがわかった。口角に刻まれた深いしわが、過酷な人生を送ってきたことを物語っている。書類が山積みの机に座り、不健康な照明の下で夜遅くまで働くビジネスマンのしわではない。あの深いしわは、風や雨の中、延々と退屈な時間を過ごしてきたことによるものだ。男たちはひたすら待ち続け、監視するために雇われているにちがいない。

キミーが二メートルほどの距離まで来ると、男たちは三人ともキミーの顔を真正面から見た。キミーは微笑みかけたが、歯が見えないように口を閉じたままだった。通り過ぎるとき、キミーは男たちが突然示し合わせたように沈黙したのを感じた。彼女が数歩離れると、彼らはまた話を続けた。キミーは立ち止まって、ハンドバッグに手を入れて何かを探した。キムという名前が聞こえた。三人のうちのひとりの名だろう。なるほど、Kで始まる名前というわけか。

三人は何やら時間や場所のことを話し始め、キミーのことはもう気にかけていなかった。つまり、キミーは好きに動けるということだ。彼らの標的は、どうやら今のキミーとは違ういでたちのようだ。思ったとおりだ。

頭の中のささやき声を聞きながら、キミーは駅のコンコースをひと巡りした。それからコンコースの反対側まで行って女性誌を買い、始めにいた場所まで戻った。男はひとりだけになっていた。壁にもたれ、これからも長い時間待つことになるのだろう。男の動きは緩慢で、目だけがせわしなく動いている。トーステンやウルレクやディトリウのまわりにいた男たちとそっくりだ。手下の者たち。嫌なやつら。金のためならなんでもする冷淡な男たち。求人広告には絶対に載らないような仕事をするやつらだ。

彼らを長いこと見ていたら、キミーの意識はいつの間にか、このろくでなしの男たちの背後にいるはずの者たちに向かっていた。心の中で激しい怒りが膨れ上がった。頭の中の声が口々に話し、互いに異論を唱えている。

「やめておけ」彼女は小声で言い、視線を落とした。キミーは、隣のテーブルの男が皿から目を上げたのに気づいた。彼女の激しい怒りの矛先《ほこさき》がどこに向けられているのかを、確かめようとするかのようだった。

勝手に確かめて、頭を悩ませたらいい。

そのとき、キミーの目は、雑誌の見出しに釘付けになった。しかしキミーが注意を向けたのは、見出しの最初の文字、大文字のKだけだった。

大文字のK。またしてもKだ。

三年G組の生徒たちは誰もが、ただ「K」と呼んでいたが、彼の名はコーオ・ブルーノといった。最終学年の生徒の中から学級委員を決めるときに、三年G組のほとんど全員が、コーオに投票した。コーオは誰よりもハンサムで、女子生徒たちが寄宿舎でもっとも話題にするのは、Kのことだった。だが、彼の心を射止めたのは、キミーだった。ダンスパーティーで三回待ってから、Kといっしょに踊る番がきた。そしてKは、今まで誰にも触れられたことのないところに、キミーの指を感じた。キミーは、自分の体のことだけでなく、男の子の体のこともよく知っていたのだ。クレスチャンのおかげだった。

それ以来、コーオはキミーの思いのままになった。真面目で誰よりも信頼されている生徒の平均点が、この日を境にがくんと落ちた。あれほどの模範生がこんなふうに一気に堕落することもあるのかと噂になった。キミーはそのことを楽しんだ。真面目な少年の足元をすくったのは、彼女の体だった。ただ彼女の体だけだった。

それまでのコーオには、あらゆることが用意され、整えられていた。早い時期から、両親がコーオの将来のことを決めていた。だが両親は、コーオがどんな人間なのかまったくわかっていなかったのだ。大事なのは、世襲制を守るために、息子の首に縄をつけておくことだけだった。

家系の栄誉になることを行ない、成功を積み重ねれば、そこに人生の意義がある。そのためならいくら金をつぎ込んでもかまわない。

両親はそう信じていた。

まさにそのことによって、コーオはキミーのひとり目の標的になったのだ。コーオが代弁していることのすべてが、キミーの嫌悪の対象だった。勤勉賞。射撃会での優勝、陸上競技での一等賞。式典などでは決まってスピーチを行ない、髪型はほかの生徒よりもほんの少し洗練されていて、ズボンはほんの少し丁寧にアイロンがけがしてある。すべて終わらせてやる。キミーはそう決めた。つまり、コーオの殻をはがし、そのなかに何が隠されているのかを見たかったのだ。

コーオを思いのままにしたあと、キミーはもっとハードルの高い獲物を探した。選択肢は充分にあった。彼女には恐れるものなど何もなかった。

キミーは、ときおり雑誌から目を上げた。壁際に立っている男が、いつ監視の場所を離れるか、そのことにだけ注意を払っていた。十年以上の路上生活でキミーの直感は研ぎ澄まされている。

まさにその直感によって、一時間ほどすると、ほかにもうひとり男がいることに気がついた。この男も、ぶらぶらと目的がなさそうに歩きながらも、眼光は鋭く、四方八方を見ているようだった。獲物のバッグや、離れたところに掛けられたコートを見つけるための目をもったスリではない。また、仲間が相手の服を汚しているあいだに、被害者のバッグに手を伸ばすという泥棒でもない。そうではない。ああいう男たちのことを、キミーは誰よりもよくわかっていた。あそこにいる男は、そんな男ではない。

男は背が低く、ずんぐりとした体格で、すり切れた服を着ていた。分厚いコートに大きなバッグ。ヘビの抜け殻さながら、体のまわりに鎧《よろい》をまとっているかのように見える。似合っているようでいて、どこかちぐはぐだ。どうやら彼は、貧しさを演出したいようだ。だがただの見せかけにすぎないと、キミーは確信していた。社会から追放された男たちが着るようなお決まりの格好をしているが、人生をあきらめた男たちなら、他の人間を観察しようとはしない。人生をあきらめた男たちの視線は、ゴミ箱に向けられている。あるいは道に落ちているものを見る。空き瓶が置いてありそうな場所を見る。それからせいぜいショーウィンドーや〈サンセット〉の特売品を見る程度だ。しかし彼らは絶対に、ほかの人間のような観察はしない。それに、あの男の肌の色は褐色だ。トルコ人かイラン人のようだ。コペンハーゲンでは、トルコ人がホームレスになって、町をうろつくほど落ちぶれてしまった姿を見かけることはない。

キミーは、この男が壁際に立つ男のほうへ歩いていき、近くを通り過ぎるときに何かしらのサインを送るのではないかと思っていた。だが、何も起きなかった。

それからキミーは新聞越しに駅の様子を見ながら、座り続けた。頭の中の声には、邪魔をしないように頼んでおこう。小柄な男が出発点に戻るまで、キミーはそこに座り続けた。しかし今度も、男たちはなんのサインも交わさなかった。

キミーは静かに立ち上がると、注意深くカフェの椅子をテーブルに戻し、小柄で浅黒い肌の男のあとを、間隔をあけてついていった。

男はゆっくりと歩いていた。途中で男は、駅のコンコースを何度も出て、イステ通りをぶらぶらと歩いた。だが、駅前通りに出る階段が見えなくなるほど遠くまでは、絶対に行こうとしない。

間違いなく、男は誰かを探している。その誰かがキミーである可能性は充分にある。キミーは看板の陰や隅に留まった。

男は、十回目に出発点に戻って立ち止まり、四方八方に目を配ると、突然さっと振り返り、キミーを真正面から見た。予想外のことだった。キミーはタクシー乗り場へと急ぎ、タクシーに乗り込もうと、高いヒールできびすを返した。

ドブネズミのティーネが真後ろに立っていたことも、キミーは予測していなかった。

「やあ、キミー」ティーネは鈍いまなざしでキミーを見ると、甲高い声で言った。「あんただと思ったよ。今日はやけにシックな格好だね。どうしたんだい?」

ティーネは、目の前にいる者が幻覚ではないことを確かめようとするように、キミーのほうに手を伸ばした。だがキミーはさっとティーネの手を払いのけ、立ち去った。腕を伸ばしたままのティーネをその場に残して。

キミーの背後で駆ける足音が聞こえた。男がキミーのあとを追ってきていた。

16

夜中に三度、電話が鳴った。しかしカールが受話器をとっても毎回、無言だった。

朝食をとりながら、カールはイェスパとモーデンに、家の中でいつもと違うことはなかったかと尋ねた。朝はいつも無愛想なふたりが、沈黙で答えた。

「もしかして昨日、ドアや窓を閉めておくのを忘れなかったか？」カールは聞きなおした。寝ぼけたふたりの思考の渦のどこかに隙間が見つかるはずだ。

イェスパは「さあね」と言うように肩をすくめた。朝のこの時間帯にイェスパを思いどおりにするのは、宝くじに大当たりするよりも大変なのだ。モーデンのほうは少なくとも、何か返事のようなものをぶつぶつとつぶやいていた。

それからカールは家のまわりを見てみたが、異常はなかった。玄関の鍵穴にも引っかき傷はない。窓もいつもどおりだ。侵入はどうやらプロの仕業のようだ。

十分後、カールは灰色のコンクリート住宅のあいだに駐車してあった仕事用の車に乗り込んだ。ガソリンのにおいがする。

「ちっくしょう！」と叫び、プジョーのドアを開けて外へ飛び出した。二回、三回と地面をころがると、箱型トラックの陰に身を隠した。カールは、マウノリエン通りじゅうの窓という窓が割れそうなほどの大きな爆発音を待ち受けた。

ところが、「どうしたんだ？」という声が聞こえた。振り返ってみると、バーベキュー仲間のケンだった。早朝で肌寒いのに、薄手のTシャツしか着ていない。ケンにとっては、その格好がちょうどよく快適のようだ。

「そこを動くな、ケン！」カールは指示し、レネホルト公園通りのほうをじっと見た。見渡すかぎり、何も動きはない――ケンの眉毛以外は。次にカールが車に近づいたら、誰かが遠隔操作のボタンを押すのかもしれない。あるいは、車のエンジンをかけたときに出る火花だけで爆発するのかもしれない。

「誰かが俺の車に何かをしかけたんだ」とカールは言って、周囲の屋根や窓から視線を戻した。

警察の鑑識官を呼ぼうかどうか、カールはしばし考えたが、やはり呼ばないことにした。カールをおびえさせたり排除しようとしている者が、指紋を残すようなへまはしないだろう。カールは今置かれている状況を黙って受け入れ、列車に乗ることにした。追うか、追われるか？　どちらにもなりうる状況だ。

カールが警察署の地下室に降り、コートも脱ぎ終わらないうちから、眉をつり上げたローセが、カールのオフィスのドアのところに立っていた。

「自動車管理部の整備担当者があなたの家に行っています。車にはなんの異常もないそうです。ただ燃料管がゆるんでいただけですって。たいしてエキサイティングじゃないですけど」そう言ってローセはスローモーションで目玉を動かした。カールはローセの登場を無視した。今こそ自分に敬意を示してもらわないと。

「私に山ほど仕事を与えましたよね？　そのことについて、今話してもいいですか？　それともガソリンのもやがあなたの頭のてっぺんから気化するまで、待ちましょうか？」

カールはタバコに火をつけて、椅子に真っすぐ腰掛けた。「始めてくれ」そう言いながら、整備担当者が気を利かせて、警察署まで車を運んでくれるだろうかと考えた。願望を持つくらいはいいだろう。

「まずはベラホイのプールでの事故について。お話しすることはあまりありません。少年は十九歳で、名前はコーオ・ブルーノ。水泳が上手でしたが、それだけじゃありません。ありとあらゆるスポーツの種目で優秀でした。両親はイスタンプール在住。でも祖父母はエムドロプ、つまりプールのすぐ近くに住んでいました。コーオは土日の休みにはたいてい、祖父母の家に行っていたそうです」ローセは書類をぱらぱらとめくった。「報告には、事故はコーオ自身のせいだったとあります。十メートルの飛び込み台で注意しないでいるのは非常識きわまりないと、私なら言いたいですけどね」

そう言うと、ローセは髪にボールペンを挿した。すぐに落ちてしまいそうだ。

「午前中は雨が降っていました。少年はほぼ百パーセント、濡れた飛び込み台の上で足を滑らせたのです。注目を集めたかったのかもしれません。少年はひとりで飛び込み台の上に立ちました。実際に何が起きたのか、正確に見ていた者はいません。みんなが気づいたときには、少年は下のタイルに横たわっていて、首は百八十度ねじ曲がっていたそうです」

カールはローセを見た。質問が喉まで出かかったが、ローセがそれを言葉にする暇を与えなかった。

「それから、コーオはキアステン・マリーイ・ラスンや彼女の仲間たちと同じ寄宿学校に通っていました。クラスは三年G組で、グループのほかの生徒は二年G組。つまり彼らはコーオの一年下でした。この学校を出た人と話したことはありませんけど、なんならあとで試してみます」

ここでローセは、コンクリートの壁に球がぶつかったかのように突然口をつぐんだ。彼女には、こういう癖があるのだろうか。

「いいだろう。細かい事実を集めていこう。それからキミーはどうだ？」

「彼女がグループの中の重要人物だと、本気で思っているんですね。なぜです？」ローセは尋ねた。

いちいち説明しなければならないのか、とカールは思った。それから、

「あの寄宿学校生のグループには、女の子は全部で何人いた？」と尋ねた。「それで途中でいなくなった女の子は何人だ？　ひとりしかいないだろう、違うか？　きっと彼女は、現在の状況を変えたいと思っているだろう。だからキミーに興味があるんだ。まだキミーが生き

ているなら、彼女こそが情報を得るための鍵となる。探ればきっと何か出てくると思わないか？」

「彼女が現在の状況を抜け出したいと思っているなんて、誰が言っているんです？　念のために言いますが、ホームレスの多くは、屋根のある暮らしに二度と戻ることなどできないんですよ」

なんといらいらするんだ！　ローセがいつもこんな調子なら頭がおかしくなってしまいそうだ。

「ローセ、もう一度きく。キミーについては何がわかったんだ？」

「その点についてお話しする前に、ひとつ言いたいことがあります。私たちがここで報告会を行なうときに、アサドと私が座れる椅子を用意してください。あなたが細かいことを尋ねてくるあいだ、ずっとドアのところで立ってなきゃいけないなんて、腰が痛くなります」

だったら違うところに立てばいいだろう、とカールは思い、タバコの煙を深く吸い込んだ。

「仕事の速い君ならきっと、カタログを見てここに合う椅子を見つけたんだろうな」カールは言った。

ローセは答えなかった。明日には椅子が増えているだろう。

「キアステン・マリーイ・ラスンの公的データはほとんどありません。生活保護の受給記録もなしです。彼女は、最終学年で退学になっています。その後スイスで職業教育を受けて修了したらしいですが、それについては何もわかりません。最後に住民登録があるのは、ブランスホイにあるビャーネ・トゥーヤスンの家です。彼女がここから転出したのがいつかはわかりません。ただしビャーネが自首したころだと推測されます。おそらくその直前でしょうね。一九九六年の五月から七月のどこかです。それ以前、一九九二年から一九九五年までは義理の母親の元に住民登録があります。義理の母親は、オアドロプの教会通りに住んでます」

「その母親の名前と住所も調べてあるんだろうな？」

カールが言い終わらないうちに、ローセは黄色いメモ用紙を掲げてみせた。

その女性はカサンドラという名だった。カサンドラ・ラスン。カサンドラといえばカールが知っているのは『カサンドラ・クロス』という映画に出てくるカサンドラの橋だけだ。カサンドラという人の名前を聞いたのは初めてだった。

「それでキミーの父親はどうしてる？　まだ生きているのか？」

「ええ、生きているも何も、父親はウィリー・K・ラスンですよ。ソフトウェアの先駆者。新しい妻とモンテカルロに住んでいます。幼い子どもも何人かいるみたいです。私の机の上のどこかに資料がありますよ。一九三〇年ごろの生まれです。つまりいまだにかなりエネルギッシュだってことですね。奥さんもなかなかのやり手なのかもしれませんけど」

ローセは顔の五分の四だけを使って笑ってみせた。鼻が鳴る音がした。カールはいずれこの笑い声にも耐える術《すべ》を身につけなければならないだろう。

唐突に、ローセの笑いが止んだ。

「この住所まで行って尋ねても、キミーはきっとこれらの住所には一度も住んだことがないと思いますよ。アパートみたいなところを借りて、住民登録をしなかった可能性もありますしね。もしかすると税金対策だったのかもしれない。私の姉もそんなふうにして生き延びています。姉のところには四人も住んでいることになっているんです。姉の夫がひどいやつで、家に帰ってこなくなって、三人の子どもと四匹の猫を養うなんて、考えられないですよね？」

「ローセ、できれば俺に、あまり法律に触れるような話をしないでくれないかな。忘れているのかもしれないが、これでも法の番人なんだからな」

ローセは何か言いたそうに、カールに向かって両手を広げるしぐさをした。ああ神様、この人がもう少しましな人間になってくれますように、とローセの目が語っていた。

「でも一九九六年夏の情報があります。この夏、キアステン・マリーイ・ラスンなる女性がビスペビェアの病院に運び込まれました。カルテは入手していません。わかっているのは彼女が入院した日と、姿を消した日だけです」

「病院から姿を消したのか？　入院中に？」

「わかりません。ただ、医師の助言に逆らって出て行った、というメモは残されています」

「入院期間は？」

「九日か十日といったところです」

ローセは黄色いメモ用紙をめくった。「ここにありました。一九九六年七月二十四日から

「八月二日」

「八月二日だって?」

「ええ。それがどうかしたんですか?」

「九年前にラァヴィー殺人事件が起きた日だ」

ローセは唇をとがらせた。どうやら、自分でそのことに気づかなかったのがとてつもなく悔しいようだ。

「入院していた科は? 精神科とか?」

「違います。産婦人科です」

カールは机の角をコツコツと叩いた。「ようし、いいか。カルテを入手してくれ。必要ならその病院まで行って、探すのを手伝え」

ローセはほんのわずかだけうなずいた。

「それから新聞記事の切り抜きはどうなった? 目を通したか?」

「ええ。でもなんの情報もありません。一九八七年の最後の公判のものだけでした。それとビャーネ・トゥーヤスン逮捕とキミーの関係についてはまったく書かれていません」

カールは深く息を吸い込んだ。今になってやっと思い至ったことがある。寄宿生のグループのなかに、法に触れることで名前が挙がった者がひとりもいないのだ。彼らはみんな、まったく汚点なく、やすやすと成功の階段を上った。

しかしなぜ彼らは、カールを脅かそうとしたのだろうか。それも、あんなに見え透いた形で。カールたちがこの事件の捜査をしていることを知っているのなら、なぜ直接カールのところに来て、はっきり言わないのだ？　無駄な誤解と抵抗を招くだけではないか。「当時、捜索願いは出されなかったのか？　新聞などの尋ね人広告もないか？」カールはもう一度言った。

「一九九六年に彼女は姿を消した」カールはもう一度言った。「当時、捜索願いは出されなかったのか？　新聞などの尋ね人広告もないか？」

「ありません。警察による捜索もなし。単純に、彼女が姿を消したというだけです。家族は何もしませんでした」

なんと思いやりのある家族なんだ。

「マスコミでもキミーのことは報じられなかったんだな」カールが言った。「だが、レセプション・パーティーなんかはどうだ？　彼女はそういったものには参加しなかったのか？　ああいう人種はよくそういったことをするだろう」

「見当もつきません」

「それなら、調査に取りかかってくれ。雑誌記者や写真週刊誌の編集者にきいてみろ。そうだ、《ゴシップ》誌の編集部できくといい。あそこなら資料室になんでも持ってるさ。写真くらいは出てくるだろう」

カールに向けられたローセの表情には、じきにこの事件を解決不可能だと投げ出しそうな様子が見えた。

「キミーのカルテを見つけるだけでも時間がかかります。どれから取りかかればいいんですか？」

「まずは、ビスペビェアの病院からだ。だが写真週刊誌のことも忘れるな。キミーの周囲にいたような人種は、マスコミのハゲタカの大好物なんだ。彼女の個人データは手に入れたのか？」

ローセはカールにメモを手渡した。新しい情報はなかった。ウガンダ生まれ。ひとりっ子。子ども時代は二年おきに引っ越し。イギリス、アメリカ、デンマーク。七歳のとき両親が離婚し、驚いたことに父親が養育権を得た。それ以外の情報としては、クリスマスイブが誕生日といったことぐらいだ。

「二点、質問し忘れてやしません？」

カールは顔を上げて、ローセを見た。下からローセを見上げると、『101匹わんちゃん』で子犬をさらおうとする直前のクルエラ・ド・ヴィルをややぽっちゃりとさせたみたいだった。やはり机の反対側に椅子を置くという考えは、そう悪くないな。少なくとも彼女を見る角度を変えたほうがよさそうだ。

「忘れてる？」カールは質問したが、返事をしっかりと聞く気はなかった。

「机のことです。廊下に置く机。質問しなかったでしょう？　もう届いてます。でもまだ段ボール箱に入っていて、組み立てなければいけないんです。アサドに手伝ってほしいんですけど」

「反対しないよ。アサドが組み立て方を知っているかどうかは別問題だが。だが見てのとおり、今はいない。外でミューズを探しているところだ」

「なるほど。それであなたは何をするんです？」

カールはゆっくりと首を横に振った。ローセと机を組み立てるだって？　冗談はよしてくれ。

「俺がきかなかったというもうひとつの質問はなんだ？」

ローセは答える気がなさそうに見えた。

「机を組み立てないのでしたら、あなたが私に頼んだ残りの紙くずのコピーもしませんけど。ギブアンドテイクですよね？」

カールは怒りをぐっとこらえた。一週間でここから放り出してやる。金曜に来るノルウェーのお客たちの子守りをさせたら、彼女の任務は終了だ。

「質問しなかったふたつ目は、税務署員に話を聞いたことです。キミーは一九九三年から九六年まで、仕事をしていたそうです」

ちょうどタバコをくわえようとしていたカールは、そのタバコを取り落としてしまった。

「働いていたのか？　どこでだ？」

「キミーが働いていた会社のうち、二社はもう存在しません。でも最後に働いていた会社はまだあるみたいです。そこでの勤務がもっとも長いんです。動物の取引会社です」

「動物の取引？　キミーは動物を売っていたのか？」

「さあ、わかりません。会社は以前と同じ住所のようですから、ご自分できいてみたらいかがです？　アマー島のウアベク通り六十二番地。〈ノーチラス・トレーディング株式会社〉」

カールは住所をメモした。行くのはもう少しあとだ。

ローセは眉をつり上げて、カールのほうに頭を傾けた。そして、「これですべてです」と言ってうなずき、「ああ、それから、お礼ならいりませんから」と付け足した。

17

「マークス、いったい誰が俺の捜査にストップをかけたのか、知りたいんですが」

殺人捜査課課長のマークス・ヤコプスンは、メガネの縁から上目遣いでカールを見た。もちろん、カールの質問に答える気などない。

「そのほかに、俺の家に招かれざる客が来たことも知っておいてください。これを見てほしいんです」

カールはヤコプスンに、パレード用の制服を着た自分の写真を見せ、血痕を指差して見せた。

「この写真は、俺の寝室の壁に掛けてあるものです。昨夜は、血痕がまだ乾いていませんでした」

マークス・ヤコプスンは体をやや後ろに引いて、写真を眺めた。今、目にしているものが気に入らないようだ。

「それで、これが何を意味していると言うんだ、カール？」しばらく考えてからヤコプスンはそう尋ねた。「警察官というのは、年月とともに敵をつくるものだ。なぜこれを、今、捜査している事件と結びつけるんだ？　君の友達や家族はどうなんだ？　いたずらが好きなやつはいないのか？」

親切なご意見だ。カールは上司であるヤコプスンに向かって気の毒そうに微笑んだ。

「昨日の夜中には三度電話がありました。受話器の向こうには誰がいたと思います？」

「わかった、わかった、もういい！　私にどうしろと言うんだね？」

「あの事件の捜査にストップをかけたのが誰なのか、教えてください。それとも本部長に直接電話してきいたほうがいいでしょうか？」

「本部長は今日の午後、ここにやってくる。それからまたどうするか考えよう」

「信用していいんですね？」

「ああ」

カールは上司のオフィスのドアを、いつもより力を込めて閉めた。すると目の前に、バクの青白い顔があった。いつもはまるで第二の皮膚のようにぴったりと貼り付いている黒い革のジャケットが、今日は肩に軽くかけられている。こういうスタイルもあったのか。

「やあ、バク。辞めるんだって？　遺産でも舞い込んだのか？」

バクは一瞬、ここでともに過ごした時間を振り返って、良かったことと悪かったことのどちらが多かっただろうかと考えているように見えた。それから首を少し傾けて、「おまえにはわかるだろう？　すごくいい警察官でいるか、すごくいい父親でいるかのどっちかしかないんだ」

カールは、バクの肩に手を置こうかと思ったが、結局は握手だけにしておいた。

「今日で最後か！　元気でな。家族といい時間を過ごせ。バク、おまえは相当嫌なやつだが、またその気になったらいつでも戻ってこいよな」

疲れた顔のバクは、驚いてカールを見た。もしや感激したのだろうか？　バクは首を横に振りながら言った。

「カール、おまえが本気で親切にしてくれたことなんて一度もなかったが、まあ、おおむねいいやつだったよ」

カールにとっては、にわかには信じがたいような褒め言葉だった。

カールは振り向き、リスに向かってうなずいた。リスは、地下室の床に置いてあるのと同じくらいの量の書類が積みあがったカウンターの向こうに立っていた。今ごろ、地下室の床に積まれた書類を置く机を、ローセが組み立てているだろう。

バクはすでに、ヤコプスンの部屋のドアノブに手をかけていた。

「カール、おまえの捜査をやめさせたのがマークスだと思っているなら、それは違う。ラース・ビャアンだよ」それからバクは人差し指を立てて続けた。「俺から聞いたというのは内緒だぞ」

カールは、殺人捜査課副課長ラース・ビャアンの部屋のドアをちらりと見た。いつものように、廊下に面した窓にかかったブラインドは下ろされていたが、ドアは開いている。

「ビャアンが戻るのは三時。俺が知っているかぎりでは、三時に本部長と会うことになっている」

それが、バクが最後に言ったことだった。

カールが地下室に降りると、ローセ・クヌスンが廊下の床に膝をついていた。まるで、氷の上を滑るホッキョクグマのようだ。両足を左右に広げ、段ボール箱の上に肘をついている。机の脚、金属製の筋交いや、六角レンチ、その他の道具がまわりに散乱し、彼女の鼻先の十センチ下にはさまざまな組み立て説明書があった。ローセは、高さの調節可能な机を四台注文していたのだ。カールは、四台がきちんと仕上がることをひたすら願った。

「ビスペビェアの病院に行くことになってただろ、ローセ？」

ローセは動かずに、カールの仕事部屋のドアを指差して言った。

「デスクの上にコピーがあります」それからまた組み立て説明書に没頭してしまった。

確かにカールの机の上には、病院からローセにファックスで送られてきた三枚の紙があった。まさにカールが求めていた情報だ。病院の印と日付も入っている。キアステン・マリーイ・ラスン。入院期間は一九九六年七月二十四日から八月二日。カルテの半分はラテン語で記載されていたが、だいたいの意味はとれた。

「来てくれ、ローセ！」カールは呼んだ。

床に座り込んだローセの口から文句や腹立ちの言葉が次々と聞こえてきたが、しぶしぶ立ち上がった。

「なんですか？」ローセの顔には玉のような汗が浮かび、マスカラの無様《ぶざま》な筋も流れていた。

「病院はカルテを見つけたんだな！」

ローセはうなずいた。

「これを読んだか？」

ローセはもう一度うなずいた。

「キミーは妊娠していて、階段からひどい落ち方をして出血し、入院させられた」カールは続けた。「彼女は手術を受け、なんとか回復したが、子どもは失った。まだ回復していない傷があった。ここも読んだか？」

「読みました」

「しかし子どもの父親や、親類の名前はいっさい書かれていない」

「病院側は、これ以外には何もないと言ってました」

「ふうむ」カールは再びカルテのコピーを眺めた。「キミーは入院したとき、妊娠四カ月だった。二、三日後には、流産の心配はなくなったと思われた。しかし入院九日目に、彼女は流産した。その後の検査で、下腹部に殴られた跡が何カ所も見つかった。キミーは、病院のベッドから落ちたからだと説明した」カールは手探りでタバコを探した。「そんなことは、とうてい信じられないがね」

目をぎゅっと閉じて片手をばたばたあおぐように動かしながら、ローセはあとずさりした。彼女は煙が嫌いなのだ。いいことだ。これで、どうやったらローセを遠ざけられるかがわかった。

「捜索願いは出されませんでした。予想どおりに」ローセは言った。

「流産したときに掻爬《そうは》手術などが行なわれたかどうかは書かれていない。だが、ここに書いてあるのはなんだ？」カールは紙の下のほうに書かれた行を指差した。「プラセンタというのは、胎盤のことじゃなかったか？」

「電話して確認したところ、どうやら流産したときに胎盤をすべて取り出さなかったようです」

「妊娠四カ月の胎盤は、どのくらいの大きさなんだ？」

ローセは肩をすくめた。警察学校で習うものではないらしい。

「そうです」

「つまり、流産したのに掻爬手術が行なわれなかったんだな？」

「俺が知っているかぎりでは、手術をしないと命とりになるぞ。下腹部の出血と感染症は笑い事じゃすまされない。それに、彼女は殴られてけがをしていた。それもひどく殴られたんじゃないか」

「だからこそ病院側も、彼女を退院させたくなかったんです」そう言って、ローセは机の上を指差した。「こっちも、読みました？」

それは小さな付箋だった。こんなちっぽけな紙切れを机の上に貼っておいて、カールが気づくとでも思ったのだろうか？　藁《わら》の山に落ちた針のほうが、まだ見つけやすいだろう。

「アサドに電話してください」と付箋には書かれていた。

「アサドが電話してきたのは三十分前ですよ。キミーらしき女性を見たって言ってました」

カールは、すぐに駅に急ぐべきだと感じた。

「どこで？」

「中央駅です。電話してほしいって言ってました」

カールは急いでコート掛けからコートを取った。

「駅までたったの四百メートルだ。自分で行くよ」


外に出ると、通りを行く人々は上着を脱いで歩いていた。急に日が射して影が長く濃くなり、誰もかれもが微笑んでいるように見えた。九月も終わりだというのに、二十度以上という暖かさだ。だからといって、微笑むことなどあるだろうか？　みんな空を見上げて、オゾンホールを見てショックを受ければいいのだ。カールはコートを脱ぎ、無造作に肩にかけた。やがて、一月にサンダルを履くようにでもなるんだろう。温室効果バンザイだ。

アサドに電話しようとしたが、携帯電話のバッテリーが切れていた。おかげで、携帯に保存してあるアサドの電話番号すらわからないことに気がついた。いまいましい電話め。

カールは駅のコンコースに入り、雑踏を見渡した。アサドを見つけるのは無理そうだ。それから荷物だらけのコンコースを一周したが、見つからなかった。

なんてこった、とカールは思い、中央駅のレーヴェントロウ通りへの出口にある分署へ向かった。

こうなったら、ローセに電話してアサドの番号をきくしかない。ローセに電話する前から、ローセの嘲るような笑い声が聞こえてくる気がした。

分署に着くと、カールは警察バッジを見せた。ここでは誰もカールのことを知らないからだ。

「カール・マークだ。携帯が役立たずだから、電話を使わせてもらえないか？」

お姉さんとはぐれて迷子になった女の子の相手をしていた警官が、使い古した電話を指差した。パトロールに出たり、迷子をなぐさめたりしていた時代から、いったい何年が過ぎたのだろうか？

ローセからきいたアサドの番号を押したまさにそのとき、ブラインドを通してアサドの姿が見えた。アサドは、地下のトイレに降りる階段のところに立っていた。ひどく興奮しているリュックサック姿の高校生たちの一団に、ほとんど隠れていた。すり切れたコートを着て立っている姿は、決して格好いいとは言えなかった。

「ありがとう」カールは礼を言うと、受話器を置き、急いで外に出た。

アサドはほんの五、六メートル先に立っていた。カールがアサドを呼ぼうとすると、アサドの背後にひとりの男が近寄り、アサドの肩をつかむのが見えた。男は浅黒く、三十歳前後に見える。まったく友好的な雰囲気はない。突然、男はアサドの体の向きを変えさせ、罵倒した。男が何をいっているのかカールには聞き取れなかったが、アサドの表情ははっきりと見えた。ふたりが友人同士ではないことは明らかだった。

高校生の一団の中にいた少女が二、三人、不快そうにアサドと男を見た。ごろつき！　ばか！　少女たちの高慢な表情はそう言っていた。

そのとき男がアサドに殴りかかった。するとアサドは、このうえなく正確に、相手を動けなくさせるほどのパンチで殴り返した。男はよろめき、殴るのをやめた。高校生たちは、あいだに入るべきかどうか話し合っていた。

しかしアサドはそんなことを気にしている様子もなく、男をぐいとつかんだ。男はまた大声でアサドを罵り始めた。

高校生の一団はついにその場を立ち去った。カールに気づいたアサドは、即座に反応した。男をいきなり突き飛ばし、男に消えろと手で合図したのだ。

カールは、男が駅のホームへ向かう階段のほうへ姿を消す前に、男の顔をさっと見た。髭はそられ、くっきりと整えたもみあげにつやのある髪。粋《いき》な男だが、憎しみに満ちた目をしている。二度は会いたくないような目をした人物だ。

「今のはなんだったんだ？」カールは尋ねた。

アサドは肩をすくめた。「すみません。わけのわからない変なやつですよ」

「あいつと何があった？」

「忘れてください。ただの変な男です」

アサドの目は落ち着きがなく、同時にあちこちを見ているようだった。地下室で陽気にハッカ茶を淹れるアサドとは別人に見える。窮地に追い込まれているといった感じなのだ。

「落ち着いたら、今さっき、何があったのかを正直に話すんだ。いいな？」

「なんでもありませんよ。あれは近所に住んでいる男です」そう言って、アサドは微笑んだ。

だが、説得力のある笑顔ではなかった。

「私からの伝言を聞きましたか？　あなたの携帯にかけましたが、つながらなかったんです」

カールはうなずいた。「キミーを見たと言っていたな。どうしてキミーだとわかったんだ？」

「麻薬中毒の女が通りかかって、キミーの名前を呼んだんです」

「どんな外見だった？」

「キミーですか？　わかりません。すぐにタクシーに乗り込んで、逃げてしまいました」

「なんてことだ、アサド。あとを追いかけたんだろうな？」

「ええ、もちろんです。タクシーで追いかけたのですが、ガスヴェアクス通りで彼女のタクシーが曲がり角で停まって、キミーが外に飛び出しました。私は数秒後に降りたのですが、そのときは、もう彼女の姿は見えなくなっていました」

成功と失敗が、同時に起きたというわけか。

「キミーが乗ったタクシーの運転手は、五百クローネを受け取ったと言っていました。彼女はタクシーに乗り込んで『大急ぎでガスヴェアクス通りへ行って！　このお金全部あげるから！』と叫んだそうです」

たった五百メートルのために五百クローネ支払ったというわけか。

「もちろん、キミーを探し回りましたよ。店に入って、キミーを見なかったかききました。付近の家も尋ね歩きました」

「タクシーの運転手の電話番号は？」

「きいています」

「では事情聴取に来てもらおう。何かすっきりしない」

アサドも同意した。「キミーの名を呼んだ麻薬中毒の女が誰かはわかっています。住所もあります」

アサドはカールに紙片を渡した。「十分前に、あそこの分署でもらいました。女の名はティーネ・カールスン。ガメル・コンゲ通りの家具つきの部屋に住んでいます」

「いいぞ、アサド。しかし分署でどうやって教えてもらえたんだ？　何者だと名乗った？」

「本部に出入りするための身分証明書を見せました」

「あの身分証では、本当はこういう情報はもらえないんだぞ。おまえはあくまで民間人だからな」

「それでももらいましたよ。でもこうやって私をいろいろなところに行かせるのでしたら、警察バッジがあったほうが助かるんですけどね」

「悪いが、それはさすがに無理だ」カールは首を横に振った。「ところで、分署の警官たちは、その麻薬中毒の女を知ってるんだな。逮捕歴があるのか？」

「ええ、しょっちゅう逮捕されてます。分署ではうんざりしていますよ。駅の中央入口付近をうろつき回っては物乞いをするそうです」

カールは、劇場通りの横の黄色い建物を見上げた。一階から六階まではさまざまな間取りの部屋が、最上階の屋根裏にはひとり部屋があった。どの階にティーネ・カールスンが住んでいるのかは明らかだ。

その建物の六階で、青いバスローブを着た不機嫌そうな男がドアを少し開けた。

「ティーネ・カールスンだって？　それなら自分で訪ねていきなよ」そう言って男は、階段室の向こう側の廊下までカールを案内し、ドアのひとつを指差した。男は片手で白髪のひげをかきむしった。「この屋根裏の住人は警察の訪問はあまり好きじゃなさそうだがね。彼女がどうかしたのか？」

カールは目を細めて、男に意地の悪い笑みを向けた。この男は、自分のみすぼらしい部屋を又貸しすることで甘い汁を吸っているにちがいない。それならそれで、部屋の住人たちをきちんと扱うべきだ。

「彼女は、上流社会の人間がからんでいる厄介な事件の重要な目撃者なんです。彼女が生きるために必要な公的支援を受けられるようにしていただきたい。いいですね？」

男はひげを触っていた手を下ろしたが、カールがなんの話をしているのかちっとも理解できない様子だった。まあいい。肝心なのは、男が何かしら考えることだ。

カールは辛抱強くドアをノックし続けた。ついに、ティーネがドアを開けた。なんてひどい顔をしているんだ！

カールが部屋に入ると、ペットのケージを長期間掃除しなかったときの、よどんだ空気が漂っていた。義理の息子イェスパの部屋もこんなにおいがしていたことがある。ゴールデンハムスターが昼夜を問わず彼の机の上で交尾して、ハムスターの数が増えていった。しかしそのうちイェスパはハムスターへの興味を失ってしまった。ハムスターは共食いをし始めた。カールがある日、残ったハムスターを幼稚園に寄贈するまでの数ヵ月間、あの悪臭が家じゅうにしみついていた。

「ネズミを飼ってるんだな」カールはそう言って、その小動物の上にかがみこんだ。

「この子の名前はラッソっていうんだ。おとなしいよ。触ってみるかい？　出してあげるよ」

カールは微笑もうと努力した。触るだって？　尻尾に毛のないミニブタみたいなこの小動物を？　そんなことをするぐらいなら動物の餌を食べるほうがましだ。

ここでカールは、警察バッジを見せることにした。

ティーネは興味がなさそうにバッジをちらりと見ると、よろめきながらテーブルに近づいていった。そしてさりげなく注射器とアルミホイルを紙の下に隠した。

「キミーを知ってると聞いたんだが」

注射針を血管に刺しているところや、万引きしているところ、あるいはお客のイチモツをくわえているところを押さえられたのなら、表情ひとつ変えずにその場を切り抜けられるにちがいない。だが、こんな質問を受けるとは思っていなかったらしく、ティーネはびっくりして身をすくませた。

カールは屋根窓に近寄り、窓からサンクト・ヨーアンス湖をじっと見た。湖を囲む木々は、じきにその葉を落とすだろう。麻薬中毒の女の部屋から見える景色は、おそろしく美しかった。

「キミーは、親友のひとりかね？　かなり気が合うと聞いたのだが」

カールは窓辺にもたれかかり、湖畔の散歩道を見下ろした。ここまでおかしくなっていなければ、ティーネはきっと、週に二、三回はこの湖のまわりをジョギングしたことだろう。ちょうど今、下で走っている若い女たちのように。

それからカールの視界に、ガメル・コンゲ通りのバス停が映った。バス停の標識の横に、白っぽいコートを着た男が立っていて、建物の正面玄関を見上げている。長年の警官人生の中で、カールは何度もこの男に会ったことがある。フィン・オールベクという名の痩せこけた幽霊のような男だ。カールがアントニー通りの警察署に勤務していたころ、オールベクはカールや同僚たちのところに押しかけては、自分の小さな探偵事務所のために情報を引き出そうとしていた。最後にオールベクに会ったときからすでに五年は経っている。オールベクは、相変わらず醜かった。

「あそこにいる白っぽいコートの男を知っているか？」とカールはティーネに尋ねた。「見たことがある？」

ティーネは窓に近寄り、深いため息をついて、その男に目の焦点を合わせようとした。

「あんなコートを着た男を中央駅で見たよ。でも遠すぎて、誰だかよくわかんないよ」

カールはティーネの瞳孔があまりに大きく開いていることに気がついた。カールがティーネの足の指を踏んだとしても、誰のしわざなのか、ほとんどわからないだろう。

「その、駅で見かけたという男は、どんな人物なんだ？」

ティーネは窓から離れると、テーブルにぶつかった。カールはよろめいたティーネを支えた。

「あんたと話したい気分なのかどうか、自分でもよくわかんないよ」ティーネは口ごもった。

「キミーがいったい何をしたんだい？」

カールがティーネをソファーまで支えていくと、ティーネは薄いマットレスの上に力なく座った。

それなら違う方法で行こうとカールは考え、あたりを見回した。部屋は十平方メートルほどの広さだが、これ以上殺風景な部屋はないと言えるほど何もなかった。ネズミのケージと、衣類の山以外には、ティーネの持ち物らしきものはまったくない。テーブルの上には、紙と紙が貼り付いてしまった新聞が二、三部置いてある。ビールのにおいのするビニール袋。ベッドの上には、ごわごわしたウールの毛布。流し台と古い冷蔵庫。冷蔵庫の上にはべとついたせっけん皿、使い古したタオル、倒れたシャンプーのボトルに、ヘアクリップ。壁には何もかかっておらず、窓にはカーテンすらなかった。

カールはティーネを見下ろした。

「髪を伸ばしたいんだろう？　きっとよく似合うだろうな」

思わずティーネは、自分の後頭部に触った。カールの言ったことが当たっていたのだ。だからヘアクリップがある。

「肩につくぐらいの長さでもかわいいと思うけど、長く伸ばしたらきっとよく似合うよ。きれいな髪だね、ティーネ」

ティーネは微笑みこそしなかったが、目の奥に嬉しそうな光が輝いた。ほんの一瞬だが。

「君のネズミをなでてみたいんだが、あいにく、アレルギーなんだ。本当に残念だよ。うちで飼っている子猫にすら触れないんだからね」

この発言は効き目があった。

「このネズミ、かわいがってるんだ。名前はラッソだよ」と言ってティーネが微笑むと、昔は白かったであろう歯が見えた。「ときどきこの子のことをキミーって呼ぶんだけど、キミーには話したことはないよ。このネズミを飼っているから、みんながあたしのことをドブネズミのティーネって呼ぶのさ。この子から名前をもらったなんて、素敵だろ？」

カールは無理に同意しようとしながら言った。

「キミーは何か悪いことをしたってわけじゃない。探しているのは、彼女がいなくて寂しがっている人がいるからなんだ」

ティーネは頬の内側を噛んだ。「キミーがどこに住んでいるのか知らないよ。でもあんたの名前を教えてくれたら、今度キミーに会ったときに伝えておくよ」

ティーネは、長年、警察と闘ってきたせいですっかり用心深くなっている。ドラッグのせいで頭がおかしくなっているのに、しっかりと警戒している。カールは、そのことに感心すると同時に、腹立たしくも思った。ティーネがキミーにしゃべりすぎたら、台なしになるからだ。キミーが完全に身を隠してしまいかねない。刑事としての長年の経験と、アサドがキミーを追跡したときの話から、キミーには姿を消す能力があるとわかっていた。

「いいだろう、ティーネ。君には正直に話すよ。キミーの父親が重い病気で、キミーに会いたいと探している。だがもし警察が捜していると聞かされたら、キミーは姿をくらますだろう。そうしたら父親には二度と会えなくなってしまう。それは悲しいことだ。この番号に電話してほしいとだけ、キミーに伝えてくれないか？　病気のことや、警察のことは黙っていてほしいんだ。ただ、電話してとだけ頼んでほしい」

カールは自分の携帯電話の番号を紙に書き、ティーネに渡した。これでうまくキミーと連絡がとれたらいいのだが。

「もしもキミーが、あんたが誰なのかきいてきたらどうするんだ？」

「知らない、とだけ言えばいい。ただ、キミーが喜ぶような知らせがあるらしい、と言うんだ」

ティーネのまぶたがゆっくりと閉じた。両手はだらりと、細い膝の上に落ちた。

「聞いていたかい、ティーネ?」

ティーネは目を閉じたまま「そうするよ」と言った。

「よし。それならありがたい。もう行かなきゃ。中央駅で、キミーを探し回っているやつがいるってきいたけど、誰だか知っているかい?」

頭を上げずに、ティーネはカールを見た。「キミーを知ってるかってあたしにきいてきたやつがひとりだけいたよ。あいつも、キミーの父親に電話してほしいってんだろう?」


ガメル・コンゲ通りに出ると、カールはオールベクを背後からつかまえた。

「これはこれは、こんなところで出くわすとはな。天気がいいから散歩でもしてるのか?」

カールは言って、片手をオールベクの肩の上にのせた。

オールベクの目が光ったように見えたが、再会して喜んでいるわけではないことは確かだ。

「バスを待っているだけですよ」オールベクは言って、背中を向けた。

「そうか」カールはオールベクをじろじろ見た。奇妙な反応だ。なぜ嘘をつく必要がある?なぜ、「仕事中だ」と言わないんだ? 「ちょっと尾行中で」と言えばすむことじゃないか。それがオールベクの仕事だし、カールがそれを知っていることもわかっているはずだ。別にカールは、オールベクを非難しているわけでもない。尾行の依頼人が誰なのかをカールに明かす必要もない。

それなのに彼は今、嘘をついた。間違いない。オールベクは、カールの仕事に立ち入っていることをよくわかっているのだ。

バスを待っているだけだ、だと？　馬鹿なやつめ！

「おまえの仕事は、かなり広範囲に及んでいるようだな。ひょっとして昨日、アレレズまで遠出して俺の部屋にある写真を見にきたのか？　どうだ、オールベク？　写真にいたずらしたのはおまえか？」

オールベクはゆっくりと振り返ってカールを見た。オールベクは、どんなに蹴られたり殴られたりしても、なんの反応も見せずにいられる男だ。世の中には、前頭葉が未発達なまま生まれ、怒ることができない者がいる。同じように、オールベクの場合、脳の中のストレスに関係する領域がただの空洞になっているのだろう。

カールはもう一度同じことを試した。どんなことが起きるだろう？

「教えてくれないか、オールベク。いったいここで何をしているんだ？　アレレズの俺の家で、俺のベッドの脚柱にかぎ十字の印でも彫ってこいと命令されたか？　おまえさんが今関わっていることは、俺がいま取り組んでいることに関係があるんじゃないのか？　どうだ、オールベク」

オールベクは、苦い顔をした。「相変わらず嫌味なやつだな、マーク。なんの話か、皆目《かいもく》見当もつかないね」

「それなら、なぜここにつっ立って、六階をじろじろ見てるんだ？　キミー・ラスンがティーネ・カールスンのところにちょっと挨拶にでも来るのを期待しているんだろ？　それに一日中、中央駅でキミーの居所をきいて回っているって話じゃないか！」

カールは一歩、オールベクににじり寄った。

「あそこの屋根裏に住むティーネ・カールスンがキミー・ラスンと関係があると思っているから、ここにいるんだろ？　どうだ？」

痩せこけた男の薄い頬の皮膚の下で、下顎が動くのがはっきり見えた。

「なんのことか、さっぱりわからないね。俺がここに立っているのは、この建物の二階にある新興宗教のアジトで息子が何をしているのか知りたいっていう親から依頼を受けたからだ」

オールベクのとらえどころのなさはよく知っている。オールベクは、無造作にどんなつくり話でもでっちあげるのだ。

「おまえの最近の仕事の記録をちょっと見せてもらうかな。おまえの依頼主の中に、どうしてもキミーを見つけたいという人がいないかどうか。ただ、それがなんのためなのか、いまだに俺にはわからない。よかったらそこのところをちょっと教えてくれないか。それともおまえの事務所まで、仕事の書類を取りに行ったほうがいいか？」

「なんでもお望みのものを持っていけばいいだろ。ただし捜索令状をお忘れなく」

「オールベク、この野郎！」

カールは、肩甲骨《けんこうこつ》が砕けそうなほど、オールベクの肩を強く殴った。

「いいか、依頼人によろしく言っておけ。これ以上俺の家の中に立ち入ったら、おまえをとことん追いつめてやるぞ。いいな？」

オールベクは呼吸が荒くなるのを必死に抑えていた。カールがいなくなったらすぐに、大きく息をすることだろう。

「マーク、どうやらあんたの頭はあまりすっきりしていないようだな。とにかく、俺のことはほうっておいてくれ」

カールは、デンマーク警察の中でももっとも小さい部署の長だ。部下がもっといれば、ふたりの刑事にフィン・オールベクを監視させられるのに。この痩せこけた男は絶対に尾行すべきだ。だが誰にそれをやらせるんだ？　ローセか？

「いずれ俺のほうから連絡する」カールはそう言って、ヴォドロフス通りを歩いていった。

オールベクの姿が見えないところまで来ると、カールはできるだけ急いでトヴェア通りを左に曲がり、そしてまた左に曲がってコーダン社のビルの裏に回り、再びヴェアネダムス通りの前のガメル・コンゲ通りに出た。息を切らしながら二、三歩大またで急いで歩き、通りの反対側へ渡ると、なんとか間に合った。オールベクが湖岸にたたずみ、携帯電話で話しているのが見えた。

オールベクはストレスに強いはずだが、かなり緊張した面持ちだった。

18

株式市場のアナリストとして働いているあいだずっと、ウルレクは誰よりも多くの投資家を裕福にした。彼の成功のキーワードは〝情報〟と〝内部事情〟だ。この世界では、偶然や幸運によって裕福になる者などひとりもいない。

ウルレクがコネをもたない業界はなく、ウルレクの息のかかったブローカーがいないマスコミのコンツェルンもなかった。彼はきわめて注意深くリスクジャッジを行ない、上場企業をあらゆる手段で査定してから、株の利潤率を見積もった。ときには、彼があまりに徹底的に調べたために、自分の企業に関して得た情報を忘れてほしいと頼んでくる者もあった。窮地に陥った者や、助けが必要な者は、人づてにウルレクに連絡をとってくるようになり、その輪は社会の大物や重要人物にも広がっていた。

このことからウルレクは、国によっては危険な人物として命を狙われてもおかしくなかった。だが、この狭いデンマークは事情が違う。デンマークで誰かを陥れようとすれば、自身もすぐに、信用を失くすような反撃をくらう。秘密を守らなければ、濡れ衣《ぎぬ》を着せられ、他人の罪をかぶるはめになる。だから他人の秘密をだれも口外しない。他人の秘密をその場で目撃したとしてもだ。おそろしく現実的で確実なルールだ。インサイダー取引が発覚したら、六年間も刑務所行きだ。自ら墓穴を掘りたい者などいるはずはない。

そして、このゆっくりと大きくなる金のなる木のてっぺんに、ウルレクは座っている。富裕層のあいだでは〝ネットワーク〟と呼ばれている、密に茂った木の上だ。このネットワークの〝ネット〟は、多くの人をすくいあげるためのものではない。より多くの者が〝ネット〟から滑り落ちたときにこそ計画通りに機能するという、すばらしい逆説的なシステムなのだ。

ウルレクはこのネットワークから、とてつもなく甘い汁を吸っていた。彼のネットワークには、誰もが知っている人々、世間から尊敬されている人々、社会のトップに属している人々がいた。みんな、地に足のついた堅実な生き方からは離れて、誰とも太陽の光を分かち合う必要もないほど高いところに漂っている者たちばかりだ。

ウルレクはそういった連中と狩りに出る。彼らと手に手をたずさえて、集まりに顔を出す。自分の同類といるのがいちばん自分のためになるということを、彼らは皆わかっているからだ。

だからウルレクは、寄宿生のグループの中でも特に重要視されていた。愛想がよく、誰とでも知り合いで、何より彼の背後にはディトリウ・プラムとトーステン・フローリンがいた。この三人は強いだけでなく、特殊な〝部隊〟だった。三人は、コペンハーゲンでのさまざまな催しに招待された。また、彼ら自身が参加する価値があると思うところにはどこにでも姿を現わした。

その日の午後は、三人にとっても特に楽しみだった。まずはコペンハーゲンの中心部で、あるギャラリーのオープニングイベントに出席、演劇界の大物や王室関係者と交流をもった。それから、タキシード姿で勲章や騎士十字功労章をぶらさげた人ばかりが集まる、大がかりなパーティーにやって来た。秘書たちが念入りに準備したスピーチが次々と披露され、合間には弦楽四重奏団がこの社交界にブラームスも加えるべく、演奏に勤《いそ》しんでいた。シャンパンがふんだんに振る舞われ、参加者があちこちで自慢話をしていた。

「あの噂は本当かね、ウルレク？」隣に立っている農業大臣がウルレクに尋ねた。アルコールでぼんやりした目の焦点を、遠ざけたグラスに合わせようとした。

「トーステンがこの夏、二頭の馬をクロスボウで殺したって噂だ。本当かね？　広い野原で、そんなことをやすやすとやってのけたのか？」

そう言って農業大臣は、まだ中身がたくさん残っているグラスに酒を注ぎ足そうとした。

ウルレクは手を伸ばして、グラスに酒を注ぐのを手伝った。

「噂を全部は信じないでくださいよ。ところで、一度私たちの狩りに参加されてはいかがです？　そうすればどんなものか、おわかりいただけますよ」

大臣はうなずいた。それこそが大臣の求めていることだ。きっと気に入ってくれるだろう。ウルレクにはよくわかっていた。これでまたネットワークに重要人物がひとり加わる。

ウルレクは、ずいぶん前からウルレクばかり見ている女性のほうを向いた。

「イザベル、今夜のあなたは実に美しい」

ウルレクはそう言うと、彼女の手を自分の腕にのせた。なぜ、自分が選ばれたのか、一時間後には彼女も知ることになるだろう。

ディトリウはウルレクに、今夜の生け贄になる女性を探すという任務を課していたのだ。毎回、誘いに乗る女性がいるわけではなかったが、今回は確実だ。イザベルは、きっと頼まれたことをするだろう。彼女ならなんでもしてくれそうだ。もちろん途中で嘆くことになるだろうが、退屈して満たされないまま長い年月をすごしてきたせいで、終わってみればよかったと思うだろう。ひょっとしたら、トーステンの女性の体の扱い方がつらいと思うかもしれない。だが一方で、意外にもトーステンに依存するようになる女もいる。トーステンは、どんな男よりも女性の官能的欲望というものを知っている。イザベルは、どんな状況に陥ろうと、たとえ強姦めいたことが行なわれようと、沈黙を守るにちがいない。何があっても、性的不能の夫が持っている何千万クローネの財産を失うようなリスクはおかさない。

ウルレクはイザベルのシルクの袖の上から、その腕をさすった。情熱的な女性がよく着るこのひんやりとした肌触りの生地が、ウルレクはこの上なく好きだった。

ウルレクは、別のテーブルに座っていたディトリウに向かって大きくうなずいた。それが合図だった。だがそのとき、ディトリウの隣に男がやってきて、軽くおじぎをしながらディトリウの注意を引こうとした。そして男は、フォークの上にのせた鮭のムースが落ちないようにする以外のことは見てみぬ振りをしているディトリウに、小声で何かを言った。ディトリウは眉間にしわを寄せて虚空《こくう》をにらんだ。あきらかに、何か問題が起きたのだ。

ウルレクは、イザベルにわびながら立ち上がり、近くに寄ってきたトーステンの肩を叩いた。

イザベルに夜の相手をしてもらうのは、また別の機会にしよう。

ウルレクの背後で、トーステンがイザベルにわびているのが聞こえた。トーステンは彼女の手の甲にすかさず口づけするにちがいない。トーステン・フローリンはそういう男だ。女性に新しい服を着せるのが仕事だが、服の上手な脱がせ方もよくわかっている。

三人はロビーで落ち合った。

「さっき話していた男は誰だ？」ウルレクが尋ねた。

ディトリウは自分の蝶ネクタイをつかんだ。彼はまだ、先ほどの知らせによる衝撃から立ち直っていなかった。

「あれはうちのカラカス病院の部下だよ。俺とおまえに襲われたと、ヘルモンが何人かの看護師に言いふらしたそうだ」

ウルレクはまさにこうなることを嫌がっていた。ディトリウは事態を収拾したと誓ったじゃないか？　離婚とヘルモンの形成外科手術さえうまく行けば秘密を守る、とテルマが約束したはずではなかったのか？

「ちくしょう」と言ったのはトーステンだった。

「ヘルモンはまだ麻酔が完全には抜けていなかったから、誰もあいつの話を本気にしなさ」ディトリウはそう言うと床に目を落とした。そして続けた。「大丈夫だ。だがもうひとつある。オールベクから部下に電話があった。どうやら俺たちみんな携帯の電源を入れていなかったようだな」

ディトリウはメモを見せた。トーステンはウルレクの肩越しにメモを読んだ。

「最後に書いてあることの意味がわからない。どういうことだ?」

「おまえにはとうてい理解できないだろうな、ウルレク」トーステンはさげすむようにウルレクを見た。ウルレクはひどくいらだった。

「キミーが街をうろついている」ディトリウがふたりを落ち着かせようと間に入った。「トーステン、おまえはまだ聞いていなかっただろうが、キミーが今日、中央駅で目撃されたんだ。オールベクの部下のひとりが、麻薬中毒の女がキミーの名前を呼んだのを聞いたそうだ。部下はキミーの後ろ姿しか見なかったが、その日、もっと前にすでにキミーを見かけていたそうだ。高価な服を着て、いかにも洗練された格好で。一時間ほど、カフェのテーブルについていた。部下も、そのときはただ列車の時間を待っている女性だと思っていたそうだ。オールベクが部下に指示を出しているとき、キミーはすぐ近くを通り過ぎたらしい」

「ちっくしょう、なんてことだ」トーステンは、それしか言葉が出なかった。

ウルレクにとっては初めて聞く話だった。憂慮すべき事態だ。もしかするとキミーは、追われていることを知っているのかもしれない。

もちろんわかっているにちがいない。相手はキミーだ。

「キミーはまた俺たちの目をくらますぞ。俺にはわかる」ウルレクは言った。

三人とも、よくわかっていた。

トーステンのキツネのような顔がいっそう細くなった。「麻薬中毒の女とやらがどこに住んでいるのか、オールベクは知っているのか?」

ディトリウはうなずいた。

「その女を見張ってるんだろうな?」

「もう手遅れかもしれんがな」

ウルレクは自分の首筋を揉んだ。おそらくディトリウの言うことは当たっている。「だが、メモの最後の一行がよくわからない。この件を捜査している刑事が、キミーの居所を知っているということか?」

ディトリウは首を横に振った。「オールベクはこの刑事のやり方を知りつくしている。刑事がキミーの居所を知っていたら、麻薬中毒の女の部屋に来たあと、女を警察にしょっ引いていただろう。もちろんこれからそうするつもりなのかもしれないがな。つまり、刑事が麻薬中毒の女を利用するという可能性も計算に入れる必要がある。それより、前の行に書かれていることをよく読めよ、ウルレク。どういうことだと思う?」

「カール・マークって刑事が俺たちのことを調べているんだろ? そんなことはずっと前からわかっている」

「もう一度読め、ウルレク。オールベクはこう書いている。『マークは私を目撃した。彼は我々を追っている』」

「それが何か？」

「あの刑事は、オールベクと俺たち、キミー、それから昔の事件を、結び付けているということだ。なぜやつはそんなことをする？　やつはどこでオールベクのことをつかんだ？　おまえは何か俺たちが知らないことをしたのか？　おまえは昨日、オールベクと話したな。やつに何を言った？」

「いつもどおり、邪魔が入ったときの対策だ。警察のやつにちょっと警告してやれと言ったんだ」

「ばか野郎！　その警告の話、いつ俺たちに報告するつもりだったんだ？」トーステンは怒っていた。

ウルレクはディトリウを見た。フランク・ヘルモンを襲撃して以来、ウルレクはあのときの恍惚感からなかなか抜け出せずにいた。翌日、仕事に行っても何も手につかなかった。ヘルモンの死に怯えた血まみれの顔は、ウルレクにとってはまるで命の水だった。その日の株取引はあつらえたように、どの株価指数もウルレクに有利だった。誰にも邪魔はさせない。何かをかぎまわっているとかいうくそったれ刑事にも。

「オールベクに、もう少し圧力をかけろと伝えただけだ。あの刑事の印象に残るような場所に、ひとつかふたつ警告を残しておけと」ウルレクは言った。

トーステンは体の向きを変え、ふたりに背を向けた。そしてロビーから上階への大理石の階段をじっと見た。背中を見れば、トーステンが何を思っているのか一目瞭然だった。ウルレクは咳払いをして、何があったのかを話した。たいしたことはしていない。無言電話をかけたのと、鶏の血のしみを写真につけただけだ。ちょっとした呪術のまねごとだ。いいか、たいしたことはしていないんだ。

するとほかのふたりがウルレクをじっと見た。

「ウルレク、ヴィスビューを呼んでこい」ディトリウが怒りを抑えて言った。

「ここに来てるのか?」

「ここにはあらゆる省庁の大臣が来てるんだ。あいつもいるに決まっているだろう」

法務省の局長であるヴィスビューはもう長いこと、もっとましな仕事に就きたがっていた。能力があるにもかかわらず、次官になれる見込みはなかった。エリート法律家としての出世の道からもとっくにそれて、裁判所での重職に就くチャンスも逃した。そして今は懸命に、年をとる前に、これまで犯したあやまちの償いをしなくてすむように、残されたチャンスを探していた。

ヴィスビューはディトリウと、ある狩りで知り合った。そして、ヴィスビューがディトリウのちょっとした頼みを聞くことと引き換えに、ディトリウたちの弁護士ベント・クルムが引退したら、ヴィスビューがすぐにでも仕事を引き継げるようにすることを話し合った。華々しい肩書きのつく仕事ではないが、実労日数は少ないうえに法外な報酬が得られる。

そしてヴィスビューは実際彼らにとって、いくつかの件で役に立っていた。ヴィスビューを選んだのは大正解だった。

ウルレクがヴィスビューをロビーに連れて来ると、ディトリウは、「もう一度力を貸していただきたいのですが」と言った。

するとヴィスビューは、シャンデリアに目があり、壁紙に耳があるのではないかとでもいうように、あたりをきょろきょろ見回した。

「今すぐ、ここでかね？」とヴィスビューはきいた。

「カール・マークがいまだにあの事件を捜査しているんです。なんとか阻止しないと。わかりますよね？」ディトリウが言った。

ヴィスビューは帆立貝の模様が織り込まれた紺色のネクタイを触った。寄宿学校のシンボルマークだ。それからホールをくまなく見た。

「できるだけのことをしたじゃないか。これ以上、他人の名を使って指示を出せば、法務大臣が追及し始めかねんよ。これまではなんとか、ミスや手違いとして通せたがね」

「警察本部長を通せということですか？」

「まあ、そういうことだ。この事件に関しては、私にはこれ以上のことはできん」

「おっしゃっていることがどういうことか、よくわかっていらっしゃるんでしょうね？」ディトリウはきき返した。

ヴィスビューは唇をぎゅっと閉じた。ここで将来の計画を変えるわけにはいかない。ヴィスビューの妻は何か新しいことを求めている。ふたりの時間を持ち、旅行にでも出たい。誰もが夢見ることだ。

「カール・マークを停職にさせるぐらいならできるかもしれん」ヴィスビューは考えてから言った。「もっともしばらくのあいだだが。それも、マークがミレーデ・ルンゴーの事件を解決してから、そう簡単ではなくなっている。とはいえ、一年前の乱射事件で、やつはかなり落ち込んでいるからな。また調子が悪くなるというのも不自然ではない。少なくとも書類上では。根回ししてみるよ」

「オールベクに公道で殴られたという被害届を出させることもできるんですが。どうです?」ディトリウが言った。

「殴られた、というのはなかなかいい。だが、目撃者が必要だな」

19

「一昨日に私の家に侵入したのはオールベクです。確信があります」カールは言った。「オールベクがいくら稼いでいるのか、調べる必要があります。捜索令状を取ってもらえますか。それとも俺が自分で取ってきましょうか？」

マークス・ヤコプスンはストーア・カニケ通りで襲われた女性の写真を見ているところだった。女性の様子は、控えめに言っても、ぞっとするほどひどかった。顔には青い筋になるほど殴られたあざがあり、目のまわりもひどく腫《は》れていた。

「それが、君が調べているラアヴィー事件と関係があると考えて間違いないんだな？」ヤコプスンは顔を上げずに質問した。

「俺が今問題にしているのは、誰がオールベクを雇っているのかということだけです」

「カール、その事件の捜査はいっさいやめろ。我々はこのことについてはもう話し合っただろう」

「『我々』？　今『我々』と言ったな。『我々』で話し合った覚えなんかないぞ。どうしてこの捜査のことを放っておいてくれないんだ？

カールは深く息を吸い込んだ。「だから今ここに来たんです。オールベクの顧客がラアヴィー事件の関係者だとわかったらどうします？　驚きませんか？」

ヤコプソンは半月形レンズのメガネをはずし、目の前の机の上に置いた。「カール！　とりあえず、本部長が言ったとおりにしろ。上があの事件の優先順位を下げたし、もう判決も下りている。第二に、ここに上がってきてばかげたことを言うのもやめろ。プラムやフローリンやあの株式アナリストのような連中が、実際にオールベクを雇うようなことがあったにしても、ありきたりな雇い方をするなどとは思っていないだろう？　もしも雇っていたら、の話だがな。いいかげんに邪魔をしないでくれ。二時間後には本部長と会うことになっているんだ」

「会うのは昨日のはずじゃ？」

「ああそうだ。そして今日も会うんだ。さあ、もう行ってくれ、カール」

「カール！」アサドが自分の部屋から呼んだ。「ちょっと来て、これを見てください」

カールは椅子から立ち上がった。カールは、中央駅の近くでアサドの肩をつかんだ男の冷たいまなざしを思い出した。何年も憎しみを募らせてきた目つきだった。それなのにどうしてアサドは、ベテラン刑事に対して「たいしたことではない」などとさらりと言えたのだろうか？

カールは、ローセが途中まで組み立てたものの、床のあちこちに部品が置かれたままの机をまたいだ。ローセには大至急これを仕上げてもらわなくてはならない。間違えて地下まで降りてきた誰かが、このがらくたでつまずいたらどうするんだ？

　アサドは顔を輝かせていた。

「どうしたんだ？」カールは尋ねた。

「写真を見つけました。きちんと写っています」

「写真？　なんの写真だ？」

　アサドがさっとパソコンのキーボードを触ると、画面に一枚の写真が現われた。あまり鮮明ではなく、正面から撮ったものではなかったが、明らかにキミー・ラスンだった。昔の写真を見たことがあったので、カールはすぐにそれがキミーだとわかった。

　現在のキミーだ。もうすぐ四十歳といった女性の横顔を撮ったスナップショット。ちょうど振り返ったところだ。小さくて上を向いた鼻、ぽってりとした下唇、痩せた頰、しっかりと化粧をほどこしたにもかかわらずはっきりと見える小じわ。専門家が昔の写真に加工したら、これとそっくりの写真が作れるだろう。現在のキミーも人をひきつけるものを持っていたが、消耗しているように見えた。画像処理の専門家なら、うまくすれば効果的な捜索用写真を作ることができる。

　足りないのは、キミーの公開捜索を行なうための説得力のある理由だ。彼女の家族の誰かが捜索願いを出す気はないのだろうか？　できるだけ早く調査する必要がある。

「携帯電話を新しくしたんです。だからこの写真が保存ボックスにきちんと入ったかどうか、自信がありませんでした。昨日彼女が逃げていったとき、とにかくボタンを押しました。条件反射みたいなものですよ。わかるでしょう？　昨晩、それをパソコンの画面で見ようとしたんですが操作を間違っていたようなんです」

本当にアサドにそんなことができたのだろうか？

「どう思います、カール？　素敵だと思いませんか？」

「ローセ！」と、カールは地下室の廊下に向かって呼んだ。

「彼女はいませんよ。外出中です。ヴィーアスリウ通りへ行っています」

「ヴィーアスリウ通りだと？　そこで何をしている？」

「雑誌にキミーのことが載っていないかを調べるようにって、言ったんじゃないんですか？」

カールは、アサドの叔母たちが不機嫌そうな顔で写っている写真のフレームを見た。あっという間に、カールもこんな顔になるのだろう。

「ローセが戻ったら、さっきの写真を渡してくれ。昔の写真と合わせて画像処理にまわすように。よくやったぞ、アサド。いい仕事をした」

カールはアサドの肩をトントンと叩きながら、アサドがもぐもぐと食べているピスタチオのようなものを自分にすすめてこないことを祈った。

「三十分後にヴリズスルーセリレの刑務所で面会の約束がある。急いで出発しよう」

古い刑務所の前の通りは、今ではイーゴン・オールスン通りという。そこへ行く途中で、カールはアサドに不快感をつのらせていた。アサドはなぜか、耐えられないくらい無口になってしまったのだ。刑務所に着くと、物思いに沈んだ様子で正門をじっと見ている。まるで門がアサドのほうに倒れてくるのを待っているかのように。

カールはこの刑務所を、アサドとはまったく違う様子で見ていた。ヴリズスルーセリレのこの重犯罪者用刑務所を、デンマークの凶悪犯たちをうまく放り込んでおける、便利な引き出しのようにカールは思っていた。約二百五十名収容されている囚人たちの服役期間を合算すれば、二千年以上になるだろう。こんなところに入るくらいなら、バイタリティーと労働力をもっとましなことに使うべきだ！　人生の時間の過ごし方としては、最低な場所だ。しかし、ここに収容されている者のほとんどは、それだけのことをしたのだ。

「ここを右に行くんだ」形式的な手続きがやっと終わるとカールは言った。

刑務所の門を通って以来、アサドは押し黙ったままだった。持ち物のチェックを受けるとき、アサドはうながされる前に、自分のかばんの中身をあけた。そして彼はうながされるまま、あらゆる指示に従った。どうやらアサドは、ここでの手順を知っているようだった。

カールは、中庭の向こうにある、白い札のかかった灰色の建物を指差した。札には〝面会室〟と書かれていた。

あそこで、ビャーネ・トゥーヤスンがふたりを待ちうけている。ビャーネはきっと、どうでもいい話をしようとするだろう。二、三年後には出所できるのだから、彼にとっては余計なことを話さないのがいちばんのはずだ。

トゥーヤスンは、カールが想像していた以上に体調がよさそうに見えた。十一年間も刑務所に入っていれば、顔や体のあちこちが変化するのが普通だ。口元は苦々しげな形になり、視線はおぼつかなくなる。誰にも必要とされないという意識が、長い時を経て姿勢に表われてくるのだ。ところが、目の前に現われた男は澄んだまなざしをしていた。確かに痩せていて用心深そうではあるが、どうやら刑務所での生活をうまく切り抜けているようだ。

ビャーネ・トゥーヤスンは立ち上がり、カールに握手するための手を差し出した。ビャーネからの質問はいっさいなかった。おそらく誰かが、カールたちがなんの用事で来たのかをすでに伝えていたのだろう。カールはそんな印象を受けた。

「警部補のカール・マークだ」それでもカールは自己紹介をした。

「俺にとってこの時間は、一時間十クローネの値打ちがあるんです」相手は微笑んだ。「大事な話であることを願いますよ」

トゥーヤスンはアサドに挨拶をしなかった。アサドもそれを予想していたらしく、椅子を取って、離れたところへ下がってから腰掛けた。

「下の工場で働いているのか？」そう言って、カールは時計を見た。十時四十五分だった。実際、労働時間の最中だった。

「ご用件はなんですか？」ビャーネ・トゥーヤスンは尋ね、ゆっくりと時間をかけて席についた。これもよくあるシグナルだ。やはり少しは緊張しているということだ。それでいい。

「ほかの囚人とはあまり関わらないことにしているんでね」きかれてもいないのにトゥーヤスンは言った。「だから、あなたが何か情報を手に入れたくても、俺はなんの情報も持っていませんよ。まあ、少しでも早く外に出られるなら、ちょっとくらい取引するのは悪くありませんがね」そう言ってトゥーヤスンは笑い、カールの冷静な態度に探りを入れているようだった。

「ビャーネ・トゥーヤスン、おまえは二十年前にふたりの若者を殺害した。おまえが罪を認めたため、この事件の細かいところまではそれ以上調べる必要がなくなった。しかし、ひとり姿を消した人物がいて、俺はその人物のことをもっと知りたいと思っているんだ」

トゥーヤスンは眉をひそめてうなずいた。少しは協力しようという意思があり、驚いているように見える――いい傾向だ。

「そう、キミーの話だよ。友人だったと聞いているが」

「そうですよ。俺たちは寄宿学校でいっしょで、一時期は付き合っていたこともあるんですから」トゥーヤスンは微笑んだ。「とてつもなくいい女です」

十二年間セックスをしていなければ、誰もがそう言うだろう。看守がカールに言っていた。ビャーネ・トゥーヤスンには面会人が来たことがないと。まったく誰ひとり来ない。今回の面会が初めてだという。

「話を最初から始めよう。いいかな？」

トゥーヤスンは肩をすくめて、さっと視線を落とした。もちろん、いいわけがない。

「なぜ、キミーは寄宿学校から追い出されたのかね？　覚えているか？」

するとトゥーヤスンは天井を仰ぎ見た。「教師の誰かと付き合ったからだと聞いています。禁止されているのにね」

「それで結局キミーはどうなった？」

「その後は、ネストヴィズのどこかで部屋を借りて、一年ぐらいレストランで働いていたらしい」トゥーヤスンは笑った。「彼女の親は何も知らなかった。まだキミーが学校に通っていると思い込んでいた。でもそのうち親の耳に入ったんですよ」

「それで彼女はスイスの寄宿学校に？」

「ええ。キミーは四、五年スイスにいたそうです。寄宿学校だけでなく、大学にも行ったとか。なんていう大学だったかな？」そう言ってトゥーヤスンは首を振った。「思い出せないなあ。とにかく獣医学科に行ったんですよ。ああ、そうだ、ベルンだ！　そうそう、ベルン大学です」

「キミーは、フランス語が得意だったのか？」

「いえ、あそこはドイツ語ですよ。授業もすべてドイツ語だって言ってましたから」

「大学は卒業したのか？」

「卒業まではいなかったはずです。詳しくは知りませんが、なんらかの理由でやめなければならなくなったんですよ」

カールはアサドのほうをちらりと見た。アサドは会話のすべてをノートに書き取っている。

「その後は？　キミーはどこに住んでいた？」

「実家に帰りましたよ。まずはオアドロプの実家、つまり父親と義理の母親のもとに住んだんです。それから、俺のところに来ました」

「キミーはある時期、動物の売買の仕事をしていたと聞いているが。彼女の能力からすると、あまり満足できる仕事ではなかったのでは？」

「どうしてですか？　キミーは獣医にはなれなかったんですよ」

「で、君はなんで生計を立てていたんだね？」

「父親の材木の商売を手伝っていました。でもそんなことはすべて調書に書かれているのでは？」

「一九九五年に家業を継いだんじゃなかったか？　それが直後の火事でパーになったと聞いたが。それとも何か別のことが起きたのかね？　その後、確か失業しただろう？」

その言葉にトゥーヤスンは、気分を害したようだ。愛されている子どもには多くの呼び名がある、愛されない子どもには多くの表情がある、と以前の同僚で現在はデンマーク国会議員のクアト・イェンスンがよく言っていた。

「あんな馬鹿な話はない」トゥーヤスンは反論した。「俺は一度も、親父の会社の火事のことで訴えられていない。それにもし俺が親父の会社に火をつけたとして、なんの得になるんです？　会社には保険がかけられていなかったんだ」

この話には裏がある、とカールは考えた。事前に調べておくべきだった。カールはしばらく黙って、壁を見ていた。ここにはすでに何度も来ている。この壁に耳があるとすれば、山ほどの嘘を聞き続けてきたのだろう。誰も信じないような山ほどの疑わしい言い訳や、重大な罪を些細なことのように思わせるような話ばかりだ。

「キミーは親とはどんな関係だった？　知ってるか？」カールは質問した。

ビャーネ・トゥーヤスンは伸びをした。さっきより落ち着いている。これならちょっとした雑談だ。自分自身について話さなくていいのだから。こういう話ならかまわない。危険じゃない。

「ひどい関係でしたよ」トゥーヤスンは言った。「本当にひどいやつらだった。父親が家に帰ってくることはほとんどなかったようです。それで父親が再婚した相手は、誰が見たって反吐《へど》が出るほど嫌なクソばばあでしたしね」

「どういうことだ？」

「金のことしか頭にない女ですよ。金目当てで結婚したんです」

「キミーと継母は、うまくいっていなかったのか？」

「ひどいもんでしたよ。しょっちゅう喧嘩ばかりだと、キミーも言っていました」

「あんたがふたりを殺したとき、キミーは何をしていたんだ？」

ラアヴィーの事件に話題が移ったとたん、トゥーヤスンの視線は、カールのシャツの襟を見たまま文字どおり凍りついた。ビャーネ・トゥーヤスンに嘘発見器の電極をつけていたら、測定器の針は振り切れていただろう。

トゥーヤスンは沈黙した。どうやら答えたくないようだ。それでも彼は答えた。

「キミーはほかのやつらといっしょに、トーステンの父親の別荘にいましたよ。なんでそんなことを聞くんです？」

「あんたがその別荘に戻ったとき、ほかのやつらは何も言わなかったのか？　あんたの服には大量の血がついていたはずだ」

カールはこの質問に、自分で腹が立った。こんなふうに話すつもりなどなかったのだ。これほど具体的なことを言うつもりはなかった。こんなことを言ってしまったら、この事情聴取は、しばらく空回りするだろう。トゥーヤスンは当時ほかの刑事に話したように、同じことを繰り返すだけだろう。つまり、車に轢かれた犬を助けようと思った、と。調書にはそう書かれていた。

ところが、トゥーヤスンが答える前に、「あなたの服についていた血を、キミーは気に入ったのですか？」部屋の隅に座っていたアサドの声が言った。

トゥーヤスンは完全に混乱した表情で、小柄なアサドのほうを見た。トゥーヤスンの拒絶するような目は予測できたが、これほどあからさまにパニックになった目つきはカールの想像を超えていた。アサドが急所をついたのだ。こんなに単純なことだったか……彼はたったひとつ的《まと》を射た質問をしたにすぎない。作り話が長く続くかどうかなど、さほど重要なことではない。重要なのは、キミーは血が好きだとわかったことだ。動物を救うことに人生を捧げようとしていた者には、あまりにもそぐわない。

カールはさっと、アサドを見てうなずいた。これでトゥーヤスンは今の反応をアサドに記録されてしまうことを知っただろう。つまりトゥーヤスンは、うっかり見せてはいけない心の内を見せてしまったのだ。

「気に入ったかですって？」トゥーヤスンはアサドの言葉を繰り返して落ち着こうとした。「そうは思いませんけど」

「そのあと、キミーはあんたのところに引っ越したんだな」とカールは続けた。「一九九五年。そうだったな、アサド？」

部屋の隅に座っているアサドが首を縦に振った。

「ええ。一九九五年九月二十九日に引っ越しました。ふたりだけで会うようになってしばらく経ったころです。キミーは、とてつもなくいい女ですよ」トゥーヤスンはさっきと同じことをまた言った。

「なんでそんなにはっきり日付を覚えているのかね？　何年も経っているのに」

トゥーヤスンは大げさに両手を持ち上げた。「そりゃあ、あのときから人生が大きく変わったからですよ。ここに入れられる前、最後に体験したことのひとつですからね」

「なるほど」カールは同意した。それから不意に声のトーンを変えた。「ところで、子どもの父親はあんたか？」

すると、ビャーネ・トゥーヤスンは視線を上げて時計を見た。青白い肌がかすかに赤味を帯びている。一時間という面会時間を永遠のように長く感じていることは明らかだった。

「そんなこと、知りませんよ」

カールは一瞬、声を荒げようかと思ったが、やめておいた。それをするのは、今、この場ではない。「知らないっていうのか？　どういうことだ、ビャーネ？　あんたと暮らしていながら、キミーはほかにも男がいたのか？」

トゥーヤスンは横を向いた。「そんなことありません」

「それなら、彼女を妊娠させたのはあんただったんだな」

「キミーは出て行ったんです。誰と寝たかなんて、わかりませんよ」

「捜査によると、キミーは流産した。妊娠約十八週目だった。つまり妊娠したころ、キミーはまだあんたといっしょに住んでいたはずだが」

するとビャーネ・トゥーヤスンは突然立ち上がり、椅子を百八十度回転させた。刑務所に入ってしばらく経つと、誰もがこういった大胆な行動に出るようになる。建物の中を投げやりにぶらぶらと歩く。何事にも興味がないと言わんばかりに、体を弛緩《しかん》させて、だらだらと行動する。屋外運動場で、タバコをくわえてほうけた顔をしているのもそうだ。そして、椅子を回して反対向きにし、椅子の背に両腕を乗せて、両足をだらりと広げて座った姿勢で次の質問を待つ。なんでもききたけりゃきいてくれ。なんだってかまわないという態度だ。警察のアホ犬どもめ。どうやったって俺からは何も引き出せないぜ。

「だいたい、誰の子どもかなんてどうでもいいじゃないですか」とトゥーヤスンは言った。

「子どもは死んだんですから」

十中八九、彼の子どもではないな、とカールは考えた。

「それにキミーは出て行ったしな」カールは言った。

「ええ。彼女は病院を出て行きました。まったく馬鹿です」

「キミーなら、やりかねないか？」

トゥーヤスンは肩をすくめた。「そんなこと、俺にはわかりませんよ。俺が知っているのは、キミーは中絶しようとはしなかったということだけです」

「キミーを探しましたか？」とアサドが質問した。それに対してビャーネ・トゥーヤスンがアサドに投げかけた視線は、おまえには関係ない、と語っていた。

「探したのか？」カールがもう一度きいた。

「別れたあとでしたから、探しませんよ」

「どうして、別れたんだ？」

「自然な流れでそうなったんですよ。もう無理だったんです」

「彼女が浮気っぽかったとか？」

トゥーヤスンはもう一度時計を見た。前回時計を見てから、まだ一分しか経っていない。

「なんで彼女が浮気するって思うんです？」とトゥーヤスンはきいて、首筋を伸ばした。

それから五分間、カールは、キミーとの関係についてさらにあれこれ質問したが、トゥーヤスンからは何も出てこなかった。なんてとらえどころがない男なんだ。

その間にアサドは椅子に座ったまま、少しずつふたりに近づいていた。ひとつ質問するたびに、アサドは少し近づいた。そしてついに、カールとトゥーヤスンのあいだにある机までたどりついた。気づいたトゥーヤスンは明らかにそれをいらだたしく感じていた。

「どうやらあんたは、株式でかなりの運を引き寄せたようだな」カールは言った。「税務申告によれば、かなりの財を築いている。そうだな？」

トゥーヤスンの口角が下がった。自己満足の表情だ。このことについては話してくれそうだ。

「まあまあってところですよ」トゥーヤスンは言った。

「必要な資金は、誰から調達したんだ？」

「税務申告書を見ればわかります」

「俺はあんたの税務申告書をいつでもポケットに入れて持ち歩くわけにはいかないんでね。だから、あんたの口から直接聞かせてもらおう」

「金は借りました」

「ほほう！　刑務所にいる者にはずいぶんとありがたい話だな。リスクを承知した債権者ってところか。服役中の麻薬取引人か誰かか？」

「トーステン・フローリンから借りたんですよ」

ビンゴだ！　カールは思った。アサドの表情を確かめたかったが、トゥーヤスンの様子から目を離さないほうが大事だ。

「なるほど。あんたが当時は自分が犯人だと隠し続けていたにもかかわらず、あんたたちの友人関係は続いたんだな。つまり、少女と少年を殺したことを秘密にしていたんだろう？　あの忌まわしい殺人のことで、当時は誰よりもまずトーステンが疑われていたな。トーステンはあんたの友人じゃないか！　それとも、もしかしてトーステンも、あんたに借りがあったのか？」

ビャーネ・トゥーヤスンは、この話がどこに向かっているのかに気づいて黙り込んだ。

「株のことは詳しいですか？」そう言ったアサドの椅子は、いまや机のすぐそばにあった。爬虫類のようにゆっくりと、ここまで近寄ってきたのだ。

ビャーネ・トゥーヤスンは肩をすくめた。「まあ、普通の人よりはね」

「千五百万クローネに増えています」アサドはその金額を想像したのか、夢見るような顔をした。「さらに増え続けていますね。コツを教えていただきたいですね」

「どうやって株式市場の情報を得ているんだ？」カールは付け足した。「世間との接触を持つ方法は限られているんじゃないのか？　外部からあんたへの連絡も同じように限られているがね」

「新聞を読んで、手紙をやりとりするだけですよ」

「ひょっとして、バイ・アンド・ホールド戦略とか？　TA‐7ストラテジーとか？　そういう話ですか？」アサドは静かに尋ねた。

カールはゆっくりと頭をアサドのほうに向けた。アサドのやつ、また馬鹿なことを言い出している。

ビャーネ・トゥーヤスンはふと微笑んだ。「自分の勘とコペンハーゲン株価指数をもとにしているだけですよ。そうすればだいたい失敗はありませんね。時機を見逃さないことです」

「ビャーネ・トゥーヤスンさん、ぜひ私の従兄弟《いとこ》と話してみてくださいよ。五千クローネで株を始めて三年になりますが、いまだ五千クローネのまま、変わってないんです」

「あなたの従兄弟は、株取引から手を引くべきだと思いますがね」ビャーネ・トゥーヤスンはいらだたしげにそう言うと、カールのほうを向いた。「キミーの話をしたかったんじゃないんですか？　株取引となんの関係があるんですか？」

「確かにそうです。でも最後にもうひとつだけ、従兄弟に関係することで質問があります」アサドは粘り強く言った。「コペンハーゲン株価指数では、グルンドフォス社の株は優良株ですか？」

「ああ、悪くない」

「わかりました、ありがとう。グルンドフォス社は上場していたんですね？　知りませんでしたよ。あなたはご存じで？」

アサドがあからさまに目配せするのを見て、カールは、まいったなと思った。ビャーネ・トゥーヤスンが今どんな気分か、手にとるようにわかった。ビャーネのために投資しているのは、ウルレク・デュブル・イェンスンだ。間違いない。ビャーネ・トゥーヤスンは株のことはまったくわかっていないようだが、出所したあとの生活の基盤が必要だ。ウルレクとは持ちつ持たれつということだろう。

カールとアサドの質問は、これで充分だった。

「見てもらいたい写真があるんだ」カールは言って、アサドがプリントアウトした写真をトゥーヤスンの目の前に置いた。写真は加工され、鮮明にしてあった。

写真をじっと見ているトゥーヤスンを、カールとアサドは観察した。ふたりは、ビャーネがわずかでも好奇心を示すだろうと期待していた。昔の恋人が時を経てどう変わったか、見たくないはずがない。そして、案の定ビャーネは反応した。反応の強さはカールたちの想像を上回っていた。凶悪犯に囲まれた十年間。くさい飯、同性愛、脅迫、恐喝、暴力。同年代の者よりも五歳は若く見えるとはいえ、トゥーヤスンの頭には白髪がまじっている。その彼の視線はキミーの顔を左右にさまよった。カールとアサドは心ならず、処刑の立会人になったかのような気がした。おそろしいほどの心の動揺だった。これだけはっきりと心の内を見せてくれるのなら、もう話す必要もないくらいだ。

「キミーの写真を見るのが、嬉しくなさそうだな。キミーは今でもとてもきれいだ。そう思わないかね？」と、カールは言った。

ビャーネ・トゥーヤスンはゆっくりとうなずいたが、喉が震えている。「なんだか奇妙な感じだ」トゥーヤスンは言った。

彼は、物悲しい気持ちを抑えているかのような微笑みを見せようとした。しかしそれは物悲しさではなかった。

「居所がわからないのに、どうやってキミーの写真を手に入れたんだ？」

トゥーヤスンはまだしっかり頭が働いているようだ。だが、手は震え、声がかすれている。目線も落ち着きがない。

彼は何かを怖れていた。

キミーの写真を見てトゥーヤスンは、死ぬほど驚いたのだ。それしか考えられない。


「三階に行ってください。マークス・ヤコプスン課長がお待ちです」

カールとアサドが警察本部に戻って守衛室の窓口の横を通ったとき、守衛が言った。

「本部長もいらっしゃいます」

カールは階段を一段一段踏みしめながら、捜査を続けるための反論の言葉を考えていた。カールは何を言われてもゆずらないつもりだ。本部長がどんな人間かはよくわかっている。裁判官になり損ねた平凡なただの法律専門家じゃないか。

「おやおや」と、カウンターの後ろでサーアンスンが言った。いつものように皮肉たっぷりだ。あの「おやおや」というせりふを、カールはいつかお返しに言ってやりたいと思っている。

マークス・ヤコプスンの部屋にカールが入ると、ヤコプスンはカールにあいている席を示した。「ちょうどいいところに来たな、カール。たった今、すべてをもう一度洗いなおしてみた。かなりまずい状況だ」

カールは眉をひそめた。今の言い方は大げさすぎないか？　制服を着て現われた女性の警察本部長に、カールは挨拶した。本部長はラース・ビャアンと、同じポットから注がれた紅茶を飲んでいた。悠長に紅茶なんか飲んでいやがる、とカールは思った。

「なんの件かわかるだろ？」マークス・ヤコプスンは話を続けた。「今朝、君のほうから言ってこないから驚いたよ」

「なんのことです？　俺がまだラアヴィー事件を調べているってことですか？　どの事件を掘り起こすかは、自分で決めるように言われたのですから、そうしただけのことですよ。このまま調べさせてください」

「本題からそれたことばかり話すのはやめろ」と言って、ラース・ビャアンは堂々としたいでたちの本部長の横で、いつもに増してか細く見えないようにと、上体をまっすぐに伸ばした。

「ディテクト探偵事務所の代表、フィン・オールベクの件だ。昨日ガメル・コンゲ通りで殴ったたろ？　オールベクの弁護士から、この事件のあらましが届いている。読んでみろ」

いったいなんのことだ？　なんの話をしている？　カールは書類をひったくり、ざっと見た。オールベクはいったい何をでっち上げたんだ？　カールがオールベクを襲ったと、はっきり書いてある。こんなでたらめ、みんな本当に信じているのか？

〈シュルン&ヴィアクソン〉と、レターヘッドに印刷されていた。なんてこった。上流社会のならず者が、法律事務所をつかって本格的にこの件に首を突っ込んできたということか。

時間は合っていた。つまり、バス停留所でカールがオールベクに背後から声をかけて不意に驚かせたときだ。交わした会話も、大まかなところは事実どおりだ。しかし背中をパシッと叩いたはずが、拳で何度も顔面を殴ったことにされている。そして服を強くつかんで引っぱり回したと書かれていた。傷跡の証拠として写真が添えられている。写真のオールベクは、本当にひどいありさまだ。

「やつがこんなに殴られたように見えるのは、プラムやデュブル・イェンスン、フローリンが誰かに金を払ってやらせたからでしょう」カールは自己弁護した。「やつらはオールベクに、殴られるのを我慢するように頼んだんです。そうやって俺をこの事件からはずすために。誓ってもいいですよ」

「あなたがそのように想像することは、想定内よ、マーク。それでも、私たちはこの件への対応を迫られているの。公職に就く者が傷害罪で訴えられた際の手続きは知っているわね」

そう言って本部長はカールを見た。彼女の目が、しばしカールの思考を停止させた。「だいたい、あなたを停職にしたくはないの」と、彼女は続けた。「あなたはこれまで、誰かに乱暴したことなんかないしね。でも、今年の初めに、トラウマとなるようなひどい経験をしている。もしかするとそのことが、あなたの思っている以上に強い影響を及ぼしているのかもしれないわ。私たちがあなたのことを理解していないわけじゃないのよ」

カールは本部長に向かって微笑みかけた。これまで誰かに乱暴したことなんかないしね、と言ったな。まあ、そう思っているのならいいだろう。

殺人捜査課課長のヤコプスンは、心配そうな顔でカールを見て言った。

「もちろんこれから捜査が行なわれる。それまでの時間を有効に使い、君には集中治療を受けてもらう。君はアマー島で襲撃されて以来のここ半年間で克服しなければならなかったことに、しっかり取り組むことになる。その期間中は、本署で発生する業務に君が関わることは認められない。いつものように署に出入りするのは自由だ。だがこの期間は君のバッジと拳銃を預けてほしい」ヤコプスンはカールのほうに手を差し出した。これが停職処分でなくて、いったいなんなんだ！

「拳銃は上の階の拳銃保管室にあります」カールはそう言って、バッジを渡した。バッジがなければ、どんな捜査もうまくいかないだろう。そのことを彼らはよくわかっているはずだ。いや、まさにそれこそが、彼らの目的だったのかもしれない。カールが物笑いの種になることや、職務違反を犯すこと。それが狙いか？　カールを物笑いの種にして、永久に厄介払いしたいのか？

「弁護士のティム・ヴィアクソンなら知ってるわ。彼に、あなたはもうこの事件には関与していないと説明しましょう、マーク。そうすれば彼は満足するわ。彼は自分の依頼人が、誰かを挑発することで満足することを承知しています。それにこの事件を法廷に持ち込んでも、誰も得をしませんからね」と、本部長が言った。「それ以外にも、あなたが命令になかなか従わないという問題が、これで解決できるのよ。そうでしょう？」本部長は人差し指でカールを指差した。「今回は、従わざるをえないわよ。そして今後、あなたが所定の事務手続きを通さないで仕事をすることをいっさい認めません。何が言いたいかわかるでしょ？　この事件は、有罪判決が下り、すでに解決している。だから、あなたにはほかの事件を捜査してもらいたいの。このことは前にもはっきり説明したわよね。同じことを何回言えばいいのかしら？」

カールは、窓の外を見た。こんな馬鹿げた説明を聞くのはもううんざりだ！　この三人には、今すぐこの窓から飛び降りてもらいたいくらいだ。

「この事件の捜査をやめなければいけない本当の理由を尋ねるのは、不当な要求になるのですか？」と、カールはきいた。「誰の差し金です？　政治サイドですか？　それもどういう根拠があるのでしょう？　俺が知っているかぎりでは、この国の法律ではみんなが平等です。それは我々が容疑をかけている者たちにも有効だってことですか？　それとも私の思い違いですか？」

まるで宗教裁判時代の異端審問裁判官のような視線で、三人はカールを無言で見つめ、これ以上カールに余計な質問をさせまいとした。

この次は、カールが反キリスト者かどうかを試すために、宗教裁判さながら、カールを海に投げ込んで、水に浮かんでくるかどうかを調べでもするのだろう。

「カール、いいものがあります。でもそれがなんなのかは当てられないでしょうね」そう言ったローセの声は弾《はず》んでいた。カールは地下室の廊下を見た。ローセの興奮は机が完成したからではないことは確かだ。

「クビの知らせだといいな」カールはそっけなく返事をして自分の机についた。

今のカールの反応に、ローセの層になったマスカラがさらに重くなったように見えた。

「あなたのオフィスに、椅子を二脚増やしておきました」カールは驚いてローセを見た。いったい、どうやったら十平方メートルの部屋に、椅子を二脚置くスペースをつくれるんだ？

「それはちょっとあと回しだ。ほかに何か新しいことは？」とカールはきいた。

「それから、雑誌社で写真を入手してきました。《ゴシップ》と《ヘンス・リウ》でもらったんです」声のトーンは変わらなかったが、ローセはバサッと音を立てて記事のコピーを机の上に置いた。明らかに普段より迫力のある置き方だ。

カールは興味なさそうに記事を見た。今さら見たってどうなる？　この事件はすでに取り上げられてしまったのだ。カールはローセに、記事を全部片付けてもらいたかった。そして、せっかくの活躍が徒労に終わったローセの頬をなでて、なぐさめの言葉をかけ、あの変な机を組み立てるのを手伝ってくれる純真な心の持ち主を探してくれと、頼みたかった。

カールはコピーを手に取った。

ある記事は、キミーの子ども時代について書かれていた。グラフ雑誌《ヘンス・リウ》は、ラスン家についてまとめた記事を載せていた。見出しは「家庭に安心がなければ成功もなし。

ウィリー・K・ラスンの美人妻、カサンドラ・ラスン」とある。しかし記事の写真は少し様子が違う。細身仕立てのスラックスの、グレーのスーツを着た父親と、どぎつい色の服を着て、一九七〇年代後半に流行したようなけばけばしい化粧をした義理の母親が写っている。義母の年齢は三十代半ばで、ウィリー・K・ラスンは十歳上だ。ふたりは自信がありそうだが、硬い表情をしている。あいだに立っている幼いキアステン・マリーイの存在など、ふたりとも眼中にないように見える。しかし、キミー自身、そのことをよくわかっていた。写真からでもそのことが見てとれる。キミーの不安そうな大きな目。ただそこにいるだけの女の子。

《ゴシップ》誌に掲載された写真の中の十七年後のキミーは、まったく違っていた。どこの店の前の写真か、はっきりとはわからなかったが、おそらくカフェ・ヴィクトだろう。キミーはこの上なく機嫌がよさそうだ。細身のジーンズ、首にはボアを巻き、すっかりラリっているようだ。歩道に雪が積もっているのに、胸元が大きく開いたトップスを着ていた。そしてうっとりとした顔で笑っていた。彼女のまわりの連中は有名人だった。クレスチャン・ヴォルフとディトリウ・プラムもいた。みんな、たっぷりとしたコートを着ている。写真の見出しは寛大だ。「ジェット族がスピードを上げる。主の公現の祝日の晩にプリンセスが登場。デンマークでもっとも人気の独身男性クレスチャン・ヴォルフ（二十九歳）が、ついに生涯の伴侶を見つけたか？」

「《ゴシップ》のは最高ですね」ローセが言った。「もしかしたらもっと記事を見つけてもらえるかもしれません」

カールは軽くうなずいた。ローセが《ゴシップ》誌のハゲタカどもを本当に最高だと思うのなら、おめでたいやつだ。

「明日までに廊下にある机を全部組み立ててくれ、ローセ。いいな？　そしてこの事件に関して何か見つけたら、廊下の机の上に置いておいてくれ。必要なときに取りに行く。いいな？」

ローセの表情から判断すると、ちっともよくはなさそうだ。

「ヤコプスンのところで何があったんです？」ドアのほうから声がした。

「何があったかって？　やつらは俺を事実上、停職処分にしたのさ。それなのに、彼らは俺がここにいることを求めている。だからもしおまえたちがこの事件について俺に何かききたいときは、紙に書いて机の上かドアの前に置いておいてくれ。俺はおまえたちと話しちゃいけないんだそうだ。もし話したら、やつらは俺を解雇するだろう。それから、ローセがこの馬鹿な机を組み立てるのを手伝ってやってくれ」そう言ってカールは廊下を指差した。「もう一度よく聞け。俺があの事件に関しておまえたちに何か伝えたいときや指示を出したいときは、こういう紙に書いて渡す」カールは計算用紙を見せた。「俺がここで行なうのは、おまえたちの管理業務だけだ」

「クソったれが！」そう言ったのはアサドだった。それよりぴったりくる表現はなかなかないだろう。

「それに俺は、カウンセリングも受けなくちゃならん。だからオフィスにいつもはいないだろう。まあ、今回はどこのアホが俺をはめようとしているのか、様子を見よう」

「ええ、そうしましょう」廊下から意外な声がした。

いやな予感を感じながら、カールはドアのほうを見た。

モーナ・イプスンだ。いつでも、ちょうど文句を言っているときに現われる。それも、本音を言っているときにかぎって現われる。

「今回のセラピーは長くなるわよ、カール」とモーナは言って、アサドの脇を通った。

モーナはカールに手を差し出した。握手した手は温かく、離すのが大変だった。

その手は華奢で、結婚指輪をしていなかった。

20

キミーは、ティーネが置いていったメモを簡単に見つけた。約束どおり、メモはスケルベク通りのレンタカー会社の看板の下に挟んであった。いちばん下のネジの上の黒い部分に挟むことにしてあるのだ。湿気のせいで文字がにじみ始めている。

正規の教育を受けていないティーネの文字は大きく、小さな紙片に収まるように書くのは骨が折れただろう。だがキミーは他人が残したものを解読するのに慣れていた。

こんにちは。　けいさつ　が　きのう　きた――なまえ　は　かーる　まーく――それと　もうひとり　おもての　みちで　あんたを　さがしてた――ちゅうおうえきに　いたやつだ。だれかは　わからない――きをつけて――また　べんちで。

T・K

キミーはメッセージに繰り返し目を通した。Kという文字を見ると、キミーはいつも、警告の赤信号を見たときのように危険を感じる。キミーの網膜にKという文字が焼き付いた。

このKはなんのKだろう？

警察官の名前はカール。カールの頭文字はCだ。この文字のほうがましだ。発音してしまえば同じでも、Kよりいい。Cのつくカールなら怖くない。

キミーはワインレッドの日産車にもたれかかった。この車はもうずいぶん前から、看板の下に停まっている。ティーネのメッセージで、とてつもない疲労感に襲われた。まるでキミーの内面の奥深くに潜む悪魔が出てきて、キミーの生命力を吸い取ろうとしているようだ。

私は今の家を手放さないわ、とキミーは思った。やつらにつかまるものか。

実際、あの家を出なければいけない事態になるかどうかなんてわからない。ティーネはどうやら、キミーを探している者たちと話をしたようだ。根掘り葉掘りきかれたのだ。キミーについてティーネだけが知っていることについて。さまざまなことについて。つまりティーネは、彼女自身にとって危険なことをしているだけのドブネズミのティーネではない。いまや、キミーにとってもティーネは危険な存在になったのだ。

ティーネは誰とも話してはいけない、とキミーは思った。千クローネ渡して、彼女にそれをわかってもらおう。

キミーは本能的に振り返ると、水色のナイロン地のベストを着たフリーペーパーの配達人がいることに気づいた。

彼らが、キミーを監視するためにあの男を雇ったのだろうか？　それはありうるだろう。今や彼らは、ティーネが住んでいる場所を知っている。キミーがティーネと連絡を取っていることも知られているのだろう。そしてもしもティーネが、この看板まで来てメモをはさむところを尾行されていたとしたら？　そしてもしキミーを探している者たちが、このメモを読んだとしたら？　彼らはメモを見たのだろうか？　きっと見ただろう。いや、本当に見たのだろうか？

キミーはもう一度、配達人のほうを見た。その黒人の男は、割に合わない仕事で生活しようとしている。ちょっと金をもらえば、キミーを見張れと頼まれたとしても断わらないだろう。そのためには、インガスリウ通りから線路に沿って歩くキミーの姿を目で追いさえすればいいのだから。がよく見える場所はない。まずデュブルスブロー駅へ続く道を向こう側に渡る。あそこ以外に、まわりがよく見える場所はない。そう、あそこにいれば、キミーがどこへ行くのか、正確に観察することができるというわけだ。フェンスの扉から小屋まではせいぜい五百メートルの距離だ。それ以上遠くはない。

キミーは下唇を嚙みしめて、ウールのコートをぎゅっと自分に引き寄せた。

それから通りを渡り、男に近づいた。

「これを」と言ってキミーは男に、千クローネ札を十五枚差し出した。「これがあれば、もう家に帰れるでしょう？」

これほど見開いた黒人男性の目は、昔のトーキー映画でしか見られない。長いこと抱いてきた夢がかなない、ついに現実のものとなったかのように、男は自分に向かって伸ばされた華奢な手を見た。賃貸契約の敷金。小さな店。祖国の照りつける太陽の下で、ほかの男たちに囲まれて暮らす生活に戻るための旅費。言っている意味、わかる？」

「職場に電話をかけて、今月末まで休みますと伝えたらどうかしら。

煙のような薄い霧が、街やエンゲヘーヴェ・パークに流れ込み、取り囲んだ。あたりは白く薄い膜で見えなくなる。まずは高層マンション、コンゲンス・ブリュゲフスのたくさんの窓、それからその前に連なる家々、そして公園のはずれにある劇場の丸屋根、そして噴水も、霧に包まれる。秋の芳香を含む湿った霧だ。

あの男たちは死ぬべきだ、と彼女の頭の中の声が言った。

朝、キミーは壁の中の空洞のふたを開け、手榴弾を取り出した。この悪魔の道具を眺めると、あらゆることがはっきりと見えた。彼らは死ぬべきだ。ひとりずつ。順番に。そのつど残った者たちは恐怖と後悔でおかしくなりそうになるだろう。

キミーは少し笑った。氷のように冷たい両手を握りしめ、その手をコートのポケットに深く突っ込んだ。彼らはすでにキミーのことを怖れている。あの豚ども。それは確かだ。なんとかキミーを見つけようと躍起になっている。そしてじわじわと近づいてきている。キミーを見つけるために、際限なく金をつぎ込んでいるはずだ。彼らはどんな手でも使うだろう。

突然、キミーは笑うのをやめた。やつらが臆病だということを、すっかり忘れていたのだ。

そう、やつらは臆病だ！ どう考えても。そして、臆病な者たちはじっと待ってはいないはずだ。彼らは自分の命のために走る。時間があるかぎり。「全員、いっぺんに片付けなければ」キミーは声に出して言った。「何がなんでもそうしなくては。そうしないと、やつらは身を隠してしまう。やらなきゃ、やらなきゃ」

キミーは、自分ひとりで彼ら全員をいっぺんに片付けることができるとわかっていた。しかし頭の中の声は少し違うことを求めていた。その声はいつも頑固に自分が求めることを言い続ける。頭がおかしくなりそうだった。

キミーは公園のベンチに座っていたが、立ち上がり、彼女のまわりに集まってきた鳩を蹴った。

どこに向かうべきだろうか？

ミレ、ミレ。小さなかわいいミレ。キミーの心の中で呪文が響いた。今日はついてない。あまりについてないから、これからの行動予定を変えたほうがいいかもしれない。

足元を見下ろした。霧で、靴に湿った跡がついているのが見えた。そしてまた、ティーネの残したメモの文字が思い浮かんだ。T・K。Kとは、なんのことだろう？

二年G組。試験準備期間の休暇が間近に迫っていた。そして、キミーがコーオ・ブルーノにショックを与えてからまだ一、二週間しか経っていなかった。キミーは、コーオは平凡で才能もなく退屈だ、という噂を流してコーオを奈落の底に突き落としたのだ。

次の日、クレスチャンがキミーをからかい始めた。

「おまえにはできないだろう、キミー」クレスチャンは毎日、朝の会でキミーにささやいた。毎日、グループのほかのメンバーが見ている前で、キミーの肩を叩いた。「おまえにはできないだろう、キミー！」

しかしみんな、キミーがやってのけることをよく知っていた。キミーがこれから何をするのか注目していたのだ。熱心に授業を受ける様子を観察していた。席の列から伸びたキミーの足と、ずり上がったスカート。微笑んだときのえくぼ。特に、教室の前に出て行くときの薄いブラウスの胸元と媚びるような声。彼女はものの二週間で、学校でただひとり、そこそこ人気のあった教師の欲望を目覚めさせることができた。欲望は、生徒の笑いものになるほど強いものだった。

それは新入りの教師だった。にきび面ではない大人の男だ。大学ではデンマーク語を専攻し、首席で卒業したという。典型的な寄宿学校の教師というタイプではない。むしろ正反対だ。社会批判の精神を持ち、生徒たちには広い視野が持てる読み物を与えるような教師だ。

キミーはこの教師のところへ、試験準備のために個人授業をしてくれないかと頼みにいった。最初の一時間が終わる前に、教師はキミーの誘惑に負けてしまった。キミーの薄いコットン地のワンピースからはっきりとわかるふくらみが、気になって仕方なかったのだ。

彼の名はクラウスで、「ウ」はuではなくvの字をつかう。ディズニー好きだった父親が、Klavs Krikke（クラウス・クリッケ）というキャラクターの名前からとってつけたんだ、とクラウスはよく言っていた。しかし誰も彼のことをクラウス・クリッケと呼ぼうとはしなかった。

個人授業も三回目になると、クラウスは延長時間の代金を請求しなくなった。勉強とは違うことをするようになったからだ。キミーを自分のマンションに初めて迎え入れたときには、暖房を強めに入れて、ある程度服を脱いでしまっていた。そのあとは、欲望の塊と化し、夢中でキミーにキスをし、手はキミーの体をあちこちまさぐった。頭はまったく働いていなかった。聞き耳を立てる耳も嫉妬の目も職務規定も、どうでもよくなった。

キミーはもともと、教師に無理強いされたのだと寮長に話すつもりでいた。寮長に知らせたらクラウスがどうなるのか、様子を見ようと思った。この先も、自分が主導権を握れるのか知っておきたかったのだ。

しかし、キミーの思いどおりにはならなかった。

ふたりの関係を知った校長は、キミーと教師を同時に自分のところに呼んだ。控えの部屋で、ふたりは落ち着かない気分で無言で座っていた。校長の秘書は女子寄宿生のしつけ係でもあった。

そしてクラウスとキミーはこの日以降、言葉を交わさなくなった。

クラウスがそれからどうなったか、キミーは気に留めなかった。

校長はキミーに、コペンハーゲン行きのバスが三十分後に出発するから、荷物をまとめたほうがいい、と言った。制服を着て行く必要はなく、そうしないでくれたほうが望ましい、この場で学校を退学になったと思ってくれてかまわない、ということだった。

キミーは長いこと、赤いしみのある校長の頬を眺めてから、校長の目を見た。

「たぶん、校長先生は……」キミーは少し言葉を止めた。許されない言葉の効果を増すために充分な間をあけた。「あの先生が私に無理強いしたってこと、校長先生は信じてないんでしょうね。でもゴシップ紙なら、教師が生徒に無理強いしたって理解するかもしれないわね。これってすごいスキャンダルよね。教師が女子生徒を強姦……そんな記事が出たらどうする？」

キミーが秘密を守るための条件はシンプルだった。彼女はどっちみち学校をやめたかった。荷物をさっとまとめて、すぐさま学校を去る。それは彼女にとっても望むところだった。学校からの戒告などどうでもよかった。キミーにとって大切なのは、学校が親に知らせないことだ。それが、彼女が出した条件だった。

校長は応じなかった。退学しているのに親から授業料を受け取るわけにはいかないというのだ。キミーは無遠慮に、校長の机の上にあった本を手に取り、ページを一枚破りとったかと思うと、その紙に番号を書いた。

「はい、これが私の口座番号。受け取った学費をこの口座に送金してちょうだい」そう言って、その紙を校長に手渡した。

校長は深いため息をついた。そしてこの紙を手渡したことで、キミーは、長年にわたりキミーを束縛してきた学校や親から自由になった。

キミーは目線を上げて、自分が安らぎで満たされるのを感じた。ところが児童公園から明るい子どもの声が迫ってきて、キミーを苦しめ始めた。

そこにいたのは子どもがふたりと子守りの女性だった。幼児がおぼつかない動きで、秋めいて静かな公園の遊具のあいだで鬼ごっこをしている。

キミーはふたりに近づいて観察した。小さな女の子が手に持っているものを、男の子が欲しがっているようだった。

キミーにも昔、こんな小さな女の子がいた。

キミーは、女の子がこわばった視線をキミーに向けて立ち上がったのに気がついた。汚れた服を着てぼさぼさの頭のキミーが茂みから現われた瞬間、女の子は警戒した。女の子は、おずおずとキミーを見上げ、立ち上がった。

「昨日はこんな格好じゃなかった。昨日の私を見せてやりたかったよ！」キミーは子守りの女に向かって大声で言った。

この前、中央駅に行ったときのように着飾っていたら、まったく違っていただろう。ひょっとしたら子守りの女のほうからキミーに話しかけたかもしれない。あるいはキミーの話を聞こうとしたかもしれない。

しかし子守りの女はキミーの話を聞かなかった。女はキミーのほうに腕を広げて走ってきて、キミーが子どもたちに近寄れないよう断固としてさえぎった。女は子どもたちに、すぐに自分のところに来るように呼びかけた。だが子どもたちはそうしなかった。こんなに小さな子たちが、簡単に言うことを聞くわけがない。そんなことも知らないのか。

キミーは頭を突き出し、子守りの女を嘲り笑った。

「こっちに来なさい」と女はヒステリックに叫び、まるで人間のクズを見るようにキミーを見た。人でなし扱いされたのだ。

キミーは女に近寄り、いきなり殴った。

子守りの女は地面に倒れた。「今すぐに殴るのをやめないと、あんたこそ気が遠くなるほど殴られることになるわよ！ 私にはそうしてくれる仲間がたくさんいるんだから！」と彼女は言った。

それを聞いたキミーは、今度は女のわき腹を蹴った。まずは一回。それからもう一回。するとようやく女は静かになった。

「おちびちゃん、こっちにおいで。手に持っているものを見せてちょうだい」キミーは子どもに話しかけた。「小枝を拾ったの？」

しかし子どもたちは根が生えたかのように動かなかった。ただその場に立ちつくして泣きじゃくり、子守りの女に向かって「カミラ！」と名前を呼んだ。

キミーはもっと近づいた。泣いていてもなんてかわいい女の子だろう。長い茶色のきれいな髪。茶色の髪。小さなミレと同じだ。

「おいで、おちびちゃん。手に持っているものを見せてちょうだい」キミーはもう一度言って、女の子にさらに近づいた。

背後でひゅっという音が聞こえ、即座に振り返ったが、喉元を狙った子守りの女の強烈な一撃をよけることはできなかった。

キミーは砂利の地面に顔面を打ちつけ、下腹部を道路の縁石にぶつけた。

その間に子守りの女は無言で子どもたちに駆け寄り、ふたりを自分の両腕に抱えた。本当に愚かな女だ。タイトなジーンズに長い髪。

キミーは顔を上げた。泣きはらした顔の子どもたちが、子守りのカミラといっしょに茂みの向こうに去っていくのが見えた。

キミーにも昔は、あんな小さな女の子がいた。今、その女の子は、キミーのベッドの下の箱の中にいる。辛抱強くキミーを待っている。

もうすぐひとつになれる。

21

「今回は、まったく隠しごとなしで話してください」モーナ・イプスンは言った。「前回は予定していたほどは話を進められませんでしたから。そうでしょう？」

カールは、まわりを見回した。ヤシの木や山岳地方などの美しい自然の風景のポスターが貼ってある。インテリアは明るい色調で整えられ、日当たりがいい。極上の材木を使った椅子。観葉植物。そのうえ、信じられないほど整理されていた。すべて計算しつくされている。邪魔になるようなものがひとつもないのだ。それなのにカウチに横になると、すべての感覚が敏感になり、この女性が身にまとっている服を脱がせること以外、何も考えられなくなってしまった。

「できるだけお話ししますよ」カールは言った。彼女が頼んでくることならなんでもするつもりだ。どうせほかにすることもないのだから。

「あなたは昨日男性を襲いましたね。なぜなのか、教えてくださいます？」

カールは反論し、無実を誓った。それでもモーナ・イプスンは、カールが嘘をついているという目で見た。

「少し昔に戻って分析しなければ前には進めません。もしかしたら不快な思いをなさるかもしれませんが、そうする必要があるのです」

「どうぞ、始めてください」とカールは言った。そして呼吸で彼女の乳房がふくらむのが見える程度に、うっすらと目を閉じた。

「今年の一月、あなたはアマー島で銃撃戦に巻き込まれました。そのことについては以前も話し合いましたね。正確な日付は覚えていらっしゃいますか？」

「一月二十六日です」

モーナ・イプスンは、それが何か特別な日であるかのようにうなずいた。「あなたは銃撃戦をなんとか切り抜けました。でも同僚のひとり、アンカーは亡くなり、もうひとりは首から下が不随になって入院しています。八カ月経った今、あの出来事をどのようにして受け入れてきましたか、カール？」

カールは天井を見上げた。どう受け入れてきたかって？　さあ、わからない。あんなことは起こるべきではなかった。

「あの事件は、本当に悔しいんだ」病院で横たわるハーディの姿がカールの目に浮かんだ。悲しい静かな目。体重が百二十キロもある大男なのに。

「苦しいですか？」

「はい、少し」

カールは微笑もうとしたが、モーナ・イプスンは目の前にある書類を見ていた。

「ハーディは疑ってますよね。彼から聞きました。あなたを撃った者がアマー島であなたたちを待ち伏せしていたのではないかと。ハーディから聞きました？」

カールは肯定した。

「そしてハーディは、あなたかアンカーのどちらかが、犯人に警告を発したと思っています」

「そうですね」

「ハーディの考えについて、あなたはどう思いますか？」

今度は彼女が、カールを値踏みしているようだった。カールには、彼女の瞳が官能的にきらりと光ったように見えた。それがどれだけカールの集中力をそらすものか、彼女は気がついているのだろうか。

「ハーディは正しいかもしれません」と、カールは答えた。

「もちろんあなたはあの襲撃事件の犯人とは関わりがなかったと、私は思っています。どうですか？」

もしカールが関わっていたとしても、カールがそれをこの場で認めると思っているのだろうか？　カールの表情から本心を読み取ろうとしても無駄だということを、彼女は知らないのだろうか。

「もちろん私じゃない」

「でもそれがアンカーだったとしたら、彼はひどい失敗をおかしたことになりますよね？」

俺は確かにあんたにそそられている。でも、俺を勃起させたままでいたいなら、もっと的《まと》を射た質問をしてほしい。

「もちろんです」とカールは言った。自分の声がささやきのように聞こえた。「ハーディと私で、アンカーがあの事件の犯人と関わりがあった可能性について検討する必要があります。ただし今現在、私はある探偵がついた嘘に振り回され、何人かの有力者の罠にはめられそうになっているんです。そっちの件が片付いたら、アンカーのことを調べますよ」

「警察ではあの事件を、凶器から『ステープル釘打機事件』と呼んでいますよね。被害者は釘を頭に打ち込まれていたんですよね？　まるで処刑のようですね」

「もしかしたら本当に処刑だったのかもしれません。私はほとんど現場を見ていないんです。あれ以来、あの事件には関わっていませんしね。ひとつだけ、続きがあります。ご存じでしょう？　ソールーで若い男がふたり殺害されました。同じ犯人の犯行と見られています」

モーナ・イプスンはうなずいた。「カール、この事件のことで苦しんでいるのね？」

「いえ、この事件のことが苦しいのではありません」

「それじゃあ、なんで？」

カールはレザーのソファーの背もたれをつかんだ。今がチャンスだ。

「なんで苦しんでいるかって？　あなたをいくら誘っても、いつも肘鉄を食らわされることですよ。それが苦しいんです！」

かなり有頂天になって、カールはモーナ・イプスンの部屋を出た。彼女の罵詈雑言といったらすごいものだった。それから山ほどの質問が来た。なぜそんなことが言えるのか、とか、いったいどういうつもりなのか、といった非難や疑念に満ち満ちた質問だ。できればぱっと体を起こして、自分を信じてほしいと説得したかった。しかしカールはぐっとこらえて横になったまま、礼儀正しく質問に答えた。そしてついに、彼女はそっけなく、ストレスに満ちた微笑を浮かべながらも、カールの誘いを受けると言ったのだ。カールが彼女のクライアントではなくなったら、という条件付きだが。

もしかしたらモーナは、こういうあいまいな約束なら安全だと思ったのかもしれない。もしかしたらカールがいつまでも疑惑をかけられ続け、いつまでもセラピーを受けることになるだろうと思っているのかもしれない。しかし、カールのほうがよくわかっていた。彼女が約束を果たすよう、自分はできるだけ努力するということを。

カールは、シャロデンロン町の中心部を通るイェーヤスボー通りを見下ろした。駅まで五分、近郊列車《エストー》で三十分移動すれば、何も考えなくとも地下室の片隅にある自分の椅子にまた座ることになる。だがそれは、カールの今の前向きな気持ちにうってつけの環境とはいえなかった。

何かが起きなければならないのだ。だがあの地下室では何も起きないことはわかりきっている。まったく何も。

リネゴー通りまで来ると、カールは通りを眺めた。通りの端から向こうはオアドロップ区だ。

これからオアドロプ方面へ歩いて、いくつか調べ物をすることにした。

携帯電話を取り出し、アサドを呼び出した。カールは無意識に携帯のバッテリーがどれだけ残っているのかを調べた。先ほどフル充電したばかりなのに、もう半分に減っている。腹立たしい。

電話に出たアサドは驚いていた。「話をしてもいいんですか？」

「何を言うんだ、アサド。警察署内では、俺たちがまだいっしょに仕事をしていると噂されないようにしているだけだ。よく聞けよ。寄宿学校の関係者で、俺たちが話をきける者がいるかちょっと調べてくれないか。大きいバインダーの中に年報が入っている。あれで調べれば、キミーと同じクラスにいた生徒がわかる。あるいは、一九八五年から一九八七年まで勤めていた教師を見つけてくれ」

「年報はもう読みました」とアサドは答えた。アサドのことだから読んでいても不思議ではない。

「いくつかの名前はもう挙げてあります。でももう少し作業を続けます」

「いいぞ。それじゃローセにかわってくれ」

一分すると、「はい！」というローセの息切れした声が聞こえた。ローセには、「お電話かわりました」とか、もうすこしましな挨拶を求めたところで無駄だろう。

「机を組み立てているようだな」

「はい！」

これほど短い言葉に、腹立ち、非難、冷淡さを込められる者はほかにいないだろう。大事なことに取り組んでいるのに中断させられ、彼女がどれだけいらだっているのか、はっきりと聞き取れた。

「キミー・ラスンの継母の住所が欲しい。前にもメモをもらったが、持ってこなかった。住所だけ教えてくれ。いいな？　どうしてとか、なぜとかきかないでくれると助かる」

身なりのよい婦人や紳士が辛抱強く列をなしているダンスク銀行の支店の前に、カールは立っていた。どうやら支払日の様子は、ブランビューやトストロプと違わないようだった。しかしブランビューやトストロプならまだわかるが、いったいなぜ、シャロデンロンの住民のように裕福な人々が銀行で列に並ぶのだろうか？　彼らには、請求書の支払い作業を頼む部下がいるのではないか。インターネットのオンライン振込みというものを知らないのか？　それともカールが裕福な人々の習慣を知らないだけなのだろうか？　ひょっとして、給料日に小銭を集めて株を買うのだろうか？　ヴェスタブローのホームレスがビールやタバコを買うみたいに。

誰でも、肝心なことは自分の手で片付けたいものなんだな、とカールは思った。カールは薬局の正面玄関を見上げて、同じ建物の窓に弁護士ベント・クルム事務所の看板があるのを確認した。最高裁判所への出廷資格がある、と書かれていた。プラムやデュブル・イェンスン、フローリンのような顧客なら、おそらくその資格が必要になるのだろう。

カールは深いため息をついた。

この法律事務所の前を通り過ぎるのは、大きな誘惑を無視するようなものだ。そうしたら悪魔ですら笑い出すだろう。だがここでチャイムを鳴らして中に入り、ベント・クルムに質問すれば、クルムはものの十分も経たないうちに警察本部長に電話するだろう。そして電話のあとは、カールは即刻辞職に追い込まれ、特捜部Qは閉鎖になるかもしれない。

しばしのあいだ、カールは決心がつかずにドアの前で立っていた。不本意な早期退職を覚悟するか、ひょっとするともっとましな別の対決の機会を待つか？

賢明なのは通り過ぎることだ。だが、無意識のうちに指が動き出し、ドアのベルを力いっぱい押してしまった。カールの捜査を誰も止めることなどできない。ここで誘導尋問をしなくてはならないのだ。それも今すぐにやらなくては。

カールは首を横に振って、呼び鈴から手を離した。若いころからの癖がまた出てきた。カールの行動を決められるのは、カールだけなのだ。

少々お待ちください、という女性の低い声がインターホンから聞こえた。しばらく待つと階段を降りる足音が聞こえ、ガラス張りのドアの向こうに女性の人影が見えた。その女性は毛皮のコートを着て、肩にはブランド物のショールをかけている。女性のいでたちを見たとたん、カールは別居中の妻ヴィガのことを思い出した。少なくともいっしょに暮らしていたあいだ、妻のヴィガはしょっちゅうウスタ通りの〈ビアウア・クレステンスン〉のショーウィンドーを見ては感嘆の声をあげていた。まるで、私が着たらよく似合うのに、とでも言いたげに。ヴィガにそんなコートを買ってやったとしても、きっと今ごろ彼女の芸術家の愛人が、コートを切り裂いておかしなインスタレーション作品に使っていただろう。

女性はドアを開けると、カールに輝くばかりの笑顔を見せた。「申し訳ありません。今ちょうど、出かけるところでしたの。夫は木曜日にはこちらにいないんです。よろしければ、別の日のご予約をしていかれたらいかがでしょう」

「いや、私はその……」本能的にカールはポケットの中の警察バッジに手を伸ばしたが、ポケットには毛玉しか入っていなかった。カールは、捜査の一環でここに来たと言おうと思っていたのだ。ご主人に二、三点お決まりの質問をしたいので、よろしければ一、二時間後にまたうかがいますが、とかなんとか。すぐに終わりますからと。しかし、カールは違うことを言った。

「ご主人はゴルフに行かれたんですか?」

彼女は何を言いたいのか理解できないという顔でカールを見た。「わたくしが知っているかぎり、主人はゴルフをしませんわ」

「そうですか」と、カールは深く息を吸った。「こんなことを言わなければならないのは、とても申し訳ないのですが。あなたも私も騙されています。ご主人と私の妻が出会ってしまったのです。残念ですが、そうなのです。それで、妻の相手がどういう人なのか知りたかったのです」

カールは、この罪のない女性がどれだけ大きなショックを受けているのかを観察した。同時に、カール自身もひどく落ち込んで見えるよう、気をつけた。

「申し訳ありません」と、カールは言った。「本当にすみません」

そして用心しながら、彼女の腕にそっと触れた。「こんなことお話しすべきではありませんでした。どうか許してください」

そしてカールは歩道に向かって数歩下がり、オアドロプに向かって足早に歩いた。アサドがよく捜査中にとる突飛な行動に影響されて、自分も同じことをしてしまったことにショックを受けながら。


カサンドラ・ラスンは、教会の向かいに住んでいた。車が三台納まる車庫、外階段が三つ、煉瓦のガーデンハウスが一軒、漆喰《しっくい》を塗ったばかりの数百メートルにわたる庭の塀、そして邸宅はのべ五、六百平米。ドアには、デンマーク王室のヨット〝ダネブロー〟の全体に使われているよりも多くの真鍮《しんちゅう》が使われている。質素とは無縁だ。

カールは嬉々《きき》として、一階のガラス窓の向こうで動く影を観察した。チャンスはありそうだ。

家政婦の女性は、こき使われているようだったが、カサンドラ・ラスンを玄関まで呼んでくることをしぶしぶ承知した。

〝玄関まで呼んでくる〟ことは、言うのは簡単だが実際には難しいようだった。

それでも、遠くから聞こえる声高な抗議の声が突然静かになり、「若い男だっていうのね？」と尋ねる女性の声が聞こえた。

カサンドラ・ラスンは、より上の生活、より上の男性をターゲットにしてきた上流階級の女性の典型だった。雑誌に載っていたときのスリムな女性の面影は、まったくなくなっていた。三十年のあいだにはさまざまなことが起こるのだろう。着物風のローブを着ていたが、ゆったりと羽織っていたので、その中に見えるシルクの下着のインパクトのほうが強かった。カサンドラは身振り手振りを交えながら大声で話した。どうやら目の前にいる男をまだ嫌いになってはいないようだった。

「どうぞお入りになって」彼女はカールを出迎えた。息が酒くさい。それも一杯や二杯飲んだ程度ではなさそうだ。だが、高級な酒だ。モルトウィスキーだろう。ウィスキー通なら、何年ものかも言い当てられるにちがいない。それほど強烈な酒くささだった。

カールは、彼女に腕をとられて家の中に案内された。より正確に言うと、彼女はカールにしがみつきながら案内した。そしてカサンドラが低い声で〝マイ・ルーム〟と呼ぶ居間にたどりついた。

カールは肘掛け椅子に座らされた。すぐそばの肘掛け椅子にはカサンドラが座ったが、その椅子は、彼女の重いまぶたとさらに重い乳房が真正面から見える位置に置かれていた。

カサンドラはまだカールに好感を持っているようだった。むしろ興味と言ってもよいかもしれない。ただし、カールが用件を伝えると、態度が変わった。

「キミーのことを知りたいですって？」カサンドラは爪を長く伸ばした手を胸にあてた。カールへの好意的な目が変わったということだ。

そこでカールはアプローチの仕方を変えた。

「こちらでは、どんな用事でやってきても、とても丁寧に対応していただけると聞きました。だからこうしてやってきたのですが」

効果はゼロだった。

そこでカールは、デカンタをとって、彼女のグラスにウィスキーを注いだ。これで彼女が話しやすい気分になるかもしれない。

「だいたいあの子、まだ生きてますの?」カサンドラが尋ねた。同情のかけらもない響きだった。

「ええ、コペンハーゲンにいますよ。ホームレスになっています。彼女の写真があるのですが、ごらんになりますか?」

カサンドラが目を閉じて横を向いた様子は、まるで目の前に犬の糞を差し出されたかのようだった。本当に見たくないのだ。

「あなたと当時のご主人が、一九八七年にキミーと友人たちについての容疑についておききになって、どう思われたのか、教えていただけませんか」

カサンドラはまた、片手を胸に置いた。今回は何かに集中しているように見えた。すると、彼女の表情が少し変化した。ウィスキーの効果だろうか。

「ご存じかしら。正直申しましてね、わたくしたちはあのことをさほど気にかけてませんでしたわ。わたくしたちはしょっちゅう旅に出てましたから」

突然、彼女は頭の向きを変えてカールを見た。そのあと彼女が、次に何を話そうと思っていたのかを思い出すまで、しばらくかかった。

「旅行は命の洗濯と申しますでしょ？　夫とわたくしは旅行をしてはすばらしい人たちに出会いましてよ。地球ってすばらしいわ。そう思いませんこと、ええと……」

「マークです。カール・マーク」そう言ってカールはうなずいた。これほど現実離れした人は、グリム童話のような物語にしか出てこないだろう。「ええ、本当にそのとおりですね」

カールが住まいから九百キロ以上離れた土地まで行ったのは、生涯一度きりだということを、彼女は知る由もないだろう。一度とは、バスツアーでスペインのコスタ・ブラーバまで行ったときだ。カールが浜辺で大勢の年金生活者に囲まれて暑さにうだっていたとき、ヴィガは地元の芸術家に会いに行っていた。そんな旅行だった。

「キミーに容疑がかかるのも不自然ではないとお考えですか？」と、カールは質問した。

カサンドラは口の両端を下げた。おそらく深刻そうな印象を与えるためだろう。

「キミーは恐ろしい子でした。誰かを平気で殴ったりするんですもの。ええ、それもとても幼いころから。何か気に入らないことがあると、キミーの腕はドラムスティックのように動きだすんですのよ。こんなふうにね！」カサンドラは腕を振りまわした。手に持っていたグラスのモルトウィスキーがあたりに飛び散った。

こんな両親のもとに育った子なら、そんなふうになっても当然だ、とカールは思った。

「なるほど。キミーは大きくなってからもそんなだったのですか？」

「ええ！　本当に気味の悪い子だったわ！　これ以上ないくらいの悪態をついてわたくしをののしりましたのよ。とても想像がつかないと思いますわ！」

カールには、ありありと想像できた。

「それにあの子は……軽い子だったのです」

「軽いとは？　どういう意味で？」

カサンドラは、手の甲に浮き出ている細くて青い血管をさすった。このときやっとカールは、彼女の関節が痛風にむしばまれていることに気がついた。そしてカサンドラのグラスがまたもや空っぽになっているのを目にした。痛みを和らげる方法にも、いろいろあるらしい。

「キミーはスイスから戻ると、何人かの男性を家に連れて帰ってきて……そして……ええ、あのときのことをお話ししますとね、まるで動物みたいにその人たちとセックスしていたんですのよ。わたくしが家の中を歩いているときも、ドアを開けたままでね！」

カサンドラは首を横に振った。

「この家でひとりの静かな時間を持つなんてこと、ほとんど無理でしたわ。マークさん」彼女は頭を垂れて真剣な顔でカールを見た。「そう。あのあとすぐに、ウィリー、つまりキミーの父親は、荷物をまとめて出て行きました」

彼女はウィスキーを飲んだ。「わたくしは引き留めたりなんてしませんでしたよ。あんな馬鹿な男……」

そう言って彼女はまた頭をカールのほうに向けた。彼女の歯は、赤ワインの飲みすぎで変色していた。

「あなたはひとりで暮らしていらっしゃるの？　マークさん」カサンドラが肩をくねらせた。あからさまにカールを誘惑するしぐさは、安っぽい小説にでも出てきそうだった。

「ええ、そうです」とカールは言って、誘いに応えるようにカサンドラの目をまっすぐに見た。眉がゆっくりと上がり、またウィスキーをひと口飲む。グラスの縁から、彼女のまつげだけが見えた。男性からこんなに見つめられるのは久しぶりなのだろう。

「キミーが妊娠していたことはご存じですか？」カールは尋ねた。

カサンドラは深く息を吸い込んだ。しばらく意識がどこか遠くに行っているように見えた。だが考え込んでいるようでもあった。破綻した家族関係より、〝妊娠〟という言葉に苦しめられているようだった。カールが知っているかぎりでは、カサンドラは子どもを産んだことがないからだ。

「ええ」カサンドラは冷ややかに言った。「ええ、あの子は、あの尻軽娘は、妊娠してましたよ。あの子なら驚くことではありませんわ」

「それで、どうなりましたか？」

「もちろん、お金をせびりにきましたわ」

「お金を渡したんですか？」

「渡しませんよ！」カサンドラはカールの気を引こうとするのを止めたようだ。彼女の声には冷たい軽蔑が込められていた。「キミーの父親は二十五万クローネ渡しましたけどね。もう二度と連絡してくるなと言ってね」

「それであなたには？　キミーの近況について何か連絡がありましたか？」

彼女は首を横に振った。その目は、〝幸いなことに〟と言っていた。

「子どもの父親は誰だったか、ご存じですか？」

「ああ、あの役立たずの小男でしょ。あの、父親の材木会社を焼き払ったとかいう男ですよ」

「ビャーネ・トゥーヤスンのことですか？　殺人事件で服役中の？」

「そうです。名前まではよく覚えていませんけど」

「そうですか」

これは確実に嘘だ。ウィスキーを飲んでいても、こういったことは簡単には忘れないものだ。

「キミーはしばらくここに住んでいましたね。あなたにとってそれはそれは大変なことだったとおっしゃいましたよね」

カサンドラは、疑わしげな目でカールをじっと見た。

「わたくしがあの馬鹿騒ぎに長いこと付き合っていたと思っていらっしゃるの？　いいえ、わたくしもいいかげん耐えられずに、海岸地方に住むことにしましたわ」

「海岸地方？」

「地中海のコスタ・デル・ソルのフエンヒロラという街です。遊歩道に面したすばらしい屋上テラスがありますの。きれいな街ですわ。フエンヒロラをご存じ、マークさん？」

カールは知っていると答えた。コスタ・デル・ソルは、スペイン南部の地中海に面した一大リゾート地だ。きっと痛風の療養のために行ったのにちがいない。しかしあの街はむしろ、少しばかり資産があって、過去に悪行を犯した者が行くところだ。彼女が同じコスタ・デル・ソルでも富裕層が集まるマルベーリャという街に行っていたというなら、もっと納得がいった。

「こちらのお宅に、キミーの持ち物だったものがまだ何か残っていませんか？」と、カールは言った。

その瞬間、カサンドラは口を閉ざした。黙ってそこに座り、静かにグラスの酒を飲み干している。グラスが空っぽになったとき、カサンドラの頭の中も空っぽになっていた。

「奥様を少し休ませてあげてください」家政婦が言った。目立たぬようにずっと様子を見ていたのだ。

カールは片手を挙げて、家政婦に、ちょっと待ってください、と合図した。何かがひっかかったのだ。

「ラスンさん。キミーの部屋を見せていただけませんでしょうか？　彼女が出て行った当時のままだと聞きました」

これはまったくの口から出まかせだった。抜け目のない刑事が自分の引き出しの中に持っている方便のひとつだ。「ためしに言ってみる価値はある」というわけだ。「――だと聞きました」と、手がかりが少ないときに言ってみれば、何かをつかめることがあるのだ。

家政婦は二分間カールを待たせて、この家の女主人を寝かせるために金色のベッドに連れて行った。その間、カールはあたりを見回した。キミーはここで子ども時代を過ごしたのだろうか。子どもが過ごすにはまったく不向きな邸宅だった。遊べるような場所がまったくないばかりか、ものが多すぎる。日本製や中国製の花瓶がたくさん置かれている。子どもが動き回ったら割れることを覚悟して、多額の保険金を掛けておいたほうがいいだろう。安らぐ場所にはほど遠い雰囲気だが、きっと何年もこの状態が続いてきたのにちがいない。子どもにとってはただの牢獄でしかないな、とカールは思った。

「実は」三階への階段を上りながら家政婦が言った。「カサンドラはここに住んでいるだけで、この家の所有者はキミーです。だから三階はいまだにキミーがいたときのままなのです」

つまりカサンドラ・ラスンは、キミーの慈悲のおかげでこの邸宅に住んでいるのだ。もしもキミーが路上生活をやめて家に戻ってくることになったら、カサンドラもそのことを自覚するのだろう。なんという運命のいたずらだ！　路上生活をしている裕福な女性と、家を守る貧しい女性。だからカサンドラは有名人や富裕層が訪れるマルベーリャではなく、手頃なフエンヒロラに行っていたのだ。マルベーリャに行きたくても、カサンドラの経済力では無理なのだろう。

「たいへん散らかっています。気をつけてくださいね」家政婦は言って、ドアを押し開けた。

「それでも、そのままにしてあります。お嬢さまが戻ってきて、カサンドラが部屋のものを勝手に触ったなどと言わないように。そのとおりだと思います」

今のご時世に、どこを探したらこれほど誠実に主人に仕える家政婦が見つかるのだろうか。外国から来たわけではなさそうだ。

「キミーをご存じですか？」

「いえいえ、まったく。一九九五年には、私はまだこちらで働いていませんから！」家政婦は笑った。

しかし彼女の様子を見ていると、もっと長いこと働いていたとしてもおかしくなかった。


キミーの部屋は、まるで隔離されたマンションだった。二部屋ぐらいはあるかもしれないと思っていたが、そこはパリのカルチエ・ラタンに見られる屋根裏住宅のようだった。バルコニーまでついている。斜めになった壁には明かり取り用の屋根窓があり、その小さな窓は汚れていたが、全体的にはとても趣味がよかった。これを散らかっていると言うなら、イェスパの部屋を見たら卒倒するだろう。

少し汚れたタオルが落ちているくらいだ。ここにかつて若い女性が住んでいたことを示すようなものは何もない。机の上に紙一枚なく、テレビの前のサイドテーブルにも何も置かれていなかった。

「どうぞ見てください。でもまずは、あなたの身分を証明するものを見せてくださいませんか？　マークさん。普通はそうするものでしょう？」

カールはポケットをまさぐった。この生真面目そうなおデブは、案外しっかりしている。カールはようやく、何百年も前からポケットに入れて持ち歩いていたのかと思うほどよれよれになった名刺を見つけた。

「あいにく、バッジは警察署に置いてきてしまいました。申し訳ない。私は特捜部の部長で、あまり外に出て捜査するということがないのです。でも名刺がありました。どうぞ。これで私が誰だかわかるでしょう」

彼女はまるで偽造を見抜こうとしているかのように、名刺を触り、そこに記されている住所と電話番号をじっと見た。そして「ちょっとお待ちください」と言って、書き物机の上の電話の受話器をとった。

彼女は電話に出た相手にシャロデ・ニルスンと自己紹介し、カール・マークという名の警部補はいるかと尋ねた。それからしばらく待った。どうやら内線につないでもらったようだ。彼女は先ほどの質問を繰り返し、カール・マークなる人物の特徴を教えてもらったようだ。というのも、彼女は少し笑ってカールを見てから、ほほえみながら受話器を置いたのだ。いったい何がそんなにおかしいんだ？　おそらくローセが電話口に出たのにちがいない。

家政婦は、なぜそんなに笑ったのかを説明することもなく、部屋を出て行った。カールは頭の中が疑問符だらけになったまま、キミーの部屋に残された。

カールは部屋中を何度も調べた。家政婦も、何度もドアからのぞき込んだ。彼女はカールを見張ることにしたようだ。だが、カールがあちこち引っかき回したり、何かをこっそり上着のポケットにしまったりすることはなかった。

　まったく収穫がなさそうだった。キミーは自分の部屋から大急ぎで出て行ったが、出て行く前に、友人たちに見られたくないものはすべて、下のゴミバケツに入れたにちがいない。バルコニーから、ゴミバケツが玄関の舗装された車寄せに置いてあるのが見えた。

　服についても同じだった。ベッドの脇に置かれた椅子の上に服が置いてあったが、下着はなかった。部屋の隅には靴が何足かあったが、汚れた靴下はない。どうやら彼女は、誰に見られても大丈夫なものは何かをよく考えたようだ。

　普通は壁にどんなものを飾っているかで、その人の趣味や考え方について多くのことがわかるものだ。だが壁には何もなかった。大理石でできた小ぶりのバスルームには、歯ブラシすらもなかった。棚には生理用品もなく、ゴミ箱に綿棒すら残っていない。トイレの便器には汚れひとつなく、洗面台の流しには歯磨き粉のわずかな残りもなかった。

　キミーはこの場所を、病院並みに清潔にして出て行ったのだ。ひとりの女性がここで生活していたことは明らかだ。この部屋の主が救世軍の合唱隊員だったか、甲高い声の上流階級のご婦人だったかしても、だれも不思議には思わないだろう。

　カールはベッドのシーツを少し持ち上げて、キミーのにおいをかごうと試みた。下敷きの下に隠れていたメモ用紙を見たが、何も書かれていなかった。空《から》のくずかごの底を探り、キッチンの引き出しの隅々を見て、家具の後ろにまで頭を突っ込んだが、何もなかった。

「もうすぐ日が暮れますよ」家政婦はそう言った。警察官の仕事をしたいのならば、別の場所を探すべきだとでも言いたげな口調だった。

「この上のどこかに屋根裏部屋はありますか？」期待を込めてカールは尋ねた。「ここからは見えない天窓や階段は？」

「ありませんよ。ここにあるものだけです」

カールは上を見た。また、はずれか。

「もうひと回りします」とカールは言った。

それからカーペットをすべてめくり、床下収納庫がないことを確認した。キッチンの壁に貼られていたハーブのポスターをたるませて、壁に穴がないかどうかも見てみた。家具やクローゼットの底、キッチンの棚の底をトントンと叩いてみた。何もなかった。

カールは首を横に振って、自嘲気味に笑った。どうして、こんなところに何かがあるなんて思ったのだろうか。

カールはキミーの部屋を出てドアを閉めると、しばらく階段の踊り場で立ちつくしていた。踊り場に何か興味深いものがあるかもしれないと思ったからだが、やはり何もなかった。それでも、何かを見過ごしているような感覚がどうしても抜けない。それが腹立たしかった。

そのとき携帯電話の着信音がなり、カールは現実に引き戻された。

「マークスだ」という声が聞こえた。「なぜ自分のオフィスにいない？　それに、地下でいったい何をやらせているんだ？　地下の廊下中に机があふれかえっているぞ。何台あるのかわからないほどだ。君の仕事部屋のあちこちに黄色いメモが貼ってあるし。どこにいるんだ、カール？　明日ノルウェーからお客さんが来ることを忘れているのか！」

「しまった！」カールは少し大きめの声で言った。そう、彼はそのことを考えないようにしていたのだ。

「いいか？」と、電話から聞こえた。上司のこの「いいか？」を今まで何度聞いたことだろう。

「警察署に向かっているところです」そう言って、カールは時計を見た。もう四時を過ぎていた。

「今から？　いいや、もう何もしなくていい」ヤコプスンの口調は有無を言わさぬ迫力があった。「明日のお客さんには私が対応する。地下のこんな混乱状態は絶対に見せられないからな」

「何時に来るんですか？」

「十時だ。だがもうそのことは考えなくていい。私が対応するから、君は何か質問されたときだけ答えればそれでいい」

マークス・ヤコプスンが手荒く受話器を置いたあと、カールはしばらく手に持っている携帯電話を眺めていた。ノルウェーからの客の相手をこんなにうまく切り抜けられるとは。相手をしなくていい？　上司がこの件を引き受けるって？　これまでには考えられなかったことだ！

カールはぶつぶつとひとり言を言いながら、天窓の採光を眺めた。まだ陽光が差し込んでいる。どっちみち、ここでの仕事は終了だが、家に帰る気にもなれなかった。

頭の中はまだ、モーデンの肉の煮込み料理が待ち受ける家に帰れる状態ではなかったのだ。

カールは、建物の影が窓枠にくっきり映る様子を見ていた。同時に、自分が難しい顔をしていたために額に深いしわが刻まれているのに気がついた。

この年代に建てられた家の場合、屋根裏部屋の斜めの壁に取り付けられた窓枠の深さはたいてい三十センチくらいだ。だがこの家の窓枠は、もっと深かった。少なくとも五十センチはある。あとから断熱材を付け足したのだろう。

カールは上を仰ぎ見た。すると、天井と傾斜した壁が接するところに、細いひび割れが見つかった。部屋中に伸びるそのひび割れをたどると、一周してまた元の場所に戻った。そう、この壁の傾斜部分には、何かを足してあるのだ。はじめからこれだけ断熱効果の高い壁があったわけではない。少なくとも、あとから十五センチは断熱材が加えられ、さらに石膏ボードが取り付けられたのだろう。熟練の左官職人による仕事でも、このようなひび割れは、ある程度の年月が経つとどうしても入ってしまうものだ。

カールは振り返り、もう一度部屋のドアを開けた。そしてまっすぐ壁のほうに向かい、傾斜している壁をすべて調べた。そこにも、廊下と同じひび割れがあった。それ以外は、特に変わったことはない。

壁のどこかに空洞があるように思えたが、そこに何かを隠すのは無理だろう。少なくとも、部屋の内側からは。

少なくとも、部屋の内側からは――カールはバルコニーに続くドアを見た。ドアノブをつかみ、ドアを開けてバルコニーに出た。傾いた屋根の瓦は絵のように美しい色合いだった。

カールは屋根瓦をひとつずつ見ながら、「長い年月が経っていることを考えろ」とひとり言を言った。ここは家の北側だ。苔《こけ》が雨水からあらゆる養分を吸い取り、演劇の舞台装置のように屋根のほぼ全体を覆っている。カールは体の向きを変えて、ドアの向こう側の瓦を見た。すると、ほかの瓦とは何かが違う瓦が目に入ってきた。

瓦はどれも規則正しく並んでいて、そこにも苔がついていた。しかし一枚だけ、ほかとは少しずれた瓦があった。屋根の骨組みに欄干《らんかん》が取り付けられた部分の少し上だ。どの瓦もくぼみがある波形で、一部が互いに重なり合うよう置かれ、屋根の下地材から滑り落ちないように下側が少し持ち上がっている。しかしこの一枚の瓦だけ、滑り落ちてしまいそうに見えたのだ。まるで重なり合ってせり上がっている部分をそぎ落としてあるかのように、ほかの瓦のあいだで一枚だけ、下地材から浮き上がって見えた。

案の定、持ち上げてみると、その瓦は簡単にはずれた。

カールは、ひんやりとした九月の空気を深く吸い込んだ。体全体が何か特別なものを発見することを期待していた。ツタンカーメンの墓を発見した学者も似たような感覚だったにちがいない。というのも、カールの目の前にある瓦の下の岩綿《がんめん》の空洞の中に、透明のビニール袋で包んだ靴箱程度の大きさの箱が見つかったのだ。

カールの脈拍が速くなった。

「見てください、この箱を」

カールは先ほどの家政婦を呼んだ。

家政婦はしぶしぶ前にかがんで、瓦の下を見た。「あら、箱がありますね。なんですか、これは？」

「わかりません。でも、この箱がここにあったという証人にはなってくれますね」

気分を害した様子で、家政婦はカールを見た。「大丈夫です。ちゃんと目はついていますよ」

カールは携帯電話を空洞の中に向けて、何枚も写真を撮った。そして家政婦に画像を見せた。

「この画像は、この空洞の写真だということで間違いありませんか？」

すると家政婦は腰に両手を当てた。どうやら彼女はカールの質問に飽き飽きしてきたようだ。

「私は今からこの箱を取り出して、署に持ち帰ります」

これは質問ではなく、確認だった。これ以上質問を繰り返したら、家政婦は下の階に駆け下り、カサンドラを起こして彼女にも確認してもらおうとしたかもしれない。そうすれば面倒なことになっていただろう。

家政婦はようやく解放された。こんなことで警察の仕事がつとまるのかと首をかしげながら、カールをその場に置いていった。

カールは鑑識を呼ぶかどうか考えた。気が遠くなるような長い時間、立ち入り禁止のテープが貼られることや、白い作業服を着た男たちの姿を想像すると、すぐに結論を出した。鑑識の連中にはほかにも仕事が充分にあるし、何より俺は待てない。

それからカールは手袋をはめ、注意深く箱を取り出し、はずした瓦をまた元の位置に戻した。部屋に入ってから手袋をとり、机の上に置いたビニール袋から箱を取り出してふたを開けてみた。箱は簡単に開いた。

いちばん上には小さなテディベアが入っていた。マッチ箱とさほど変わらない大きさだ。色は明るく、ほとんど黄金色といってもいい。顔と腕の部分の毛皮はすり切れていた。キミーのいちばん大切な友人だったのかもしれない。しかし、誰かほかの人の持ち物だった可能性もある。それからカールは、テディベアの下に敷いてある新聞紙を持ち上げた。**《一九九五年九月二十九日　ベアリングスケ新聞》**と、新聞紙の隅に載っていた。キミーがビャーネ・トゥーヤスンの部屋に引っ越した日だ。それ以外はこの新聞には取り立てて興味深いことはなかった。ただ求人広告が載っているだけだ。

カールは期待を込めて箱の中を見た。キミーの考えていたことや行動を知る手がかりとなる、日記や手紙が出てくることを期待したのだ。しかしカールが見つけたのは、切手やレシートを入れておくような、六つの小さいビニール袋だった。カールは本能的に上着の内ポケットに手を伸ばし、白い木綿の手袋を取り出してビニール袋に指紋をつけないようさっとつかみ、箱から取り出した。

なぜこんなものを念入りに隠しておくのだろう？　――そして、いちばん下にあったふたつの袋を見たときに、その答えがわかった。

「なんてこった！」カールは声に出して言った。

それはトリビアル・パスート・ゲームの二枚のカードだった。一枚ずつ、別々の袋に入れられている。

五分間で気持ちを落ち着けてから、カールは自分の手帳を取り出し、袋がどの順番で入れられていたかを、注意深くメモにとった。

それからその一つひとつを念入りに見た。

ひとつの袋には男性用腕時計。ひとつにはピアス。ひとつにはゴム製のアームバンド、そしてひとつにはハンカチが入っていた。

あとのふたつにはトリビアル・パスート・ゲームのカードが入っている。

カールは唇を嚙んだ。

全部で六つだ。

22

ディトリウは階段を四歩で駆け上がった。

「あいつはどこだ?」と大声で秘書に尋ね、秘書が指し示した方向に突進した。

フランク・ヘルモンは病室にたったひとり横たわっていた。胃を空っぽにされ、二回目の手術を待っているところだ。

ディトリウが部屋に入ると、フランクは軽蔑のまなざしを向けた。

変わったやつだ。ディトリウは、包帯でぐるぐる巻きにされたフランクの顔に視線を移した。俺をこんな目で見るなんて、こいつは何もわかっていないのか? 誰がこいつをさんざん殴り、そのうえ手当をしてやっているのか、わかっていないのか?

結局、ディトリウとテルマで合意をしたはずだ。ヘルモンの顔にあるたくさんの深い切り傷を治療してやるだけでなく、顔のリフティングまで行なって、首と胸のあたりを引きしめる。脂肪吸引もだ。熟練の腕による整形外科手術をしてやろうというのだ。さらに、ディトリウは、フランクに妻と金を引き渡す。ディトリウに感謝しろとまでは言わないが、約束を守ることと、少しは謙虚になることぐらい、こっちから要求してもいいだろう。

それなのに、フランクは約束を守らず、看護師たちに秘密をもらした。いくら意識がもうろうとしていたとはいえ、言ってしまったことは取り返しがつかない。これはディトリウ・プラムとウルレク・デュブル・イェンスンのしわざだと。

ディトリウは挨拶を省《はぶ》いて、いきなり切り出した。この様子なら、こちらの話はきちんと理解できるだろう。

「麻酔にかかっている人間を、誰にも気づかれずに殺すのがどれだけたやすいか、知っているかね？　知らなかったか？　まあいい。次のオペがあるんだったよな、フランク。麻酔医の手が震えて投与する量を間違えないよう祈るばかりだ。とにかく、医者たちに給料を払っているのはこの俺で、医者たちは指示されたとおりに仕事をするだけだ。どういうことかわかるだろう？」

ディトリウはフランク・ヘルモンを指差していった。「念を押しておく。これで取引は成立だ。手当をしてやったかわりに約束を守るんだ。口を閉ざしておくことだ。さもないと、あんたの体が、もっと若くて優れた人間のために使われることになる。そんなの嫌だろう？」

これだけ言っておけばもう大丈夫だろう。ディトリウは点滴の瓶を軽くつついた。「俺は根に持つタイプじゃない。あんたもさっさと忘れることだ。わかったな？」

部屋を出る前に、ディトリウはベッドの枠を強くひと蹴りした。これで効き目がなかったら、この負け犬がどうなろうと、自業自得だ。

ディトリウは、廊下を歩いていた雑用係が立ち止まるほど力を込めて、ドアを閉めた。そのあとに雑用係がヘルモンの様子を見に行ったほどだ。

それからディトリウは、洗濯室の奥に直行した。ヘルモンのせいでわき上がってきた体の興奮を鎮めるには、言葉で感情を爆発させるだけでは足りなかった。

ディトリウが新しく選んだのは、女性の貞操観念が強いというフィリピンのミンダナオ島から来た若い女だ。この女を試すのは初めてだった。ディトリウ好みのタイプで、とても気に入った。つつしみ深く、なかなか目を合わせようとしない。そんな女の体にも簡単に触れられるということが、ディトリウを燃え立たせた。

「ヘルモンの件は片付けた」病院を出たあと、ディトリウはウルレクに会って伝えた。車のハンドルを握るウルレクがほっとしているのが目に見えてわかった。

窓の外に目をやると、前方に少しずつ森が見えてきた。ディトリウもやっと気持ちが落ち着いてきた。予想外の出来事が続いた一週間だったが、最後はなんとか丸く収まった。

「警察のほうはどうなったんだ？」ウルレクが尋ねた。

「警察も大丈夫だ。あのマークとかいう刑事は例の事件から手を引くことになったからな」

トーステンの別荘に到着したふたりは、門の五百メートル手前で車を停め、顔を防犯カメラに向けた。十秒後、モミの木に囲まれた門が開いた。

敷地内に入ると、ディトリウは携帯からトーステンに電話した。「今、どこにいる？」電話に出たトーステンにディトリウは尋ねた。

「納屋まで来てそこに駐車してくれ。俺は動物管理棟にいるから」トーステンは指示した。

「あいつは〝動物園〟にいるってさ」ウルレクはすでに、気分が高揚していた。これから始まるのは、狩りという儀式のもっとも重要な部分で、トーステンが何より情熱を注いでいることなのだ。

ディトリウもウルレクもこれまで何度か、トーステン・フローリンが半裸のモデルたちのまわりを歩き回っているのを見かけたことがある。輝くスポットライトの中で、有名人に囲まれて賞賛されているトーステンも見たことがあった。だが、狩りの前に動物を保管している場所にみんなが集まってきたときのトーステンが、いちばん嬉しそうだった。

次の狩りは平日に行なわれる予定だ。いつかはまだわからないが、来週であることは確かだ。今回の参加者はすべて、以前の狩りで戦利品を持ち帰ったことのある強者だった。彼らと同類の信頼できる者たちだ。

ウルレクが四輪駆動のランドローバーを駐車させると、そこに、血だらけのエプロンをつけたトーステンが現われた。

「絶妙のタイミングでやって来たな」トーステンは言って、満面の笑みを浮かべた。たった今、動物を殺したところなのだ。

仲間たちが前回ここに集まったあとで、トーステンは動物管理棟を増築したようだ。ガラス面を増やし、内部がずっと明るくなった。ラトビアとブルガリアから四十人の労働者を雇ったらしい。この〈ドゥーウホルト館〉は、トーステンが十五年前に思い描いた施設に似たものになりつつあった。トーステンは当時、弱冠二十四歳にして、初めて数百万クローネを銀行口座に持つようになった。

ここには、動物が入った檻がおよそ五百あった。どれもみな、ハロゲンランプで照らされている。

子どもたちがトーステン・フローリンのこの〝動物園〟に遊びにきたら、ここは間違いなく、普通の動物園よりもバラエティーに富んでいると思うだろう。動物と普通に接したことしかない大人が、ここに来たら、ショックを受けるだろう。

「これを見てくれ」トーステンが楽しそうに言った。「コモドオオトカゲだ」

ディトリウにはトーステンの気持ちが手にとるようにわかった。ありきたりの獲物ではない。危険きわまりなく、そのうえ、絶滅が危惧されている保護対象の猛獣なのだ。

「雪が積もったら、サクセンホルトの敷地に持って行こう。あそこなら見通しがきく。こいつは身を隠すのが上手だからな。どんなことになるか想像できるか？」トーステンが言った。

「こいつの毒は、噛み傷から回るらしいぞ。しかも、どんな動物よりも毒が強いそうだ」ディトリウが言った。

「ということは、こいつが噛みついてくる前に一発で仕留めなければならないってことだな」そう言って、トーステンは身震いした。そう、彼が用意したのは、選《え》りすぐりの獲物だったのだ。いったいどうやって手に入れたのだろう？

「それで、次回はどんな動物を狩るんだ？」ウルレクが興味津々《しんしん》で尋ねた。

トーステンは軽く肩をすくめた。もうアイデアはあるが、それがなんなのかは自分で考えろということだ。

「あっちの動物から選ぶつもりだ」トーステンはそう言って、ハムスターやネズミなど大きな目をした小動物が入っている、おびただしい数の檻のさらに向こうを指し示した。

檻が並ぶホールの中は、まるで病院のように清潔だった。おおぜいの黒人の労働者たちが、数多くの動物が出す排泄物がひどい悪臭を放たないようにするため働いていた。家族を連れてソマリアからやって来た労働者たちが、トーステンが所有する敷地内に住み、このホールの床を掃き、餌を用意し、ほこりを払い、掃除をしていた。だが客が来ているときには、まったく姿を現わさない。客人との接触は禁じられているのだ。

いちばん奥には、背の高い檻が六つ隣り合わせに置かれていた。中にうずくまっている動物のシルエットだけが見えている。

最初にふたつの檻をのぞきこんで、ディトリウは微笑んだ。ひとつめの檻の中にいるのは、均整のとれた体格のチンパンジーだった。チンパンジーは、隣の檻にいる野生のディンゴをこのうえなく凶暴な目つきで見ている。ディンゴは、尻尾を両脚のあいだに巻き込み、檻の中で震えている。むき出しになった歯のあいだからよだれが滴っていた。

トーステンの創意は、常識をはるかに超えていた。動物保護団体がここを視察するようなことになれば、間違いなくトーステンには懲役刑と数百万クローネの罰金が科せられるだろう。そうなれば、トーステンの王国は一夜にして崩壊する。ためらいもなく毛皮のコートを着るような女性たちでも、チンパンジーがディンゴを見て驚いている姿や、パニックを起こして叫びながらデンマークの広葉樹林を逃げ回る姿を目撃したら、口をそろえて非難するだろう。

残りの四つの檻には、平凡な動物が入れられていた。大型犬のグレート・デーン、雄ヤギ、それにアナグマとキツネが一匹ずつだ。みんな、藁の上に横たわり、ディトリウたちに運命を委ねているかのようにこちらを見ている。だが、キツネだけは檻の隅で震えていた。

「こんなありきたりな動物を獲物にしてどうするんだと思ってるんだろう？　まあ、聞いてくれよ」トーステンはエプロンのポケットに手を入れて、グレート・デーンのほうに目をやった。「あの犬は血統が優れているんだ。百年前の祖先までさかのぼることができるぐらいにな。あいつには二十万クローネもかかったんだぞ。こいつはぞっとするほど病的な目をしている。こんな恐ろしい遺伝子はこれ以上受け継がれてはならないのさ」

ウルレクは笑った。

「そしてこっちも、特別な動物だ」トーステンは二番目の檻をあごで示した。「俺の崇拝する弁護士、ルードルフ・サンは六十五年間も、狩りで仕留めた獲物を几帳面に記録にとっていた。おまえたちも知っているよな。ルードルフはまさしく伝説的な〝殺し屋〟だった」物思いにふけりながら、トーステンは檻の格子をコツコツと叩いた。すると雄ヤギは頭を垂れたまま、角を向けながら威嚇《いかく》するようにあとずさりした。「ルードルフはなんと五万三千二百七十六匹もの野生動物を仕留めた。そしてここにいるようなヤギが、彼のもっとも重要で大きな獲物になった。こいつはマーコールというヤギの雄だ。パキスタン・マーコールと呼ばれている。サンは二十年ものあいだ、アフガニスタンの山地でこのヤギを追いかけていた。ついに百二十五日目に、年寄りだが力強いマーコールを仕留めたんだ。その体験はインターネットでも読むことができる。あれは読む価値があるぞ。ルードルフと肩を並べるほどの人物はまずいないな」

「それでこいつが、マーコールというヤギなのか?」微笑んだウルレクの顔は、欲望に満ちていて邪悪だった。

トーステンはもう悦に入っているようだ。「そうだ。すごいだろ? しかも、ルードルフ・サンが仕留めたヤギよりたった二キロ半軽いだけだ。アフガニスタンにコネがあるから手に入れられたんだ。まったく、戦争バンザイってとこさ」

どっと笑いが起きた。それから三人はアナグマの檻に近寄った。

「そう、こいつは数年間、この敷地の南に住んでいた。最近、落とし穴に近寄りすぎたんだ。このすばしっこい生き物には、かなり思い入れがある。それは知っておいてくれ」

つまり、こいつを撃ってはいけないということだな、とディトリウは思った。トーステンがいつか自分で仕留めたいのだ。

「次にこいつだが、動物寓話に出てきそうな悪賢いライネケギツネだ。こいつの何が特別か、わかるか?」

しばらくのあいだ、ディトリウとウルレクは、震えるキツネを観察した。キツネは怖がりながらも、彼らのほうに頭を向けていた。

だが、ウルレクが近づいたとたん、キツネは素早く動き、ウルレクの靴のつま先に噛みついた。このときになってようやくディトリウもウルレクも、キツネの口のまわりについた泡や目の中の狂気に気づいた。数々の獲物がこの生き物の爪で命を奪われてきたのだろう。

「おいおい、トーステン、こいつはすごいぜ。こいつだろ? 俺たちの次の狩りの獲物は。そうだな? このすばしっこい狂犬病にかかったキツネを狩り場に放つんだな!」ウルレクは大きな声で笑った。なぜだかディトリウは、遅れをとらぬよう何か言わなければならない気がした。「森の中を知りつくしている生き物だな。そのうえ狂犬病とはな。トーステン、おまえが狩りの仲間たちにキツネのことを話す瞬間が待ち遠しくてたまらないぜ」

ディトリウがそう言うと、三人とも笑った。その笑い声に刺激されて、暗い檻の隅に潜む動物たちの、荒い鼻息とうなり声が建物じゅうにこだました。

「丈夫な靴を履いていてよかったな、ウルレク」ディトリウは言って、ウルレクが履いている、アメリカの老舗《しにせ》ウルヴァリンのブーツを指差した。ブーツのつま先には、くっきりとキツネの歯形がついている。

「そうでなかったら、今ごろヒレレズ町の病院までドライブしなきゃならなかったところだ。けがの理由を、なんて説明するんだ?」

「まだある」トーステンはそう言って、ふたりをホールの中でもっとも照明が明るい場所に連れて行った。「見てみろ」

トーステンが指差した先にあるのは射撃練習室だった。動物管理棟の増築部分だ。高さ約二メートル、奥行きが五十メートルはあろうかというパイプのような空間だった。一メートルおきにくっきりと印がつけられている。そして的《まと》が三つあった。ひとつは弓矢の的で、ひとつは銃の的、もうひとつは鋼鉄で強化した大口径の弾丸を受けるボックスだ。

ディトリウとウルレクはすっかり感心しながら、的が取り付けられた壁を眺めた。厚さが少なくとも四十センチはある遮音壁だ。外を歩いている誰かに射撃の音が聞こえたとしても、コウモリだとしか思わないだろう。

「まわりにはぐるりと空気噴射管が通してあって、管の中でさまざまな強さの風をシミュレーションできるようになっているんだ」トーステンはそう言ってボタンをひとつ押した。

「この風の強さなら、弓を放ったときに二、三パーセント、コースがずれる。表も用意してある」トーステンは壁に取り付けられた小型のコンピュータを指差した。「これを使って、ありとあらゆる武器、ありとあらゆる強さの風をシミュレーションし、計算できるってわけさ」そう説明すると、トーステンは安全室に入った。

「だがまずは、実際に撃ってみなくてはな。この設備を森に持って行ったって意味がないからな！」そう言ってトーステンは笑った。

ウルレクも中に入った。人工の風の中でも、ウルレクの太い髪は一ミリもたなびかなかった。トーステンの髪は風の強さを測る役に立っていた。

「しかしここからが本題だ」トーステンは話を続けた。「俺たちは狂犬病のキツネを森に放つ。おまえたちも見たように、あいつはとてつもなく凶暴だ。だから勢子《せこ》たちは、ものの付け根まで防弾プロテクターをつけた装備をしておかなくてはならないな」トーステンはそう言いながら、両手でプロテクターを付ける体の部位を示した。「今回は、いわば、俺たちハンター自身が狩り場に放たれるようなもんだ。もちろんワクチンを用意させておくがね。ただし、あのキツネが荒れ狂って誰かに嚙みついたら、傷は皮膚だけでなく肉まで達して、そいつは命を落とす危険がある。大腿部の動脈がずたずたにでもされたらどんなことになるか、わかるだろう」

「それを、参加者にはいつ話すんだ？」ウルレクの声は喜びに震えていた。

「狩りを始める直前だ。しかし、大事なのはここからさ。これを見てくれ」

トーステンは、背後の藁の束の中から武器を取り出した。ディトリウはひと目見て魅了された。クロスボウだ！　望遠照準器までついている。デンマークでは、一九八九年の武器法で厳しく禁止されている武器だ。命中度が高く、殺傷力も高い。これを扱いたかったら、忘れてはならないことがある。一発撃ったら装塡に時間がかかるということだ。つまり、それだけ危険が大きくなる。それこそ、彼らが求めていることだった。

「このクロスボウはリレイヤーY25だ。エクスカリバーの今春の記念モデルだ。生産数は限定千梃。そのうちの二梃がこれだ！　これ以上のものはないだろう？」トーステンは隠してあった二梃目のクロスボウを取り出し、ディトリウとウルレクに一梃ずつ渡した。

ディトリウは腕を伸ばして受け取ったが、それは雲のように軽かった。

「一梃ずつこの国に持ち込んで組み立てたばかりだ。一梃は運送中に紛失したかと思ったが、昨日やっと見つかったんだ」そう言ってトーステンは笑った。「一年もかけて運ばれてきたんだぜ！　どうだ？」

ウルレクはクロスボウの弦を弾《はじ》いた。ハープのような鋭く澄んだ音だ。

「牽引力は二百ポンドと言われているが、俺はもっといけると思っている。2219の矢を使えば、大きな動物ですら、八十メートルの距離から撃たれただけで生きていられないだろう。まだある。見てくれ」

トーステンはクロスボウを手に取り、床に鐙《あぶみ》を置いて靴で踏んだ。それから強く弦を引っぱり、ぴんと張ってから放した。すでに何度もこの動作を繰り返したにちがいない。ディトリウたちにはそれがわかった。

そしてトーステンは弓の下部に装備された矢筒から矢を一本取り出し、注意深く弦に当てて引いた。長くしなやかで、静かな動きとは対照的に、数秒後には、四十メートル離れた標的に向けて放たれた矢の爆発的な威力が証明された。

ディトリウもウルレクも、トーステンの矢が命中するだろうとは思っていた。だが、矢があれほど大きな弧を描き、その矢が的《まと》に穴を開けて完全に突き抜け、的が落ちてしまうとは、予想できなかった。

「キツネを狙うときは、キツネよりも高い場所から撃つように気をつけてくれ。キツネに命中しても、矢が突き抜けて勢子《せこ》に当たる可能性がある！　キツネの肩甲骨に命中すれば矢が突き抜けることはないが、それもできるだけ避けてくれ。それではキツネは死なないからだ」

トーステンはふたりに一枚のメモを渡した。

「このウェブサイトを見れば、クロスボウの組み立て方と使用法についての情報が載っている。動画も参考になるぞ」

メモには、ホームページのアドレスが書かれていた。

「どうして、俺たちが？」ディトリウは尋ねた。

「おまえたちが、くじ引きで当たりを引くことになるからさ」

23

カールが地下室に戻ると、唯一組み立てが終わった机が一台、置かれていた。机の脚はぐらついている。その横ではローセが膝をついたまま、プラスドライバーに悪態をついていた。張りのある尻だ、とカールは思いながら、無言のまま大股でローセの向こう側へ行った。

その机の上には黄色い付箋が少なくとも二十枚は貼られていた。どの紙にもアサドのくせのあるブロック体の字が躍っている。そのうちの五枚は、マークス・ヤコプスンからの電話の件だった。カールはその五枚を即座に丸めて捨てた。残りの付箋はズボンの後ろのポケットに突っ込んだ。それからアサドのひどく蒸し暑い部屋をのぞいてみた。床の上にあった祈禱用の膝敷きと、デスクチェアがない。

「アサドはどこだ?」カールはローセに尋ねた。

ローセは面倒臭そうに、カールの背後を指差した。

カールのオフィスの中を見ると、そこにアサドが座り、熱心に何かを読んでいた。両脚は、書類がうずたかく積まれた机の上に載せられている。頭のヘッドフォンからは音楽が漏れ、アサドはその拍子に合わせて熱心に首を振っていた。カールが〝カテゴリーI〟と呼ぶ書類の束の上には、湯気が立ち上る紅茶のカップが置かれていた。〝カテゴリーI〟とは加害者がいない事件を指す。アサドは、とても仕事をしているようには見えなかった。

「いったいぜんたい、ここで何をしている？」

アサドは驚いて飛び上がり、あやつり人形のように手足をばたばたさせた。すると書類が舞い上がり、紅茶のカップの中身が机の上にこぼれた。

アサドはあたふたと机の上に覆いかぶさるようにして、自分のセーターの袖でこぼれた紅茶を拭いた。カールがアサドの肩に手を置くと、びっくりしていた表情が、ようやくいつもの見慣れた茶目っ気のある微笑みに変わった。その顔は、すみません、でも私のせいじゃありません。それに、面白い話があるんですよ、と語っていた。

「こんなところに座っていてすみません。でもあっちの部屋にいたら、ずっとあれを聞かされるものですから」

アサドは親指で廊下を指し示した。ローセののしり声が、何キロメートルもある配水管から聞こえてくるかのように絶え間なく廊下に響いていた。

「アサド、机の組み立てを手伝ってやれと言っただろ？」

アサドはカールをなだめようとするかのように、自分の唇に人差し指をあてた。「彼女はひとりでやりたいんです。私だって手伝おうとしましたよ」

「こっちへ来てくれ、ローセ」とカールは呼び、紅茶がもっとも多く染みこんだ書類の山を、床の片隅にどすんと置いた。

ローセはしぶしぶ立ち上がると、こちらにやって来るなり、渋い顔でふたりを見た。指の関節が白くなるほどプラスドライバーをしっかりと握りしめている。

「ローセ、十分間待っててやるから、俺のオフィスに君の椅子を置く場所をつくるんだ」と、カールは言った。「それからアサド、椅子を出すのを手伝ってやれ」


助手のふたりはまるで小学生のように神妙な顔でカールの前に座った。椅子の脚は緑色のスチール製で、まったくカールの趣味ではなかったが、まあ、それぐらいは問題ないだろう。そのうち慣れるにちがいない。

カールは、オアドロプのキミーの実家で見つけたものについて手短に報告した。そして実際に、その箱のふたを開けてふたりに見せた。

ローセはたいして興味がないようだった。一方のアサドは、驚きでいまにも目が顔から落ちてしまいそうだ。

「この二枚のトリビアル・パスートのカードに、ラアヴィー事件の被害者の指紋が残っているかどうかを確かめる必要がある。残っていたら、あの事件の被害者の指紋が、カード以外のものにもついている可能性があるぞ」

カールは、今の話をローセとアサドが理解するまでしばらく待った。

それから小さいテディベアと、六つのビニール袋をふたりの前に置いた。中身は、ハンカチ、腕時計、ピアス、ゴム製のアームバンド、そして一枚ずつ別々に入れられたトリビアル

・パスートのカードだ。

まあ、かわいいぬいぐるみだこと！　とローセの目が語っていた。それ以外に何か言うことがある？

「この透明の袋に、何か注目すべき点は？」カールは質問した。

「トリビアル・パスートのカードが入った袋がふたつあるということです」ローセがためわずに答えた。ローセも一応は、本題がなんなのかはわかっているのだ。カールにはそれが意外だった。

「そのとおりだ、ローセ。つまり、どういうことだ？」

「はい、つまり論理的に考えれば、ひとつの袋がひとりの人物を表わしているということですね」アサドが答えた。「そうでなければ二枚のトリビアル・パスートのカードはひとつの袋にまとめて入っているはずじゃありませんか。ラアヴィー殺人事件では、被害者がふたりいます。だからふたつのビニール袋です」アサドは話しながら、両手を大きく広げて、満面の笑みを浮かべた。「つまり、ひとりにつき、袋がひとつなんです」

「そのとおり」カールが言った。アサドは頼りになるな。

このとき、ローセが手の平を合わせて、ゆっくりと口元に持って行った。何かに気づいたのか、ショックでも受けたのか。

「それって、六人殺されたってこと？」ローセは言った。

カールは思わず机を叩いた。「六件の殺人、そういうことだ！」と大きな声で言った。このとき、三人とも同じことを考えていた。

ローセはかわいいテディベアをじっと見た。どうもこのぬいぐるみだけが、ほかのものと結びつかない。

「そう、こいつだけは、間違いなく別の意味がある。箱への入れ方も、ほかのものとは別だった」

三人は、無言でテディベアを見つめた。

「これらのものすべてが殺人と関係しているかどうかはわからない。だが、その可能性はある」そう言いながら、カールは机の上に手を伸ばした。「アサド、ヨハン・ヤコプスンがつくったリストを取ってくれ。おまえの後ろにあるボードにぶら下げてある」

カールは、リストを机の上に並べた。そして、ヨハン・ヤコプスンがメモしていた二十件の襲撃事件を指で示した。

「これらの襲撃事件がラアヴィー事件と関係しているとは言い切れない。そもそも、ここに挙げられた襲撃事件も互いに関連はないかもしれない。だが、綿密に見ていけば、何か見つかる可能性もある。ここにあるものと、これらの事件のうちのひとつだけでも関連を見つけられれば充分だ。だから、寄宿学校生たちが関係している可能性のある事件を見つけるんだ。見つけたら、大きく前進できる。ローセ、やってくれるか？」

ローセは手を下ろした。急に突然機嫌が悪くなる。

「カール、あの、あなたの指示はすごくわかりにくくて混乱します。この前は、あなたとほとんど言葉を交わしちゃいけないって言ってたのに、もうどっぷりいっしょに仕事をすることになってるじゃないですか。それに、机を組み立てろって言ったり、違うことをしろって言ったり。いったいどうすればいいんです？　十分後にはまた違うことを言い出すんじゃないんでしょうね」

「おいおい、ローセ。机を組み立てるのは、君の仕事だ。君が注文したんだろ？」

「ふたりも男性がいるのに、私ひとりにやらせるなんて、ありえません」

ここで、アサドが割って入った。「あのう、私は手伝うって言いましたよね。聞いてなかったんですか？」

しかし、ローセは嚙みついてくる。「そもそもこの机の骨組みで、どれだけ痛い思いをしているかわかります？　しょっちゅう手をはさまれるんですよ」

「注文したのは君だ。明日には全部廊下に並べておくように。きちんと組み立てた状態でだ！　ノルウェーから見学のお客さんがおでましになる。忘れたのか？」

ローセは頭をのけぞらせた。「またですか？　ノルウェーからのお客さん、そればっかりじゃないですか」ローセはあたりを見回した。「ノルウェーからお客さんが来ようが来まいが、ここはまるでがらくた倉庫です。それにアサドの部屋を見たら、どっちみちショックを受けるのでは？」

「それなら、何か対処するんだな、ローセ」

「ちょっと待ってください！　なんで、私が対処するんです？　仕事が山積みなのに？　どうしろっていうんです？　なんなら、夜勤のタイムテーブルでもつくりましょうか？」

カールは首を右に倒して筋を伸ばし、また反対側にも伸ばしながら考えた。ああ、それもありだな。

「まあ、夜勤まで行かなくても、みんなで早朝五時に出勤することもできるな」カールは答えた。

「五時！　そんな馬鹿な。だいたい、あなたはもう若くないんですし」ローセは文句を言った。その間カールは、シティ署の職員たちが、このいけすかない女と一週間以上仕事するのにどうやって耐えられたのかをききに行こうか、と真剣に考えていた。

「ねえ、ローセ」アサドはふたりを落ち着かせようとあいだに入った。「これはつまり、事態がどんどん前に進んでいるってことですよ」

ローセは椅子から飛び上がって嚙みついた。「アサド、あなたまで割り込んできて、喧嘩の邪魔をするつもり？　それに、すぐにいい子ぶるの、やめてくれないかしら」

ローセはカールのほうを見た。そして「この人」と言ってアサドを指差す。「この人に机を組み立ててもらってもいいですよ。そうすれば私はほかのことに取りかかれますからね。明日は早朝六時に出勤します。それより前はバスが走っていませんので」

そう言うとローセは、カールの手からテディベアを取り上げて、カールの胸ポケットに押し込んだ。

「そしてあなたはこのテディの持ち主を探してください。いいですね？」

ローセが憤然とカールのオフィスから出て行くと、カールとアサドは机の上を見た。

「私たちは、そうすると……」とアサドは言って、「そうすると」のあとに、わざと間をあけた。「そうすると、この事件を公式にまた捜査するということですか、カール？」

「いいや、まだだ。明日まで待ってくれ」カールは束になった黄色いメモ用紙を取り出した。

「メモを見るかぎり、忙しかったようだな、アサド。寄宿学校生のなかで俺たちが話せそうな人物を見つけたのか？　誰だ？」

「ちょうど、あなたが出勤してきたときにそれを調べていたんですよ、カール」アサドは机の上に手を伸ばし、コピーを二、三枚引き寄せた。寄宿学校では生徒新聞を発行しており、アサドはその古いものからコピーをとってきたのだ。

「学校に電話してみました。でも、キミーたちのことについてききたいと伝えたら、学校側はあまり話したくなさそうでした。あの殺人事件のことを蒸し返すと、彼らには何か不都合があるんだと思います。当時、捜査の対象になったディトリウ・プラム、ウルレク・ディブル・イェンスン、トーステン・フローリン、クレスチャン・ヴォルフを、とにかく退学させたかったのでしょう」アサドは首を横に振った。「ですから、たいしたことはわかりませんでした。ただ、ベラホイのプールで飛び込み台から転落して死亡した少年と同じクラスだった人物を探し出そうと思いつきまして。その結果、キミーたちがいた当時、あの学校に勤めていた教師が見つかったんです。もしかしたら、ずいぶん経っていますから、何か話す気になるかもしれません」

カールが脊柱損傷専門病院に着いたときには、夜の八時になろうとしていた。

ハーディのベッドは空《から》だった。カールは、通りかかった看護師をつかまえてきいた。

「ハーディはどこですか？」

「親類の方ですか？」

「そうです」と、カールは答えた。以前、違いますと答えて失敗したからだ。

「容態が急変しました。肺に水がたまったんです。だからあちらに移したんですよ。そのほうがよりよいケアができますから」

そう言いながら、看護師は〝集中治療室〟と書かれたドアを指差した。「面会は短時間にしてくださいね。ヘニングスンさんはとても疲れています」

部屋に入ると、ハーディの容態が悪化しているのは一目瞭然だった。ベッドを半分起こした状態で横たわっていた。上半身は裸で、腕はシーツの上に出していた。顔の大部分は酸素吸入用マスクで覆われ、体のあちこちにチューブが取り付けられている。

ハーディは目を開けた。だがあまりにも消耗していて、カールを見ても微笑む力がないようだった。

「やあ」カールは言って、片手をハーディの腕にそっと置いた。ハーディは何も感じないだろうが、それでも触れてやりたかった。

「何があったんだ？　肺に水がたまったと聞いたが」

ハーディは何か言ったが、その声はマスクと機器のノイズにかき消された。そこでカールは耳をぐっとハーディの顔に近づけた。「もう一度言ってくれ」

「胃酸が肺に入ったんだ」マスクの下から力ない声が聞こえた。

ちくしょう、なんてこった。カールはもう一度力のない腕を握った。「すぐによくなるさ、ハーディ。聞こえるか？」

「上腕の感覚が戻った部分がさらに広がったんだ」ハーディはささやく声で言った。「ときどき、焼けるみたいに熱くなる。だが誰にも言っていない」

カールはその理由を知っているだけに苦しかった。ハーディはいまだに、ガーゼ用のハサミをつかんで首の動脈に突き刺したいと願っているのだ。そんなことを俺にもいっしょに願えというのか？

「ひとつ問題があるんだ、ハーディ。力を貸してくれ」そう言って、カールは椅子をベッドの近くに引き寄せた。「ロスキレ署時代から、おまえはラース・ビャアンのことを俺よりもずっとよく知っているよな。警察署内で俺の捜査をやめさせようとする動きがあるんだが、ラアヴィー事件にビャアンが関係していそうかどうか、知りたいんだ。おまえにはわかるんじゃないか？」

カールは手短に、事件の捜査にストップがかけられたことを話した。それにはラース・ビャアンが直接関係していると、バクから聞かされたことも伝えた。さらに、本部長自ら捜査の中止を指示してきたことも正直に話した。

「俺のバッジも取り上げられた」カールは最後に言った。

ハーディは天井を見つめた。昔のハーディだったら、こんなときタバコを口にくわえただろう。

「ラース・ビャアンはいつも紺色のネクタイをしているよな？」しばらくしてからハーディはやっとのことで言った。

カールは目を閉じた。ああ、確かにそうだ。ラース・ビャアンにはネクタイが欠かせない。そう、その色は紺色だ。

ハーディは咳をしようとしたが、咳のかわりに空炊きしたやかんのような音がした。

「あいつは寄宿学校の卒業生だ、カール」ハーディは弱々しい声で言った。「ネクタイには帆立貝が四つデザインされている。寄宿学校のマークだ」

カールは黙り込んだ。なんということだ。ラース・ビャアンがあの寄宿学校の生徒だったとは。ビャアンはあの件でいったいなんの役割を担っていたんだ？　他人の手助けをする役か？　見張り役か？　一度寄宿学校に入った者は一生いつまでも寄宿学校から出られないとも言う。

二、三年前、あの学校で強姦事件が起き、学校の評判が台なしになるところだったが、そうはならなかった。いったいあの事件は何を意味していたのだろうか。

カールはゆっくりとうなずいた。なるほどな。そんなに単純なことだったのか。

「わかったよ、ハーディ」カールはそう言って、ベッドのカバーをトントンと叩いた。「おまえは本当にすごいやつだ。まあ、そう思わないやつはいないがな」カールは元同僚ハーディの髪をそっとなでた。じっとりした、生気のない手触りがした。

「俺にひどく腹を立てたりしていないよな、カール？」と、酸素マスクの下から弱々しい声が言った。

「どうして、そんなこと言うんだ？」

「わかってるんだろう。『ステープル釘打機事件』のことで、俺が心理カウンセラーに話したことだよ」

「ハーディ、気にするな。おまえが回復したら、いっしょにあの事件を解決するんだ。いいな？　ここにずっと寝てたら、そりゃおかしなことも考えたくなるよ。わかってるさ、ハーディ」

「おかしなことなんかじゃないぞ、カール。何かが変だ。アンカーが何か関係している。間違いない」

「そのときがきたら、いっしょに解決しよう、ハーディ。いいな？」

ハーディはしばらく静かになり、人工呼吸器に身を任せた。カールは、ハーディの胸が上下するのを見守っているしかなかった。

「ちょっと頼みがあるんだ。聞いてくれるか？」ハーディが沈黙を破った。

カールは椅子に深く腰掛けた。ハーディを見舞うたびにカールが恐れる瞬間だ。死ぬのに手を貸してくれ。ハーディの毎度の願いだ。

カールには、そんなことはできなかった。その後の罰を恐れているのではない。倫理的な問題でもない。単に、どうしてもできないのだ。

「ハーディ、駄目だ。あの頼みはもうよしてくれ。やってやれるかどうか、さんざん考えた。だが本当にすまないが、俺にはできない」

「そのことじゃないんだ、カール」そう言ってハーディは、乾いた唇をなめた。まるでそのほうが意図がうまく伝わるとでもいうように。「おまえの家に置いてもらえないか？　ここにいるかわりに」

　その後の沈黙は耐えがたいものだった。カールは自分の体が麻痺してしまったかのように感じた。何かを言おうとしても、言葉が喉でつっかえてしまう。

「いろいろ考えたんだよ」ハーディは静かに話を続けた。「おまえのところの間借り人、俺の面倒をみてくれないだろうか？」

　今度は、ナイフで刺されたような絶望的な気分が、カールを襲った。モーデン・ホランに介護してもらうだって？　俺の家で？　そんなことになったら、大変だ。

「カール、いろいろ調べてみたんだ。在宅療養には補助金がたくさん出るそうだ。一日何回も看護師が訪問してくれるからそれほど大変じゃない。看護の心配はいらないよ、カール」

　カールは床を見つめた。「ハーディ、在宅看護には俺の家は理想的とはいえない。あまり大きくないし、モーデンは地下室に住んでいる。本当は法律違反なんだ」

「俺は居間に寝てたっていいよ、カール」ハーディの声がかすれてきた。まるで絶望の涙をこらえているかのような声だったが、今ではいつでもそういう声になってしまっているだけのことかもしれない。

「居間は広いだろ？　違うか？　その隅っこでいいよ。モーデンが地下に住んでいるなんてこと、誰にも言わなければいいさ。三部屋あるんじゃなかったか？　ひとつの部屋にベッドを一台増やして、モーデンはそのまま地下で暮らすこともできるだろう？」

こんなに体の大きい男が、文字どおり哀願していた。

「ああ、ハーディ」カールはやっと言葉を発した。こんなに大きなベッドとたくさんの機器が、自分の家の居間にあることを想像しただけで尻込みしたくなる。もともとある家の中の問題が、よけい深刻になるだろう。モーデンは引っ越すと言い出すかもしれない。イェスパは誰かれかまわず愚痴を言いまくるだろう。カールがそうしたいと思っていても、とうてい無理な話だった。

「おまえの病気は重すぎる。もう少しよくなればいいんだが」そう言って、カールは長めの間を開けた。ハーディが、カールをこの苦しみから解放してくれることを願いながら。だがハーディは何も言わなかった。

「もっと感覚が戻るのを待とう、ハーディ」カールはようやく言った。「様子を見よう」

少しずつ閉じていくハーディの目を、カールは見つめた。希望がかなわず、目の中の最後の光が消えてしまった。

様子を見よう、とカールはもう一度言った。

まるでハーディにまだ選択肢があるかのように。

次の日、カールが家を出たのは、新入りとして殺人捜査課で働き始めたころよりもずっと早い時間だった。その日は金曜日だったが、高速道路はまだ空いていた。警察署の地下駐車場に到着した人々は、次々とけだるそうに車から降りて、車のドアを閉めている。守衛室の前を通ると、コーヒーのいい香りが漂っていた。ここは暇らしい。

地下室に降りると、驚いたことに特捜部Qの廊下に机がきれいに並べられていた。机の脚はいちばん高い位置に設定され、机の板は肘の高さで固定されていた。無数の書類が分類され、きれいに整理されている。しかし書類がこのように並んでいると、通るときにぶつかりそうだった。

さらに驚いたことに三枚の掲示板が整然と壁に取り付けられていた。掲示板には、ラアヴィー事件の雑多な記事の切り抜きが貼られていた。端の机の上には、祈禱用の小さな膝敷きが敷いてあり、その上で、体を縮めて横になったアサドが深い眠りについていた。

廊下のさらに奥にあるローセの部屋からは、バッハの『G線上のアリア』のような音楽に合わせた大きな口笛の音が聞こえている。

十分後、湯気の立つカップを手にしたローセとアサドがカールの目の前に座っていた。カールの部屋は見違えるほど片づいている。カールは上着を脱いで椅子の背にかけた。

「素敵なシャツですね」ローセは言った。「そこにあのテディベアを入れてるんでしょう。それ、いいアイデアです！」ローセは、カールのシャツの膨らんだ胸ポケットを指差した。

チャンスがめぐってきたらすぐに、無防備な別の課にローセを引き取ってもらうことを、この胸ポケットが思い出させてくれるだろう。

「それでボス、今日はどうするんです？」アサドが地下室全体を包み込めそうなほど大きな手振りで質問した。

「ヨハン・ヤコプスンが昨日また仕事に復帰したから、地下に来て手伝ってくれるよう説得しておきました」ローセが説明した。「だいたいヨハンが、この事件を押し付けてきたんですからね」

カールは自分のぎこちない笑みを、もう少し心のこもった笑みに変えようと努力した。とても嬉しかった。ただ、アサドとローセの予想外の働きに、びっくりしてしまったのだ。

四時間後、カールとアサドとローセは、それぞれ自分の席について、ノルウェーからの視察団の到着を待っていた。三人とも、視察団が着いたときのそれぞれの役割を確認した。襲撃事件のリストについては、三人ですでに議論をすませた。さらに、トリビアル・パスートのカードについていた指紋は、殺害されたセーアン・ヤーアンスンのものだと簡単に判明した。また妹のリスベトの指紋も、やや状態は悪いが確認された。果たして誰が事件現場からカードを持ち出したのか？　それが問題だった。ビャーネ・トゥーヤスンか？　もしそうなら、なぜオアドロプにあるキミーの家で見つかった箱にそのカードが入っていたのか？ またあの事件現場になった別荘には、ビャーネ・トゥーヤスン以外に誰かがいたのだろうか？ 誰かがいたとすれば、判決の言い渡しのさいの裁判官の陳述記録とは著《いちじる》しく食い違ってくる。

ローセ・クヌスンの仕事部屋には高揚感が漂っていた。狩りの最中に事故死したとされる、クレスチャン・ヴォルフの死に関する資料掘り起こし作業に取り組むため、バッハがかかりっぱなしだった。一方、アサドは、以前キミーたちの国語教師だったクラウス・イェベスンが現在どこに住んでいて、どこで働いているのかを調べていた。

ノルウェー人たちが到着するまでに、やるべき仕事は山ほどあった。

しかし十時二十分になると、カールは上の階へ様子を見に行くことに決めた。

「呼びに行かなければ、あいつら地下までは降りて来ないぞ」そう言って、カールはファイルをぱたんと閉じた。そして円形建築の石の階段を、三階まで駆け上がった。

「連中は、この中か？」カールは疲れきった様子の同僚たちに確認した。

食堂には、少なくとも十五人が集まっていた。殺人捜査課課長のヤコプスン以外に、殺人捜査課副課長のラース・ビャアンと、ノートを手にしたリス、それに地味なスーツを着た若い男たちがいた。この男たちが法務省から来たお役人だろう。さらに五人のカラフルな服を着た男たちがカールに向かって好意的に微笑んでいた。ノルウェーからのお客さんに、ポイントが一点入った。

「ああ、カール・マークじゃないか。いいところに来たな！」ヤコプスンが、心の中とは正反対のことを大きな声で言った。

カールはその場にいた全員と握手した。リスともだ。ノルウェー人の前で自己紹介するとき、カールはデンマーク語ではっきりと明確に話した。彼らもそれに応えて何か言ったが、カールにはひと言もわからなかった。

「これから、下の階の部屋にご案内しますよ」カールはそう言うと、ラース・ビャアンの顔が不機嫌になったのを無視した。「その前に手短に、新しく開設された特捜部Qでの私の仕事をご説明します」

カールはボードの前に立った。先ほどまで、このボードに何かを書いて誰かが説明していたようだ。

「私のデンマーク語、理解できますか？」

カールはノルウェー人たちが熱心にうなずくのを確認するのと同時に、ラース・ビャアンの紺色のネクタイに帆立貝が四つついているのを見た。

二十分間、カールはミレーデ・ルンゴーの事件についてざっと解説した。表情から判断すると、ノルウェーの視察団はあの事件についてかなりの情報を得ているようだ。最後に、カールは特捜部Qが現在たずさわっている事件について手短に説明した。

デンマークの法務省の職員たちがこの話をまったく知らないということが、表情から読み取れた。この事件については、全然聞いたことがないようだった。

カールは次に、殺人捜査課課長のほうを見た。

「この事件の捜査で確実な証拠を手に入れました。少なくとも、当時の寄宿学校生グループのひとりキミー・ラスンが、間接的、または直接的にこの事件に関係している可能性があります」カールは状況を説明し、証拠品が入っている箱の借用には信頼できる証人が必要だと強調した。すると、ラース・ビャアンの表情がみるみるうちに暗くなった。

「キミーは、同居していたビャーネ・トゥーヤスンからその箱を受け取ったのかもしれないな」マークス・ヤコプスンが口を挟んだ。

その可能性について、カールたちはすでに地下で話し合っていた。

「そうですね。でも私はそうは思いません。この新聞の日付を見てください。ビャーネ・トゥーヤスンによれば、まさにキミーがビャーネの部屋に引っ越した日です。キミーが箱を隠したのだと思います。ビャーネに見られたくないからです。もちろん、ほかの説明も考えられます。キミー・ラスンを見つけ出せるといいのですが。今後の捜査のために包括的捜査と、ふたりの人員増強を要請します。中央駅周辺の張り込みを行ない、麻薬中毒者のティーネと、さらにプラム、デュブル・イェンスン、フローリンの三名を監視する必要がありますから」

ここでカールは闘志に輝く目で、ラース・ビャアンを真正面から見据えた。それから、説明を加えるためにノルウェーの客人たちのほうを向いた。

「この三人は寄宿学校出身で、兄妹が殺害されたラアヴィー事件の容疑をかけられていた者たちです。どの人物も、デンマークでは非常に有名で、尊敬すべき市民として今では社会のトップにいます」

　今度は殺人捜査課課長ヤコプスンの眉間にもくっきりとしわがよった。

「おわかりですか」と、カールはまたノルウェー人たちのほうを見た。話のあいだ、ノルウェー人たちはまるで、十年もコーヒーを飲んでいなかったかのように、コーヒーをがぶがぶ飲んでいた。「みなさんもまたノルウェー警察のすばらしいお仕事を通しておわかりのように、このような重大事件の捜査では、他の犯罪との関係が浮上してくることもあるのです。未解決事件や、犯罪と気づかれていないような犯罪です」

　このとき客人のひとりが手を挙げて、歌うようなノルウェー語で質問した。繰り返し言ってもらってもカールが理解できなかったので、法務省の職員が通訳してくれた。

「トロネス警部が、ラアヴィー事件に関係があるかもしれない犯罪リストがあるかどうか知りたいそうです」

　カールは丁寧にうなずいた。あんな鳥のさえずりみたいな声から、どうやったらこんなに意味の通る言葉が聞き取れるんだ？

　カールは、ヨハン・ヤコプスンが作成したリストをバインダーから取り出し、ホワイトボードに貼った。

「犯罪捜査課課長のマークス・ヤコプスンが、これらの捜査のいくつかにたずさわっています」感謝をこめてヤコプスンのほうを見ると、ヤコプスンは隣に座っている者に愛想よく笑いかけた。しかし、カールがなんの話をしているのか飲み込めないヤコプスンは、頭の中が混乱していた。

「我々の上司であるヤコプスンは、特捜部Qに、ある私服警官が独自で行なった調査を引き継がせてくれました。彼のような優秀な上司や彼の部下、それに課という枠を超えた協力関係がなければ、こんな短期間に、ここまで捜査は進まなかったでしょう。二十年前のこの事件は、ちょうど今日から二週間前に、我々の再捜査の対象になったばかりなのです。ありがとうございます、マークス」

カールは心の中で乾杯するために、想像上のグラスをヤコプスンに向かって持ち上げた。しかしお客さんが帰ったら、ヤコプスンから怒りのグラスを投げつけられるかもしれない。

ラース・ビャアンがなんとか阻止しようとしたものの、カール・マークはやすやすと、ノルウェーの客人を地下まで遠足に連れ出した。

先ほどカールのために通訳をしてくれた法務省の職員は、ノルウェー人たちのコメントを、できるだけカールに伝えようと頑張っていた。彼らはデンマーク人の謙虚さや、経費や人材についての議論に振り回されることなく仕事に取り組む姿勢を賞賛しています、と職員は言った。もしもこの感想が上層階の管理職の耳に入ったら、いらだたしく思うことだろう。経費削減を行なっている真っ最中なのだから。

「俺のあとをついて回って、四六時中質問を浴びせてくる若いやつがいるんだが、ひと言も理解できないんだ。ノルウェー語はできるか?」カールはローセに小声できいた。その間、アサドを目に留めたノルウェー人たちは、外国人を雇い入れていることはすばらしいと、デンマーク警察を褒めちぎっていた。当のアサドは、啞然とするほどてきぱきと、なぜ彼らが現在、奴隷のようにあくせく働いているのかを説明していた。どこでそんな知識を仕入れたのかと不思議に思うほど、アサドはデンマーク警察のことをよく知っていた。

「ここにあるのが、捜査を前進させるためのいわば鍵となる書類です」ローセは客人たちに言いながら、夜中に整理した書類の山を見せた。しかもわかりやすく、美しい響きのノルウェー語で説明した。カールの耳では聞き取れなかったが。なかなかやるじゃないか。

一団がカールの仕事部屋に近づいたとき、陽光が降り注ぐホルメンコーレンの紹介映像が、液晶テレビに映し出された。ノルウェーの首都オスロが誇る観光名所のDVDを流すというのは、アサドのアイデアだ。アサドはほんの十分前にこのDVDを書店で入手してきた。その演出に視察団は一様に感激した。一時間後に予定されているデンマークの法務大臣との昼食会で、ノルウェーの視察団がデンマーク警察に対してすばらしい好印象をもったことを知ったら、法務大臣は踊りだしたくなるくらい喜ぶだろう。

すると、管理職と思われるノルウェー視察団のひとりが、兄弟のような国デンマークとの絆について心を込めた言葉を述べながら、カールをオスロに招待したいと申し出た。カールがオスロに来るよう説得するのが無理ならば、少なくともいっしょに食事に行こうと誘った。食事すらもかなわないなら、せめて心を込めた握手をしましょう、とそのノルウェー人は言った。カールはそうするのにふさわしいからだという。

客人たちが去ったあと、カールはふたりの助手を感謝のまなざしで見つめた。ノルウェーからの客人に、この地下の王国をうまく見せて回ったからではない。すぐにカールは三階に呼び出され、事件についてもっと詳しい説明を求められ、バッジを返してもらえるだろうからだ。バッジさえ返してもらえば、停職処分もなかったことになるだろう。そうなれば、モーナ・イプスンのカウンセリングをもう受けに行かなくていい。ということは、モーナと食事の約束をとりつけられる。食事の約束さえできれば、そのあとは、どうなるかのお楽しみだ。

カールが助手のふたりにせめて思いやりのある言葉をかけ、早めに今日の仕事を終える見通しを立てようとしていたまさにそのとき、その善意を妨げる電話が鳴った。

アサドがレズオウア高校に電話して、伝えてもらったメッセージを受け取ったクラウス・イェベスンが連絡してきたのだ。

一九八〇年代半ばに寄宿学校で働いていた人物で、カールと会うことを了承してくれた。当時のことをはっきりと覚えているという。

イェベスンにとって、それは決してよい時代ではなかった。

24

キミーはようやくティーネを見つけた。エンゲヘーヴェ広場にほど近いデュブルス通りのとある建物の階段の下で、ティーネは体を丸めていた。泥だらけで、殴られており、麻薬の禁断症状が出ている。ティーネはその場所に二十四時間も前から座っていて、一歩も動こうとしないのだ、と広場にいたホームレスが言っていた。

ティーネはできるだけ長いこと、階段の下に座って隠れていたかった。真っ暗闇の中で。

階段の下をのぞきこんだキミーは、びっくりした。

「ああ、あんたかい」安堵した声でティーネは言うと、キミーの胸に飛び込んできた。

「キミー。ああ。あんたに会いたかったよ」ティーネはぶるぶる震え、歯がカチカチ鳴っている。

「何があったの?」キミーは尋ねた。「なぜここに座っているの? その顔、どうしたの?」キミーはティーネの頬をなでた。「誰があんたを殴ったの、ティーネ?」

「あたしが置いたメモを読んだだろう、キミー?」ティーネは一歩後ろにさがり、充血した黄色い目でキミーを見た。

「うん。見たよ、ティーネ。知らせてくれてありがとう」

「千クローネ、くれるかい？」

キミーはうなずくと、ティーネの額の汗をぬぐってやった。ティーネの顔は、ぞっとするほど醜かった。口はひん曲がり、あちこち内出血して、黄色や青いあざができている。

「いつもみたいに、どこかに行っちゃいけないよ。キミー」ティーネは、震える体を落ち着けようと腕を胸の前で組んだが、効果はなかった。「男たちが来たんだ。まともなやつらじゃなかった。だから今はここにいることにする。それがいいだろう、キミー？」

キミーが、何が起きたのかを問いただそうとしたそのとき、建物の入口のドアがきしむ音が聞こえた。この建物の住民の誰かだ。ビニール袋に入った今日の戦利品をカチャカチャいわせながら持ち帰ってきたのだ。長いこと街を縄張りにしている男のひとりだろう。自分で彫ったと思われる刺青《いれずみ》が左右の前腕に見える。

「ここに居座るのはやめろ」男は苛立たしげに言った。「消えうせろ。街に立ってこい。売女どもめ」

キミーは立ち上がった。

「自分の部屋に上がんな。私たちのことは放っておいて！」キミーはそう言って、男を蹴った。

「そうしなかったら？」男は言って、両足のあいだにビニール袋を置いた。

「ぶちのめしてやる」

キミーの気の強さが気に入ったのが、目に見えてわかった。

「口の悪い女だ！　さあ、そのラリってる女を連れて、とっとと失せな。それとも俺といっしょに部屋に来るか？　どうだ？　いっしょに上に来るなら、そのだらしない女はそこで腐るまで寝ててもいいぞ」

男はキミーに触ろうとした。その瞬間、キミーの硬い拳がパン生地のようにだぶついた男の腹に食い込んだ。キミーがすぐにもう一度、男の腹を殴ると、男の呆然とした顔がゆがんだ。男が膝をついた音が、階段ホールに響き渡った。

「あーーーっ」男は痛みでうめき、額を床につけた。キミーはまた、階段の下に戻って座った。

「誰が来たの？　男が二、三人？　やつら、どこから来た？」

「駅にいた男たちさ。上のあたしの部屋まで来て、あたしに殴りかかった。あたしがあんたのことを話そうとしなかったからだよ、キミー」ティーネは微笑もうとしたが、顔の右側が腫れていてうまくいかなかった。それからティーネは自分の膝を抱き寄せた。「あたしはここにいることにする。あんなやつら、クソくらえだ」

「どんなやつだった？　警察？」

ティーネは首を横に振った。「警察？　そんなわけないよ。警察から来たやつは、問題なかった。あれは、金をもらうためにあんたのあとを追っている男たちだよ。あいつらには気をつけたほうがいい」

キミーはティーネの痩せこけた腕をつかんだ。「そいつらがあんたを殴ったんだね！　やつらに何か言ったの？　覚えてる？」

「キミー、一発打ちたい！」

「もちろん、千クローネは渡すよ。そいつらに、私のことを何かしゃべった？」

「外に出るのがこわいんだ。あたしのかわりにクスリを手に入れてきておくれよ、キミー。やってくれるだろう？　それからミルクココア。タバコを二、三箱。それにビール。わかってるだろう？」

「ああ、全部持ってきてあげるよ。でも答えて、ティーネ。何を言ったんだ？」

「先に持ってきてくれないかい？」

キミーはティーネを見た。ティーネは、キミーが知りたがっていることを先に話してしまったら、欲しいものを持ってきてもらえないかもしれないと心配しているのだ。

「さっさと答えて」

「約束は守ってくれるね」

キミーがうなずくと、ティーネもうなずいた。

「ああ、あいつらはあたしを殴ったんだ。ずっと殴り続けたんだよ、キミー。それであたしは、あんたとときどきベンチのところで会っているって話した。それから、あんたをよくインガスリウ通りで見かけることもね。あんたがたぶんあの通りの近くのどこかに住んでいるってことも」ティーネは嘆願するようにキミーを見た。「本当はあのへんに住んでいないんだろう、キミー？」

「ほかには何を話した？」

ティーネの声が不明瞭になった。震えがひどくなっている。

「話してない。誓うよ。ほかには話してない」

「それでやつらはいなくなったんだね？」

「ああ。また来るかもしれないけど、でももう話したこと以外は何も言わないさ。だって、ほかのことは知らないんだから」

薄暗がりのなかでふたりの目が合った。ティーネはキミーに信用してもらおうとしたが、最後の言葉には妙に説得力がなかった。

つまり、ティーネはもっと知っているのだ。

「ティーネ、ほかに何を知ってる？」

床にうずくまった姿勢のまま、ティーネの脚が文字通りはね始めた。禁断症状だ。「そうだね、エンゲヘーヴェ・パークでのことくらいさ。あんたがよくあそこに座って、小さい子どもたちが遊ぶ様子を見ていること。それだけだ」

キミーが思っていたよりも、ティーネはキミーのことをよく見ていたようだ。ティーネは、案外遠くまで客をとりに行っていたのだろう。ひょっとすると、あの公園でも客をつかまえて、ズボンを下ろさせていたのかもしれない。公園には茂みも充分にある。

「それから？　一発打ったら、私のこと、ほかにも思い出せる？」キミーはティーネに微笑みかけた。

「ああ、そう思うよ」

「私が歩きまわっている場所や、あんたが私を見かけた場所とか？　私の外見とか？　私がどこでいつ、買い物をするかとか？　ビールが好きじゃないこととか？　ストロイエでショーウィンドーを眺めることとか？　いつでも市内にいることとか？　そういったこと？」

キミーがやさしくなったので、ティーネは安堵したように見えた。

「ああ、そうだ。そんなことだよ、キミー。そういうことは言わないようにする」


キミーは警戒しながら歩き出した。イステ通りには、身を隠す手段がいくらでもある。だからイステ通りには、十メートル先に誰かがこっそり立っていて、誰かを観察していてもおかしくはない。

キミーは、自分が今、どういう状況にいるのかを理解した。いまや大勢の人間が、キミーが姿を現わすのを待ちかまえている。

こうなったら捕まる前に、住まいも何もかもリセットしなくてはならない。すべて終わりにして、一から始めなければならない。

キミーのこれまでの人生に、こういう瞬間が何度あったことだろう！　避けられない変化。出発のときだ。

私を捕まえることはできないよ。キミーはそう心の中でつぶやくと、タクシーを止めた。

「ダネブロー通りの角で下ろして」キミーは運転手に言った。

「何を言ってるんだ？」助手席の背もたれに置かれていた運転手の浅黒い腕が、後部座席のドアへと伸びた。

「降りてくれ」運転手はそう言うとドアを開けた。「三百メートルしかないんだぞ」

「ここに二百クローネある。メーターはつけなくていいわ」

運転手は発進した。

キミーはダネブロー通りでタクシーから飛びおり、大急ぎでレトラン通りに向かった。キミーを見張っている者はいないようだ。それからリトアニア広場に回り、家々の塀に沿って歩き、またイステ通りに戻って、真向かいにある青果店を見た。

「大またで歩けば二、三歩で行ける」キミーはひとり言を言った。

青果店の店先で、「おや、また来たのかい」と店の主人が挨拶した。

「マフムードは奥にいる？」キミーは尋ねた。

カーテンの奥で、マフムードは兄とアラビア語の番組を見ていた。いつも同じスタジオで撮影される単調な番組だ。

「やあ」小柄なほうの男が言った。「手榴弾はもう使ってみたかい？ それからあの拳銃。よかっただろう？」

「わからないわ。あげちゃったから。また新しいのがいるんだ。今度はサイレンサーつきで。それから上質のヘロインを一、二回分。すごく上等のをお願い。わかった？」

「今すぐか？　おいおい、どうかしてるぜ。通りからふらりと中に入ってきて、いきなり言われたって、すぐに手に入れられると思っているのか？　サイレンサーだって！　なんの話をしているか、わかってんのか？」

キミーはスラックスのポケットから、札束を取り出した。二万クローネは確実にある。

「店の中で待っているわ。二十分以内よ。それ以上は待たない。いいわね？」

一分後、テレビのスイッチがオフになり、男たちは姿を消した。

店内にはキミーに椅子が用意され、店の主人が冷たいお茶とコーラをすすめたが、キミーはどちらも欲しくなかった。

三十分後、男がひとり現われた。危険を冒したくないマフムードのかわりに親類の男が来たのだ。

「中に入れ。話はそれからだ」男は命令口調で言った。

「さっきいたふたりに二万渡したのよ。ブツは持ってきた？」

「ちょっと待て」と、男は言った。「おまえのことをよく知らない。腕を挙げてみろ」

キミーは男のいうとおりにした。男がキミーの体を触って調べるあいだ、男の目をまっすぐに見た。男は足からとりかかり、太ももの内側まで触ると、一瞬手を止めた。それから慣れた手つきで恥骨から背中に手を回し、腹に戻して、乳房の下のくぼみでまた少し手を止めた。それからさらに胸、首、髪へと続けた。最後にもう一度、男は軽く力を入れてキミーのポケットと服を確かめた。そして最後の最後に、男はキミーの胸に手を置いた。

「俺の名はカリードだ」と、男は言った。「問題ない。マイクはつけていないな。それにしても、おまえはものすごくいやらしい体をしている」

キミーの潜在的な力に最初に気がついたのは、クレスチャン・ヴォルフだった。ものすごくいやらしい体をしている、とクレスチャンはキミーに言った。それは、学校の敷地の森で少年を暴行するよりも前、キミーが模範生を誘惑するよりも前で、教師とスキャンダルを起こして寄宿学校を追い出されるよりも前のことだった。クレスチャンはキミーの体を少しずつ触り、それからさらに大胆に愛撫した。そのときクレスチャンは、幼少期から無感情だったキミーが、性的な刺激を少しでも感じると激しく反応することを知った。

ただキミーの首を愛撫しながらキミーに欲情したとさえ言えば、次の瞬間にはディープキスだけでなく、十六、十七歳の少年が夢見るようなことがなんでもＯＫだったのだ。

そしてクレスチャンは、セックスしたければ、何もきかずにただ彼女を押し倒せばいいのだということも知った。

このやり方を、トーステンやビャーネ、ディトリウはすぐに真似した。ウルレクだけは、理解できなかった。彼の流儀は礼儀正しく丁重で、まずは彼女の心をつかまなければならないと本気で思っていたからだ。ウルレクはキミーと寝ることができなかった。

キミーには、仲間の少年たちが考えていることがよくわかっていた。のちに、彼女がグループ以外の男にも手を出すようになったとき、クレスチャンがどれだけ激しく怒り狂うかもわかっていた。

女子生徒の何人かが、嫉妬したクレスチャンがキミーのあとをつけまわしているとキミーに言ったときも、キミーはまったく驚かなかった。

模範生のコーオや、教師のクラウス・イェベスンがキミーに捨てられて、キミーがネストヴィズでひとり暮らしをするようになってからは、寄宿学校生の五人は週末にはできるだけ頻繁にキミーの部屋で過ごした。いつもすることは決まっていた。バイオレンス映画の鑑賞、マリファナ、暴行についてのおしゃべり。そして長めの休暇になり、他の生徒たちが冷え切った家庭に帰省するころ、彼らはキミーのピンク色のマツダ車に乗り込んで出発した。どこにいるのかもわからなくなる場所まで車を飛ばした。遠ければどこでもよかった。それから広い公園か森を探し、手袋とマスクをつけて、最初に通りかかった人間を襲った。年齢や性別は関係がなかった。

抵抗してきそうな男であれば、キミーがマスクをはずして前に出る。コートとブラウスのボタンをはずし、手袋をしたままの手で乳房をかくしながら。それで判断力を失わない男などいるだろうか?

しばらくすると、どのような獲物は自分から口を閉ざし、どのような獲物は黙らせなければならないのか、彼らは正確にわかるようになった。

ティーネはキミーを命の恩人のような目で見た。「上物かい、キミー?」ティーネはタバコに火をつけ、粉に指を突っ込んだ。「三グラムだね？」

「最高だ」と、舌で確かめてから言った。そして袋をよく見た。

キミーはうなずいた。

「まず、警官が何を言ったのか、教えて」

「ああ、あれは何か、あんたの家族の話だったよ。あの警官はほかのやつらとは違ったよ、キミー。本当だ」

「私の家族がなんだって？」

「さあ、なんかその、あんたの父親が病気だから連絡がほしいけど、父親のことだって知ったらあんたは電話しないだろうからって。だからごめんよ、キミー。こんな話をして」ティーネはキミーの腕をつかもうとしたが、手が届かなかった。

「私の父親？」その言葉を聞いただけで、体に毒の注射を打たれたかのようだ。「そもそも、あいつはまだ生きているの？　いいや、生きちゃいない。もし生きているのなら、一日も早くのたれ死にすればいいんだ」さっきのビニール袋を持ったデブがまだそこにいたなら、肋骨に蹴りを入れてやりたいところだ。父親のかわりに。

「警官はあたしに、この話をしちゃいけないって言ったんだ。でも言っちまったよ。悪いね、キミー」ティーネは、キミーが手に持っているビニール袋をぼんやりと見つめた。

「その警官は、なんていう名前だって？」

「忘れたよ、キミー。どうでもいいことじゃないか？　紙に書いただろう？」

「警官だって、どうしてわかるんだ？」

「警察のバッジを見たんだよ、キミー。見せてくれって、言ったんだ」

キミーの頭の中で声がささやいた。何を信じればいい？　そのうち、何も、そして誰の話も信じられなくなるだろう。父親が病気だから、警官が私を探しているって？　そんなわけがない。警察のバッジがなんだというのだ？　そんなもの、誰だって簡単に手に入れられる。

「キミー、どうやってたったの千クローネで三グラムも手に入れたんだい？　もしかしてこれ、やっぱり混ざりものかい？　いいや、そんなことないよね。あたしったら何をバカなことを言っているんだ」

ティーネは嘆願するように目を半分閉じると、キミーに笑いかけた。痩せこけ、震えて、疲れ果てている。

キミーは微笑み返して、ミルクココアにフライドポテト、缶ビール、ヘロインの小袋、水、注射針をティーネに渡した。あとは、ティーネが自分でできるだろう。

キミーは夕暮れまで待った。日が暮れ始めると、フィットネスクラブからフェンスの扉まで、駆け足で戻った。これから何が起きるかはわかっている。キミーはすっかり興奮していた。

数分後、キミーは小屋の内壁の空洞から現金とクレジットカードを取り出した。そして、手榴弾をふたつベッドの上に置き、ひとつはバッグに入れた。

それからスーツケースに荷物を詰め込み、ドアに貼ってあったポスターをはずして、スーツケースに詰めた荷物の上に載せた。最後に、簡易ベッドの下の箱を取り出して、ふたを開けた。

小さな布の包みは、もう茶色くなって、ほとんど重さがなくなっていた。キミーはウィスキーのボトルをつかんで口につけ、飲み干した。

「わかった、わかったよ。急げばいいんだろう」キミーは声に出して言って、布の包みを注意しながら荷物のいちばん上にそっと載せた。そしてその上にシーツをかけると、スーツケースを閉めた。

それから、スーツケースをインガスリウ通りまで運び出した。これで準備完了だ。

またドアのところに戻ってきたキミーは、小屋の中をくまなく見て回った。自分の人生の影でおおわれた〝間奏曲〟をしっかり心に留めておきたかったのだ。

「ここに住むことができたことに感謝します」キミーはそう言うと、後ろ向きにドアから外に出た。同時に手榴弾の安全装置をはずし、ベッドの上に置いたままの手榴弾に投げつけた。

小屋が吹き飛ばされたとき、彼女はすでにフェンスを越えて、だいぶ離れたところまで来ていた。

そこまでたどりついていなければ、あたり一面に飛び散る壁の破片で、キミーの人生は終わっていただろう。

25

爆発音がマークス・ヤコプスンのオフィスの窓ガラスに反響した。カールとヤコプスンは顔を見合わせた。大晦日の花火にしては早すぎる。

「くそっ。誰も死んでなきゃいいが」ヤコプスンは言った。

だが、心配しているのは犠牲者の数よりも、事件に割かれる人手のほうかもしれない。

ヤコプスンはカールに向き直った。

「今朝の君の行動だが、あんなことはもう最後にしてくれ。まあ、理由はわかる。だが、まず私に話を通しておくのが筋ってもんだろう。わかったか。でなきゃ、私はとんだまぬけだ」

カールはうなずいた。課長の言うとおりだ。カールは、ラース・ビャアンが私的な動機でカールの捜査に干渉してきた疑いがあることを報告した。

「だったら、ラース・ビャアンを呼んで来なくちゃならんな」

マークス・ヤコプスンはため息をついた。

もう観念していたのか、まだ言い逃れられると思っていたのか、いずれにせよ、ラース・ビャアンが紺色のネクタイをしていないのは初めてだった。

殺人捜査課課長は単刀直入に言った。

「君はこの事件に関して、法務省と警察本部長に情報を流していたそうじゃないか、ラース。どうしてそういうことになったのか、我々にも納得がいくように説明してくれないか」

ラース・ビャアンはしばらくじっと座って顎をなでていた。軍事教育を受け、模範的で非の打ちどころのない経歴をたずさえて警察に入ったビャアンは、コペンハーゲン大学法学部卒で、優れた管理能力と巨大な人脈を武器に、堅実にキャリアを積んできた。なのに、とんだへまをやらかした。もう隠すことはできない。職場で私的なはかりごとを巡らし、同僚を裏切り、捜査妨害に手を貸したのだ。自分にはまったく関係のない事件だというのに。なぜだ？　大昔に卒業した寄宿学校の仲間意識からか？　古い友情のためか？　ほかになんて言うつもりだ？　ひと言でもおかしなことを言ってみろ、それで終わりだ。

「私は人材と予算を食いつぶすだけで終わる、そんな失態から我々を守ろうとしたんです」ラースは口に出すと同時に、その言葉を後悔した。

「もっとましな弁解ができないなら、出て行け」課長は言った。

カールには課長のつらい気持ちがよくわかった。課長と副課長はこれまで互いを補い合ってきた関係だ。ラース・ビャアンがいかに神経にさわるやつでも、それだけはカールも認めざるをえない。

ラースはため息をついた。

「私のネクタイがいつもと違うことには気づいてますよね」

ふたりはうなずいた。

「私もあの寄宿学校の出身です」

そんなことは先刻承知だ。

「二、三年前に、あの学校はある暴行事件との関連でマスコミにさんざん叩かれました。だから、今またこの事件が蒸し返されたりすると困るんです」

それも知っている。

「私はディトリウ・プラムの兄と同級生でした。今、彼は寄宿学校の理事になっています」

それもカールの興味を引かなかった。

「彼の妻は法務省の局長の妹です。この局長というのが、ちょうど警察改革が始まったころに、本部長がよく意見交換をしていた相手なんです」

あきれた門閥《もんばつ》主義だとカールは思った。おまえらはみんなどこかの大地主がばらまいた種で生まれてきた兄弟か？

「私は双方から圧力をかけられていました。兄弟みたいなものなんです、この寄宿学校の同窓会というのは。確かに、私は過ちを犯しました。しかし、局長が私に働きかけてきたのは法務大臣のためだと思っていました。だから、まるっきり間違ったことをしているわけではないと。法務大臣はこの事件の洗い直しに関心がないと思っていたのです。関係者は事件当時に告訴されなかったわけですし、すでにそれなりの有罪判決も出ています。おまけに関係者はみな著名人です。当時の捜査ミスなんて、くだらない憶測でしかなかった場合を考えると、誰だって調べたくないだろうと思っていたんです。でも、それは私の思い込みでした。今日の昼食会の席で、大臣は明らかにこの捜査のことを知りませんでした。大臣はまったく関与していなかったんですよ。先に確認しておくべきでした」

マークス・ヤコプスンはうなずいた。

「君はそんなことはいっさい私に伝えなかった、ラース。君はただ本部長が特捜部Qの捜査の中止を命じたと言ったんだ。私の理解が正しければ、君は勝手に本部長に間違った情報を伝えたあと、捜査の中止を命じるよう進言したことになる。いったい本部長に何を言ったんだ？　事件性はないとか、カール・マークは面白半分にほじくり返しているだけだとか、そんなふうに言ったのか？」

「私は法務省の局長と本部長の面談に同席しただけです。本部長に伝えたのは局長です」

「またしても寄宿学校の同窓の絆か」

ラース・ビャアンはうなずいた。

「プラムたちが裏で糸を引いていたってことがわからないのか、ラース。ディトリウ・プラムの兄が君に頼んできたんだろ！　その局長が本部長におかしなことを言ったんだろ！」

「ええ、よくわかっています」

殺人捜査課課長は机に傷がつくほどの勢いでボールペンを投げつけた。腹の中が怒りで煮えくりかえっていた。

「おまえは即刻停職だ。せめてもの償いに、私が大臣に提出できる報告書を書いておけ。その局長の名前を出すことを忘れるんじゃないぞ」

ラース・ビャアンのこれほどまでにみじめな姿は見たことがなかった。前々からラースのことを尻のできもの呼ばわりしていたカールでさえ、哀れみに近いものを感じるほどだった。

「マークス、提案があるんですが」カールは課長の言葉をさえぎった。

ラース・ビャアンの目がわずかに輝いた。これまでふたりのあいだには敵意しかなかったというのに。

「停職処分は思いとどまってください。人手はあったほうがいいでしょう。こんなところで大きな声を出したら、外に漏れてしまいますよ。マスコミにも感づかれます。そうしたら、課長は記者連中にまとわりつかれて大騒ぎだ。俺たちの捜査対象が警戒し始めたらまずいです」

ラースはいちいちうなずいている。なんて情けないやつだ。

「ビャアンには本件の捜査に加わってもらいましょうよ。人捜しに尾行、ごく当たり前の脚を使う仕事ですが、俺たちだけで全部はこなせません。それに、ようやく取っかかりをつかめたんですよ、マークス。ほんの少し人員を増やすだけで、他の一連の殺人事件まで解明できるかもしれない」カールはヨハン・ヤコプスンの襲撃リストを指で叩いた。「俺はそう思ってます、マークス」

インガスリウ通りの鉄道用地に建つ小屋が爆破された事件では、幸い負傷者は出なかった。それでも、テログループの犯行をうかがわせるかのように、TV2のヘリコプターが現場上空を旋回していた。

ニュースキャスターは張り切っていた。画面を見なくてもわかるほどだった。ニュースというのはもっと真剣に、憂慮しながら伝えられるべきものだとカールは思った。センセーショナルなニュースならなおさらだ。そして、またしても警察本部の職員がメディアの大きな圧力にさらされていた。

カールは地下室のテレビで一部始終を目で追いながら、自分がこの事件に関わっていないことに安堵していた。

ローセが入ってきた。

「ラース・ビャアンがコペンハーゲン警察の捜索課を動員したので、キミーの写真を送っておきましたよ。アサドは尾行で気づいたことを全部彼らに伝えました。捜索課はティーネ・カールスンも探しています。ティーネは射程に入ったってところね」

「どういう意味だ?」

「捜索課はスケルベク通りにあるでしょ。そこって、ティーネ・カールスンのシマじゃないですか」

カールはうなずき、再びメモを見た。

課題をリストアップすると、やる気がなくなるほど長いものになった。優先順位をつけないことには手をつけられそうにない。

「君がやってくれ、ローセ。この順番どおりにな」

ローセは紙切れを手にすると、大声で読み上げた。

1　一九八七年のラアヴィー事件の捜査に関わっていた警察官を見つける。

2　プラムたちの同級生を見つけ、彼らの行動についての目撃証言をとる。

3　ビスペビェア病院。キミー入院時に産婦人科病棟で勤務していた医師か看護師を見つける。

4　クレスチャン・ヴォルフの死について詳細を調べる。

期限――今日中に頼む！

〝頼む〟と付け加えてみたが、無駄だった。

「まったくもう、こんなことなら今朝は四時に来ればよかった。六時じゃなくって！」ローセはぼやいた。「ほんとに無茶なんだから。早く片付いたら、今日こそ早く帰らせていただけるんでしょうね」

「逆にきこうと思ってたんだが、週末はもう何か予定はあるのか？」

「なんでです？」

「ローセ、ようやく君の器《うつわ》を示すチャンスが来たんだ。正しい捜査のやり方も学べるぞ。まあ、考えてみろ。残業したらそのぶん、あとでまとめて休みをとれる」

ローセは鼻を鳴らした。ばっかばかしい。

アサドが部屋に入ってくると、電話が鳴った。電話は課長からだった。

カールはまたたくまに口から泡を吹いて怒り出した。「俺のために空港の署員四人を引き上げさせるつもりだったができなかった？　そう言ってるんですか？」

マークス・ヤコプスンはあらためて認めた。

「冗談じゃない！　応援もなしに、どうやって容疑者を監視しろって言うんですか！　情報が漏れて、また捜査妨害されてるんじゃないでしょうね。プラム、フローリン、デュブル・イェンスンの三人が明日はどこにいると思ってるんです？　きっともうコペンハーゲンにはいませんよ。ブラジルかもしれないですね！」

カールは深く息を吸いこんで、首を横に振った。「やつらの関与を裏付ける確たる証拠がないってことは、俺だって百も承知です。だが、マークス、状況証拠なら充分にそろってるんですよ」

電話のあと、カールはオフィスの椅子に座って、天井を見つめながらののしり声をあげた。

「課長はなんて言ってきたんです、カール？　応援は来るんですか？」アサドはきいた。

「なんて言ってきたかって？　ストーア・カニケ通りの襲撃事件が解決したら、余った人手を回せるんだとさ。それに今はなんたって鉄道用地の爆破事件の捜査に人を注ぎ込まなくちゃならんだろう」

カールはため息をついた。いつのまにか気分は落ち着いていた。決まって何か事件が割り込んでくる。そして、それはいつもカールの捜査よりも重要な事件だった。

「まあ、座れ、アサド。ヨハン・ヤコプスンのリストが役に立つかどうか見てみよう」

カールはホワイトボードに書き出した。

一九八七年六月十四日――コーオ・ブルーノ、寄宿学校生、高さ十メートルの飛び込み台から転落死。

一九八七年八月二日――ラアヴィーの殺人事件。

一九八七年九月十三日――襲撃事件、ニュボーの浜辺。若い男五人と女一人を近くで目撃。被害者の女性はショック状態。証言せず。

一九八七年十一月八日――双子、タバノイイの公園。指を二本切断。激しく殴打。

一九八八年四月二十四日――夫婦、ランゲラン島。行方不明。所持品の一部を海で発見。

カールは二十件すべてを書き終えると、アサドを見つめた。

「この事件すべてに共通していることはなんだ？　アサド、言ってみろ」

「すべて日曜日に起きています」

「ああ、それは俺もちらっと考えた。間違いないか？」

「はい」

筋は通っている。もちろん日曜日のはずだ。他の曜日はありえない。なんてったって彼らは寄宿学校にいたんだ。寄宿学校の暮らしに行動の自由はない。

「どの犯行現場もネストヴィズのキミーの住まいから二時間で行けます。たとえば、ユトランド半島では一件も起きていません」アサドは言った。

「ほかに気づいたことはあるか、アサド？」

「一九八八年の後半から九二年までは行方不明になっている被害者はいません」

「どういうことだ？」

「言ったとおりです。ただの暴行事件なんですよ。殴ったり蹴ったりの。姿を消したり、死体で発見された者はいません」

カールは長いあいだリストを見ていた。この中のたったひとつの事件に心を奪われている一私服警官が書き上げたリストだ。リストアップする事件を絞りすぎていないか？　毎年デンマークでは何千件もの暴力犯罪が起きているというのに。

「ヨハンを呼んで来い、アサド」カールは指示し、書類をめくった。

待っているあいだに、カールはキミーが働いていた動物を取引しているという会社に連絡をとってみることにした。キミーの人物像が浮かび上がるような情報が欲しかった。夢とか、価値観とか、そういったものを。明日の朝、とにかく午前中に会えるようにしよう。

その後はレズオウア高校の教師と会う約束があった。夕方にそこで卒業生のパーティーがある。二〇〇七年九月二十九日、九月の最後の土曜日に行なわれる純粋に楽しむためだけの催しだと教師は言った。

「ヨハンが来ます」アサドはそう言うと、再びボードのリストに没頭した。

「そうか、キミーがスイスにいた期間だ」しばらくして、アサドは言った。

「なんだって？」

「一九八八年の後半から一九九二年、この期間のことです」アサドは力強くうなずいて、こう続けた。「キミーがスイスにいたあいだは誰も殺されていないし、行方不明にもなっていません。少なくともこのリスト上ではね」

ヨハンは具合が悪そうだった。以前の彼は広大な警察署の中を、牧場の広さと豊かさに気づいたばかりの春の仔牛のように飛び回っていた。それが今ではまるで厩舎につながれた一頭の家畜のようだった。

「まだ心理学の先生のカウンセリングは受けているのか、ヨハン？」カールが尋ねた。

「ええ、力にはなってくれますが、あまり調子はよくありません」ヨハンは答えた。

カールはボードに貼られた兄妹の写真に目をやった。元気を出せというほうが無理かもしれない。

「君はどういう基準で事件をリストアップしていったんだ、ヨハン。ここに載っていない事件がほかに何百件もあるってことはないか」

「暴力犯罪のうち、日曜日に起きていて、被害者自身からの告発はなく、犯行現場がネストヴィズから百五十キロ以上離れていない事件をすべて選び出しました」ヨハンはカールの反応を見ていた。その三つの条件がそろっていることがきわめて重要だとヨハンは考えていた。

「寄宿学校について書かれたものを片っ端から読みました。あそこでは、個人の欲求や願望はすべて影を潜めてしまうんです。生徒は堅いコルセットをむりやり着けさせられ、いつだって学校の課題と義務が優先され、そのうえ、何をするにも正確な時間が決められている。一週間通してずっとですよ。そうやって、規律や共同体精神を身につけさせるんだそうです。だから、学校がある日や、週末の朝食前や夕食後の時間帯に起きた暴力犯罪に取り組んでもあまり意味がないんじゃないかと思ったんです。その時間は彼らにはほかにしなければいけないことがあったわけですから。日曜日の朝食と夕食のあいだ——その時間帯に起きた襲撃事件でなければいけなかったんです」

「連中は日曜日の昼間に犯罪をおかしていたって言うのか？」

「ええ、そう思います」

「じゃあ、その時間に彼らが二百キロ先まで行けてたら、そこでもまた獲物を見つけて、それなりのけがを負わせていたことになるな」

「ええ、でも、学期中は百五十キロが限度と考えました。夏休みはもっと遠くまで行っていましたがね」ヨハンは床に目を落とした。

カールは万年カレンダーで曜日を調べた。「だが、ラアヴィーの殺人事件は夏休みなのにやはり日曜日に起きている。ただの偶然か、それとも連中のポリシーなんだろうか」

「偶然だったと思います。あれは学期が始まる直前でした。まだ夏休みを満喫できていなかったのかもしれません。頭がおかしい連中ですから」ヨハンは悲しげに言った。

彼らが寄宿学校を去ってからについては、むしろ直観で事件をリストアップしていったことをヨハンは認めた。カールはリストに文句はつけなかったが、彼が直観で作成したのなら、自分も直観を働かせたかった。まずはキミーがスイスに行く前の期間に的《まと》を絞ろう。

ヨハンが部屋を出て仕事に戻ってからも、カールはしばらくリストを眺めていた。そして、タバノイイに電話をかけた。一九八七年に公園で襲われた双子の兄弟は、何年も前にカナダに移住したことがわかった。大金を相続して、農業機械の賃貸業を始めたという。とにかく地元ではそういう話らしい。ずいぶん前の話なので、双子の現在の暮らしについて詳しい事情を知る者はいなかった。カールにそう伝えた警官の声は八十歳の老人のように嗄《か》れていた。

電話を切ると、カールは年配の夫婦がランゲラン島で行方不明になった日付を調べた。そしてアサドが作成したファイルを読んだ。夫婦はドイツのキール在住の教師で、ヨットでランゲラン島のルズクービングに来て、その周辺をまわり、最後はストーオンセの民宿に泊まっていた。

捜査報告書によると、行方不明になった日に、ふたりはルズクービングの港で目撃されていた。ヨットで出航した後、転覆した可能性が高いと考えられている。しかし、ふたりは同じ日に少し南のリネルセ・ノアの沿岸である男の目にとまっており、その後、数人の若者が夫婦のヨットが係留されていた場所のすぐ近くで目撃されていた。ことさら強調されていたのが、きちんとした身なりの若者だったという点だった。エンジンオイルの販促品の帽子をかぶっているような地元の若者ではなく、アイロンのかかったシャツを着て、髪もきちんと刈っていたという。ヨットに乗って港を出て行ったのはその若者たちで、ヨットの所有者ではないという話もあったようだが、それは現地の人間の推測として片付けられていた。

報告書はリネルセ・ノアの浜辺で見つかった夫婦の所持品についても言及していた。担当捜査官は所持品の発見を受けて夫婦を行方不明者として処理したものの、確信があったわけではないようだった。

カールは拾得物のリストに目を通した。ノーブランドの空っぽのクーラーボックスが一個、マフラーが一枚、靴下が一組、ピアスが一個。ピアスは銀とアメジストでできていて、ふたつのパーツから成り、締め具はなく、銀製のフックを差し込むタイプだった。

あまり細かな描写はない。おそらく男性の警察官が作成したのだろう。それでも、カールがキミーの箱に入っていたピアスを思い出すには充分だった。

カールがこの発見に心底戸惑っていたときに、アサドがオフィスに飛び込んできた。くじで大当たりを引いたような顔だった。

「ベラホイのプールで例のゴムのアームバンドが使われていました。プールの使用時間をつかむために配られていたものだそうです」

カールはどうにか頭を現実に引き戻した。だが、このおよそ信じられないようなピアスの発見に匹敵する情報があるとは思えなかった。

「あんなゴムのアームバンドはそこら中で使われてるんだ、アサド。いまだにな」

「そうかもしれませんが、コーオ・ブルーノがタイルの上で無残な姿で発見されたとき、付けていたはずのアームバンドはなくなっていました」

26

「彼は今、上で待っています。ここに下りてきたら、私も同席しましょうか？」アサドは言った。

「いや、いい」カールは首を横に振った。アサドは忙しい。「だが、コーヒーを淹れてくれないか。濃すぎないのをな」

土曜日の静けさの中で、この地下室で聞こえる音といえば、いつもの半分の量しか流れてこない排水管の水の音だけだった。アサドがぼんやりと口笛を吹いているあいだ、カールはデンマークの紳士録のページを繰って、地下に降りてくる客の情報を探していた。

マンフレズ・スロトという名の男だった。年齢四十歳。死んだ寄宿学校生コーオ・ブルーノのルームメイトだった。一九八七年、大学入学資格試験合格。兵役―王室近衛兵。予備役少尉。専攻―経営学。経営学修士号取得。三十三歳より五企業の最高経営責任者を務める。五社の監査役、一公的機関の理事。現代ポルトガル芸術の展覧会発起人およびスポンサー。一九九四年、アグスチーナ・ペソーアと結婚。過去にポルトガルおよびモザンビークでデンマーク領事を務める。

騎士十字勲章や、国際的な勲章を受けていてもなんの不思議もない経歴だ。

「十五分しかないんです」男は握手をしながら言った。膝が出ないようにズボンの折り目を少し持ち上げ、カールと向き合って足を組んで座ると、コートのボタンを手早くはずして前を広げた。砂場で子どもと遊んでいる姿よりも、寄宿学校時代を想像するほうがはるかに簡単だ。

「コーオ・ブルーノは親友でした。彼はああいう屋外プールは好きではありませんでした。だから、ベラホイにいたというのがそもそも妙な話なんです。あんな、どんな人間が寄ってくるかわからないようなところに行くとは思えませんからね」本当にそう思っているようだった。「それに、彼が飛び込み台から飛ぶところなんて見たことがありません。それも十メートルだなんて」

「では、事故ではないとおっしゃるんですか？」

「事故なんてありえませんよ。コーオは頭のいいやつでした。落ちたら死ぬことがわかりきってるような場所で、曲芸みたいなことはするはずがない」

「では、自殺もありえないと？」

「自殺ですって？　我々は大学入学資格試験に合格したばかりだったんですよ。彼は父親から合格祝いにビュイック・リーガル・リミテッドを贈られました。あのクーペタイプのやつです。ご存じでしょう」

カールはうなずいておいた。ビュイックが車だということくらいは知っている。

「コーオは法律学の勉強をしにアメリカへと旅立つ直前でした。それもハーバードですよ。なのになぜ自殺しなくちゃならないんです？　まったくありえません」

「恋の悩みはどうです？」カールは慎重に相手の反応を探り始めた。

「コーオが落とせない女はいませんでしたよ」

「キミー・ラスンを覚えていますか」

マンフレズ・スロトは顔をしかめた。思い出したくないらしい。

「彼女に邪険にされて、傷ついてませんでしたか？」

「傷つく？　ひどく不機嫌でしたね。そりゃあ振られたら気分は悪いでしょう。誰だってそうです」スロトはまぶしいほど白い歯を見せて笑い、額から髪をかき上げた。染めて調髪したばかりのようだった。

「キミーに仕返しでもしようとしてたんですか？」

マンフレズ・スロトはわずかに肩をすくめ、コートの折り返しから小さなほこりを払った。

「今日こちらに来たのは、あなたがたの見解が私と同じだと思ったからです。つまり彼は殺された。突き落とされたんです。そうじゃなきゃ、二十年も経って、警察がわざわざ私と連絡をとったりしないでしょう。違いますか？」

「まだはっきりしたわけではありません。しかし、再捜査をしているのは、もちろん理由があってのことです。では、彼は誰に突き落とされたんだと思いますか？」

「わかりません。キミーはクラスの二、三人のいかれた男と仲良くしていました。連中はキミーのまわりを衛星みたいに回っていましたよ。彼女の思いどおりに操られて。すばらしい胸をしてましたからね。あの胸には誰も逆らえません」マンフレズ・スロトは吹き出した。およそ彼には似つかわしくない下品な笑いだった。

「彼はキミーとよりを戻そうとはしなかったんでしょうかね。ご存じですか？」

「キミーはすでにある教師と関係を持っていました。風格も何もないただの田舎教師です。だから、女子生徒の誘惑なんかにのってしまったんでしょう」

「教師の名前は覚えていますか？」

マンフレズ・スロトは首を横に振った。「あまり長くいないで、すぐにやめてしまいましたから。二、三のクラスで国語を教えていたと思います。印象に残るタイプじゃありません。教えてもらっていたら別ですが……」そして指を一本高く挙げ、一点をじっと見つめて記憶をたどっていた。「思い出した。クラウスです。ウをvと綴るんです」彼は息を弾ませて言った。この名前しかないという感じだった。

「クラウスというと、クラウス・イェベスンですか？」

マンフレズ・スロトは顔を上げた。「イェベスン。ええ、そうでした」彼はうなずいた。

俺の頬をつねってくれ。カールは夢を見ているのではないかと思った。それは今夜会うことになっている男の名前だった。

「コーヒーはそこに置いといてくれ、アサド。ありがとう」

ふたりはアサドが部屋を出て行くのを待った。

「お察ししますよ」カールの客は軽く微笑んだ。「ここの環境はひどいですね。だが、あなたは部下の扱いになれておられる」そう言って、また癇《かん》に障る笑い声をあげた。カールはこんな男がモザンビークで領事を務めていたことが信じられなかった。

マンフレズ・スロトはモカの味をみた。ひと口飲めば充分だったらしい。

「確かに」マンフレズ・スロトは言った。「コーオはまだあの女にご執心でした。ほかにもそんな男が大勢いました。だから、彼女が放校処分になると、コーオはなんとか独り占めしようとしていましたよ。そのころ、彼女はまだネストヴィズに住んでいました」

「じゃあなぜベラホイで命を落とすことになったんでしょう」

「試験が終わると、コーオはエムドロプの祖父母の家に移ったんです。彼は前にもそこに住んでいたことがありました。私もときどき寄せてもらいましたが、親切で上品な人たちでしたよ」

「彼の両親はデンマークに住んでいなかったんですか？」

マンフレズ・スロトは肩をすくめた。彼自身も仕事に専念できるように、子どもを寄宿学校に入れているのだろう。

「二年G組のキミーの取り巻きにベラホイのプールの近くに住んでいた者がいませんでしたか？」

マンフレズ・スロトの視線はカールを素通りして部屋の様子を見ていた。ようやく事の重大さを理解したらしい。ホワイトボードに貼られた写真を見ている。襲撃事件の被害者リストには彼の友人コーオ・ブルーノの名前が挙がっている。

しまった。カールは振り向いて、客の視線の先を見てとると心の中で毒づいた。

「あれはなんなんですか?」マンフレズ・スロトはにわかに真剣な顔になって、リストを指さした。

「別にそれぞれの事件に関連性はないんです。書類を年代順に整理しているところなんですよ」カールは答えた。

なんて間抜けな説明だ。書類がきちんと棚に並んでたら、それをボードに書き出す必要がどこにある?

だが、マンフレズ・スロトはそれ以上聞き返さなかった。ふだん書類の整理なんて雑用をすることがないのでわからないのだろう。

「お忙しいんですね」彼は言った。

カールは大げさに腕を広げてみせた。「ですから、私の質問に可能なかぎり正確に答えていただきたいんですよ」

「なんでしたっけ?」

「知りたいのは、キミーの取り巻きにベラホイの近くに住んでいた者がいたかどうかです」

すると、ためらうことなく、彼はうなずいた。「いましたよ。クレスチャン・ヴォルフです。彼の両親は湖畔にバウハウス様式の家を持っていました。すばらしい家です。クレスチャンは父親を会社から追放したあと、その家を引き継ぎました。今でも奥さんが再婚相手と住んでいると思います」

マンフレズ・スロトからそれ以上のことはきき出せなかった。しかし、収穫はあった。

「ローセ！」カールはマンフレズ・スロトの靴音が遠のくとすぐに部下を叫んだ。

「クレスチャン・ヴォルフの死について何がわかった？」

「ちょっと、カール！　アルツハイマーにでもなったんですか？」ローセはメモ帳で自分の頭を叩いて言った。「私に四件の調べ物を指示したのをもうお忘れで？　その件はあなたの優先順位によると四番目です」

「じゃあ、いつまで待てばいいんだ。私が何か知っていると思います？」

ローセはソファーでごろごろしているろくでなしを叱り始めるイタリア人の母親みたいに、両手を腰にあてがった。そして、だしぬけに笑った。「ああ、だめ。怒った振りなんてできないわ」ローセは指をなめて、メモを繰った。「どういうわけか、ここじゃなんでもあなたの思いどおりになるんですよ。もちろん、その件をいちばんに片付けましたとも。いちばん簡単だったからですけどね」

クレスチャン・ヴォルフが死んだのは、まだ三十歳になったばかりのときで、すでに大金持ちになっていた。家業の海運業を大きくしたのは父親だったが、クレスチャンは父親を巧みに追い出し、破滅させた。噂によると、それは息子が耐えてきた愛情のない親子関係に対する報復だったらしい。

巨万の富を手にする独身男性――クレスチャン・ヴォルフは世間の注目を集めながら、六月にサクセンホルト伯爵の三女、マリア・サクセンホルト伯爵令嬢と結婚した。だが、幸せは四カ月しか続かなかった。クレスチャン・ヴォルフは一九九六年九月十五日、狩猟中の事故で死んだ。

この不運があまりにもむなしいものに映ったせいか、新聞各紙はこの件を大きく取り上げていた。クレスチャン・ヴォルフの事故死は、市庁舎広場の新しいバス停よりもはるかに多くの見出しを飾り、それより二カ月前のビャルネ・リースがツール・ド・フランスで優勝したというニュースに匹敵する扱いだった。

事故はロラン島にあった週末用の別荘の敷地内で起きた。クレスチャン・ヴォルフは早朝に別荘を出た。三十分後に狩猟仲間と合流するはずだった。発見されたときには二時間以上経っていた。太ももにひどい銃創を負って、失血死していた。比較的短時間で死に至ったであろうと検視報告書には書かれていた。

そうだろうな。カールは前の事件で身をもって知っていた。

しかし、経験豊かなハンターになぜそんなことが起きたのかは不可解だった。クレスチャン・ヴォルフがすぐに発射できる状態で銃を持ち歩くことは、複数の狩猟仲間の一致する証言だった。グリーンランドでホッキョクグマを撃ち損ねたからだという。指がかじかんで安全装置をはずすことができず、二度目のチャンスが来なかったのが悔しかったのだ。だが、何かにだとしても、彼がどうやって自分の太ももを撃てたのかという謎は残った。

つまずいた拍子に、指にかけていた引き金をうっかり引いてしまったのだろうという結論に達し、事故の経過を再現した結果、この解釈でまったく問題がないことがわかった。若い伯爵令嬢があまり騒ぎ立てなかったことや、彼女がすでに結婚を後悔していたという事実が非公式な話として添えられていた。夫とはかなり年が離れていたうえに、性格もまったく違っていた——きっと遺産が傷口をきれいにふさいでくれたことだろう。

その家はまさに湖にせり出すようにして建っていた。周辺にこれほどの豪邸はなかった。その一軒が、周囲のすべての家の価値を上げるような建物だった。市場が値崩れする前なら四千万クローネはしたはずだ。今、こうした家は売り物にならない。住民たちはこんな事態を招いた政府に一票を投じたのだろうか。真っ先に消費者に取り入り、需要を焚きつけておいて、不動産バブルが経済に及ぼした影響はいったい誰が始末をつけるのだろう。

玄関の扉を開けた少年はせいぜい八歳か九歳くらいだった。風邪で鼻を詰まらせ、バスローブを着て、スリッパを履いていた。数十年にわたって企業家や銀行家を参内《さんだい》させてきた立派な玄関で目にすることになるとは、まったく予想もしていなかった光景だった。

「誰も中に入れちゃいけないんだ」少年は言った。「お母さんは留守だけど、すぐに帰ってくる。ルングビューにいるから」

「お母さんに電話をかけてくれないかな？　警察がお母さんに話があるって」

「警察？」少年はカールを疑いの目で見た。バクやマークス・ヤコプスンのように、黒い革のジャケットを着ていたら、少しは信用してもらえていたかもしれない。

「ほら、バッジだ。中で待たせてもらっていいか、お母さんにきいてくれないか」

少年は扉をバタンと閉めた。

たっぷり三十分、カールは玄関の前の踏み段に立っていた。その間、湖の反対側を行き来する人々を見ていた。

土曜日の午前中といえば、福祉国家デンマークのいたるところで慈善のための募金活動が行なわれている。

「誰かお探しですか」車から降りた女性がきいた。

警戒しているようだった。出方を間違えたら、買ってきた品物を階段に投げつけて、裏口に走って行くだろう。

カールはポケットからバッジを取り出して、女性に差し出した。

「カール・マークです。特捜部Qから来ました。息子さんから電話がありませんでしたか？」

「息子は病気で、寝ていますが」急に不安になったらしい。「何かあったんでしょうか？」

ということは、電話をかけなかったんだな、あの坊主。

カールはあらためて自己紹介をし、しぶしぶではあったが、家の中に入る許可を得た。

「フレズレク！」母親は二階に向かって叫んだ。「ソーセージがあるわよ」予想していた伯爵令嬢とは違って、気どりのない、とても感じのよい女性だった。階段をパタパタ下りてくる足音が急に止まった。少年は玄関ホールにいるカールに気づくと、泣き出しそうな顔になった。警官の指示に従わなかったら、どんな罰が待ちうけているのか、子どもらしいさまざまな想像が頭の中を巡っているのだろう。

カールは少年に目くばせをした。心配するな。

「フレズレククくん、君は病気で寝てなくちゃいけないんだろ」

少年はゆっくりとうなずくと、ホットドッグを持ってすぐに消えた。利口な少年だ。

カールは本題に入った。

「私がどんなお役に立てるのかわかりませんが」カールに向けられたまなざしには好意が感じられた。「クレスチャンと私は実際、お互いのことをよく知りませんでした。ですから、当時、彼が何を考えていたのかはわかりません」

「あなたは再婚されたんですよね」

マリア・サクセンホルトは微笑んだ。「ええ、夫のアンドリューとはクレスチャンが亡くなった年に出会いました。子どもが三人います。フレズレク、スサネ、キアステンです」

なんとありふれた名前だ。貴族に対する先入観を捨てなくちゃならんな。

「フレズレククくんがいちばん上のお子さんですか」

「いえ、あの子は末っ子です。上の双子は十一歳です」カールにきく間を与えず、伯爵令嬢は先手を打ってきた。「確かに生物学的には双子の父親はクレスチャンですが、ずっとそばにいたのは今の夫です。娘はふたりとも今は寄宿学校にいます。イーストボーンの義父母の屋敷の近くにあって、それはすばらしい学校なんですよ」

彼女は嬉しそうに臆面もなくそう言った。富に恵まれた若い女性。どうしてそんな思い切ったことがわが子にできるのだろう。まだ十一歳の子どもをイギリスに調教に出すなんて。

カールは階級の差をあらためて強く感じた。

「クレスチャンさんと結婚していたころ、キアステン・マリーイ・ラスンの話が出ませんでしたか？　ええ、あなたとお嬢さんのお名前を足したみたいな名前でおかしいですよね。まあ、それはどうでもいいんですが、クレスチャンさんはこのキアステン・マリーイ・ラスンという女性と懇意にしていました。彼女はキミーと呼ばれていました。ふたりは寄宿学校でいっしょでした。何か聞いていませんか」

マリアの顔がさっと曇った。

カールはしばらくその顔を見つめていたが、彼女は何も言わなかった。

「どうなさったんです？」カールはきいた。

すると、両手ではねつけるようなしぐさをしてみせた。「その話はしたくありません。それだけです」

「ひょっとしてキミーと不倫をしていたと思っていらっしゃるんですか？　当時、あなたは妊娠しておられましたが」

「彼がその女性と何があったか知りませんし、知りたいとも思いません」伯爵令嬢は腕を組んで立ち上がった。帰ってくれと言わんばかりだった。

「今、彼女は路上生活をしています」カールは告げた。

それを聞いても慰めにはならなかったようだ。

「クレスチャンは彼女と話をしたあとは必ず私を殴りました。これでご満足ですか？　なぜここに来られたのか知りませんけど、もうお引き取りください」

カールは言うつもりはなかったが、しかたなく口に出した。

「私がこちらにうかがったのは、ある殺人事件の捜査のためです」

即座に答えが返ってきた。「私がクレスチャンを殺したと思ってらっしゃるなら、見当違いもはなはだしいですわ。そんな気はまったくありませんでしたから」

伯爵令嬢は首を横に振り、湖面に目をやった。

「なぜご主人はあなたを殴ったんです？　サディストだったんですか。酒に酔っていたんですか」

「サディストだったか？」彼女は床に目を落とし、顔を上げずに言った。「ええ、間違いなく」

カールは屋敷を出ると、しばらく立ち尽くして周囲を眺めていた。マリア・サクセンホルトの話は大きな屋敷の雰囲気を一変させた。彼女は、三十歳の体格のよい男が二十二歳のか弱い女性にできるすべてのことを経験させられていた。蜜月はあっという間に悪夢の日々に変わった。ののしりと脅しの言葉で始まり、やがて肉体的な暴力にエスカレートしていった。夫は目に見えるようなけがを負わせなかった。夜にはふたりで盛装して人前に出なくてはならないからだ。豪奢な暮らし。そのためにクレスチャンは彼女を選んだ。そのためだけに。クレスチャン・ヴォルフ。マリアは数秒で夢中になった。忘れ去るには残りの人生すべてが必要になるかもしれない。彼自身、彼の行為、彼の本性、そして彼を取り巻いていた人間たちすべてを忘れるには。

車の中でカールはガソリンのにおいがしないかどうかを確かめた。そして、特捜部Qに電話をかけた。

「はい」それ以上アサドは言わなかった。「特捜部Q、警部補助手ハーフェズ・エル・アサドです」などとは言わずに、ただ「はい」としか言わない。

「電話をとったら、ちゃんと自分の名前と部署を言え、アサド」自分も名乗らないのに、カールは言った。

「カール、ローセがボイスレコーダーをくれました。これ、いいですね。それと、ローセがあなたに話があるそうです」

「ローセが？　来てるのか」

答えを聞かなくても、後ろで響いている足音と声で充分だった。

「ビスペビェア病院の看護師を見つけましたよ」いきなり電話口に出たローセが言った。

「そりゃ、よかったたな」

ローセは失望したようにため息をついた。

「アーアスーの民間病院で働いています」

カールは住所をきいた。

「名前だけですぐに見つかりました。こんなことめったにないんですけどね」

「どこから手に入れたんだ？」

「ビスペビェア病院に決まってるじゃないですか。古い書類棚を引っかき回してきました。キミーの入院当時、産婦人科で勤務していた看護師です。電話をかけたら、すぐにキミーのことを思い出しました。当時勤務していた者なら全員覚えているだろうって言ってました」

「デンマークでもっとも美しい病院」――ローセはホームページの宣伝文句を引用した。

カールは真っ白な建物を見て納得した。何もかも手入れが行き届いている。秋だというのに、芝生はまだウィンブルドンのような威厳を保っていた。すばらしい環境だった。つい先だって、デンマークの女王が夫君とこの眺めを楽しんだという。

フレーゼンスボー城ごと、ここに引っ越してくるべきだ。

しかし、看護師長イアムガード・ドゥフナの印象は対照的だった。微笑みながら、迫力のある体で、陸を目指す戦艦のようにカールに向かって歩いてきた。おかっぱ頭、地ならし機のような脚、はしけ船のような靴。付近の者はみな脇に寄って彼女に道を空けた。

「マークさんですね！」看護師長は笑って、カールの手を取り、ポケットの中身が飛びだすくらいの勢いで握手をした。

外見だけでなく記憶力も桁はずれだった。警察官にとってすぐれた記憶力ほどありがたいものはない。

彼女はビスペビェア病院で、キミーのいた病棟の看護師をしていた。キミーが姿を消したときは非番だった。だが、あまりにも痛ましく、状況がおかしかったので「決して忘れられない」と言った。

「ひどく殴られた状態で入院してきました。お腹の子どもは助からないだろうと思っていました。でも持ちこたえたんです。彼女は信じられないほどその子を欲しがっていました。それから一週間入院し、そろそろ退院できるはずだったんです」

看護師長は唇を突き出した。

「ところが、ある朝、私が非番でいなかったときに、状態が急変し、流産しました。担当医は彼女が自分で流産を招いたようだと言っていました。下腹部に大きなあざが残っていたんです。信じられませんでした。あんなに喜んでいましたからね。ですが、こういう患者さんはわかりません。突然、子どもとふたりだけになってしまうと、いろいろな気持ちが働きますからね」

「彼女は何を使って、そんなふうに内出血したんですか。覚えていますか」

「病室にあった椅子じゃないかって言われてました。椅子をベッドの上に持ってきて、それで下腹部を殴ったんだろうって。看護師が病室に入ったとき、椅子が床に倒れていたんです。

彼女は意識不明の状態で、胎児は脚のあいだに広がる血の海の中にいました」

カールの目に状況が浮かんだ。悲しい光景だった。

「胎児はもう見分けがつくほどの大きさだったんですか」

「そうですね。十八週目だと十四センチから十六センチで、小さいですがちゃんと人間の形をしています」

「腕や脚も？」

「ええ、ありますよ。肺や目はまだ充分に発達していませんが、その他はすべてそろっています」

「それが彼女の脚のあいだにあったわけですね？」

「ええ、子どもと胎盤を分娩していました」

「〝胎盤〟とわざわざ言われましたが、何か理由でも？」

看護師はうなずいた。「だから覚えているんです。それと彼女が胎児を持ち去ったことで。同僚は胎児に布をかけて、彼女の止血にあたっていました。そして、短時間外に出て、部屋に戻ると、彼女と胎児が消えていました。胎盤だけが残されていました。それで医師が胎盤がちぎれていることを確認したんです。まっぷたつに」

「流産でそうしたことは起きないんですか？」

「きわめてまれです。下腹部を殴ったせいかもしれません。いずれにしても、搔爬《そうは》をしないと危険でした」

「えぇ、特に以前はそれが大きな問題でした。今でも掻爬をしなければ、患者が死亡するリスクは高いんです」

「感染症ですか？」

「なるほど。しかし、そうはなりませんでした。彼女は生きています。あいにくホームレスですがね。生きてはいます」

看護師はしばらくぼんやりしていた。「気の毒に。乗り越えられない女性は大勢います」

「子どもを失った心の傷で、社会から完全に引きこもってしまうこともありますか？」

「彼女のような状況に置かれたら、なんだってありえます。何度も見てきました。罪の意識にさいなまれて、その苦しみは何をもってしても決して薄らぐことはありません」


「ここらで事件の全体像をまとめてみようと思うんだが、どうだ」カールはそう言って、ローセとアサドを見た。ふたりとも何か言いたいことがあるようだった。だが、待ってもらうことにした。

「捜査対象はある若者のグループだ。一人ひとり力のある者がいっしょになって、計画したことを常に最後までやり抜いている。メンバーはそれぞれ個性のある五人の少年と、このグループの中心的存在と思われるひとりの少女。

彼女は世間知らずのきれいな娘だった。学年で首席の男子生徒コーオ・ブルーノと短い交際を始める。コーオは命を落とした。俺はこの死にグループの関与を強く疑っている。キミー・ラスンが隠していた箱から出てきた拾得物のひとつが、その可能性を示している。動機は嫉妬。それでつかみ合いになったのかもしれない。もちろん、ありきたりの事故だったかもしれないし、隠されていたゴムのアームバンドはただの記念品にすぎないのかもしれない。いずれにせよ、それだけでは有罪かどうかはわからない。

最終学年でキミーが退学になったにもかかわらず、グループは結束を保ち、ラアヴィーのふたりの若者が命を落とした。ビャーネ・トゥーヤスンはふたりの殺害を認めているが、おそらくグループの誰か、あるいは全員をかばっていると思われる。罪をかぶることで多額の金銭を受け取る約束になっていたことをあらゆる状況が示している。ビャーネ・トゥーヤスンの家庭は経済的に恵まれていない。キミーとの関係は終わっていた。そうした状況では、許容できる片《かた》の付け方に思えたんだろう。ともかく、キミーの箱の中に被害者の指紋付きの証拠品が見つかったことで、グループのメンバーが少なくともあとひとりは関わっていたことがわかった。

特捜部Qがこの事件に関わることになったのは、ある警官が個人的にビャーネ・トゥーヤスンに対する判決に疑いを抱いているからだ。この件でいちばん重要な意味を持っているのは、ヨハン・ヤコプスンが襲撃事件の被害者および行方不明者のリストを、寄宿学校の生徒が襲撃事件に関与していたという指摘とともに我々に提供したことだと言える。このリストから、キミーがスイスにいた期間は、襲撃が暴行止まりで、死者や行方不明者はいないことが確認できた。このリストにはあいまいな点もあるが、ヨハン・ヤコプスンの分析は基本的に筋が通っている。そして、容疑者は俺がこの事件の捜査をしていることを知った。どこから聞いたのか知らないが、おそらくオールベクからだろう。そして、捜査を行き詰まらせようとした」

そこでアサドが人差し指を立てた。「イキツマラセル？」

「捜査に邪魔が入ったと言ったんだ、アサド。行き詰まるっていうのは、先に進めなくなるってことだ。そこまで連中はやるんだ。数人の金持ちがただ自分の名声を心配しているだけじゃない。それ以上のことがこの事件には隠されていると俺は見ている」

アサドとローセはうなずいた。

「俺は脅迫まで受けるようになった。自宅、車、そしてついに職場でも。この脅迫の背後にいるのは俺たちが追っている連中である可能性が高い。かつての同級生を仲介人にして、俺たちを事件から追っ払おうとした連中だ。だが、この鎖はもう切れている」

「ただし、それは明るみに出ていない」ローセが言った。

「そのとおりだ。今後は腰を据えて捜査できるようになるが、彼らにはなるべく知られないほうがいい。俺たちはキミーを事情聴取して、連中が当時やっていたことを明らかにしようとしているわけだからな」

「キミーは何も言いませんよ、カール」アサドが口を挟んだ。「中央駅で私を見たときの様子じゃ」

カールは下唇を突き出した。「時機を待とう。キミー・ラスンは間違いなく正気じゃないはずだ。オアドロプに邸宅を持っている人間が、自分から進んで路上生活なんかするか？暴行され、不可解な状況で流産したことが、影響しているんだろうがな」カールはタバコを吸おうか迷ったが、真っ黒のマスカラを塗ったローセの目がカールの手にじっと注がれていた。

「キミーが消えた数日後にクレスチャン・ヴォルフが死んでいることもわかった。だが、ふたつの事件に関連があるかどうかはわからない。いずれにせよ、今日、未亡人から得た情報によると、クレスチャン・ヴォルフにはサディズムの傾向があった。キミー・ラスンとの関係もほのめかしていた」カールはタバコに指を伸ばした。

「ラアヴィーの殺人事件のほかにも、多くの暴行事件に連中が関わっていることは間違いない。これは本件でもっとも重要なことだ。キミー・ラスンが隠していた証拠品のうち、三つは致死事件に関係している。袋はさらに三つある。ほかにもやっている疑いがある。ということで、まずキミーをつかまえよう。それと並行して、プラムたち三人の行動を監視する。頼んだ調べ物も片付けてくれよ。ほかに何か付け加えることはあるか？」カールはタバコに火をつけた。

「まだ、胸のポケットにテディベアを入れてるんですね？」ローセはタバコに目をやりながらきいた。

「ああ。ほかに何か質問は？」

アサドとローセは首を横に振った。

「よろしい。じゃあ、ローセ。何かわかったことはあるか？」

ローセは漂ってくる煙を見ている。じきに手で追い払うはずだ。「あまりないですが、少しだけなら」

「もったいぶるな。聞かせてくれ」

「捜査に関わっていた警察官で、クレース・トメースン以外に連絡がついたのはひとりだけです。ハンス・ベアストラムといって、当時は機動部隊に所属していました。今は全然別の仕事に就いていますし、彼と話をするのは不可能です」ローセは煙を手で払った。

「話をするのが不可能な人間なんていませんよ」アサドがさえぎった。「君が間抜け野郎なんて言うから、腹を立てただけでしょう」アサドはローセが抗議すると、にっと笑って言った。「でも、ローセ、確かに聞こえましたよ」

「受話器を手で覆っていたから、聞こえるはずないわ。彼が話したがらないのは私のせいじゃない。彼は特許で大もうけしたのよ。ほかにもわかったことがあります」ローセは再び煙を払って、まばたきしてから話を続けた。

「なんだ？」

「卒業生なんですよ、あの寄宿学校の。だから彼からは何も聞き出せないんです」

カールは目を閉じて、鼻にしわを寄せた。学生時代に苦楽を共にするのはすばらしいことだ。だが、その関係が汚職や身びいきにまでおよんではならない。

「グループの同級生も同じです。誰も私たちとは話をしません」

「何人と連絡がとれた？　遠くに行ってしまった者もいるはずだ。女性は姓が変わってるしな」

ローセは露骨に煙を払い始め、アサドは後ろに身を引いた。「今、地球の裏側でいびきをかいている人にいたるまで、ほぼ全員と連絡がとれました。この作業はもうおしまいにしてもいいと思います。だいたい口を開けたって、話すことはないとしか言わないんですから。でも、ひとりだけは一瞬ベールを脱いで、どんなグループだったか教えてくれました」

カールはローセのほうに行かないように煙を吐いた。

「なんて言ってたんだ？」

「しょっちゅう人を笑いものにして、学校の森の中でマリファナを吸うような連中だったって。それぞれ単独では問題はなかったそうです。ちょっと、カール、ここで会議をするときは、そのニコチン・ディスペンサーを止めてもらえませんか」

カールはあと十回は吸えそうなタバコを消した。

「メンバーのひとりだけでも直接話ができればいいんですが」アサドが言葉を挟んだ。「でも、無理でしょうね」

「全容がわかってきたら、俺たちの手には負えないかもしれないな」カールが吸い殻をコーヒーカップの受け皿に押しつけると、ローセは露骨にいやな顔をした。「いや、そんなことを言ってても始まらない。何かわかったことはあるか、アサド。ヨハン・ヤコプスンのリストをもっと徹底的に調べる気はないのか？」

アサドは黒い眉を上げた。何か言いたいことがあるときの表情だ。だが、アサドは人をじらして楽しむ癖がある。

「ちょっと、早く言いなさいよ、いい子だから」ローセはそう言って、真っ黒いまつげの下からウィンクをした。

アサドはにやにやしながら、メモを見た。「ええっと、一九八七年九月十三日にニュボーで襲われた女性を見つけました。五十二歳で、名前はグレーデ・ソネ。ヴェスタ通りに〈ミセス・キングサイズ〉というブティックを持っています。まだ話はしていません。直接訪ねるのがいちばんだと思ったので。警察の調書はここにあります。襲撃については、我々がすでに知っているようなことしか書かれていません」

新しい情報がないというのに、アサドは嬉しそうだった。

「女性は当時三十二歳でした。犬を連れて浜辺を散歩していたところ、犬が綱を引きちぎって逃げだし、療養施設のようなところへ向かって走って行ったんです。女性はつかまえようと走りました。気の荒い犬だったんでしょうね。するとそこにいた数人の若者が犬をつかまえてくれて、犬といっしょに女性のほうに向かって歩いてきたそうです。全部で五、六人。そのあとのことは女性は覚えていません」

「おお、いやだ。ぞっとする」ローセは言った。「常軌を逸したすさまじい暴行を受けたってことね」

確かに。そうでなければ、まったく別の理由から記憶喪失になったということだ。

「そのとおりです」アサドは先を続けた。「調書によると、女性は服を脱がされていて、鞭のようなもので激しく打たれた痕があり、指が何本か折られていました。そして犬は女性のそばで死んでいました。足跡は多すぎて、犯人のものを特定できませんでした。赤い中型車が海のすぐそばの茶色の別荘の前に停まっていたそうです」アサドは自分のメモを見た。「五十番地の家です。そこに二、三時間停まっていました。別の車に乗っていた男性が、事件があったころに数人の若者がその通りを走っていたと証言しています。そのあと、フェリーの乗客や乗船券の売り場の聞き込みをしていますが、捜査はそれ以上進みませんでした」

アサドは自分が捜査を率いていたかのように残念そうに肩をすくめた。

「女性は四カ月間オーデンセの大学病院の精神科に入院していました。退院後、事件の捜査は打ち切られ、事件が解明されることはありませんでした。以上です」アサドはとびっきりの笑顔を見せた。

カールは両手で頭をかかえた。「よく調べたな。だが、アサド、何がそんなに嬉しいんだ?」

アサドはまた肩をすくめた。「そりゃあ、彼女を見つけたからですよ。おまけに二十分で会いに行けます。まだ店は閉まっていませんから」

〈ミセス・キングサイズ〉はストロイエからわずか六十メートルのところにあり、太った女性たちのために、体にぴったり合った魅力的なドレスをシルクやタフタといった高級生地で仕立てるブティックだった。

グレーデ・ソネは店の中で唯一ノーマルサイズだった。赤毛の洗練された女性で、威風堂々とした体格の客の前を生き生きと動き回っていた。

カールたちが店に入ると、グレーデは何度も様子をうかがってきた。大柄な女装趣味の男性客を相手にすることもあるのだろう。しかし、ごく平凡な男と小柄で小太りのその連れがそういったカテゴリーに属さないことは一目瞭然だ。

「いらっしゃいませ」彼女はそう言って、時計を見た。「そろそろ閉店時間ですが、お役に立つことがありましたら、なんなりとお申しつけくださいね」

カールはハンガーラックのあいだに立った。「ご迷惑でなければ、閉店まで待たせてもらいます。二、三おききしたいことがあります」

グレーデはカールが差し出した警察バッジを見ると、たちまち真顔になった。バッジがフラッシュバックを呼び起こしたらしい。すでに発射台に準備されていたかのようなはっきりとした反応だった。「わかりました。すぐに閉めます」グレーデはふくよかなふたりの店員に月曜日の指示を与え、「よい週末をね」と言って送り出した。

「月曜日にフレンスブルクに仕入れに行くんです。何もなければですけど……」グレーデはつくり笑いを浮かべ、何をきかれるのか、とすでに身構えていた。

「いきなり押しかけてきてすみません。急いでいるもので、すぐにすみますから」

「この地区の万引きの件でしたら、ビャアン通りのお店できかれたほうが、まだ見込みがありますよ」違う用件だとわかっていながら、グレーデはそう言った。

「待ってください。二十年前の事件がまだあなたに重くのしかかっていることや、何も言いたくないというお気持ちはわかります。ですから、イエスかノーだけでお答えください。それならかまいませんか？」

グレーデは顔の色を失っていたが、なんとか立っていた。

「うなずくか、首を横に振るだけでかまいません」カールは返事をしないグレーデにそう言うと、アサドを見やった。アサドはメモ帳とボイスレコーダーをすでに用意していた。

「事件のあと、あなたは襲われたことを覚えていませんでした。今でもそうですか？」

永遠にも思えた短い間のあとで、グレーデはうなずいた。アサドはその動作を小声でボイスレコーダーに記録した。

「我々は犯人に心当たりがあります。六人の若者で、シェラン島の寄宿学校の生徒でした。グレーデさん、六人だったと証言できますか？」

グレーデは答えなかった。

「五人の若い男と、若い女がひとりです。十八歳から二十歳です。身なりはよかったと思います。今からその女の写真をお見せします」

カールは《ゴシップ》誌に載っていた、キミー・ラスンがグループの他のメンバー数人といっしょにカフェの前に立っている写真のコピーを見せた。

「数年後に撮られたものなので、服装は変わっていると思いますが……」カールはそう言って、グレーデ・ソネの顔を見た。しかし、グレーデはまったく聞いておらず、写真に見入っていた。その目は見出しに〝ジェット族〟と謳《うた》われているグループの顔を次々追っていた。

「何も思い出せませんし、あのことはもう考えたくありません。どうかそっとしておいてください」抑えた声でグレーデは言った。

そのとき、アサドがグレーデに歩み寄った。「古い税務書類を見ると、あなたは一九八七年の秋に急にまとまった金を手に入れています。当時、あなたは……」アサドはメモを見た。

「……ヘセルエーヤの酪農場の従業員でした。そこへ、七万五千クローネという少なからぬ金が入ってますよね？　そして、あなたは店を開いた。最初はオーデンセに、次にコペンハーゲンのこの店を開いた」

驚きのあまりひとりでに眉が上がる感覚があった。アサドのやつ、どこでそんなものを手に入れてきたんだ？　今日は土曜日じゃないか。おまけにここに来る途中で、なぜひと言も言わなかった？　時間ならたっぷりあったはずだ！

「どこからこの金を受け取ったのか、説明していただけますか、ソネさん」カールはつり上がった眉をグレーデに向けた。

「それは……」グレーデは昔の説明を思い出そうとしたが、目の前の雑誌の写真が記憶をショートさせた。

「どこで金のことを知ったんだ、アサド」カールはヴェスタヴォル通りを急ぎ足で進みながらきいた。「今日は古い税務書類の閲覧なんかできないはずだ」

「昔、父から聞いた格言を思い出したんですよ。〝昨日、駱駝《らくだ》がおまえの台所から何を盗んだか知りたければ、駱駝を切り裂いてはならない。尻の穴をのぞけ〟」アサドはにっこり笑った。

カールはしばらく考えていたが、あきらめた。「で、その意味は？」

「たいしたことじゃありませんよ。私はただＧｏｏｇｌｅを使ってニュボーにソネという名前の女性がいるか検索しただけです」

「それで、電話をかけて、グレーデ・ソネの財務状況に関してさっさと洗いざらいぶちまけろって言ったのか？」

「違いますよ、カール。さっきの格言はそんな意味じゃありません。いわば後ろに引き返せってことです」

カールはまだ理解できなかった。

「いいですか、まずソネという名前の人の隣に住んでいた人に電話をかけたんです。どうなったと思います？　別のソネだったかもしれないし、ソネ家のことをよく知らない新しい隣人だったかもしれない」アサドは両腕を横に広げた。「さあ、答えてください、カール！」

「おまえさんは当たりくじを引いて、正しいソネの正しい隣人に行き当たったのか？」

「そうなんです。まあ、一発で当たったわけじゃありません。でも、当時ソネは賃貸アパートに住んでいたので、五つの電話番号から選ぶことができました」

「それで？」

「はい、三階のバルダさんと話をしたんですが、四十年前からそこに住んでいて、グレーデのことならプリューツスカートをはいていたころから知っているそうです」

「プリーツだ、アサド。プリューツじゃなくて。それで？」

「その女性がすべて話してくれました。あの娘は運に恵まれた。あの娘を気の毒に思ったフュン島のある匿名のお金持ちの男性からお金をもらった。七万五千クローネだった。そのお金で夢だった店を開いた。バルダさんは嬉しかったそうです。アパート中が喜んだと言ってました。暴行を受けたグレーデのことを、みんなそれだけ気の毒に思っていたんです」

「わかった、アサド。よくやった」

これは新たな展開だ。

寄宿学校の生徒は獲物を暴行したあと、ふたつの手段で片《かた》をつけたようだ。残りの人生を死ぬほどおびえて暮らしていくグレーデ・ソネのような従順な獲物には口止め料を支払った。そうでなかった獲物は何ももらえず、ただ消えたのだ。

27

カールはローセが机の上に投げるように置いていったデニッシュを食べていた。テレビではミャンマーの軍事政権について報道している。僧侶の緋色の衣が闘牛士の赤い布のように大衆の注目を集めている今、アフガニスタンのデンマーク兵の窮状は報道の優先順位リストの下位に転じているようだ。そのことを閣僚が嘆いていないことだけは確かだった。

カールは数時間後にレズオウアの高校で、寄宿学校の元教師クラウス・イェベスンと会うことになっていた。マンフレズ・スロトによると、キミーと関係をもっていた教師だ。

カールは、捜査の過程で多くの警察官がしばしば経験するような奇妙な感覚に襲われていた。

キミーが、以前より、そしてつい先日、継母から子ども時代のキミーの様子を聞いたときよりも身近に迫ってくるのを感じていたのだ。

カールは目の前を見つめた。いったいどこにいる、キミー？

テレビの画面が変わった。鉄道用地の爆破事件が取り上げられるのはこれで二十回目だ。架線の一部が切れたため、列車は運行を取りやめている。少し先の線路に黄色い修理車両が二台停まっている。つまり、レールももぎ取られたのだ。

画面に担当警部が出てきたので、カールは音量を上げた。

「今わかっているのは、ホームレスの女性がこの小屋にしばらく住みついていたということだけです。鉄道職員がここ何カ月か、小屋からこっそり出てくる女性を見ています。ですが、その女性を含め、誰の痕跡も残されていません」

「これは犯罪事件と言ってよろしいですか？」レポーターは警部に向かい、大げさに感情を込めて言った。素直な事実報道に化粧をほどこし、衝撃を与えて注目されたいのだろう。

「申し上げられるのは、鉄道側の情報によると、爆発の原因と考えられるようなものは、この小屋にはいっさいなかったということだけです。こんな大爆発がここで起きたことはまったく説明がつきません」

レポーターはカメラに向かって言った。「その点については軍の爆発物の専門家がすでに数時間前から取り組んでいます」そして再び警部に向き直った。「これまでに何が見つかったんですか？　今の時点でわかっていることは？」

「まあ……まだ全容解明につながるかどうか断言はできませんが、手榴弾の破片が確認されています。まったく同型のものがわが軍に装備されています」

「つまり、手榴弾で爆破されたということですね？」

時間稼ぎのうまいレポーターだ。

「その可能性はあります」

「女性については、ほかに何かわかっていますか」

「ええ、女性はこのあたりを根城にしていました。買い物はこの先の〈アルディ〉ですませ」警部はインガスリウ通りを指さした。「ときどきそこで風呂に入っていました」振り返って、フィットネスクラブを指さした。「視聴者のみなさんにお願いします。この女性についての情報がありましたら、ぜひ警察にお寄せください。これまでにわかっている人相、特徴はまだ漠然としていますが、白人で、年齢は三十五歳から四十五歳、身長約一メートル七十センチ、体型は普通と思われます。服装は決まっていませんが、路上生活をしていることから、多少古びたものを着ていると思われます」

カールはテレビに見入っていた。口の端に火が消えたタバコがぶら下がっていた。


「彼は俺の部下だ」カールは立ち入り規制線の前で告げると、アサドを連れて警察官と軍の技官の群れをかき分けて進んだ。

大勢の人間が鉄道用地の現場をかけずり回っていた。疑問はいくらでもあった。列車を吹き飛ばすつもりだったのだろうか？ もしそうなら、特定の近郊列車《エストー》を狙っていたのか？だったら、その列車が小屋の前を通過することを熟知していた人物の犯行ではないのか？そうした疑問や噂があたりを飛びかい、記者たちが聞き耳を立てていた。

「向こう側から始めてくれ」カールはアサドに指示し、小屋の裏手を指さした。いたるところに大小さまざまな瓦礫が散乱していた。扉や屋根の残骸、防水シートや樋の切れはし。金網のフェンスがところどころなくなっている。そのフェンスの穴のところでカメラマンや記者が待機していた。死体の断片でも見つかったのかもしれない。

「女を見かけた鉄道員はどこにいる?」カールは警察官にきいた。警察官は並んで立っているふたりの男を指さした。反射テープの付いた安全ベストを着ていて臨時労働者のようだった。

カールが警察バッジを見せると、ふたりは我先にとしゃべり始めた。

「待て! ちょっと待ってくれ!」カールは制して、ひとりに向かって言った。「まず、あなたにききます。どんな女性でした?」

男はこの状況を楽しんでいるようだった。今日は変化に富んだ一日だったし、あと一時間で仕事も終わる。

「顔は見てないんだが、たいていは長いスカートをはいて、綿入りの上着をきていた。だが、全然違う格好のときもあったな」

連れがうなずいた。「それに、出歩くときは、よくスーツケースを引っぱっていた」

「なるほど。どんなスーツケースでした? 色は黒? 茶色? キャスターは付いてました?」

「ああ、キャスターが付いているやつだ。大きかったよ。色はいつも同じってわけじゃなかったな」

「ああ、そのとおりだ」最初の男が言った。「俺は黒いのと、緑色のを見たことがある。それと、いつもあたりを見回しながら歩いていたな。あとをつけられているみたいにさ」

カールはうなずいた。

「ところで、その女性はあなたがたに見つかったあと、どうやってこの小屋に住み続ける許可を手に入れたと思いますか？」

最初の男が足元の砂利に唾を吐いた。「許可なんているもんか。国がやってるように、ただ受け入れるしかないんだ。役に立たない人間でもさ」男は首を横に振った。「なんのために俺がそんなことをチクんなきゃならないんだ？　それで俺になんの得がある？」

もうひとりがうなずいて同意した。「ここからロスキレ駅までのあいだに、こんな小屋が五十軒はある。そこに何人住めるか、想像してみてくれよ」

勘弁してくれ。酔っ払いの元トラック野郎が二、三人いるだけでもカオスだ。

「その女性はどうやって鉄道用地に入ってきたんでしょうね？」

すると、ふたりは笑った。「そりゃ、鍵を使って扉を開けて入ったんだろうよ」一方の男がかつてフェンスの出入口があったところを指さした。

「なるほど。では、鍵はどこから手に入れたんでしょうね？　鍵がなくなったり、一本足りなくなったりしたことはありますか？」

ふたりは肩をすくめて大笑いし、周囲の者までつられて笑った。そんなことわかるわけないだろ？　誰がこんな出入口を全部管理できるんだい。

「ほかに何かありますか？」カールは人の輪を見回した。

「ちょっと」別の男が言った。「先日、デュブルスブロー駅で女を見たよ。かなり遅い時間だった。俺はそこの貨車でここまで戻ってきたからさ」男は一台の車両を指さした。「すぐ向こうのプラットホームにあの女は立っていた。線路をじっと見ていたよ。まるでモーセが海を割ろうとしているみたいに。列車に飛び込むんじゃないかと思った。ま、やらなかったけどさ」

「顔は見ましたか？」

「見たよ。さっき警察にも何歳くらいに見えたかは話した」

「三十五歳から四十五歳でしたっけ？」

「そう言ったけど、考え直してみると、四十五歳よりも三十五歳に近いと思う。えらく悲しそうでさ、そういうときの顔って老けて見えるもんだろう？」

カールはうなずき、内ポケットからキミーの写真を取り出した。持ち歩いているあいだにかなりすり切れてしまった。「この女性ですか？」カールは男の目の前に写真を差し出した。

「そうだよ、この女だ！」男は驚いていた。「いや、実際はこんなじゃなかったけどさ。絶対、間違いない。眉毛に見覚えがある。こんな力強い眉毛の女はそういるもんじゃない。まいったね、この写真で見るとずっといい女じゃないか」

みんなが写真に群がってきて、あれこれ言いだした。

そのあいだカールは破壊された小屋をじっと見ていた。いったいここで何があった、キミー？　あと二十四時間早く見つけていたら、捜査はずっと先まで進んでいたものを。

「ここに住んでいた女がわかった」カールはしばらくして、黒い革の上着を着た同僚たちに言った。彼らはその言葉を待っていた。

「スケルベク通りに電話をして、捜索課に情報を伝えてくれ。ここに住んでいたのは、キアステン・マリーイ・ラスン、通称キミー・ラスンという女だ。女の個人識別番号やその他の情報を教えてくれるはずだ。何か新しいことがわかったら、まず俺に電話をくれ、いいな」カールは立ち去ろうとして、ふと気づいた。「もうひとつ。そこのハゲタカどもには何も言うんじゃないぞ」カールは記者を指さした。「女の名前を絶対知られないようにしてくれ、わかったな。もし知られたら捜査の大きな妨げになるかもしれないんだ。みんなにも伝えてくれ、ひとことも言うなと」

カールは瓦礫の中で膝をついているアサドに目をやった。妙な光景だが、軍の技官はアサドを好きにさせていた。この状況をどう判断すべきかもうわかっているらしい。軍のほうもテロの疑いはとっくに捨てているということだ。あとは刺激的な事件に飢えた記者連中を納得させるだけだ。

幸い、それはカールの仕事ではない。

カールは大きな厚い緑色の板を飛び越えた。落書きで半分覆われたその板は、もとは扉だったようだ。カールはフェンスの隙間から通りに出た。看板はすぐに見つかった。めっき加工の支柱にまだぶらさがっていたのだ。〈グネボ・ルーイストロプ・フェンス株式会社〉とあり、電話番号も書かれていた。

カールは携帯電話を取りだし、運を天に任せて番号を押した。応答なし。くそっ、週末か。カールは前々から週末が大嫌いだった。週末だからって雲隠れされたんじゃ、重大事件の捜査なんてできやしない。

この件は月曜日にアサドに頼もう。キミーが鍵を手に入れた方法がわかるかもしれない。カールはアサドを手招きして呼んだ。軍がくまなく調べたあとでは、どうせ何も見つからないだろう。そのとき、車のブレーキ音がした。思わず振り返ると、歩道に半分乗り上げるように停止した車から、殺人捜査課課長が飛び下りてきた。他の警察官と同じように、黒い革の上着を着ている。ただ、丈が少し長く、光沢があり、値段も高そうだった。

こんなところまで何しに来たんだ？　カールは課長を待った。

「死人は出ていませんよ」カールは倒れたフェンスの向こうで警察官に会釈をしているマークス・ヤコプスンに向かって言った。

「すぐに私といっしょに来てくれないか、カール」課長はカールのほうを向くと言った。「君が探していた麻薬中毒の女が見つかった。それが、どうやら死んでいるらしいんだ」

よく見る光景だった。階段の下で、血の気を失い、情けない姿で丸まっている死体。もつれて広がった髪の下に残されたアルミ箔と汚物。壊れた体、殴られて腫れた顔。二十五年以上はもたなかった哀れな存在。

ミルクココアのパックが白いレジ袋の上に倒れていた。

「過量摂取です」監察医はそう告げると、ボイスレコーダーを取り出した。遺体は解剖に回されることになるが、生前どんな人間だったかは明らかだった。足首の血管に注射針が刺さったままになっていた。

「そのようだな」マークス・ヤコプスンは言った。「だが……」

ヤコプスンとカールはうなずきあった。ふたりは同じことを考えていた。過量摂取——それはわかる。だが、なぜだ？　知識はあったはずだ。

「カール、君が彼女に会いに行ったのはいつだった？」ヤコプスンがきいた。

カールはアサドのほうを見た。いつものように穏やかな笑みを浮かべてそばに立っている。階段の重苦しい雰囲気をなんとも感じていないようだった。

「火曜日です、ボス」アサドはメモ帳を見ずに言った。びっくりだ。「火曜日の午後、九月二十五日です」アサドは補足した。次は正確な時間まで言いそうだ。この男はロボットか？

いや、こいつが血を流すのを俺は見ている。

「そんなに前か。それからいろいろあったのかもしれんな」課長はそう言って、しゃがみこむと、頭を傾けて、ティーネ・カールスンの顔や首の青あざを眺めた。

そのあざはカールが訪問したあとにつけられたものだ。

「この傷は死ぬ直前にできたものじゃないな」

「一日は経っているでしょうね」監察医は答えた。

階段を下りてくる騒がしい音がした。バクの以前の部下が、親戚にはなりたくないような男をひとり連れてきた。

「こいつはヴィゴ・ハンスンといいます。たった今聞いた話を、お聞きになりたいだろうと思って連れてきました」

がっしりした体格の男はいぶかしげにアサドを見ると、すぐにまた人を見下すような目つきに戻った。「あいつはそこにいなくちゃならないのか？」男は平然ときくと、刺青を入れた腕を出した。錨《いかり》がふたつに、鉤十字、そしてクー・クラックス・クランの略字。なんてやつだ。

通りがかりに男は出っ張った腹でわざとアサドを突き飛ばした。カールは驚いて目をみはった。相棒が反撃したら大変だ。

アサドはなんとかこらえた。男は運がよかった。

「あの尻軽女が昨日、別の尻軽女といっしょにいるところを見たぜ」

男が女の人相、風体を語ったので、カールはすり切れた写真を見せた。

「この女性だったか？」カールはきいたあとで、深く息を吸いこまないようにした。汗と尿のすえたにおいに加えて、男の朽ちかけた歯のあいだから流れ出てくる酒くさい息で吐き気を催したからだ。

男は眠そうな、やにだらけの目をこすると、二重顎が揺れるほど強くうなずいた。

「こいつがヤク中女を殴り始めたんだよ。だから、俺が中に割って入って、殴った女を片付けてやった。大きな口を叩きやがってさ」男は体をまっすぐに起こそうと無駄な努力をした。

なんて馬鹿な野郎だ。なぜそんなでたらめをほざくんだ？

そこへ別の警察官が来て、課長に耳打ちをした。

「いいだろう」マークス・ヤコプスンは言った。両手をポケットに入れ、突っ立って男を黙って見ている。つまり、いつ手錠を取り出してもおかしくないということだ。

「ヴィゴ・ハンスン。今聞いたところによると、あんたと我々とはどうやら旧知の間柄らしい。女性に対する性的暴行で合わせて十年。あんたはこの女性が死んだ女を殴るのを見たと言ったな。警察をよく知ってるなら、もう少し利口になって、そんなばかげた話をする無駄を省けなかったのかね」

ヴィゴ・ハンスンは深く息を吸った。取り返しのつくところまで話を巻き戻そうとしているようだった。

「見たとおりのことを言うんだ。ふたりがいっしょにいて、しゃべっているところを見た。それで全部だな。ほかに何かあるか」

ヴィゴ・ハンスンは床に目を落とした。手でつかめそうなほど屈辱感を漂わせている。それはアサドがいるせいかもしれなかった。

「ない」

「いっしょにいたのは何時ごろまでだった？」

ヴィゴは肩をすくめた。酒のせいで時間の感覚が鈍っているのだ。もう何年も前からそうなのだろう。

「その後、酒を飲んだかね？」

「ちょっとな」ヴィゴは笑顔をつくろうとした。見られたものではなかった。

「こいつはこの階段の下にあったビールを着服したことを認めています」上の集合住宅からヴィゴを連れてきた警察官が言った。「ビール二缶とポテトチップ一袋を」

哀れなティーネは、それを楽しむこともできなかったのだ。

警察はヴィゴに自宅を離れないように、そして酒を控えるように言い渡した。他の住人からは何も聞けなかった。

ティーネ・カールスンは死んだ。おそらくひとりで死んだ。それを惜しむものがいるとすれば、ティーネがときどきキミーと呼んでいた、腹をすかせたラッソという名前のネズミくらいだろう。ティーネの死は統計に新たに刻まれた数字にすぎない。警察の人間を除けば、明日にはもう忘れられている。

鑑識が硬直した死体を反転させた。体の下には尿の染みしかなかった。

「彼女は何を知ってたんだ？」カールはつぶやいた。

マークス・ヤコプスンはうなずいた。「とにかく、キミー・ラスン捜索の手を緩めんことだ」

それがまだ何かの役に立つのだろうか？

カールは爆破現場でアサドを降ろし、何か新しいことがわかったかどうかきいてくるように頼んだ。その後は署に戻って、ローセを手伝うように言った。

「俺はまず例の動物取引の会社に行って、それから、レズオウアの高校に向かう」カールはまだ鉄道用地に残っている爆薬の専門家と警察の鑑識班に向かって駆けていくアサドの背中に叫んだ。

〈ノーチラス・トレーディング株式会社〉は曲がりくねった細い裏通りにあった。売れない豪華マンションを兼ねた大きなビルに場所をゆずらざるをえなかったのだろう。周囲を戦前の建物に囲まれ、緑のオアシスのような印象を与えていた。会社の規模はカールの想像をはるかに上回っていた。キミーが働いていたころよりもかなり大きくなったようだ。

当然のことながら、この会社にも土曜の静けさが垂れ込めていた。会社は休みだった。

カールは建物の裏に回り、鍵のかかっていない入口を見つけた。〝搬入口〟と書かれていた。

扉を開けて中に入った。十メートルほど進むと、恐ろしく蒸し暑い熱帯地獄に行き着いた。たちまち汗が噴き出した。

「どなたかおられませんか？」カールは声をかけながら、水槽や飼育器に沿って二十秒ほど歩いた。すると、中規模のスーパーマーケットほどの大きさの部屋に出た。そこは鳥かごが何百と並ぶ、鳥のさえずる楽園だった。

四つ目の部屋に入ってようやく大小の哺乳動物の檻のあいだに人の影を見つけた。男はライオンが二頭入れるくらいの大きな檻をブラシで洗っていた。

カールは近づいていくにつれ、吐き気を覚えるような甘ったるい空気の中に、肉食獣に特徴的な刺激臭を嗅ぎ取った。本当にライオンがいるのかもしれない。

「すみません」カールはていねいに声をかけたつもりだったが、驚かせてしまったらしい。檻の中でバケツとブラシが倒れる音がした。

男は肘まであるゴムの手袋をはめ、泡の海の真ん中に立って、檻の中から、カールのことをまるで自分の皮を剝ぎに来た男であるかのようににらんでいた。

「すみません」カールは繰り返して、警察バッジを見せた。「コペンハーゲン警察本部特捜部Qのカール・マークです。前もってお電話すべきでしたが、すぐ近くに来ていたものですから」

男は六十歳から六十五歳くらいで、頭は白く、目のまわりに深い笑いじわがあった。動物の赤ん坊を育てる喜びで刻まれたものだろう。だが、今は喜んでいるようには見えなかった。

「大変ですね、こんな大きな檻じゃ」カールはそう言って、滑らかな鉄格子をなでながら、男が落ち着くのを待った。

「ええ。でも、洗ってきちんとしておかないと。明日、オーナーのところに持って行くんでね」

カールは動物の存在があまり感じられない隣室に移ると、用件を告げた。

「ええ、もちろんキミーのことはよく覚えていますよ。ここを大きくしたころにいました。三年くらいいたと思います。ちょうど輸入と仲介業務を拡大したころです」

「仲介業務ですか？」

「ええ。たとえば、四十頭のラマや十頭のダチョウのいる農場を処分したがっている農家がいたら、我々の出番です。ミンクの飼育業者がチンチラに乗り換えたいとかね。小さな動物園とも付き合いがあります。うちには動物学者や獣医もいるんですよ」笑いじわが寄った。「ありとあらゆる動物を証明書付きで売買している北欧最大の卸売り業者でもあります。ラクダからビーバーまでなんでも調達します。これはキミーが始めたことなんですよ。当時、ここにいる動物の鑑定書を全部作成できたのはキミーだけでした」

「彼女は獣医学を学んだそうですね」

「ええ、まあ。卒業はしてませんが、こういう商売で動物の血統や流通経路を判断できる程度の予備知識はありました。書類の処理も全部やってくれてました」

「なぜ辞めてしまったんですか？」

男は首をかしげてしばらく考えていた。

「ずいぶん昔のことですからね。でも、何かあったんでしょう。ちょうどトーステン・フローリンがここで動物を買い始めたころです。ふたりは以前からの知り合いのようでした。そのあと、トーステンを通じてキミーはまた別の男にも出会ったようです」

カールは男をしばらく見ていた。頼りになる男だ。記憶力がいいし、話が理路整然としている。「トーステン・フローリンですか？　あのファッション業界の？」

「ええ、そうです。彼は驚くほど動物に興味をもっていましてね、うちのいちばんのお得意さんですよ」男は再び頭を左右に動かした。「いつのまにかお得意さんどころじゃなくなって、今は〈ノーチラス〉の株の過半数を所有しています。でも、当時はただの客として来ていました。成功もしていましたし、とても魅力的な若者でした」

「なるほど。さぞや動物に夢中だったんでしょうね」カールは檻が並んでいる部屋を見渡した。「ふたりはすでに知り合いだったと言われましたが、どうしてわかったんですか」

「さあ、フローリンが初めて店に来たとき、私は店にいませんでしたからね。たぶん、フローリンが精算しようとしたときでしょう。それもキミーの仕事でした。初め、キミーは再会をさほど喜んではいないようでした。それから何があったかはわかりません」

「そのフローリンが知っている男というのは、ビャーネ・トゥーヤスンという名前ではなかったですか」

男は肩をすくめた。覚えていないようだ。

「その男とキミーは一年ほどいっしょに暮らしていたと思われます。ビャーネ・トゥーヤスンという男です。そのころ、キミーはここで働いていたはずです」

「まあ、そうかもしれませんが、キミーは私生活のことはいっさい話しませんでした」

「いっさいですか？」

「ええ。私はキミーがどこに住んでいたかも知りません。身元を確認できる書類も彼女が自分で処理していましたから、これ以上はお役に立てません」

男は檻の前に立った。檻の中から信頼に満ちた一対の小さな黒い目がじっと彼を見つめていた。「私のお気に入りです」そう言って、親指ほどの大きさのサルを取り出した。「私の手がこいつの木なんですよ」男が手を垂直にすると、小さなサルは二本の指にしがみついた。

「キミーはここを辞める理由を言いましたか？」

「これといった理由はなかったと思います。違うことを経験してみたかったんでしょう。あなたはご存じないんですか？」

カールが息を荒げたせいで、サルは指の後ろに隠れてしまった。なんてばかげた質問、なんてばかげた事情聴取だ。

カールは怒りを露わにした。「あなたはキミーがなぜ辞めたのか、よくご存じのはずです。どうか話してもらえませんか」

男が手を檻に入れると、サルは見えなくなった。

男はカールに向き直った。真っ白な髪とひげも、もはや愛想を感じさせなかった。今はむしろ嫌悪と反感でできた光の輪のように男の顔を取り巻いていた。顔は相変わらずひ弱そうに見えたが、目には力がこもっていた。

「お引き取りください」男は言った。「私は気持ちよく接してお役に立とうと努めました。ですから、あなたも私がここで嘘をまき散らしたなどと言わないでいただきたい」

そう来たか。カールはめいっぱいの愛想笑いを浮かべた。

「もうひとつ気になることがあるんですが、この会社が最後に検査を受けたのはいつですか？　檻を少し詰めすぎじゃありませんかね。換気はちゃんとしていますか？　輸送中に何頭くらい死んでしまいます？　ここではどうですか？」カールは順に檻を見て行った。おそろしく小さな動物が檻の片隅であえいでいた。

男は微笑んだ。すばらしい入れ歯が見えた。それでわかった。この男の望みはただひとつ、〈ノーチラス・トレーディング〉の安泰だ。

「キミーが辞めた理由を知りたければ、フローリンにおききになるといい。なんと言ってもここのボスですからね」

28

ぱっとしない土曜の夕暮れだった。ラジオのニュースはまずユトランド半島のラナスの動物園でバクが生まれたことを報じた。その後、地域改革の話題に移った。右派政党の議長が自分の要求を受けて進められてきた変革の撤回を望んでいた。

カールは水面に映る夕陽を見ながら思った。ありがたいことに、連中にもできないことがまだあるってことだ。カールは携帯電話を取り出し、番号を入力した。

アサドが出た。「今どこにいるんです？」

「ちょうど橋を渡っているところだ。今からレズオウアの高校に向かう。このクラウス・イェベスンについて何か知っておくことはあるか？」

アサドが考えているときは、何かあるということだ。

「彼はフラストレーションを抱えています、カール。言えることはそれだけです」

「フラストレーション？」

「ええ、そうです。彼はゆっくり話すんですが、思ったことをそのまま言わないようにしているような印象を受けました」

思ったことをそのまま言わない？　では今日は思ったことを舌も軽やかにしゃべりまくってもらおうじゃないか。

「彼はなんの捜査かわかっているのか？」

「ええ、だいたいは。私はローセと午後中ここでリストに取り組んでいました。ローセがあなたと話したがっています」

カールはごめんこうむりたかったが、すでにアサドは電話口にいなかった。

カールが考えごとをしているあいだに、ローセがものすごい勢いでしゃべり出した。

「私たち、まだここで仕事してるんですよ」ローセの声がカールを電話口に引き戻した。

「一日中ここでリストと向き合ってました。それで、役に立ちそうなものを丸で囲ったんですけど、聞きたいですか？」

へぇ、何を思いついたんだ。

「ああ、頼む」カールは言った。危うくフォーレヘーヴェン方向の左折専用車線を見落とすところだった。

「ヨハン・ヤコプスンのリストに、ランゲラン島で行方不明になったドイツ人夫婦の事件があったのを覚えてます？」

「ああ、もちろんだ」カールは答えた。

「よかった。夫婦はキールから来て、ある日姿を消しました。リネルセ・ノアの入り江で発見されたものは彼らの所持品かもしれませんが、それは一度も証明されていないんです。そこで、ちょっと書類を引っかき回したら出てきたんです」

「何が？」

「夫婦の娘です。今、キールの両親の家に住んでいます」

「それで？」

「口を挟まないでくださいよ、カール。めちゃくちゃいい仕事をしたんだから、たっぷり時間をかけて話してもいいでしょう」

カールは、ローセにため息が聞こえていないことを願った。

「娘はギゼラ・ニーミュラーといって、この事件がデンマークでどう扱われていたかを知って、心底ショックを受けていました」

「どういう意味だ？」

「ピアスのことは覚えてます？」

「ローセ！　今朝その話をしたばかりだ」

「少なくとも十一、二年前に、彼女はデンマーク警察に連絡をとって、リネルセ・ノアで見つかったピアスは間違いなく母親のものだと言ったそうです」

その瞬間、カールは四人の若者が乗ったプジョー一〇六に間一髪で追突するところだった。

「なんだって？」カールはどなると同時にフルブレーキをかけた。

「ちょっと待て」カールはそう言って、歩道に乗り上げ、車を停止させた。「事件当時は確認できなかったのに、なぜあとになってわかったんだ？」

「シュレースヴィヒ・ホルシュタイン州のアルバースドルフで親戚の祝い事があって、そこで両親の古い写真を見たそうです。その母親の耳に何がぶらさがっていたと思います？　わかるかしら？」嬉しそうな声だ。「そのとおり！　ピアスです！」

カールは目を閉じて、拳を握った。やったぞ！　心の中で叫んだ。まさにテストパイロットのチャック・イエーガーが初めて音速の壁を破ったときの気分だった。

「まったく、なんてこった！」カールは頭を振った。突破口が開けた。「すごいぞ、ローセ。でかした。ピアスを付けた母親の写真のコピーはあるか？」

「いいえ、でも、娘はその写真を一九九五年ごろにルズクービングの警察に送ったと言っています。ルズクービングに問い合わせたら、昔のものは全部スヴェンボーの記録保管所にあるそうです」

「だが、まさか写真そのものを送ったわけじゃないだろう？」

「そのまさかです」

ちくしょう。

「娘はコピーを持っていないのか？　ネガはどうだ？　誰か持っていないのか？」

「ありません。それも彼女が怒っている理由のひとつです。向こうからは一度も何も言ってこないそうです」

「スヴェンボーに電話しろ！」

ローセが軽蔑するような声をもらした。「私をなんだと思ってるんです、警部補さん」ローセは電話を切った。

十秒後に、カールは再び電話をかけた。

「もしもし、カール」アサドの声だった。「ローセに何を言ったんです？　様子が変ですけど」

「気にするな、アサド。彼女に伝えてくれ、俺が誇りに思っていると」

「今ですか？」

「ああ、今だ」

カールは電話をわきへ投げた。

行方不明の女性がピアスを付けた写真がスヴェンボーの記録保管所から出てきたら、そして、リネルセ・ノアで見つかったピアスが、キミーの箱から出てきたピアスと対をなすもので、さらに写真のピアスと同じものだと証明できたら、起訴に足る充分な証拠になる。だが、連中には大きな力がある。フローリン、デュブル・イェンスン、プラムの三人を引っぱって、長い長い法のからくりという道を抜けることはできるだろうか？　何がなんでもキミーを見つけなくてはならない。なんと言おうとあの箱はキミーのところにあったのだから。だが、言うは易《やす》く行なうは難《かた》しだ。薬物中毒の女が死んでしまった今、キミーは簡単には見つからないだろう。だが、いずれ必ず見つけてみせる。

「もしもし」アサドが電話口に戻ってきた。「ローセが喜んでました。私のことを〝砂漠のイモムシちゃん〟と呼んでくれました」アサドは電話がバリバリ雑音を立てるほど大声で笑った。

アサド以外に誰がそんな侮辱を笑って受けとめられるんだ？

「カール、ローセのようないいニュースはないんですが」笑い終えるとアサドは言った。

「ビャーネ・トゥーヤスンとはもう会えません。どうします？」

「俺たちとの面会を断わってきたのか？」

「はい、きっぱりと」

「まあいい、アサド。ローセにピアスの写真をなんとか手に入れてくれと伝えてくれ。明日は休みだ、変更はなしだ」


カールはヘンドレクスホルムス通りに曲がるときに時計を見た。まだ約束には早かったが、会えるかもしれない。クラウス・イェベスンという男は時間に遅れるよりも早く来るタイプに思えた。

レズオウア高校は押しつぶした箱をふくらませたような建物の集まりでできていた。まさに建物のカオスだ。おそらく、大学生が労働者階級と兄弟のように交わっていたころに何度か改築を重ねた結果だろう。こっちに廊下、向こうに体育館、新しい煉瓦、古い煉瓦。ここコペンハーゲンの西側周辺部の若者も、北部の若者がとっくの昔に享受していた特権をそろそろ与えられてしかるべきだ。

カールは同窓会会場を示す矢印に沿って進んだ。クラウス・イェベスンは講堂の前にいた。

両手いっぱいに紙ナプキンを持ち、なかなか魅力的な卒業生数人と歓談していた。やさしそうな男だ。しかし、ビロードの上着に髭面というのは凡庸だ。どこからどう見ても〝高等学校正教諭〟を肩書きに持つ男以外には見えない。

クラウス・イェベスンは卒業生を追い払った。「またあとで」と言って、〝束縛のない独身男性〟であることをほのめかしていた。そして、カールを職員室に案内した。その前でもまた別の卒業生たちが思い出にひたっていた。

「私がこちらにうかがった理由はご存じですか？」カールがきくと、言葉に訛りのある男性から聞いたという答えが返ってきた。

「何をお知りになりたいんですか？」クラウス・イェベスンはそう言いながら、カールに職員室の古色蒼然《こしょくそうぜん》としたブランドものの椅子を勧めた。

「キミー・ラスンに関することならなんでも知りたいんです。彼女の周囲にいた人間のことなどを」

「助手の方によると、ラアヴィーの古い事件を再捜査されているようですが、それに関係してるんですか？」

「ええ、我々はその他の暴行事件についてもキミーのグループの関与を疑っています」

クラウス・イェベスンは酸素不足に陥ったかのように小鼻を膨らませていた。

「暴行事件？」クラウス・イェベスンはじっと前を見つめ、同僚が入ってきたことにも気づかなかった。

「会場に音楽を流してくれない、クラウス？」同僚が言った。

催眠状態から覚めたように、イェベスンは同僚を見てうなずいた。

「私はキミーに夢中でした」またカールとふたりになるとイェベスンは言った。「彼女をひとりの女として求めたことはありません、ただの一度も。彼女の中には悪魔と天使が完全に溶け合っていました。華奢で、若くて、しなやかで、だが有無を言わさず私は支配されてしまいました」

「彼女が十七、八のときに、あなたは関係を持った。それも自分の学校の生徒です。社会規範に沿っているとは言えませんよね」

イェベスンは頭を下げたまま、カールを見た。

「確かに決して誇れることじゃありません。ただ、どうしようもなかった。今でも彼女の肌を覚えています。信じられますか？　二十年も前のことなのに」

「ええ、そしてやはり二十年前に、彼女と取り巻きは殺人の嫌疑をかけられた。どうでしょう、彼らならやりかねないと思いますか？」

クラウス・イェベスンは顔の片側をゆがめた。

「誰だってやりかねませんよ。あなたは人を殺せませんか？　ひょっとすると経験があるんじゃないですか？」イェベスンは顔をそむけて声を鎮めた。「何度か不審に思ったことはありました。キミーと付き合う前にもあとにも。特におかしいと思ったことも一度ありました。相手は寄宿学校のある男子生徒でした。はっきり覚えています。うぬぼれの強い困ったやつでしたから、それ相当の理由があって殴られたのかもしれませんが、何かがおかしかった。ある日、突然、その生徒は去って行きました。森で転んだと言っていましたが、殴られた傷であることは見ればわかりました」

「そのことにキミーのグループがどう関係していたんですか？」

「どう関係していたかはわかりません。ただ、生徒が旅に出たあと、クレスチャン・ヴォルフが毎日のように彼のことをききにきたんです。今どこにいるのか、何か言ってこなかったか、学校に戻ってくるのかと」

「関心があっただけではないんですか？」

クラウス・イェベスンはカールに顔を向けた。彼は誠実な両親から子どもの成長を委ねられているひとりの高校教師のはずだ。だが、今見せているこの顔で、父母会に集まった親に挨拶ができるだろうか？　絶対に無理だ。こんな顔を見たら、親はその場で子どもを学校から連れて帰るだろう。これほど心痛にやつれた顔にはめったにお目にかかれない。イェベスンの顔には全人類に対する復讐心と憎しみと嫌悪の跡がはっきりと見て取れた。

「クレスチャン・ヴォルフは自分以外の人間に関心を持ったことはありません」イェベスンは一語一語に軽蔑をにじませて言った。「彼はなんだってできた。だが、自分のやったことと向き合うのが恐かったんでしょう。だから、その生徒が永遠に戻ってこないことを確認してたんです」

「クレスチャン・ヴォルフはなんでもできたと言うことですが、たとえばどういうことですか？」

「グループをまとめていたのはヴォルフでした。まさに悪で燃え上がった火の精でした。そして、その火をあっという間に広げた。彼はキミーと私を告発しました。彼のせいで私もキミーも学校を去ることになった。彼は自分がぶちのめしたいと思った少年にキミーを差し向けた。キミーが相手を罠にかけると、ヴォルフはキミーを相手から引き離す。キミーが糸を紡ぎ、その糸をクレスチャン・ヴォルフが引いていた」

「クレスチャン・ヴォルフが死んだことはご存じですよね。狩猟中に自分の猟銃の弾に当たって」

イェベスンはうなずいた。

「私が喜んでいると思っておられるかもしれませんが、とんでもありません。そんな値打ちもない男です」

廊下から大きな笑い声が聞こえてきて、クラウス・イェベスンは我に返った。怒りでイェベスンの顔はすっかり変わっていた。

「彼らは森の中で男子生徒を襲ったんです。そのためにその生徒は学校を去った。ご自分できいてみたらいかがですか？　ご存じないですか？　カイル・バセットという名前です。今はスペインで暮らしていますが、すぐに見つかりますよ。スペイン最大手の建設会社〈KBコンストルクシオーネSA〉は彼の会社です」カールが名前を書き留めるあいだ、イェベスンはうなずいていた。「彼らはコーオ・ブルーノも殺しました。間違いありません」

「我々もかなり前からそう思っていますが、なぜそれほど確信があるんですか？」

「理事会が私を解雇したあと、ブルーノが訪ねてきました。恋敵だった私たちは、そのときに同盟を結びました。ブルーノと私対ヴォルフとその一味というわけです。私はブルーノにヴォルフを恐れていることを打ち明けられました。彼らは以前からの知り合いでした。ヴォルフはブルーノの祖父母の近くに住んでいて、ブルーノを脅し続けていたそうです」

クラウス・イェベスンは放心したように言った。「ただそれだけですが、それでも、私には充分です。ヴォルフはコーオ・ブルーノを脅していた。そして、ブルーノは死んだ」

「あなたはすべてに確信を持っておられるようですが、ブルーノやラアヴィーの兄妹が死んだのは、あなたがキミーと別れたあとですよ」

「ええ。でも、それ以前に、連中が廊下を歩いてくると、他の生徒が道をゆずるのを見て知っています。彼らが同じ寄宿生にどんな手荒なことをしていたかを見ていました。同じクラスの者に手出しはしません。あの学校で最初に学ぶことは団結ですからね。しかし、クラスが違えばなんでもありです。私は連中があの男子生徒をぶちのめしたことを知っているんです」

「どこから聞いたんですか？」

「キミーはその週、二、三回私のところに泊まりました。夜中に何度も目を覚ましていました。心の中に何かを抱えていて眠れないようでした。そして、寝言で名前をつぶやいたんです」

「誰の名前ですか？」

「その男子生徒です、カイルの名前です」

「キミーはショックを受けているようでしたか、つらそうでしたか？」

イェベスンは笑い声をあげた。誰も立ち入ることの許されない深淵からわき上がってくる笑いだった。「いいえ、つらそうには見えませんでした。まったく。それがキミーです」

カールはイェベスンに例のテディベアを見せるべきか迷ったが、カウンターに一列に並んでシュッシュッと音を立てているコーヒーメーカーのほうが気になった。食後まで保温しておいたら、どろどろになってしまうだろう。

「コーヒーでもいかがですか？」カールは一応尋ねたものの、返事を待たずに立った。一杯のモカが、ろくなものを食べていない百時間を埋め合わせてくれることを願った。

「私はけっこうです」イェベスンは答え、身振りでも断わった。

「キミーは……たちの悪い娘だったんですか？」カールはききながら、コーヒーを注いで、香りをかいだ。

答えはなかった。

カールがコーヒーカップを口に持って行って振り返ったときには、クラウス・イェベスンの椅子は空っぽだった。

話は終わったのだ。

29

キミーはプラネタリウムからヴォドロフス通りに出ると、道を十回変えて湖のまわりを歩いた。湖とガメル・コンゲ通りやヴォドロフス通りを結ぶ階段と小道を何度も上り下りした。行きつ戻りつしながら、劇場の向かい側のバス停に近づきすぎないようにしていた。おそらくそこに男たちは立っている。キミーはそう予想していた。

その間に一度、プラネタリウムのテラスに座った。ガラスにもたれて、湖の噴水と戯《たわむ》れる太陽の光を見ていた。後ろで誰かが景色を褒めていたが、キミーにはどうでもよかった。こうした景色を愛でるための目を持っていたのは何年も前のことだ。重要なのはティーネを殺したやつらをこの目で見ることだけだった。追っ手の足跡をたどること。豚どもに仕えているやつらをこの目で見ること。それだけだ。

男たちが戻ってくることをキミーは一瞬たりとも疑っていなかった。ティーネはそのことを恐れていた。だから間違いない。彼らがキミーを本気で探しているなら、簡単にはあきらめないはずだ。

ティーネは男たちの仲介役だった。だが、ティーネはもういない。

キミーは、爆音とともに小屋が吹き飛ばされるとすぐにその場を立ち去った。フィットネスクラブの前を走り去るときに、二、三人の子どもたちに見られたかもしれない。だが、それ以外は誰にも見られていないはずだ。クヴェクトアヴス通りの建物の反対側でコートを脱ぎ、スーツケースに押し込んだ。バックスキンのジャケットを着て、黒のスカーフを巻いた。十分後には、コルビャアンスン通りにあるホテル・アンスカーのフロントの前に立っていた。キミーは数年前に盗んだスーツケースに入っていたポルトガルのパスポートを見せた。写真はキミーと瓜ふたつとは言えなかったが、発行から六年も経てば、顔が変わっていて当然だった。

「英語は話せますか、ミセス・テイシェイラ?」フロントマンがにこやかにきいた。あとは形式上の手続きだけだった。

キミーはホテルの中庭のガスヒーターのそばで、酒を二杯飲んで、一時間過ごした。それから、拳銃を枕の下に入れ、震えるティーネの姿を網膜に映しながら、二十時間近く眠った。そして、再び準備が整った。キミーはホテルを出て、プラネタリウムまで散歩し、八時間待った後に、探していたものを見つけた。

痩せた男が六階のティーネの部屋の窓と、劇場前の通りの建物の入口あたりに交互に目をやっていた。

「いつまでも待ってればいいわ、クソ野郎」キミーはプラネタリウムの前のガメル・コンゲ通りのベンチでつぶやいた。

三時二十分ごろ、男は交代した。かわりにやって来たのは去って行く男より明らかに地位が低そうだった。それは近づき方を見ればわかった。餌皿に向かっていそいそやって来たが、まずはにおいをかいで、縄張りを荒らしていないことを確かめている犬のようだったからだ。だから、この男が退屈な土曜の夜の見張りを引き受けることになったのだろう。キミーは初めの痩せた男のあとをつけることにした。

キミーは適当な間隔をあけて男を追い、ドアが閉まる直前にバスにたどり着いた。そこで初めて男が顔にひどいけがを負っているのを見た。下唇は割れ、眉の上を縫っている。耳から首にかけて髪の生え際が内出血しており、髪を染めたときに垂れた染料を洗い流さなかったかのように見えた。

バスに乗り込むと、男は窓の外を眺めた。窓際に座り、最後の瞬間まで獲物を発見できるかもしれないと望みをつないで歩道に目を走らせていた。バスがピーダ・バング通りに入ると、男はようやく緊張を解いた。

仕事が終わっても、急いで帰る必要はないのだろう。家で待っている者はいない。それは見ればわかる。小さな娘やかわいい子犬や心地よい居間が待っていたら、そこで小さな手を握って笑うことができ、のびのびと深呼吸がつけるなら、こうはならないはずだ。心のしこりを隠すことはできない。男が帰って行く場所には何もない。家路を急いでも報われることはない。

キミーにはよくわかった。

ダンスホール〈ダムフス・クロ〉の前で男はバスを降りた。夜のプログラムには目もくれなかった。すでに多くのカップルが、一夜を共に過ごすために立ち去ろうとしていた。男はクロークでコートを脱ぎ、ダンスホールに入っていった。たいして期待しているようには見えなかった。あんな顔では無理もない。男はバーに座って、ビールを注文し、客の群れを見渡した。ひょっとしたら連れて帰れる女がいるかもしれない。

キミーはスカーフをとり、バックスキンの上着を脱いで、クロークの女性にハンドバッグに気をつけるように言った。そして、自信のある胸を前に突き出して中に入ると、まだ目の焦点が合っていそうな客には秋波を送った。体をまさぐり合って踊っているカップルをバンドの演奏が盛り上げる。うまくはないが、音は大きい。クリスタルの天井の下のダンスフロアに、お似合いのカップルはひと組もいないように見えた。

キミーは自分に向けられている視線と、バーやテーブル席が徐々に色めき立っていく気配を感じとっていた。

キミーは自分がほかの女たちより化粧が薄いことにすぐに気がついた。化粧が薄いだけでなく、あばらを覆う脂肪も少なかった。

あの男は気づくだろうか？　キミーは物欲しそうな目をかわして、痩せた男のほうに視線をゆっくりと滑らせていった。他の男と同様、男はほんのわずかなサインも見逃さない用意ができていた。顔をほとんど上げず、カウンターに肘をついて、さりげなく座っている。だが、男のまなざしは、キミーが誰かと待ち合わせているのか、それとも自由になる獲物なのか、と探りを入れていた。

キミーがテーブル越しに微笑みかけると、男は一度深く息を吸った。とまどっているが、喜んでいる。

二分もしないうちに、キミーはダンスフロアで、ひとり目の男と周囲の客に合わせてゆっくりとしたリズムで体を動かしていた。

しかし、痩せた男はその前にキミーの視線を心に刻んでいた。キミーの誘いに気づいていた。男は立ち上がると、ネクタイを直し、薄暗い照明の中で殴られた顔がいくらかでも魅力的に見えるように努めた。

ダンスの途中で男はキミーの腕をとった。ぎこちなくキミーの背中に手を伸ばし、少し抱き寄せた。男の指は不慣れだった。キミーの肩が男の心臓の高鳴りを感じていた。

なんてたやすい獲物だ。

「ここが俺の家だ」男はばつが悪そうに言った。六階の居間からはレズオウア駅と駐車場と道路が見渡せた。

先ほど、藤色のエレベーターの扉が並んだ入口で、男は一枚の表札を指さした。〝フィン

・オールベク〟と書かれていた。そして、じきに取り壊されることにはなっているが、この高層住宅は安全でしっかりしていると説明した。フィン・オールベクはキミーの手をとり、激しい流れにかかる吊り橋の上を導く騎士のようにゆっくりとバルコニーに案内した。そして、ほかのことを考えたり、逃げたりできないように獲物を抱きしめた。男の想像力は新たに獲得した大きな自信に焚きつけられ、すでにベッドの中のまさぐり合いに向けられていた。もう少しバルコニーで眺めを楽しんでいてくれと男は言い、その間にテーブルを取り払い、ランプをつけ、CDをセットし、ジンの瓶の封を切った。

キミーはふと、最後に鍵のかかった部屋で男とふたりきりになったのは、もう十年以上も前だということに気がついた。

「何があったの？」キミーは男の顔に手を近づけた。

フィン・オールベクは腫れた眉をつり上げた。鏡の前で女の気を引く練習を重ねたのだろう。

「いやまあ……仕事中に因縁をつけられちまったんだ。相手にはしなかったが」口をゆがめて笑った。これも決まり文句だ。まったくの見え透いた嘘。

「仕事ってなんなの、フィン？」キミーはきいた。

「俺か？　私立探偵だ」男が口にすると、その意図に反して、機密や危険といったイメージとは無縁の、犬のようにただかぎ回っているだけの下品な商売にしか聞こえなかった。

キミーは男がふたを開けようとしている瓶を見て、生唾を飲み込んだ。**冷静になれ、キミ**

ー、声がささやく。**抑えろ。**

「ジントニックでいいかい？」男はきいた。

キミーは首を横に振った。「ウィスキーはあるかしら？」

男は驚いたようだが、怒ってはいなかった。ウィスキーを飲む女はタフで、傷つかない。

キミーは一気にグラスをあけた。

「おやおや、喉が渇いてたんだな」男はそう言って、キミーの空《から》になったグラスに酒をつぎ足すと、自分も付き合った。

ふたりがさらに三杯、一気飲みしたところで、男はほろ酔い機嫌になった。

キミーは顔色ひとつ変えなかった。男に仕事の話をねだり、様子を見ていた。アルコールが次第に男の抑制を解いていく。ソファーの上でゆっくりと体を寄せてくる。指がキミーの太ももを這い始め、男はこわばった笑みを浮かべた。

「俺は多くの人間を傷つけかねないある女を探している」フィン・オールベクは答えた。

「なんだかわくわくする話ね。その女って産業スパイとかコールガール？」キミーは効果を上げるために、男の手を太ももの内側に導いた。

キミーは男の口元を見た。キスをされたら、吐いてしまいそうだ。

「その女って誰？」キミーはきいた。

「それは職業上の秘密だ、ベイビー。言えないんだ」

ベイビー？　キミーは本当に吐きそうになった。

「でも、そんなお仕事って、誰に頼まれるの？」キミーはもう少し上に男の手を導いた。首にかかる酒くさい息が熱を帯び始める。

「社会の頂点にいる人間さ」男はささやいた。それで自分の立場が上がるとでも思っているらしい。

「もう少し飲まない？」キミーがきいた。男の指は恥骨のあたりをまさぐっている。

男は少し身を引き、キミーを眺めてにやついた。腫れているほうの顔がゆがんでいる。何を考えているかは一目瞭然だ。このまま飲んでいれば、男はキミーが完全に酔っ払って足を開くまで酒を注ぎ続けるだろう。

キミーが意識を失って倒れても、男にはどうでもいいことだ。吐こうが吐くまいが、男にはなんの関わりもない。

「今夜は駄目なの」キミーは言った。とたんに男の笑みが消え、眉が上がった。「生理なの。でも、必ずこの埋め合わせはするわ。それでいい？」

嘘がすらすらと口をついて出てきた。心の中ではそれが本当だったらと切に願った。キミーが最後に血を流してからもう十一年になる。下腹にはまだ引きつるような痛みが残っている。それは肉体的な痛みではない。怒りと壊れてしまった人生の夢の痛みだ。

流産で死にかけたとき、キミーは子どもを産めない体になった。

そんな体になっていなければ、何もかもがまったく違っていたかもしれない。

キミーは人差し指で男の切れた眉を慎重になでた。しかし、こみ上げてくる男の怒りと、欲求不満を鎮めることはできなかった。

男が考えていることはわかった。引きずり込む相手を間違えた。だが、それで納得する気にはなれない。なんでそんなときに、この女はひとり者が一夜の相手を探しに行くような店に現われたんだ？

男の表情が変わった。キミーはハンドバッグをつかんで立ち上がると、バルコニーの窓に移動し、遠くに広がるテラスハウスや高層住宅が立ち並ぶ落莫《らくばく》とした風景を眺めた。ほとんどが闇に覆われていた。少し向こうに街灯の冷たい光が見えているだけだった。

「あんたがティーネを殺した」キミーは押し殺した声で言い、バッグに手を入れた。

男がソファーから立ち上がる音がした。その気になれば、一秒で向こうが優位に立つ。頭はもうろうとしていても、男の体の奥底では狩猟本能が目覚めている。

キミーはゆっくりと振り向きながら、サイレンサー付きの拳銃を抜いた。

テーブルの後ろから忍び寄ろうとした男は、キミーの拳銃を目にした。そして、立ち止まり、まんまとだまされたことを知って戸惑っていた。ひどく滑稽《こっけい》な姿だった。口もきけないほどの驚きと恐怖が入り混じったこの顔をキミーは見たかったのだ。

「おあいにくさま。あんたは調査依頼の対象をまったく気づきもしないで家に連れ込んだのよ」

男は首を傾げて、キミーの顔を品定めするように見つめた。自分が描いていた憔悴しきったホームレスの女のイメージとあまりにも違っているのだろう。混乱しながら記憶をさかのぼっている。なんでこんな思い違いをした？　なんでこんな変装にだまされた？　なんでホームレスなんかに惹かれてしまった？

ほらどうした。声がささやく。**やっちまえ。こいつはやつらの下僕にすぎない。さあ、殴れ！**

「あんたがいなかったら、私の友だちはまだ生きていた」アルコールが胸のあたりで燃えていた。キミーは酒瓶と中の金色の液体に目をやった。半分残っている。ひと口飲めば、声も灼熱感も消えるだろう。

「俺は誰も殺してない」男は言った。その視線は引き金にかけられたキミーの指と安全装置を探している。キミーが安全装置を見落としていることをひたすら祈っている。

「どう、罠にかかったドブネズミみたいな気分？」よけいな質問だった。男も答えなかった。口を開けば嫌でも認めることになる。当然だった。

オールベクはティーネをさんざん殴った。オールベクのせいでティーネはトラウマを抱え、弱い人間になった。そしてオールベクのせいでティーネはキミーにとって危険な存在になった。確かに、ヘロインを渡したのはキミーだが、そうさせたのはオールベクだ。その償いをさせなければならない。

オールベクと命令を出したやつらに。

「あんたを雇ったのはディトリウ、ウルレク、トーステンの三人ね」キミーは癒やしを与えてくれる酒の瓶がそばにあることにますます心を奪われていった。

我慢しろ。声が制したが、キミーは我慢できなかった。瓶に手を伸ばした。するとそのとき、空気が揺れ、オールベクの腕と服が目に入った。その瞬間、殴られていた。

オールベクは怒りで狂ったようにキミーを床に投げつけた。男の沽券《こけん》を踏みにじると、生涯の敵をつくると教えられたことがある。そのとおりだ。男の飢えた目を笑い、屈辱を与えたつけが回ってきた。男に心を開かせ、傷つけたことを償わなければならない。

オールベクは暖房のラジエーターに向かってキミーを投げつけた。キミーの体は大きな音を立てて鉄の棒に打ちつけられた。さらに、オールベクは床に立っていた大きな木彫りの人形を取ってくると、それでキミーの尻を殴った。肩をつかんで腹ばいにさせ、上半身を床に押しつけ、拳銃を持った腕を背中に押しつけた。だが、キミーは拳銃を放さなかった。

オールベクの指がキミーの上腕に食い込んできた。痛みならしょっちゅう感じている。この程度では叫び声はあがらない。

「ここに来て、俺をその気にさせて、俺を出し抜けると思ったのか？」オールベクは言うと同時に、キミーの腰に拳を見舞い、奪った拳銃を部屋の隅に投げつけると、キミーの服の下に手を突っ込み、ストッキングを引き裂いた。

「ちくしょう！　生理中じゃ、ただのクソ女だ！」オールベクはわめくと、キミーを引っぱって向きを変え、顔を殴った。

オールベクが膝でキミーの体を締めつけ、激しく殴るあいだ、ふたりはまっすぐ互いの目を見ていた。オールベクの細い太ももが擦り切れたズボンの中ではち切れそうになっている。

拳を振り下ろす腕に血管が浮き上がり、血がどくどくと脈打っている。

オールベクは殴り続け、やがてキミーの手が抵抗する力を失い始めた。あきらめたように見えた。

「まいったか？」オールベクはどなって、再び拳をかざして脅した。「もう終わりか？　それとも、おまえのダチみたいな顔になりたいか？」

終わりか？　男はきいた。

終わりというのは、呼吸が止まって初めて来るものだ。

キミーほどそのことをよく知る者はいない。


キミーのことをいちばんよく知っていたのはクレスチャンだった。クレスチャンはキミーが自分の体をもてあましていることに、すぐに気がついた。キミーは下腹部が発する欲望に全細胞を支配され、地に足がついていなかった。

そして、ふたりでいっしょに暗闇で『時計じかけのオレンジ』を観ていたときに、クレスチャンはキミーに欲望がどのような快感をもたらすかを教えた。

クレスチャン・ヴォルフは経験者だった。すでに何人もの女子生徒を試していた。キミーが心の奥底で考えていたことの答えを知っていた。貞操帯の鍵をどちらに回せばいいかを知っていた。そして、気がつくとキミーはグループの中にいた。彼らは画面のおぞましい光景が発する光の中にさらけ出されたキミーの体を、好色な目で観察していた。クレスチャンはキミーとメンバーに、同時にさまざまな楽しみ方ができることを教えた。暴力と快感がどう結びつくかを教えた。

クレスチャンがいなければ、キミーは自分の体を餌にして、ただ狩りをするためだけに男をおびき寄せることはなかっただろう。だが、クレスチャンでも考えていなかったことがあった。キミーはこの方法で、生まれて初めて、自分のまわりの出来事を自分で操ることができるようになったのだ。最初からそうではなかったかもしれないが、次第にそうなっていった。

そして、スイスから戻ってくると、キミーはこの方法を完璧にマスターしていた。キミーは手当たり次第に行きずりの男と寝た。手に入れては、捨てた。それが夜の過ごし方だった。

昼間は型どおりだった。氷のように冷たい継母、〈ノーチラス・トレーディング〉での動物の世話、顧客との連絡、仲間と過ごす週末。ときたまの襲撃。

それから、ビャーネが接近してきて、キミーに新たな感情を呼びさました。ビャーネは言った。おまえは自分が思っているような人間じゃない。おまえは俺たちに何かを与えてくれる存在だ。おまえがやったことはおまえのせいじゃない。おまえの父親は畜生だ。クレスチャンには用心しろ。過去は死んだ。そう言った。

オールベクはキミーがあきらめたと見ると、すぐにズボンに手をやった。キミーはふっと笑った。喜んでいると思われたかもしれない。結局のところ、俺の計画どおりじゃないか。思ったよりややこしい女だったが、殴られるとその気になるらしい。

だが、キミーが笑ったのは、オールベクが自分の手に落ちたからだ。オールベクがペニスを取り出すと、キミーは微笑んだ。むき出しの太ももに触れたペニスが、まだ充分固くなっていないことを知ると、さらに微笑んだ。

「少し休んで、それからにしましょう」キミーはささやきながら、オールベクの目を見つめた。「あれは本物の拳銃じゃないの。ただの模造品。あなたを驚かせたかっただけ。でも、そんなこと最初から知ってたわよね？」キミーは唇を少し開いてふっくらと見せた。「私のこと気に入ってもらえると思うわ」そう言って、オールベクに体を寄せた。

「俺もだ」オールベクのうつろな目はキミーの胸元に注がれている。

「あなたって強いのね。すてきなひと」キミーはオールベクを愛撫するように肩をすり寄せていくと、キミーを挟みつけていたオールベクの脚の力が抜けていった。キミーは自由になった腕でオールベクの手を自分の脚のあいだに導いた。オールベクは完全にキミーを解放し、キミーはもう一方の手でペニスをつかんだ。

「ここでのことは、プラムたちにはいっさい言わないわよね？」キミーはそう言って、オールベクが息を荒らげるまで手を動かした。

報告しなけりゃ、いいんだろう。

この女を怒らせてはならない。それだけはオールベクにもわかっていた。

キミーとビャーネがいっしょに暮らし始めて半年経ったころ、クレスチャンは我慢の限界にきていた。

キミーがそのことに気づいたのは、ある日、クレスチャンがグループを襲撃に誘ったときだった。襲撃はいつもと違う展開になった。クレスチャンはメンバーを制御できなくなった。制御を取り戻そうとして、クレスチャンはメンバーがキミーを攻撃するように仕向けた。ディトリウ、クレスチャン、トーステン、ウルレク、そしてビャーネ。五人は一致団結した。


キミーがすべてのことをあまりにも鮮明に思い出しているあいだに、オールベクは待てなくなり、力ずくでキミーを征服しかけていた。キミーはそうされることを憎むと同時に愛してもいた。憎しみほど強さを与えてくれるものはない。復讐心ほど迷いを取り払うものはない。

キミーは力をふりしぼって後ろに下がると、壁にもたれた。そして半分固くなったペニスを再び手にすると、オールベクが泣きそうになるまでしごいてやった。

オールベクはついにキミーの太ももに精液を放つと、そのまま動けなくなった。今晩、彼は何度も不意をつかれた。孤独な自慰行為と女がそばにいることの違いの大きさを、久しく忘れていた。今は完全に忘我の境に入っている。皮膚は湿り、乾いたうつろな目は天井の一点を見つめている。だが、そこにこれから起きることの答えはない。キミーはそっと体を離すと、オールベクの前に立ちはだかり、まだ脈打っている下腹部に銃口を向けた。

「たった今感じた気分をよく味わうことね。あんたには最後のことだったんだから」オールベクの精液がキミーの太ももを伝い落ちていく。強烈なさげすみと汚されたという感覚がキミーを満たしていく。

自分を信じた男を捨てるときはいつもそうだった。

態度が悪いと言って父親に殴られたときも。夢中でしゃべっていて不意に継母から叱責と平手打ちを食らったときも。とっくに忘れてしまった実の母親に、酒が足りないときには、引っかかれ、殴られた揚げ句、礼儀だの、自制心だの、行儀だのといった言葉をうんざりするほど聞かされたときも。小さな娘は言葉の意味を知る前に、言葉の重要さを理解した。

そして、クレスチャンとトーステンたちにあんなことをされたときも。キミーがとりわけ信頼していた彼らに。

汚され、はずかしめられる感覚をキミーは知っている。そして、それを望んでいる。それに人生を委ねている。人生はまだ続く。そうやって生きていける。

「立ちなさい」キミーは言って、バルコニーの扉を開けた。

静かなしっとりした夜だった。異国の言葉で叫ぶ声が、向かい側のテラスハウスからコンクリートの街にこだまのように伝わっていった。

「立って！」キミーが拳銃で言葉に重みを与えると、オールベクの腫れた顔に笑みが広がっていった。

「オモチャじゃなかったのか？」オールベクはズボンのファスナーを上げ、ゆっくりキミーに近づいてきた。

キミーはオールベクが殴るのに使った木彫りの人形に向かって一発撃った。弾は驚くほど静かに人形の背中に穴をうがった。

オールベクも驚いていた。

オールベクはいったん後ろに下がったが、再びバルコニーのほうに歩いてきた。

「何が望みだ？」オールベクはバルコニーに出てくると真顔で言った。手すりをしっかり握りしめている。

キミーは手すりの下を見た。眼下の闇はすべてを飲み込んでしまう穴のようだった。オールベクはそれを知って、震え始めた。

「全部話して」キミーは壁の影に退いた。

オールベクはゆっくりと、順を追って、探偵として計画的に行なった監視の結果を語った。隠したところでなんになる？　ただの仕事だ。今は命のほうが大事だ。

オールベクが命がけで語っているあいだ、キミーは昔の友人の姿を思い浮かべていた。ディトリウ、トーステン、ウルレク。結局、権力者というのは人の無力感の上に立って支配しているだけではないのか？　いや、彼らは自らの無力感も支配する。それは歴史を見ればわかる。

オールベクが口をつぐむと、キミーは冷たく言い放った。

「選びなさい。飛び降りるか、撃たれるか。ここは六階。飛び降りたら、運がよければ生き延びられる。下に茂みがあるのは知ってるでしょ。そのためにあんなところに植えてあるんじゃないの？」

オールベクは首を横に振った。それは嘘だ。今まで何度も生き延びてきた。もう運も尽きたはずだ。

オールベクは見るも哀れな笑みを浮かべた。「下に茂みはない。コンクリートと芝生だけだ」

「私に情けを期待しているの？　あんたはティーネに情けをかけてやった？」

オールベクは答えなかった。ただ立ちすくんでいた。必死で相手が本気ではないと思おうとしていた。さっき俺と寝たばかりじゃないか。いや、とにかく寝たようなもんじゃないか。

「飛び降りなさい。でなきゃ、あんたの股ぐらを撃つわ。そしたら、絶対助からないわよ」

一歩足を踏み出したオールベクは、銃口が下がって、指が曲げられるのを見てうろたえた。大量のアルコールがオールベクの血管を脈打たせていなければ、一発撃たれて終わっていただろう。

しかし、オールベクは手すりを握りしめると、突然、闇に身を投げた。ひょっとしたら、階下のバルコニーに降りられていたかもしれない。だが、キミーはすかさず銃床でオールベクの指の関節を叩き割った。

下で鈍い音がした。叫び声はあがらなかった。

キミーは扉のほうに向き直ると部屋に入った。撃たれた人形が床に転がって笑っていた。

キミーは微笑み返し、空《から》の薬莢を拾ってポケットに入れた。

部屋を出て扉を閉めると、キミーは満足感にひたった。

丸一時間かけて、グラスや酒瓶や、自分が触れた可能性のあるものをすべて洗ってきれいにした。穴のあいた木彫りの人形はかわいらしく布巾で巻いてヒーターの上に置いてきた。

レストランで次の客を迎える準備ができたコックのような気分だった。

30

居間からギシギシ、ミシミシ、ガタガタと、象の群れが足踏みしているような音がカールの古いＩＫＥＡの棚ごしに聞こえてきた。

イェスパのやつ、またパーティーをやってるのか。

カールは目をこすって眠気を払い、説教の準備をした。

ドアを開けると、耳も割れんばかりの騒音が襲ってきた。暗闇にテレビの画面だけが光っており、モーデンとイェスパがそれぞれソファーの端にだらしなく座っている。

「どういうことだ？」カールは喧噪とは裏腹に、部屋にふたりしかいないことに意表を突かれた。

「サラウンド・サウンドだよ」モーデンはリモコンで少し音量を下げると、自慢げに言った。

イェスパは椅子の後ろと本棚に隠れているスピーカーのあたりを指差し、クールだろ？と目で言った。

これでマーク家の平和は過去のものとなった。

ふたりはカールに向かってぬるいビールを押しやった。音響設備はモーデンの友人の親からの贈り物だという。使いこなせないんだって。モーデンはそう言ってカールの機嫌を直そうとした。

さぞかし頭のいい親なんだろうよ。

そこで、カールは逆手にとってやりこめたくなった。「モーデン、ききたいことがあるんだが、ハーディがここでおまえさんの介護を受けられないかと考えている。もちろん報酬は払う。となると、ベッドをその低音再生用スピーカーのあたりに置かなくちゃならん。そこだと、ベッドの向こうに小便袋も下げられるしな」

モーデンはひとロビールを飲み、土曜の夜の疲れ切った脳に情報が浸透したところで、ようやくカールの言葉を理解した。

「報酬はもらえるんだね」モーデンが念を押した。

「ハーディがここに住むの？」イェスパが不服そうに口を挟んだ。「ま、いいか。俺は学生アパートに空きが出ないようなら、母さんのところに引っ越すから」

その言葉を信じるよりも何よりも、そうしてくれたらありがたかった。

「どのくらいもらえそう？」モーデンが続けた。

するると、カールの頭がいきなりずきずきし始めた。

二時間半後、カールは目を覚ました。ラジオ付きの目覚まし時計は日曜日の一時三十九分を示している。頭の中はアメジストの付いた銀のピアスの写真や、カイル・バセット、コーオ・ブルーノ、クラウス・イェベスンのことでいっぱいだった。

イェスパの部屋では、まるでニューヨークの街中のようにギャングスター・ラップが鳴り響いている。カールは突然変異型インフルエンザウイルスを大量に吸いこんだ気分だった。粘膜が乾き、まぶたは重く、頭と手足にもずっしりと重い疲労感がのしかかっている。しばらく寝ながらうだうだとしたあと、ようやくベッドから足を降ろした。熱いシャワーでも浴びれば、この悪魔を追い出せるかもしれない。

シャワーのかわりに、カールはラジオのスイッチを入れて、また重傷を負った女が発見されたことをニュースで知った。殴られて半死の状態でごみ用コンテナに捨てられていたという。今回はクレスチャンハウン地区のストーア・スナヴォルド通りだが、状況はストーア・カニケ通りの事件ときわめて似通っていた。

ふざけたことに通りの名前まで似ている。どちらもストーアで始まり、二語から成る。ほかにも同じような名前の通りがあるのだろうか。

結局、ラース・ビャアンが電話をかけてきたときには、すっかり目が覚めていた。

「服を着て、レズオウアまで来てもらえるとありがたいんだが」ビャアンは言った。

カールがレズオウアは管轄外だとか、疫病にかかったとか言ってきっぱり断わろうとした矢先、私立探偵のフィン・オールベクが六階の自宅のバルコニーの下の芝生で死体になって見つかったと告げられた。

「頭部はオールベクに見えるが、身長は五十センチほど短くなっている。足から着地したらしい。背骨がまっすぐ頭蓋骨にめり込んでいる」いつから、ビャアンはそんな思い切った表現をするようになったんだ？　この知らせでカールの頭痛は治まった。痛みを忘れただけかもしれない。

どういうわけか、ラース・ビャアンは高層住宅の壁の前に立っていた。後ろの壁の大人の背丈ほどもある〝おふくろを殺《や》れ、犬をレイプしろ！〟という落書きを見ても、カールは元気が出なかった。

ラース・ビャアンのやつ、ヴァルビューの丘の西側までやって来て何をやってる？　罪の償いはどうした？

「こんなところで何をやってるんだ、ラース」カールはきいた。そのとき、アヴェズウーア・ハウネ通りに建つ窓に煌々と明かりが灯った平屋の建物が目に入った。その百メートルほど手前にある木々は、もう半分葉が落ちている。レズオウア高校だった。同窓会はまだ続いていた。

不思議な気分だった。六時間前、カールはまだそこにいて、クラウス・イェベスンと話をしていた。そして今、通りの反対側にオールベクが横たわっている。いったいここで何があったんだ？

ラース・ビャアンは陰鬱なまなざしでカールを見た。「覚えているといいんだが、警察本部のある警察官が、つい先日、ここで死んでいる男に対する傷害で訴えられた。だから、マークスと私は現場検証が重要だと考え、ここで事件の捜査にあたっている。だが、そんなことは当然わかっているだろう、カール？」

こんなに冷え込む九月の夜に出てきたっていうのに、なんて言い草だ？

「もし、俺が頼んだとおりに、この男を尾行してくれていたら、もうちょっと何かわかってたんじゃないのかね」カールは不平を言った。十メートル先の芝生に突き刺さっている死体にいったい何があったのか少しでも知りたかった。

「あそこにいる連中が発見したんだ」ビャアンは白いストライプの入ったジョギングパンツをはいた移民の若者と、ぴちぴちのジーンズ姿の青ざめた顔のデンマーク娘のグループを指し示した。必ずしも全員がこの光景を面白がっているわけではなさそうだ。「公園にでも行こうとしてたのか、いつもああやってぶらぶら時間をつぶしているだけなのかわからんが、害のない連中だ」

「死亡時刻は？」カールは検視を終えてすでに片づけに入っていた監察医にきいた。

「今夜は冷えますからね。でも、建物で風はさえぎられていますから、二時間から二時間半ってところじゃないですか」医師の眠そうな目はベッドと温かい妻の背中を切望していた。

カールはラース・ビャアンに向き直った。「今夜七時ごろ、俺はそこのレズオウア高校にいた。キミーの昔の恋人と会っていたんだ。それはまったくの偶然なんだが、事情はわかってるよな。報告書に俺がそう報告したことを書いておいてくれ」

ビャアンはポケットから手を出して、襟を立てた。「オールベクの部屋に行ったのか、カール？」

「いや、俺は行ってない」

「確かか？」

だから行ってないって言ってるだろうが。頭痛が頭の隅っこで暴れていた。「だから行ってないって言ってるだろうが」ましな言い方が思いつかなかった。「それ以上言うなよ。ところで、もう部屋には入ったのか？」

「グローストロプ署の連中とサミルが上にいる」

「サミル？」

「サミル・ガジだ。バクの後釜だ。レズオウア署から来た」

サミル・ガジだと？　アサドに同志ができたじゃないか。あの糊みたいな肉のスープをいっしょに楽しむといい。

アントンスン警部がやって来た。カールは毛むくじゃらの手と握手をすませるときいた。

「遺書はあったんですか？」

シェラン島内の署に配属され、ある年数を経た者であれば、アントンスン警部の握手をすぐに思い出せるだろう。万力のような手に数秒間握られただけで、手の感覚がなくなってしまう。いつか同僚に言ってやろう。アントンスンがいたら油圧機械なんていらないと。

「遺書？　あるもんか。誰かが部屋にいて、ちょいと背中を押したんだ。もしそうでなきゃ、私を殴れ」

「どういうことです？」

「部屋には指紋がほとんどない。バルコニーの扉の取っ手にも。キッチンの戸棚の最前列のグラスにも。テーブルの縁にも。ところが、バルコニーの手すりにだけ鮮明な指紋がひと組残っている。オールベクのものに間違いない。だがな、飛び降りる決心をした者がなんだって手すりにしがみついたりする？」

「最後の瞬間に後悔したのかもしれない。だが、体を引き上げる力がもうなかった。ない話じゃありません」

アントンスンは笑みを浮かべた。自分の管轄地域外の捜査官に対してはいつもこうだった。対立する意見も寛大に扱い、決して偉ぶらない。

「手すりに血痕があったんだ。多くはない、しるし程度だ。賭けてもいい。彼の両手に殴られた痕があるはずだ。すぐに下に行って確かめてみようじゃないか。違う、違う、君、ここを調べてくれ、ここがにおうんだ」

アントンスンはバスルームから出てきた数人の鑑識に指示を出すと、感じのよさそうな褐色の肌の男をカールとラース・ビャアンのほうに引っぱってきた。

「私の優秀な部下のひとりだ。よりにもよってその部下を君たちは私からくすねとった。ふたりともせめて我々の目を見て、ちゃんと挨拶したらどうだ」

「サミルです」男は名乗り、ビャアンに手を差し出した。ビャアンとも初対面らしい。

「君たちにひとつ言っておく。サミルがきちんとした扱いを受けなかったら、私が黙っていないからな」アントンスンはそう言って、サミルの肩を叩いた。

「カール・マークだ」サミルの握手はアントンスンにひけをとらないほど力強かった。

「そうだ、彼だよ」アントンスンはサミルのもの問いたげな視線にうなずいた。「ミレーデ

・ルンゴー事件を解明し、なんでもオールベクの頭をごつんと一発殴ったそうだ」アントンスンは笑った。どうやらフィン・オールベクは西地区でもあまり好かれていないらしい。

「そこのカーペットの上に木片が落ちています」鑑識のひとりがバルコニーの扉の前を指し示した。顕微鏡でしか見えないような小さな何かがあるらしい。「長くここにあったような感じではないですね。ほこりの上にありますから」白いオーバーオール姿の鑑識係は膝をついて、さらに顔を近づけて調べ始めた。鑑識というのは妙な連中だ。なんでも徹底している。それを邪魔してはならない。

「バットのかけらじゃないですか？」サミルが言った。

カールは部屋を見回した。変わったものはないようだったが、ふと大きな木彫りの人形に目が留まった。山高帽をかぶり、腹に布巾を巻いてヒーターの上に立っている。これは往年のお笑いコンビのハーディーだ。相棒のローレルのほうは部屋の隅に置かれている。何かが変だ。

カールは身をかがめ、ハンカチを取り出して、人形に軽く触れた。この人形には大いに期待がもてそうだ。

「君たちがひっくり返してくれ。だが、俺が思うに、この人形は背中の具合が悪いらしいぞ」

全員が人形を囲んで立っていた。弾痕とみられる、背中の木が押しつぶされた痕を見ている。

「口径はかなり小さいな。弾は貫通していない。まだ残っている」アントンスンが言うと、鑑識班はうなずいた。

カールも同じ考えだった。二二口径だ。それでも人は殺せる。

「隣人は何か聞いていたか？　叫び声とか、銃声とか」そう言うと、カールは弾痕に鼻を近づけてにおいをかいだ。

警官たちは首を横に振った。

不思議な話だが、そうでもないような気もする。この高層住宅は大部分が空き家で、静まりかえっている。同じ階の住人はせいぜい二、三人。上にも下にもきっと誰も住んでいないのだろう。立ち退きの日が迫っており、次に嵐が来たら倒れそうな住宅だ。

「まだあまり時間は経っていないな」カールは言って、頭を後ろに引いた。「約一メートルの距離から、今夜、発砲された。君たちはどう思う？」

「それくらいですね」鑑識が答えた。

カールはバルコニーに出て、手すりの向こうを見た。かなりの高度だ。

それから、向かい側の明かりの灯った校舎に目をやった。どの窓にも顔が見える。暗闇で何も見えないだろうに、好奇心は抑えられないらしい。

そのとき、カールの携帯電話が鳴った。

ローセは電話で名乗ったためしがない。時間の無駄と決め込んでいるのだ。

「信じられます、カール？　スヴェンボーでピアスが見つかりました。当直員はどこを探せばいいかちゃんと知ってたんです。すごいでしょう?」

カールは時計を見た。何がすごいって、おまえさんがこの時間に俺が新しい情報を聞きたがると思ってるほうがよっぽどすごいさ。

「寝てなかったんですね?」ローセはきいたものの、カールの答えを待たなかった。「今からすぐに署に向かいます。写真を送ってくれるそうなので」

「夜明けまで待てないのか? 月曜日にしたらどうだ?」また頭がずきずきし始めた。

「オールベクに飛び降りを強要しそうな人物に心あたりはあるかね?」カールが携帯電話を閉じると、アントンスンがきいた。

カールは首を横に振った。いったい誰だ? オールベクにかぎ回られ、人生を台なしにされた者である可能性は高い。それとも、オールベクは何かを知りすぎたのだろうか? それもひとつの可能性だ。

あのグループが関わっている可能性もないとは言えない。心あたりなら無数にあるが、証拠がない。口に出して言えることは何もなかった。

「オールベクの事務所はもう調べたんですか? 依頼人の資料、スケジュール表、留守番電話の録音、Eメールなんかは?」カールが尋ねた。

「署員をやったが、空っぽの古い物置小屋で、郵便受けがひとつあるだけだそうだ」

カールは眉を寄せてあたりを見回した。そして、壁際の机に行き、オールベクの名刺を一枚つかむと、私立探偵事務所の電話番号を打ち込んだ。

三秒もたたないうちに、玄関で携帯が鳴った。

「やつの事務所はここだ」カールはあたりを見回した。

これではわからないはずだ。ノートもない、領収書のファイルもない。事務所らしいものは何もない。あるものといえば、廉価版の本、陶器の置物、ヘルムート・ロッティーやその類いの音楽CDくらいだ。

「家中ひっくり返して大掃除だな」アントンスンが言った。長くかかりそうだ。

インフルエンザのあらゆる症状がぶり返してきて、ベッドに横たわったものの、三分も経たないうちに、ローセが再び電話をかけてきた。スピーカーから彼女の声が鳴り響いている。

「カール、このピアスです！　リネルセ・ノアで見つかったピアスと一致しました。これでキミーのビニール袋に入っていたピアスとランゲラン島で失踪した夫婦を関係づけられます。やりましたね」

そうだな。だが、おまえさんのテンポについていくのは楽じゃない。

「それだけじゃありません、カール。土曜の午後に何通か送ったEメールの返事がきました。カイル・バセットに会えますよ。すごいわ！」

カールはやっとの思いでヘッドボードに体を押し上げて半身を起こした。カイル・バセット？　寄宿学校でグループのいじめにあった少年か？　なるほど、それは……すごい。

「今日の午後会えるそうです。ラッキーでした。ふだんはオフィスにいないそうなんですけど、たまたまいたんですよ。約束は十四時なので、十六時二十分の飛行機で戻ってこられます」

カールは驚いて背筋を伸ばした。「飛行機？　ちょっと待て、何言ってるんだ、ローセ」

「だって、彼はマドリッドにいますから。とっくにご存知でしょうけど、彼のオフィスはマドリッドにあるんですよ」

カールは目をむいた。「マドリッド！　俺は死んでもマドリッドなんかには行かんからな。おまえが自分で行け」

「もう飛行機の切符を予約しました、カール。十時二十分のＳＡＳです。一時間半前に空港で待ち合わせましょう。搭乗手続きをすませておいてください」

「だめだ、だめだ、だめだ。ともかく飛行機には乗らない。夢でも乗らない！」

「あらま！　もしかして飛行機恐怖症？」ローセは笑った。何を言っても相手にされない、そんな笑い方だ。

カールは飛行機恐怖症だった。それも、ちょっとやそっとではない。少なくとも自分ではそう思っている。というのも、一回しか試したことがないからだ。ユトランド半島のオールボーのパーティーに義理で行ったときだ。恐怖を抑えるために行きも帰りもしこたま酒を飲んでいたので、ヴィガはカールを引きずって歩くはめになった。それから二週間たっても夜中に夢にうなされ、ヴィガにしがみついた。今度は誰にしがみつきゃいいんだ？

「パスポートを持っていないんだ、ローセ。だから行けない。チケットはキャンセルしろ」

再びローセは笑った。頭痛と迫りくる恐怖と耳にがんがん響く笑い声が混じり合って、どうにかなりそうだった。

「パスポートの件は空港警察と話をつけてあります。明日には用意してくれているはずですから。とにかく落ち着いて、カール。私が薬を持って行きます。抗不安薬をね。とにかく、一時間半前に出発ターミナル3にいてください。地下鉄で直行できるし、歯ブラシはいりませんよ。でも、クレジットカードは忘れずに。いいですね？」

ローセは電話をガチャンと切り、カールは暗闇でひとりぼっちで座っていた。いったいいつからこんなに何もかもコントロールが利かなくなったんだ。

31

「さあ二錠飲んで」ローセはそう言って、カールの口の奥に小さな錠剤を突っ込み、帰りのための二錠をテディベアが入っている胸ポケットに押し込んだ。

カールはどぎまぎしながらロビーを見回し、カウンターでは何か文句をつけてくれる権威主義者の出現を待ちかまえた。搭乗するには服装がおかしいとか、雰囲気がおかしいとか、なんでもよかった。肝心なのは、このくそいまいましいエスカレーターでまっすぐ地獄に向かわずにすむことだ。

ローセはカイル・バセットの会社の住所と詳しい道順が書かれた紙切れと小さな旅行会話集をカールの手に握らせた。そして、帰りの搭乗手続きがすむまでは、ポケットの二錠に絶対手を付けないように念を押した。さらに、五分後には半分も思い出せないほどの忠告を繰り返した。ひと晩中まんじりともしていないうえに、腹の具合までおかしくなってきた。爆発性の高い下痢の前触れだ。

「少し眠くなるかもしれませんよ」ローセは最後に言った。「でも効果は太鼓判を押します。不安なんてぶっ飛びます。墜落したって気づかないかも」

ローセは最後に余計なことを言った自分に腹を立てた。そして、カールは仮発行のパスポートと搭乗券を手に、エスカレーターで運ばれて行った。

滑走路に出るともう汗びっしょりだった。シャツの汗染みがみるみるうちに広がり、靴の中で足が滑った。薬は徐々に効いてきているようだが、まだ動悸は激しく、心筋梗塞を起こしそうだった。

「大丈夫ですか？」隣の女性がおそるおそる尋ね、カールに手を差し出した。

その後は一万メートル上空でずっと息を止めているような感じだった。それでも、揺れは感じるし、パキッとか、ギイギイとか不可解な音がしょっちゅう機体から聞こえてきた。送風口を開けては閉じ、背もたれを倒しては戻した。救命胴衣が座席の下にあるか確かめ、キャビン・アテンダントが通りがかっただけで、〝結構です〟と言った。

そして、意識を失った。

「まあ見て、パリですよ」隣の女性の声がした。遠くのほうで聞こえる。目を開けると、悪夢と疲れとインフルエンザの症状がどっと襲ってきて、そのうちに誰かの手が何かの影を指し示して、エッフェル塔とエトワール広場だと言っていることに気がついた。

カールはうなずいた。どうでもよかった。パリでもどこでもいい。とにかく外に出してくれ。

隣の女性はカールの様子に気がつくと、また手を取り、着陸の衝撃でカールが目覚めたときもまだ握ってくれていた。

「ずいぶんお疲れだったのね」女性はそう言って、地下鉄の標識を指差した。

カールは胸ポケットの中の小さなお守りを軽く叩くと、上着の内ポケットに手を入れて財布を取り出した。疲れた頭でふと、こんな遠くまで来てもビザカードは使えるのだろうかと思った。

「簡単ですよ」案内係の女性は言った。「地下鉄の切符をここで買ったら、エスカレーターで下に降りてください。まずヌエボス・ミニステリオス駅まで乗って、そこで六番線に乗り換えてクアトロ・カミノス駅まで行って、二番線でオペラ駅まで行けば、あとは五番線でカジャオ駅までひと駅です。そこから目的地までは百メートルほどです」

カールはあたりを見回してベンチを探した。脳も脚も鉛のように重かった。

「ご案内しますよ。私も同じ方面に向かうところです。機内ではお疲れのご様子でしたね」親切な心の持ち主が流暢《りゅうちょう》なデンマーク語で話しかけてきた。振り向くと、明らかにアジア系の男性が立っていた。「ヴィンセントです」そう言って、男性は手荷物を引っぱりながらゆっくり歩き始めた。

ほんの十時間前に疲れた体をベッドに横たえたときには、想像もしなかった穏やかな日曜日だった。

半分意識がないまま地下鉄の旅を終えると、カールはカジャオ駅から地底の迷宮を抜け、昼間の太陽の下に出てきた。巨大な氷山のように、グラン・ビア通りに壮大な建物がそびえ立っている。巨像、新印象派、擬古典主義、機能主義、そんな言葉が思い浮かんだ。こんな風景は見たことがなかった。騒音、におい、熱気、そして黒髪の人々の群れが先を急いでいる。カールが唯一興味をひかれたのは、道ばたに座っている歯がほとんどない物乞いだった。物乞いの前にはたくさんの色とりどりのプラスチックのふたの付いた容器が置かれていた。それぞれのふたに施しの目的が書かれていて、世界中のあらゆる国の硬貨や紙幣が中に入っていた。カールにはその目的の半分は理解できなかった。ビールやワインやシュナップスやタバコのために施せって？　おまえが欲しいものを選べと男の目が言っていた。その目が皮肉っぽく光る。おまえが欲しいものを選べ。

まわりで人々が笑っている。その中のひとりがカメラを取り出して、物乞いに写真を撮ってもいいかと尋ねた。すると、物乞いは歯のない口でにやりと笑って、一枚の看板を掲げた。

〝写真撮影　二百八十ユーロ〟と書かれていた。

これは効いた。まわりの人々だけでなく、カールの疲弊した心と錆びついた笑筋にも作用した。突然、堰《せき》を切ったように、カールは笑い出した。ここまで自分の境遇を逆手にとるとは恐れ入った。物乞いはカールの手に名刺まで握らせた。それには www.lazybeggars.com というウェブサイトのアドレスも書かれていた。カールは首を横に振って笑いながら、ふだんなら物乞いに施しなどしないのに、内ポケットに手を入れた。

そのとき、カールは突然、現実に戻った。全身が総毛立ち、特捜部Qのあの女は即刻クビにしようと誓った。

今、カールは知らない土地に立っている。喉に押し込まれた錠剤で脳は麻痺し、体中の関節は波のように打ち寄せてくるインフルエンザウイルスと闘って悲鳴を上げている。これまで何度も軽率な旅行者の失敗談を笑ってきた。それが今、自分の身に起きている。どこにいても危険を嗅ぎつけ、不審人物には気づくはずの警部補に。こんな馬鹿なことがあっていいのか。それも日曜日に。

財布がなかった。上着の内ポケットには糸くずしかない。満員の地下鉄に三十分乗った代償がこれだ。クレジットカードも、仮パスポートも、運転免許証も、紙幣も、地下鉄の切符も、電話帳も、保険証も、航空券もなくなった。

落ちるところまで落ちたか、カールはつぶやいた。

〈KBコンストルクシオーネSA〉のオフィスの一角で、カールはようやく一杯のコーヒーと静寂を得ると、汚れた窓の前に座って、うとうとと居眠りを始めた。十五分前には、グラン・ビア通りに面した一階のロビーで守衛に足止めを食らっていた。身分証明書を提示できなかったので、守衛はカールを信用せず、社長とアポイントメントがあることをなかなか確かめようとしなかった。理解できない言葉でまくしたてるだけだった。ついに頭に来たカールは首を激しく横に振って、少なくとも十回は守衛の頭上からデンマーク人以外には発音不可能とされる言葉を浴びせた。

「カイル・バセットです」その声は何キロメートルも離れたところから聞こえてきたように思えた。カールはすっかり眠りこんでいた。

おそるおそる目を開けると、ここは煉獄かと思うほどの痛みが頭と関節を襲った。

カールはバセットのオフィスの、大きな窓の前に座っていた。あらためてコーヒーが運ばれてきた。向かい側に三十代半ばの男が座っていた。どういう用件かはよくわかっているようだ。その男には富と権力と強い自負心がうかがえた。

「状況についてはスタッフの方からうかがっています。連続殺人事件の捜査をなさっていて、寄宿学校時代に私を襲った人物と関連があるかもしれない。そうですよね？」

バセットは訛りのあるデンマーク語で話した。カールは周囲を見回した。広々としたオフィス。目を下に向けると〈スフェラ〉や〈レフティーズ〉といった店からグラン・ビア通りに出てくる人々が見えた。こんな場所に住んでいてもまだデンマーク語を理解できるとは驚きだ。

「連続殺人事件の可能性はありますが、まだわからないんです」カールはコーヒーを飲み干した。あまりに濃くて、煮えくりかえったはらわたのことを考えると、必ずしも適切な飲みものとは言えなかった。「〝襲った〟と言われましたが、なぜ告発しなかったんですか？」

バセットは笑った。「とっくの昔にしましたよ。しかるべきところにね」

「というのは？」

「私の父にですよ。父はキミーの父親と寄宿学校の同輩でした」

「なるほど。それであなたはどうなったんですか？」

バセットは肩をすくめて、純銀製のシガレットケースを開けた。こんな代物《しろもの》がまだ実際に存在するのだ。バセットはカールに一本勧めた。

「お時間はあるんですか？」

「十六時二十分の便に乗ります」

バセットは時計を見た。「では、あまり時間はありませんね。空港へはタクシーで行かれますよね？」

カールは煙を深く吸って、はずみをつけた。「それが少々問題がありまして」穴があったら入りたかった。

カールはバセットに事情を説明した。地下鉄でスリにあった。金も、パスポートも、航空券もない。

カイル・バセットはインターホンのボタンを押した。バセットが指示する口調は聞いていて気持ちよいものではないほど横柄だった。相手はよほどの下っ端なのだろう。

「手短に言います」バセットは向かい側の白い建物に目をやった。その目には古い痛みの記憶が映っているのかもしれない。しかし、石のように硬い表情から何かを読み取ることは難しかった。

「私の父とキミーの父親はある申し合わせをしました。折を見て処罰はする。それまでは事を荒立てないでくれ、とね。私はそれでよかった。彼女の父親ウィリー・K・ラスンをよく知っていましたしね。今でも彼のことは知っています。モナコの私の家から歩いて二分のところに住まいがあるんですよ。およそ妥協ということをしない人です。彼には盾突かないほうがいい。まあ、それも昔の話です。気の毒に、今は病床にあります。もう長くはないでしょう」そこでバセットは笑った。笑うことではないだろうに。

カールは唇をきゅっと結んだ。キミーの父親は、カールがティーネにでまかせで言ったとおりに、本当に重病だったのだ。不思議な話だった。だが、現実と空想の近似はよくあることだ。

「ところで、なぜキミーなんです？　あなたはキミーのことしか言わないが、ほかの連中も同じように関わっていたんじゃないんですか？　ウルレク・デュブル・イェンスン、ビャーネ・トゥーヤスン、クレスチャン・ヴォルフ、ディトリウ・プラム、トーステン・フローリン。みんなその場にいたんでしょう」

バセットは火のついたタバコをくわえたまま、両手を組み合わせた。「ひょっとしてあなたは、彼らが故意に私を獲物に選んだと思っておられるんですか？」

「そんなことはわかりません。さほど多くのことを知っているわけではありませんから」

「では申し上げますが、六人が私をさんざん殴ってぶちのめしたのは、まったくの偶然です。私はそう確信しています。殴り合いの喧嘩がつい度を越してしまっただけです。成り行きでああなったんですよ」バセットは片手をあばらにやって、前に身を乗り出した。「肋骨が三本折れました。鎖骨もです。何日も血尿が出ました。彼らは躊躇なく私を殺すこともできたでしょう。でも、そうはならなかった。それも偶然です」

「なるほど。しかし、結局どういうことですか。あなたの復讐心がなぜキミー・ラスンにだけ向けられるのか、そこがわからないんですが」

「いいですか、マークさん。連中に殴られたあの日、私はあの豚どもから大切なことを学びました。ある意味では、その教えに対して彼らに感謝さえしています」そしてバセットは一語一語机を叩きながら、こう続けた。「チャンスが来たら、打って出ろ。そう学んだんです。偶然であろうとなかろうと。妥当性とか、相手に罪があるかどうかは考えない。これは実業界の常識です。武器を研いだら、それを使う。いつ、いかなるときも。とにかく打って出る。そして、あの場合の私の武器は、我々親子はキミーの父親に働きかけることができたということです」

カールは深く息を吸った。田舎育ちの少年の耳にはあまりぴんとくる話ではなかった。カールは目を細めた。「よくわかりませんが」

バセットは首を横に振った。彼も期待していなかった。カールとは生まれた星が違うのだ。

「こう言えばわかりますか？　私はキミーには簡単に会うことができたので、彼女は私の復讐心を嫌でも感じていたはずです」

「ほかのメンバーはどうでもよかったんですか？」

バセットは肩をすくめた。「チャンスがあったら仕返しをしていたでしょう。でも一度もなかった。彼らはテリトリーが違いましたからね」

「キミーはほかのメンバーと同じように積極的に暴行に関与していたんですか？　あの連中を動かしていたのは誰だと思います？」

「もちろん、クレスチャン・ヴォルフです。しかし、あの悪魔どもが全員地獄を脱け出てきたら、私がいちばん遠ざけておきたいのはキミーです」

「どういう意味です？」

「最初、彼女は遠巻きに見ていました。中心になってかかってきたのはフローリン、プラム、そしてヴォルフです。しかし、私が耳から出血したのを機に、その三人が引き下がると、キミーが前に出てきました」

　キミーの気配をまだ感じるかのように、バセットの小鼻が広がった。

「連中が彼女を焚きつけたんです。特にクレスチャン・ヴォルフが。ヴォルフとプラムはキミーの頭がのけぞるまで、彼女の体をまさぐっていました。そして、彼女を私のほうに押しやった」バセットは組み合わせた手をさらに押しつけた。「キミーは一回平手で私の顔を叩くと、次々平手で打ってきました。私の痛みを察すると、目をむいて、呼吸を荒げ、殴る手に力を込めていきました。そして、みぞおちを蹴ってきました。靴のつま先で思いきり」バセットは向かい側の屋根の上のブロンズ像とそっくりの灰皿に吸い殻を押しつけた。バセットの顔はしわだらけだった。横から太陽が照りつける時間になって初めてカールは気がついた。まだそんなしわが寄る年齢ではないだろうに。

「ヴォルフが止めに入らなかったら、彼女は間違いなく私が死ぬまで殴り続けていましたよ」

「ほかのメンバーは？」

「ほかのメンバーですか？」バセットは考えにふけりながらうなずいた。「もう次のチャンスを楽しみにしていたんじゃないですか？　闘牛の観客みたいに。きっとそうです」

先ほどコーヒーを運んできた秘書がオフィスに入ってきた。細身のきちんとした身なりの女性で、髪と眉に合わせたような濃い色の服を着ている。秘書は小さな封筒をカールに手渡した。「お帰りに必要なユーロ紙幣と搭乗券です」そう言って、愛想よく微笑んだ。

秘書がメモを渡すと、バセットはすばやく目を通した。するとバセットはみるみる怒りだし、カールはたった今バセットから聞いたばかりの目をむいたキミーを思い起こした。

バセットはメモを引き裂くと、秘書にひとしきり罵詈《ばり》を浴びせた。しかめた顔にさらに深いしわが寄った。そのあまりにも感情的な反応に秘書は震え、目を伏せた。まったく見るに堪えない光景だった。

秘書が部屋を出てドアを閉めると、バセットは何事もなかったようにカールに向かって微笑んだ。「会社の穀《ごく》つぶしですよ。どうぞご心配なく。ところで、デンマークにお帰りになるのに必要なものはそろいましたか？」

カールは無言でうなずいた。なんとか感謝の気持ちを示そうと努めたが、簡単ではなかった。カイル・バセットはかつて彼を暴行した連中と変わりなかったからだ。思いやりのかけらもない。どっちもどっちだ。吐き気がする。

「それでキミーの処罰は？　具体的にどんな罰が下ったんです？」カールはようやく口を開いた。

バセットは笑った。「ああ、あれも結局のところ偶然でした。彼女は流産したり、暴行を受けたりで相当具合が悪くなったんです。それで父親に助けを求めに行きました」

「だが、助けは得られなかったということですね？」

大きな苦境に立たされ、父親に助けを拒まれた若い娘がカールの目に浮かんだ。古い雑誌に掲載された写真の父親と継母のあいだに立った小さな女の子の顔に表われていたのは、親からの愛情の欠如だったのかもしれない。

「ひどい話だったと聞いています。キミーの父親はホテル・ダングレテールに泊まっていました。デンマークに滞在中はそこが住まいなんです。そこへ、キミーが突然現われた。どうなったと思います？」

「外へ放り出された？」

「それも頭から先に」バセットは笑った。「床を這い回って、投げられた千クローネ札を拾う猶予は与えられたようです。ですから、まったく何も得られなかったわけじゃない。でも、そのあとは〝さらば、ごきげんよう、永久に〟ってことでした」

「オアドロプに自分の家があるのに、なぜそっちに行かなかったんでしょう？」

「行きましたよ。そこでも扱いは同じだったそうです」バセットは首を振った。心底どうでもよさそうだった。「さて、カール・マークさん、もっと知りたいのであれば、次の便に乗ることになりますよ。南欧では早めにチェックインをすませたほうがいい。十六時二十分の便に乗りたければ、もう出発しないと」

カールは深呼吸をした。もう不安中枢が機体の震動を感じている。胸ポケットの錠剤のことを思い出して、テディベアを引っぱり出した。その拍子に錠剤はポケットの底に滑り落ちた。カールは机の上にテディベアを置き、錠剤をなんとか取り出すと、コーヒーで飲み下した。

カップのふち越しに、机の上の書類地獄に混じって、関節が白く浮き出るほど強く握られた拳が見えた。視線を上げると、そこには刺すような痛みの記憶におそらく初めて屈しているバセットの姿があった。人間はここまでひとを打ちのめすような痛みを与えることができるのだ。

バセットの目は罪のない小さなクマのぬいぐるみに注がれていた。まるで抑圧された感情が、落雷となってバセットに命中したみたいだった。

カールは再び椅子にもたれた。

「このぬいぐるみをご存じなんですか」カールはきいた。錠剤が喉にひっかかって貼り付いている。

バセットはうなずくと、怒りも加勢して、再び会見の主導権を握った。

「ええ、寄宿学校でいつもキミーの手首にぶらさがっていました。理由は知りません。首に巻かれた赤い絹のリボンでくくり付けていました」

一瞬、カイル・バセットが泣いているように見えた。しかし、すぐにまた石のような硬い表情になると、カールの向かい側には再びふた言で秘書を打ちのめす男が座っていた。

「よく覚えています。私を殴るときにも手首にぶら下がっていましたから。どこでこんなものを手に入れたんですか？」

32

キミーがホテル・アンスカーで目覚めたのは、日曜日の朝の十時になろうとするころだった。つけっぱなしだったテレビが、夜の事件のニュースを繰り返していた。デュブルスブロー駅の近くで起きた爆破事件は、捜査人員を大量に動員しているにもかかわらず、いっこうに解明が進んでいなかった。そのため、扱いがやや後ろにまわっていた。今は、イラク駐留米軍によるバグダッド空爆と、チェス選手のカスパロフがロシアの大統領選に立候補する話が中心だが、トップニュースはレズオウアの老朽化した高層住宅で起きた転落死事件だった。

転落死事件は殺人の可能性がきわめて高いと報じられ、警察の広報担当者はその裏付けとして複数の状況証拠があると説明した。特に不審な点として、被害者はバルコニーの手すりにしがみついていたところを鈍器で指を殴られた形跡があること、鈍器は拳銃の可能性があり、同夜に居間の木彫りの人形に向けて発砲されていることが発表された。これ以上の情報の提供は差し控えられ、容疑者はまだいないというのが、ニュースの内容だった。

キミーは小さな包みを引き寄せた。

「もうやつらは知ってるわ、ミレ。ママが追ってることを」キミーは微笑もうとした。「今ごろ、みんなで固まって震えているかしらね？　トーステンとウルレクとディトリウは、ママがやって来たらどうしようって相談しているかしら？　恐がってると思う？」キミーは小さな包みを腕の中で揺り動かした。「恐がって当然よ。私たちにあんなことをしたんですもの。でもね、ミレ。やつらにはそうする理由があったの」

カメラマンは死体搬出にあたる救急隊をクローズアップしようとしていたが、あまりにも暗すぎて断念した。

「ミレ、ママはあの箱のことを誰にも話すべきじゃなかった。あれがそもそもの間違いだった」キミーは目をぬぐった。涙は突然あふれてきた。

キミーはビャーネ・トゥーヤスンの家に引っ越した。それはグループに対する冒瀆《ぼうとく》行為だった。キミーがセックスをしたければ、ひそかにするか、グループ全員とするかのどちらかだった。他に可能性はなかった。だから、ビャーネとの同棲は、グループのあらゆる掟との致命的な決別を意味した。単にキミーがグループから一人《ひとり》を選んだということではなかった。よりにもよって序列の最下位の男を選んだのだ。

それはあってはならないことだった。

「ビャーネ？」クレスチャン・ヴォルフは怒鳴った。「あんな役立たずとどうする気だ？」

ヴォルフはすべて今までどおりに続けていくことを望んだ。みんなでいっしょに旅をして、みんながいつでもキミーを抱けるようにしておきたかった。

だが、クレスチャンの脅しや圧力に屈することなく、キミーは意地を通した。ビャーネをとった。他のメンバーは思い出で満足しなければならなくなった。それでも、しばらくのあいだはまだ付き合いは続いていた。四週間に一回、集まってコカインを吸い、暴力映画を観た。そして、トーステンかクレスチャンの大型ジープに乗って、嫌がらせをしたり、叩きのめしたりできそうな獲物を探して回った。あとから被害者と和解し、屈辱と痛みの代償に金を払ったこともあった。背後から不意を襲って気絶させ、顔を見られずにすんだこともあった。そしてまれに、この獲物は命拾いできないと直感する場合もあった。シェラン島北部のエスロム湖畔でたったひとりで釣りをしていた老人を目にしたときのように。

こういうタイプを襲うことがグループにとっていちばんの楽しみだった。事情が許し、プログラムを完遂できたときはよかった。六人全員が自分の役割を最後まで果たすことができたときはよかった。

しかし、エスロム湖畔ではそうはいかなかった。

キミーには、クレスチャンが興奮しているのがよくわかった。いつものことだったが、このときのクレスチャンは暗い苦虫を噛みつぶしたような顔をしていた。唇を固く結び、憂鬱な目をしていた。欲求不満を内に向け、静かにたたずみ、積極的に何をするでもなく、他のメンバーの動きや、水中に老人を引っぱり込むキミーの服が体に貼り付くのを見ていた。

「彼女をやっちまえ、ウルレク」クレスチャンが突然声をあげたとき、キミーは夏のワンピースをびしょぬれにして葦《あし》の茂みの中にぼんやりと座ったまま、死体が沖に向かって漂い、沈んでいくのを眺めていた。ウルレクはチャンスを目の前にして目を輝かせながら、またうまくやり遂げられないのではないかと恐れていた。キミーがスイスに行く前、ウルレクは何度も途中で断念していた。彼女の中に入ることができなかった。そのつどほかのメンバーに取ってかわられた。どういうわけかウルレクにはこの暴力とセックスのカクテルが合わないようだった。脈がいったん下がらないことには、再び元気を回復できないようだった。

「早くしろよ、ウルレク」誰かがはやした。ビャーネがやめろと叫んで、ののしった。すると、ディトリウとクレスチャンがビャーネを捕らえて押さえ込んだ。

キミーはウルレクがズボンを脱ぎ、実際にその気になっているらしいことは目にしていた。だが、トーステンが後ろからキミーを押し倒そうとしていたことは知らなかった。

ビャーネが身をふりほどいていなかったら、ウルレクがまた萎えていなかったら、あの日キミーは葦の茂みで陵辱されていた。

その後、まもなくしてクレスチャンはキミーを頻繁に訪ねるようになった。クレスチャンはビャーネやほかのメンバーのことなどまったく意に介さなかった。とにかくキミーと寝ることができたら、満足だった。

ビャーネは変わった。ふたりでくつろいでいても、ビャーネはうわの空だった。キミーの愛撫に以前のようには応えなくなり、キミーが仕事を終えて帰るとたいてい家にいなかった。金を持っていないのに金づかいが荒くなった。キミーが寝ているような時間に電話をかけてきた。

その間、クレスチャンはますますキミーにつきまとうようになった。〈ノーチラス〉で、帰宅途中で、ビャーネの家で。障害となるビャーネはメンバーの下働きとしてこき使われていて留守だった。

キミーはクレスチャンを嘲笑った。クレスチャン・ヴォルフの依存心と、現実感の欠如を嘲笑った。

みるみるうちにクレスチャンの胸に怒りがこみ上げていくのがわかった。そして、剃刀《かみそり》のように鋭い目でキミーをにらみつけた。

しかし、キミーは恐れなかった。私に何をしようって言うの？　まだされていないことがあった？

それは三月の、百武彗星《ひゃくたけ》がデンマークの夜空にひときわ明るく、はっきりと見えた夜に起こった。ビャーネはトーステンから望遠鏡を受け取り、ディトリウからヨットを自由に使えと言われた。ビャーネが大物になった気分で海に出てビールをしこたま飲んでいるあいだに、クレスチャン、ディトリウ、トーステンそしてウルレクはふたりの住まいに侵入する計画だった。

彼らがどうやって鍵を手に入れたのかわからない。気がつくと、四人が立っていた――瞳孔が狭まり、鼻の穴はコカインで赤くなっていた。四人は無言でいきなりキミーの下着に手をかけた。壁に押しつけ、邪魔なものをすべてはぎ取った。

しかし、彼らはキミーからほんのひと声も引き出すことはできなかった。キミーは声をあげたら暴力がエスカレートすることを知っていた。それはこれまでの襲撃でさんざん見てきたことだった。

グループの男たちは泣いて慈悲を乞うようなことを嫌った。キミーもまったく同じだった。彼らはキミーをソファーテーブルの上に叩きつけた。テーブルの上を片付けようともしなかった。手始めに、ウルレクがキミーの腹の上に馬乗りになり、大きな手で膝をつかんで、両脚を広げた。最初、キミーは拳でウルレクの背中を殴ったが、陶酔感と脂肪の層がその効果を奪った。殴ったところでどうなるものでもなかった。ウルレクは喜ぶだけだ。殴打、屈辱、強制。ウルレクはモラルに反するようなことすべてを愛している。ウルレクにタブーはない。ウルレクはあらゆる行為を試した。それにもかかわらず、やり遂げることはできなかった。

クレスチャンはキミーの脚のあいだに立つと、自分の意志を限界まで貫いた。毛穴からほとばしる自己満足で全身が光り輝いていた。二番手のディトリウは、いつもどおり電光石火で痙攣のような震えを起こしながら果てた。そして、トーステンの番が来た。

痩せっぽちのトーステンがキミーの中に入ろうとしたちょうどそのとき、突然ビャーネが戸口に現われた。キミーはビャーネと目が合った。しかし、ビャーネは一瞬にして勝ち目がないことを悟り、男の結束に骨抜きにされ、彼らの呪縛に陥った。

キミーは叫んだ。出て行ってと。だが、ビャーネは出て行かなかった。

トーステンがことを終え、ビャーネが輪に加わると、男たちのあえぎ声は勝利の雄叫びに変わった。

キミーはビャーネの心を閉ざした紫色の顔をじっと見ていた。このとき初めて、自分がとった人生の方向が見えた。

キミーはあきらめた。目を閉じて、その人生から足を抜いた。

ウルレクがもう一度試そうとして、あきらめざるをえなかったときに起こった笑い声を最後に、キミーは無意識という身を守る霧の中に沈んでいった。

キミーがグループとして彼らを見たのはそのときが最後だった。


「わたしの大切な小さなミレ、ママがあなたのために持っているものを見せてあげるわね」

キミーは布を開いて小さな人間の形をしたものを取り出すと、情愛のこもった目でそれを見た。この神のみわざ。このちっちゃな指、このちょっぴりしか生えていない爪。

そして、別の包みをほどき、その中身を干からびた小さな体の上に掲げてみせた。

「見てごらん、ミレ、こんなもの見たことある？　これこそこんな日に必要なものじゃない？」

キミーは指で小さな手に触れた。「ママの体が熱くなってるのがわかる？　ええ、本当に熱いの」キミーは笑った。「緊張すると、ママはいつもこう。あなたはもう知ってるわよね」

キミーは窓の外を見た。九月が終わる。十二年前、ビャーネの住まいに引っ越したときと同じだった。ただ、あのときは雨は降っていなかった。

覚えているかぎりでは。

キミーを犯したあと、彼らはキミーをソファーテーブルの上に放り出したまま、床に寝そべり、完全にハイになるまでコカインを吸った。クレスチャンが二、三回キミーのむき出しの太ももを叩き、彼らはけたたましい笑い声をあげた。

「なあ、どうした、キミー」ビャーネが呼んだ。「そう上品ぶるなよ。俺たちしかいないんだから」

「もう終わりよ」キミーはつぶやいた。「もうたくさん」

彼らは信じなかった。キミーは自分たちなしではいられないのだから、しばらくしたらまた絡みついてくると思っていた。だが、そんなことはない。スイスにいたときは、彼らなしでもちゃんとやっていけた。

起き上がれるようになるまで時間がかかった。陰部がひりひりし、股関節は脱臼し、頭の後ろが痛かった。そして何よりも屈辱感が重くのしかかっていた。

この気持ちを再びたっぷり味わったのは、カサンドラにオアドロプの家で嘲笑とともに迎えられたときだった。「生きているあいだに何かひとつでも実現できるの、キミー？」

次の日、キミーはトーステン・フローリンが〈ノーチラス・トレーディング〉を買ったことを知った。キミーは仕事を失った。それまで友人だと思っていた従業員に小切手を渡された。彼はキミーに職場を去るようにと告げた。トーステン・フローリンの指示だという。苦情なら、彼に直接言ってくれと言われた。

キミーは小切手を現金化するために銀行に行った。そこでビャーネがキミーの口座から金を全部引き出して解約していたことを知った。

キミーは決して彼らの触手を逃れられない。それが彼らの意図だった。

それから数カ月、キミーはオアドロプの家の三階の自分の部屋で暮らした。夜中に下のキッチンで食べるものを手に入れ、昼間は寝ていた。両足を体に引き寄せ、小さなテディベアを握りしめて寝ていた。何度もカサンドラがドアの前に立って、がなりたてた。しかし、キミーはいっさい耳を貸さなかった。

誰にも義理を感じる必要はなかった。キミーは妊娠していた。

「あなたができたと知ったとき、とても嬉しかったのよ」キミーはそう言って、その小さなものに微笑んだ。「すぐにわかったわ。あなたが女の子で、なんて呼べばいいか。ミレ。初めからずっとそう呼んできた。不思議よね？」

キミーはミレと少しふざけたあと、また布にくるんだ。ミレは小さな幼子イエスのように白い布にくるまって眠っていた。

「あなたが生まれてくるのを、とても楽しみにしていたの。ちゃんとした家に住んで、普通の生活を送るはずだった。あなたが生まれたらすぐ、ママはお仕事を探すつもりだった。そして、あなたを託児所から連れて帰ってきたら、ずっといっしょに過ごそうと思ってた」

キミーはバッグを取ってくると、ベッドの上に置いて、ホテルの枕をひとつその中に詰め込んだ。暖かそうで、ミレを守ってくれそうに見えた。

「そう、あなたと私、ふたりっきりであの家に住むつもりだった。そのためにはカサンドラに消えてもらわなくちゃならなかったけど」


クレスチャン・ヴォルフがキミーに電話をかけてくるようになった。クレスチャンの結婚式が数週間後に迫っていたころだ。もうすぐ束縛されてしまうという思いが、キミーの拒絶と同じようにクレスチャンを狂わせていた。

その夏はどんよりとした曇り空にもかかわらず、キミーは喜びに満ちあふれていた。キミーは徐々に穏やかな生活を手に入れていった。グループでやってきた恐ろしい行為はすべて過去に置いてきた。キミーは新しい人生に対する責任を感じていた。

過去は死んだのだ。

だが、そうはいかなかった。ある日、ディトリウ・プラムとトーステン・フローリンが、居間でカサンドラのかたわらに立ってキミーを待ち受けていたのだ。その探るような目を見たとき、彼らがどれほど危険な存在になりうるかを思い出した。

「昔のお友だちが訪ねてこられたわよ」透けて見えそうな夏のワンピースを着たカサンドラ

が甲高い声で言った。カサンドラは自分の領域である居間から出ることを拒んだが、これから話すことを聞かせるわけにはいかなかった。

「どうしてここにやってきたのか知らないけど、さっさと帰ってよ」キミーは言った。こんなことを言ったらどうなるかはわかっていた。キミーの言葉は交渉の始まりにすぎない。最後に立って闘技場をあとにできるのは誰か、土埃にまみれて横たわっているのは誰か？

「キミー、おまえはもうどっぷりつかってるんだ」トーステンが言った。「おまえが抜けるなんてことは許さない。なんでまたそんなこと考えたんだ？」

キミーは首を横に振った。「どうしろって言うの？　みじめったらしい遺書を残して、自殺でもしろって？」

ディトリウはうなずいた。

「それでもいいが、俺たちには別の提案もある。それならおまえでもできる」

「どんなこと？」

「なんだっていいじゃないか」トーステンは答えると、キミーに近づいてきた。

もしまた襲ってきたら、あの隅っこの中国の壺を使おう。あれなら重さは充分だ。

「俺たちはただ、おまえにいっしょに来てもらって、おまえが信用できるかどうか知りたいだけだ。おまえだって寂しいだろう。白状しろよ、キミー」トーステンは言った。

キミーは作り笑いを浮かべた。

「もしかしたらあんた父親になるかもよ、トーステン。それともあんたかしらね、ディトリウ？」言うつもりはなかったが、彼らの表情をこわばらせるだけの価値はあった。「どうしてあんたたちといっしょに行かなきゃならないの？」キミーは腹に手を置いた。「ひょっとして、それが子どものためだと思ってるわけ？　まさかね」

ふたりが顔を見合わせているとき、キミーは彼らの考えが手に取るようにわかった。ふたりとも子どもがいて、ふたりとも離婚とスキャンダルを経験していた。だが、スキャンダルのひとつやふたつ彼らにはなんでもないことだ。ふたりの悩みの種はただひとつ、キミーの反乱だった。

「子どもは堕ろせ」ディトリウが容赦なく言った。

〝子どもは堕ろせ〟。この短い言葉で、キミーは子どもの命が危険にさらされていることを知った。

キミーは片手を上げて彼らを近づけないようにした。

「自分の面倒だけ見てなさいよ。私のことはほっといて。わかった？　永遠にほっといて」

ふたりがキミーの心変わりに驚いて目を細めているのを、キミーは満足げに眺めていた。

「もし、あんたたちがほっといてくれなかったら……小さな箱があるの。それであんたたちの人生を破滅させられるってことを覚えておくのね。箱は私の生命保険よ。私に何か起きたときには、箱の中身が明るみに出るわ」

嘘だった。そんな手はずは何も整えていなかった。確かに箱は隠している。だが、それを誰かに見せるなんて考えたこともなかった。中身はただの記念品にすぎない。そのつど小さな品物を持ち帰った。この手で葬り去ったそれぞれの人生を象徴するものを。インディアンの頭の皮や、闘牛の雄牛の耳や、インカの生け贄からえぐり取られた心臓、それと同じだった。

「どんな箱だ？」トーステンがきいた。キツネのような顔に深いしわが刻まれた。

「毎回、何か持って帰ってきたのよ。その箱の中身を見れば、私たちがやったことはすべて明るみに出るわ。だから、私や私の子どもに指一本でも触れたら、あんたたちは檻の中で死ぬことになるのよ。保証するわ」

ディトリウは完全に食いついたようだったが、トーステンはまだ疑っていた。

「たとえば？」

「ランゲラン島の女のピアス。コーオ・ブルーノのゴムのアームバンド。クレスチャンがプールでコーオを突き落としたときのことは覚えてる？　じゃあ、クレスチャンがそのあとで、アームバンドを手にベラホイのプールの前でほくそ笑んでいたことも覚えてるかもね。そのアームバンドがラアヴィーから取ってきたボードゲームの二枚のカードといっしょに箱の中に入っているって聞いても笑ってられる？　どう、まだ信じられない？」

トーステン・フローリンは別の方向を見ていた。扉の向こう側で聞き耳を立てている者がいないことを確かめたいようだった。

「いや、キミー、俺も信じるよ」トーステンは言った。

ある夜、クレスチャンがキミーのもとにやって来た。カサンドラは泥酔し、とっくに戦闘力を失っていた。

クレスチャンがベッドの脇に立ち、キミーに覆いかぶさるようにして、一言一句をキミーの記憶に刻み込むように、ゆっくりとアクセントを付けながら言った。

「箱がどこにあるか言うんだ、キミー。言わないとこの場で殺す」

クレスチャンは容赦しなかった。自分の腕が上がらなくなるまで延々とキミーを殴り続けた。下腹部を、みぞおちを、あばらを、指の関節が音を立てるほど殴りつけた。それでも、キミーは箱のありかを言わなかった。

クレスチャンは去って行った。攻撃の手を下ろしたときには、百パーセント確信していた。証拠品の入った箱など、まったくのでっち上げだと。

意識が戻ると、キミーは自分で救急車を呼んだ。

33

空腹で目が覚めたが、食欲はなかった。日曜日の午後だった。キミーはまだホテルの部屋にいた。一時間の夢で、キミーはようやくすべてが終わりに近づいていることを予見した。だったら、なんのために食べる必要があるだろう。

キミーは横を向いて包みが入ったバッグを見た。

「今日はママからプレゼントがあるわよ、ミレ。ママがこれまで持っていた物の中でいちばんいいものをあげる。それはね、ママの小さなクマちゃんよ。ずっとそうするつもりだったの。今日がその日よ。嬉しい？」

キミーは頭の中の声が出番を待っているのを感じた。しかし、バッグの中の包みに手を置いて、愛にあふれた感情が流れるにまかせた。

「大丈夫よ、ミレ。もう平気。すっかり落ち着いたわ。今日の私たちには誰にも手出しはさせない」

大量に出血していたキミーはビスペビェア病院に搬送された。病院のスタッフは何があったのか何度も聞いた。警察を介入させようとした医師もいた。しかし、キミーは説得した。打撲やあざは転んだせいだ。長い急な階段から落ちたのだ。そう言って看護師と医師をなだめた。以前からときどきめまいを起こす。最上段でバランスを失った。誰にも命を狙われてなんかいない。それは保証する。継母とふたりで暮らしている。こんなことになったのは運が悪かっただけだ。

翌日、看護師から子どもは助かるだろうと言われ、キミーはその言葉を信じた。だが、看護師から寄宿学校の古い友人から見舞いの伝言があったと聞くと、用心しなくてはならないと思った。

四日目、ビャーネがやって来た。キミーは個室で寝ていた。彼らがビャーネをメッセンジャーボーイに指名したのはただの思いつきではなかった。ビャーネはほかのメンバーと違って著名人ではない。それが理由のひとつだった。また、ビャーネは内容のない言葉と柔軟な嘘で会話を導く名人でもあった。

「キミー、俺たちが不利になる証拠を持ってるそうだけど、本当なのか？」

キミーは答えず、窓の外の由緒ある建物を見ていた。

「クレスチャンが謝ってたぜ。民間病院に移りたくないかきいている。子どもは大丈夫だったんだろ？」

キミーが軽蔑しきった目を向けると、ビャーネは目を伏せた。きく権利などないことがわかったのだろう。

「クレスチャンに伝えて。私の体に触れるのはあれが最後だって、わかった?」

「キミー、クレスチャンを知ってるだろ? あいつからは逃れられない。クレスチャンが言ってたよ。おまえには弁護士もいないじゃないかって。おまえが俺たちについて何を知っていたって、聞いてくれる弁護士がいないんだぞ、キミー。クレスチャンは考えを変えたそうだ。おまえが言うように、実際に箱はあるんだろうって。いかにもおまえがやりそうなことだって。そう言いながら笑ってたよ」ビャーネはクレスチャンの低いうなるような笑い声をまねようとしたが、まったくの失敗に終わった。どっちみちキミーにそんな茶番は通じない。命取りになるかもしれないことで、クレスチャンが笑うはずがなかった。

「弁護士がいなきゃ、誰が味方してくれるんだって、クレスチャンが言ってたぜ。おまえには友だちなんていないだろう、キミー。俺たちだけじゃないか。そのことは俺たちみんな知ってるんだからさ」ビャーネがキミーの腕に触れた。キミーはすぐさま腕を引っ込めた。

「箱がどこにあるか、言っちまったほうがいい。オアドロプの家にあるのかい、キミー?」

「ばかにしないで!」キミーは激昂した。

ビャーネが彼らの手に落ちたことは火を見るよりも明らかだった。

「クレスチャンに言って。私から手を引いているかぎり、あんたたちはこれまでどおり好きにやっていけるわ。私は妊娠してるの、ビャーネ。まだわからない? 箱の中身が明るみに出たら、私だってただじゃすまない。そうなったら、私の子どもはどうなる? 箱は私にとって単なる保険よ。最後の切り札よ。だからほっといて」

これが、キミーが突きつけられる最後通牒だった。切り札。クレスチャンが恐れを感じるとしたら、この言葉しかない。

ビャーネが来てから、キミーは夜眠れなくなった。闇の中で横たわって、まんじりともせず、片手を腹の上に置き、もう片方の手でナースコールのひもを握っていた。

八月二日の夜、クレスチャンが白衣を着てやって来た。ほんの一瞬、キミーは眠り込んでいた。気がつくと手で口をふさがれ、膝で胸を押さえ込まれていた。単刀直入にクレスチャンは言った。「ここを出たら、おまえがどこに消えちまったかは誰にもわからない、キミー。俺たちはおまえを見張ってるが、世間に居場所を知られることはない。箱がどこにあるか言え、そしたら手出しはしない」

キミーは答えなかった。

すると、クレスチャンは思いきりキミーの下腹を殴った。キミーが黙っていると、さらに殴り続けた。陣痛が始まり、脚が痙攣し、ベッドがぐらぐら揺れ始めた。

おそらくクレスチャンはキミーを殴り殺していただろう。だが、その前にベッドの横の椅子がすさまじい音を立てて倒れ、病院の前に停まった救急車のライトが、残虐のかぎりを尽くしたクレスチャンのあさましい姿を照らし出し、意識を失ったキミーの頭ががくりと垂れた。

キミーが死んだとクレスチャンが思い込まなかったら、キミーは死んでいた。

キミーはチェックアウトしなかった。スーツケースはホテルの部屋に残し、包みが入ったバッグだけを持って、中央駅に向かった。午後の二時ごろだった。約束どおり、ミレのために小さなテディベアを取りに行こうとしていた。ほかにも片付けたいことがあった。

すっきりと晴れた秋の午後、近郊列車《エストー》は家族連れで満員だった。親子で博物館に行ってきた帰りかもしれない。祖父母がこれから孫を連れて動物園に行くのかもしれない。帰るころには子どもたちは頰を真っ赤にして、色づいた木の葉やダマジカの群れを思い出していることだろう。

だが、その上の天国はもっと美しいはずだ。ミレといっしょなら、ずっとふたりで顔を見合って笑っていられるだろう。永遠に。

キミーの視線は車窓からスヴェーネムレンの兵舎を越えて、ビスペビェア病院の方向に注がれていた。

十一年前、病院のベッドから起き上がったキミーは、足元のステンレスの台の上に布をかけて置かれていた小さな子どもを手にとった。別の患者が分娩中に合併症を起こしたために、しばらくのあいだ、キミーはひとりになった。

キミーは服を着て、子どもを布でくるんだ。そして一時間後、ホテル・ダングレテールで父親にはした金を投げられ、追い払われたあと、今と同じようにオアドロプ行きの列車に乗っていた。

あのとき、オアドロプの家にはいられないことはわかっていた。クレスチャンたちに先回りをされていたら、次はもう命の保証はないと思っていた。

それでも、助けが必要だった。まだ出血は続いていて、下腹の痛みは現実のものとは思えないほどだった。

カサンドラに金を無心するつもりだった。

しかし、その日、Kで始まる名前を持つ人間の性根をあらためて思い知ることになった。カサンドラがキミーの手に突っ込んだのは、たった二千クローネだった。怒りに震えた。カサンドラから二千クローネ、父親から一万クローネ。それがカサンドラとウィリー・K・ラスンがキミーのために都合してくれた額だった。冗談じゃない。とうてい足りなかった。

追い出されるようにして家をあとにすると、キミーは邸宅街で文字通り路上に立っていた。赤ん坊を小脇に抱え、血がしみこんだナプキンを股にはさんで、たったひとつ悟ったことがあった。自分に性的暴行と屈辱を与えた者はひとり残らず、その償いをする日が来るだろう。


キミーは久しぶりに教会通りの自分の家の前に立っていた。何ひとつ変わっていない。教会は鐘を鳴らしてプチブルを日曜礼拝に呼び込み、どの家もばかみたいにそびえ立ち、自分の家だというのに敷居はとても高かった。

カサンドラが扉を開けた。厚化粧をほどこした顔だけでなく、キミーを前にしたとたんに身がまえるところも変わっていなかった。

いつからふたりは反目しあうようになったのだろう。おそらく、カサンドラがしつけと称して、キミーを暗い戸棚に閉じ込め、幼い子どもには半分も理解できないような言葉で叱りつけていたころかもしれない。冷えきった家の中でカサンドラ自身も傷ついていた。だが、それはまったく別の問題だ。ある程度の理解はできても、言い訳にはならない。カサンドラは最低の女だ。

「中に入れるわけにはいかないわ」押し殺したような声で言うと、鼻先で扉を閉めようとした。流産したあの日とまったく同じだった。

あのときは地獄に追いやられた。待っていたのは本当に地獄だった。クレスチャンの暴行と流産で具合が悪かったにもかかわらず、何日もさまよい歩かなければならなかった。誰も助けてくれるどころか、近づいてこようともしなかった。

人々はただキミーのひび割れた唇ともつれた髪しか見ていなかった。すり切れた包みを抱きしめたかさぶただらけの手と腕を見てあとずさりした。高熱で危険な状態に陥っている人間を見ていなかった。今にも死にそうな人間を見ていなかった。

キミーは思った。これは罰だ。自分に課された煉獄だ。犯してきた罪への償いだと。

ようやく救ってくれたのはヴェスタブローの麻薬常用者だった。ティーネだけが包みが発するにおいも、乾いたよだれも気にしなかった。もっとひどい状態をさんざん見てきたティーネは、キミーをシドハウンの裏通りの部屋に運んだ。そこには医者だったというジャンキーが住んでいた。

その男の薬で炎症は治まり、その男の手による搔爬《そうは》で出血は止まった——永久に。

翌週になると、包みはさほどにおわなくなり、キミーは路上生活という新たな人生に踏み出す覚悟をした。

何もかも新しい暮らしがこのときから始まった。

キミーは悪夢を見ているようで、体が凍りついた。部屋にはカサンドラの濃厚な香水のにおいが漂い、壁から過去の亡霊が笑いかけてきた——何ひとつ変わっていなかった。カサンドラはタバコをくわえた。口紅がついた吸い殻がたくさんあった。手が軽く震えているが、目はバッグを床に置くキミーを煙の向こうから注意深く追っていた。気分を害していることは明らかだった。目に落ち着きがなかった。こんな場面は予期していなかったのだろう。

「何しに来たの？」十一年前とまったく同じせりふだった。

「この家にずっと住みたい？　カサンドラ」キミーは攻勢に転じた。

継母は天井を仰ぎ、しばらく黙って座って、思案していた。煙が白くなった髪のまわりをゆらゆら漂っていた。

「そのために来たの？　私を放り出すために？」

カサンドラが平静を保とうとして必死になっている！　これは見ものだ！

この女には、小さな女の子の手をとって、冷たかった実母の影から連れ出してやるチャンスがあったのに。このあさましい身勝手な女は、キミーの気持ちと信頼を踏みにじり、毎日のようにキミーを容赦なく切って捨てた。キミーの人生が自己憎悪に埋めつくされ、ここまで落ちぶれたのは、この女のせいだ。不信感、憎しみ、冷淡な心、思いやりの欠如、数え上げたらきりがない。

「ふたつ質問があるの、カサンドラ。知ってたら、手短に答えて」

「答えたら、また出ていってくれるんだね？」カサンドラはキミーが来る前におそらく一度空《から》にしたであろうデカンタから、ポートワインを注いだ。そして震える手でグラスを口に持っていくと、ひと口飲んだ。

「約束はしない」キミーは答えた。

「何が知りたいの？」カサンドラはタバコの煙を深く吸いこみ、そのままのみこんだ。

「私の母親はどこにいるの？」

「なんてこと、それが質問？」カサンドラは軽く口を開いて、頭を後ろにやった。そして、突然キミーのほうを見て言った。「だって、彼女はとっくに死んでるわ。三十年も前にね。かわいそうに。私たち、あんたに言ってなかったのかしらね」カサンドラは再び頭を後ろにやった。キミーが知らなかったことを本当に驚いているようだった。再びキミーに顔を向けたときには、固い冷酷な表情に戻っていた。「あんたの父親がお金を渡して、彼女はそれでお酒を飲み続けた。もっと聞きたい？　それにしても信じられない、あんたに何も言ってなかったなんて。でも、これでわかったわよね。嬉しい？」

〝嬉しい〟という言葉がキミーの中で反響した。嬉しいですって？

「お父さんは？　お父さんのことは聞いてる？　どこにいるの？」

カサンドラはこの質問を予想してはいたものの、吐き気に襲われた。〝お父さん〟のひと言でもう我慢できなかった。カサンドラほどウィリー・K・ラスンを憎んでいる者はいない。

「どうして、そんなことが知りたいの？　まったく理解できない。あいつが地獄でシチューにされていたらかわいそう？　それとも、本当にそうなってるか確かめたいの？　じゃあ、喜びなさい。あんたの父親は今、本当に地獄の苦しみを味わってるわ」

「病気なの？」警察の男がティーネに言ったことは本当なのかもしれない。

「病気？」カサンドラはタバコの火を押しつぶすと、指を大きく広げて両手を伸ばした。「言ったでしょう？　あいつはもう地獄で燃やされてるのよ。全身の骨に癌がはびこっているらしい。直接聞いたわけじゃないけど、それはもうひどい苦しみようだそうよ」カサンドラは唇を突き出し、体の中から悪魔を解き放つかのように大きく息を吐いた。「クリスマスまでもたないとか。私にはどうだっていいことよ。これでやっとけりがつくし」

カサンドラは服の上から体をさすり、グラスを引き寄せた。

残ったのはキミーとミレとカサンドラだけになった。Kで始まる呪われた名前を持つ者がふたりと、小さな守護天使。

キミーは床からバッグを取って、テーブルの上のデカンタの横に置いた。

「私が妊娠してこの家に戻っていたときに、クレスチャンを中に入れたのはあんたでしょう？　だから、あいつは私の部屋まで上がってこられたのよね」

カサンドラはキミーがバッグを開けるのを見ていた。

「ああ！　まさか、それって……その……バッグの中にあんたが入れてるそれって……」キミーの顔にはそのとおりよと書かれていた。「あんた、頭がどうかしてるわ、キミー。そんなものさっさと片付けて！」

「どうしてクレスチャンを家に入れたの？　どうして私の部屋に上げたのよ、カサンドラ。私が妊娠していたことは知っていたでしょう？　そっとしておいてくれって言ったわよね」

「どうしてって、あんたとあんたの私生児のことなんて、私にはどうでもよかったわ。いったい何を考えてたのよ」

「それで、あんたはただここにじっと座っていたんでしょ。私があいつに殴られているあいだ、音が聞こえたはずよ。あいつがどれだけ私を殴っていたか、わかっていたはずよ。どうして、警察に電話しなかったのよ」

「自業自得だからよ」

自業自得だからよ。キミーの頭の中の声が高まっていく。

暴力。暗い部屋。嘲笑。非難。すべてが頭の中で大きな音をたて始める。もういいかげんにして！

キミーは立ち上がって、カサンドラの高く結い上げた髪をつかみ、頭をむりやり後ろに倒した。そして、ポートワインの残りを継母の喉に流し込んだ。カサンドラは呆然と天井を見つめ、気管に酒が入ると咳こんだ。

キミーはその口を閉じさせ、万力のように頭を押さえつけた。咳がひどくなり、息が詰まり始める。

カサンドラはキミーの腕をつかんで、ふりほどこうとした。だが、路上生活は人間を強くする。少なくとも周囲に命令を下していたときより、力ははるかに強くなる。おまけに相手は年老いた女だ。カサンドラの目に恐怖が現われた。胃が収縮し、せり上がってきた胃酸が気管と食道のあいだの危険域に達する。

何度も鼻から息を吸おうとするが失敗に終わると、老いた体はますますパニックを起こし、四方八方にもがき始めた。だが、キミーはそれを押さえつけ、酸素の流入をことごとく断った。痙攣が始まり、胸が震え、すすり泣く声が消えた。

そして、動きが止まった。

キミーはカサンドラをその場に倒れるにまかせた。最後の闘いの舞台に。割れたワイングラス、斜めになったソファーテーブル、カサンドラの口から流れる液体がすべてを物語っている。

カサンドラ・ラスンは善人に与えられるべき人生を充分に楽しんだ。そして、その人生に添えられたいろどりはカサンドラを殺す役にも立ってくれた。

不幸な出来事と多くの者が言うだろう。いつかこうなると思っていたと言い添える者もいるだろう。

まったく同じことを、クレスチャン・ヴォルフの古い狩猟仲間のひとりが、クレスチャンがロラン島の自分の別荘で大腿動脈を撃たれた状態で発見されたときに言った。不幸な出来事だが、いつかこうなると思っていたと。クレスチャンはいつも猟銃の扱いに慎重さを欠いていた。遅かれ早かれ、事故は免れなかったと関係者は言った。

しかし、本当は不幸な出来事ではなかった。

クレスチャンはキミーを初めて見たときから、自分の支配下に置いた。キミーと他のメンバーを脅して自分のゲームに付き合わせた。そして、キミーの体を食いものにした。キミーに他の男と関係をもたせて、その関係からまた引きずり出した。クレスチャンはキミーに、よりを戻すことを餌に、コーオ・ブルーノをベラホイに誘い出すように命じた。そして、クレスチャンに煽られたキミーは、いつのまにかクレスチャンに叫んでいた。コーオを突き落とせと。その後、クレスチャンはキミーを暴力で犯した。そして、一度ならず二度までもぶちのめし、キミーは子どもを失った。クレスチャンはキミーの人生を何度も変えた――そのたびに状況は悪くなっていった。

キミーは、路上で暮らし始めて六週間が経ったころ、雑誌の第一面を飾るクレスチャンの写真を目にした。クレスチャンは笑っていた。よい契約が二、三件とれたので、ロラン島の別荘で数日間スイッチをオフにするつもりだと書かれていた。「私の前に現われた獲物はすべて仕留めてみせますよ」クレスチャンは語っていた。

キミーはスーツケースを盗み、完璧な服に着替え、ロラン島行きの列車に乗った。スレステズで列車を降り、薄暗がりの中を五キロメートルほど歩いたところに、その別荘はあった。キミーが茂みの中で夜を過ごしているあいだ、家の中からクレスチャンが怒鳴り散らす声が聞こえた。若い妻は二階に消えていき、クレスチャンは居間で寝た。ほんの数時間もすれば、心の奥深くに宿る攻撃性とフラストレーションは、空に放たれたキジはもちろんのこと、銃の前に現われた獣すべてにぶつけられることになるだろう。

凍てつくような夜の冷え込みも、キミーは気にならなかった。まもなくクレスチャンの血が流れることを考えると、夏のような暑さを感じた。体に力がわき、気分が高揚してきた。

キミーは寄宿学校時代からクレスチャンの早起きの習慣を知っていた。いつも不安にさいなまれ、誰よりも先に目覚めていた。そして、狩りが始まる時刻の二時間前には、すでに狩り場をひと回りするのが常だった。狩り場を知っておけば、勢子《せこ》とハンターは有利に連携ができる。数年を経ても、あの朝、クレスチャン・ヴォルフをついに見つけたときのことをキミーは鮮明に覚えていた。クレスチャンは別荘の門から現われ、狩り場に向かって歩いて行った。装備は完璧だった。いかにも上流階級が考えそうな殺し屋の格好だった。清潔で一分の隙もない気どった服に、ぴかぴかの編み上げ靴。だが、上流階級の人間が本物の殺し屋の何を知っているというのだろう？

適当な距離をおいて、キミーは茂みに守られながらクレスチャンのあとをつけた。小枝が靴の下で音を立てるたびに立ち止まっておびえた。見つかってしまったら、クレスチャンはためらうことなくキミーを撃つだろう。そして事故だったと言うだろう。見誤った。アカシカが飛び出してきたと思ったと。

しかし、クレスチャンは気づかなかった。気づいたときには、すでに飛びかかってきたキミーにナイフで急所を刺されていた。

クレスチャンは前のめりになって倒れると、目をむいてのたうち回った。自分を見下ろしている顔を見るのはこれが最後だと悟っていた。

キミーは猟銃を取り上げ、クレスチャンをそのまま失血死させた。長くはかからなかった。そして、死体を転がし、銃を袖でぬぐってクレスチャンの手に持たせると、銃身を下腹部に向けて引き金を引いた。

その後の捜査では、慎重に事故を再現した結果、銃の暴発により大腿動脈が断裂したと推測された。死因は出血多量。この年、最大の関心をひいた不幸な出来事だった。

クレスチャンの死がもたらした安らぎにキミーがひたっているあいだ、キミーの昔の仲間たちは緊張を高めていった。キミーが大地に飲み込まれたように突然姿を消している以上、クレスチャンの死がただごとでないことは明らかだった。

クレスチャンの死は不可解だと噂された。

だが、ディトリウ、ウルレク、トーステン、ビャーネの四人にとっては決して不可解なものではなかった。

それからまもなくして、ラアヴィー事件は自分の犯行だとビャーネが自首をした。次は自分が殺されると知っていたのかもしれないし、他の仲間と申し合わせたのかもしれない。

キミーは新聞や雑誌で、ビャーネがラアヴィーの殺人事件の罪をかぶっていく一部始終を追い、これで過去と平穏に暮らせることを知った。

キミーはディトリウ・プラムに電話をかけ、みんなも平穏に暮らしたければ、まとまった金をよこすように言った。手順を取り決め、男たちは約束を守った。

ディトリウたちは利口な選択をした。これで彼らは運命に追いつかれるまで、少なくとも数年は猶予を与えられたのだから。

キミーはカサンドラの亡骸《なきがら》にちらりと目をやった。

なぜもっと満ち足りた気分にならないのだろう。

まだ終わってないからだ。声が言った。**楽園にいたる道半ばで、喜びを感じるやつがどこにいる。**別の声が言った。

三つめの声は黙っていた。

キミーはうなずいて、バッグから包みを取り出した。キミーはゆっくりと三階に上がっていった。階段を上りながらミレに話して聞かせた。誰も見ていないときに、階段で遊んだこと、手すりを滑り降りたこと。父親やカサンドラが聞いていないときに、いつも同じ歌を口ずさんでいたこと。

子ども時代のひとこま、ひとこまを。

「ここでねんねしててね、ミレ。ママはクマちゃんを取ってくるから」そう言って、キミーは枕の上に包みをそっと置いた。

部屋は変わっていなかった。ここで数ヵ月のあいだ横になって、お腹が大きくなっていくのを感じていたのだ。だが、ここに来るのもこれが最後だ。

キミーはバルコニーの扉を開けて、薄暗がりの中で、浮いている瓦を手で探った。それは覚えていたとおりの場所にきちんとあった。だが、その瓦は驚くほど簡単に持ち上がった。予想外だった。まるで蝶番《ちょうつがい》に油を差したばかりの扉みたいだった。一気に不安が襲ってきて、キミーの皮膚が冷たくなった。瓦の隙間に手を入れ、空っぽであることがわかると、寒けは熱波に変わった。

キミーは熱にうかされたように、周囲の瓦をくまなく見ていった。だが、浮いた瓦はひとつもなかった。

やはりこの瓦、この隙間に間違いない。だが、箱がなくなっていた。

Kで始まる名前をもつ連中が前に立ちはだかり、頭の中のすべての声がヒステリックにわめいて、笑い転げて、罵倒していた。カイル、ウィリー・K、カサンドラ、コーオ、クレスチャン、クラウスにとどまらず、これまで出会ったすべての人間がそこにいた。誰が箱を持ち去ったのだろう？　キミーがいっしょに犯してきた犯罪の証拠を喉に突っ込んでやりたいと思っている連中だろうか？　生き残っているディトリウ、ウルレク、トーステンの三人だろうか？　彼らが本当にあの箱を見つけたのだろうか。

　震えながら、キミーは声がひとつになっていくのを感じていた。手の甲の血管が脈打つのを感じていた。

　数年ぶりに声が完全にひとつになった――あの三人は死ななくてはならない。

　力尽きたキミーは、ミレと並んでベッドに横になった。過去の屈辱、服従の記憶で頭がいっぱいだった。父親に初めて強く殴られたこと。母親の真っ赤な唇のあいだから吐き出される酒くさい息。とがった爪。ナイフ。細い髪を引っぱられたこと。

　両親に殴られるとすぐに、キミーは部屋の隅に座って、小さなクマのぬいぐるみを抱きしめた。小さなクマがキミーの慰めだった。あんなに小さなぬいぐるみでも、キミーに語りかけてくれる言葉の意味は大きかった。

じっとしてて、キミー。ほんとにいやなやつらだね。でも、そのうちいなくなるよ。いつか、ぱっと消えてしまうよ。

　年を重ねるにつれ、クマの口調は変わっていった。今、あのテディが語りかけてくれるとしたら、こう言うだろう。もう二度と殴られることに甘んじてはいけない、もう何も我慢することはないんだ、殴るのはキミーだ、と。

　そのテディベアが消えてしまった。子ども時代の唯一幸せなときの唯一の思い出の品だった。

　キミーは横を向いて、包みをやさしくなでながら言った。約束を守れなかったことに打ちひしがれていた。

「クマちゃんをあげられない、ミレ。本当にごめんね」

34

いつものように最新の情報を真っ先に得ていたのはウルレクだった。だからといって、週末をクロスボウの練習に費やすようなことはなかった。そういうところは以前から三人三様だった。ウルレクは楽な道をとって人生を送るタイプだった。

携帯電話が鳴ったとき、ディトリウは手持ちの矢をすべて撃ち終えてエーレスンド海峡を眺めていた。最初の何本かは標的を逸れ、水面を石のように飛び跳ねていった。土曜と日曜は、ディトリウが放った矢は一本も思うところに行き着かなかったが、月曜日の今日になって、標的に当たる楽しみを味わった。ついさっきも、ど真ん中に命中したところだ。だが、ウルレクの狼狽した声でその楽しみは終わった。

「キミーがオールベクを殺《や》った。ニュースで聞いた。キミーにちがいない」

一秒もたたないうちに、この情報はディトリウの全身に行き渡った。

死の先触れのように。

ディトリウはウルレクが興奮して語るオールベクの転落死の状況にじっと耳を傾けた。

警察はあいまいなことしか言わなかった。マスコミの解釈によると、自殺の可能性も完全には否定できないらしい。つまり、警察は殺人も視野に入れているということだ。

これは重大ニュースだった。

「俺たち三人は今すぐ団結しなくちゃならない」ウルレクはキミーにすでにあとをつけられているかのように声を落とした。「団結していないと、あいつに次々とやられてしまう」

ディトリウは手首の革ベルトに下がっているクロスボウを見つめた。ウルレクの言っていることは正しい。これは深刻な事態だ。

「わかった。さしあたりは予定どおりだ。明朝、トーステンのところで落ち合って狩りをする。その後でじっくり相談しよう。いいか、あれから十年以上経っている。今回でやられたのはふたり目だ。俺の勘では、まだ時間はある」

ディトリウの視線はエーレスンド海峡に向けられていたが、その目は何も見ていなかった。追放も甘言も役に立たない。何をやっても結果は同じだ――キミーか、彼らか、どちらかしか生き残れない。

「聞いてくれ、ウルレク」ディトリウは再び話を続けた。「トーステンには俺から知らせるから、その間、おまえはできるだけ多くの情報を集めてくれ。そうだな、キミーの継母にも電話をかけて、状況を伝えておけ。なんでもいいから何か聞いていないか、あちこちに当たってくれ」

「それと、ウルレク、俺たちと会うまではできるだけ家の中にいろ。わかったな」そしてディトリウは電話を切った。

　すると、ポケットにしまう間もなく携帯電話が鳴った。

「ヘアバトだ」よそよそしい声が聞こえてきた。

　ディトリウの兄だった。電話をかけてくるとは珍しい。昔、警察がラアヴィー事件の捜査をしていたとき、ヘアバトは弟の動揺をひと目で見破った。しかし、いっさい口には出さなかった。疑惑について何も語らず、干渉もしなかった。しかし、それで兄弟愛が増すことはなかった。もともとそんなものはないのだから。プラム家では感情は投資の対象にはならないのだ。

　それでも、ヘアバトはいざというときには頼りになった。おそらく、彼にとっては、スキャンダルや、家名が汚されることへの不安が何よりも勝っているからだろう。

　だからこそ、ディトリウは数週間前、特捜部Qの捜査を中止させるためにヘアバトを巻き込んだのだ。

「特捜部Qの捜査がまた動きだしたようだ。だが、おまえに詳しい情報を流すことはできなくなった。警察本部の知人がアンテナを引っ込めてしまったんだ。いずれにせよ、捜査を率いているカール・マークは私が妨害しようとしたことをすでに知っている。すまないな、ディトリウ。気をつけるんだぞ」

　これで、ディトリウ・プラムも落ち着いてはいられなくなった。

　ディトリウは駐車場から出ようとしていた〝モード界の帝王〟をつかまえた。トーステン

・フローリンはニュースでオールベクのことを知ったばかりだった。ディトリウやウルレクと同様、トーステンもすぐにキミーを思い浮かべた。しかし、カール・マークと特捜部Qが再び全力で捜査に当たっていることまでは知らなかった。

「くそっ、だんだん厄介なことになってきたな」電話の向こうでトーステンが言った。

「狩りは中止にするか？」ディトリウはきいた。

長い沈黙が答えを語っていた。

「それは気が進まない。放っておいても、どうせあのキツネは死んでしまう」トーステンはようやく口を開いた。「昨日の朝、おまえも見ておけばよかったな。完璧に狂ってるぞ。狩りのことはちょっと考えさせてくれ」

ディトリウの目に、狂犬病のキツネが苦悶するさまを面白がって見ている週末のトーステンの姿が浮かんだ。

ディトリウはトーステンのことをよくわかっていた。トーステンの中では常に殺戮《さつりく》本能と理性が闘っている。どちらもトーステンの強い原動力だ。二十歳のときから、トーステンは理性の力を借りて、自分の帝国を発展させてきた。まもなくトーステンの祈りが聞こえてくるだろう。短い祈りだ。それがトーステンだった。自分で解決できないことがあると、いつも神に祈りを捧げる。

ディトリウは携帯電話のイヤホンを耳に差し込むと、クロスボウの弦を張り、矢筒から新しい矢を一本取りだした。矢を装塡し、古い桟橋の船を係留する柱に照準を合わせる。カモメがちょうどその上で羽づくろいを始めていた。ディトリウは距離と風を測り、赤ん坊の頬をなでるようにやさしく引き金を引いた。

カモメは何も気づかなかった。だが突然、穴を穿《うが》たれ、水面に落ちていった。ディトリウが水面に漂うカモメを見ているあいだ、トーステンは単調な祈りを唱えていた。

すばらしい一撃にディトリウは小躍りしそうだった。

「狩りは中止しない、トーステン。今晩、ソマリア人を全員集めて、今からキミーを徹底的に監視するよう指示しろ。見張りに立たせておけ。キミーの写真を見せて、見つけたら、ボーナスをはずむと約束してやれ」

少し考えてから、トーステンは同意した。「わかった。それで狩り場はどうする？　クルムや他の客はどこかよそを走り回らせておくか」

「何を言ってるんだ？　誰であろうといっしょにいればいい。もしキミーが俺たちに接近してきたら、矢が彼女を射貫くときに目撃者がいるのはむしろ好都合だ」

ディトリウはクロスボウをなでながら、小さな白い点となって波間に現われては消えるカモメを見ていた。

「だが、キミーのほうからお出ましとは願ったりかなったりだな。その点では俺たちは一致しているだろ、トーステン」ディトリウは低い声で言った。

答えは聞こえなかった。秘書が上のテラスから何か叫んでいる。その距離では、秘書が両手を振り回して、何かを言い続けていることしかわからなかった。

「トーステン、誰かが俺に用があるらしい。これで切るよ。明朝会おう。気をつけろよ」

ふたりが電話を切ったと同時にまた呼び出し音が鳴った。

「キャッチホンを切ってるんですか、ディトリウ」

秘書だった。病院のテラスでじっと立って見下ろしている。

「そんなことをされたら、連絡がとれないじゃないですか。今、ここはパニックですよ。男がやって来て、あちこち嗅ぎ回っているんです。男はカール・マーク警部補だと名乗っています。どうします？　お話しになりますか？　捜索令状は見せられていませんし、持っているとも思えません」

ディトリウの顔を潮風がなでた。それ以外は何も感じなかった。初めての襲撃から二十年以上経った。うずくような欲望と動揺と潜在的な不安をいつも感じてきた。それは増幅しながらディトリウのエネルギー源となっていった。

だが今は何も感じなかった。決していい兆候ではない。

「いや。私は外出中だと伝えてくれ」

カモメは黒々とした満ち潮の下に完全に消えていた。

「私は外出中だと伝えるんだ。それから、とにかくそいつを追っ払え。まったく、なんて野郎だ」

35

カールの月曜日はとても早く始まった。日曜の夜にベッドに倒れ込んでから十分しか寝ていなかった。

結局、日曜日はまる一日台なしになった。帰りの飛行機の中ではずっと石のように眠りこけていた。到着しても起きなかったマークをキャビン・アテンダントは規則どおり飛行機から引きずり出し、あとを引き継いだ空港職員が電気自動車で空港の救急処置室に運んだ。

「抗不安薬を何錠飲んだんですか?」きかれたときには、また眠りに落ちていた。

目が覚めると自分のベッドの中だった。

「今日はどこに行ってたの?」ゾンビのようによろめきながらキッチンに入っていったカールに、モーデン・ホランがきいた。いらないと言う間もなく、テーブルにマティーニが出てきて、長い夜が始まった。

「彼女をこしらえなさい」モーデンがあれこれ理屈を並べていると、時計が四時を打ち、イェスパが帰ってきた。すると、イェスパまでが女と愛に関する助言をのたまった。

カールは抗不安薬は少量に限ることを身をもって知った。おまけに、十六歳のえらそうなパンク小僧と隠れホモに恋愛アドバイザーを買って出られ、相当に落ち込んだ。これでイェスパの母親ヴィガが現われて、口を出せば完璧だ。その声が聞こえてくるようだった。「どうしたのよ、カール。代謝システムにがたがきたんだわ。ローズルートを飲みなさいってば。よく効くんだから」

カールは警察本部の入口でラース・ビャアンと出くわした。彼もまた人生の花盛りには見えなかった。

「例のごみコンテナの事件だ」ラースは言った。

ふたりはガラスの向こうの警官に会釈をすると、連れ立って回廊を歩いていった。

「二件の事件現場の通りの名称が似ているんだろう？　ほかの似た名前の通りも監視しているのか？」

「ああ。ストーア・ストラン通りとストーア・キアゲ通りに私服の婦人警官を立たせて、囮《おとり》捜査をしている。だから、君の事件に人手を回す余裕はない。言わなくてもわかっていると思うが」

カールはうなずいた。今はどうでもよかった。時差ぼけというのも、こんなふうに寝不足を感じ、頭がぼうっとして働かないのだろうか？　地球の裏側に旅に出たがる者の気がしれない。悪夢の旅のほうがはるかにましだ。

地下の廊下でローセがにっこり笑って出迎えた。とっととその笑顔をひっこめろ。

「マドリッドはどうでした？」開口一番そう言った。「フラメンコは見ました？」

カールは答えなかった。

「聞かせてくださいよ、カール。何を見てきたんですか？」

カールは眠い目をローセに向けた。

「俺が何を見たかって？　エッフェル塔とまぶたの内側以外はなんにも見てないね」

そんなはずないでしょ、とローセのまなざしが言った。

「ローセ、はっきり言わせてもらうが、今度また同じようなことをやったら、特捜部Qを出ていってもらうからな」

カールはローセの目の前を通って席についた。低く下げた座席がカールを待ち受けていた。机の上に脚をのせて四、五時間眠ったら、きっと生まれ変わったような気分になれるだろう。

「どうしたんですか？」アサドの声がしたのは、ちょうどカールが夢の国に足を踏み入れたときだった。

カールは肩をすくめた。それが答えだ。アサドは目が見えないのか？

「ローセが落ち込んでますよ。また何か言ったんですか、カール」

カールは気合いを入れるために、アサドが手にしている書類に目をやった。

「何を持ってきたんだ？」眠そうに尋ねた。

アサドはローセが買ったスチールの椅子に座った。「キミー・ラスンはまだ見つかっていません。でも、追跡は進んでいます。時間の問題だと思います」

「爆発現場から新しい情報は？　何か見つかったか？」

「いえ、ありません。私が知っているかぎりでは現場の捜査は終わっています」アサドは書類に目を通した。

「〈グネボ・ルーイストロプ・フェンス株式会社〉と連絡がとれました。とても協力的でした。鍵のことで何か知っている社員を見つけるまで全員に当たってくれましてね」

「それで？」カールは再び目を閉じた。

「そのうちのひとりが、デンマーク国鉄の女性から合い鍵の注文を受けて錠前師をインガスリウ通りに行かせたそうです」

「その女の筆跡は手に入れたのか、アサド。それでやっぱりキミー・ラスンだったのか？」

「いいえ。合い鍵を作った錠前師を突き止められなかったそうです。だから筆跡は入手できていません。この件は上にも伝えておきました。爆破事件にも関連していますからね」

「わかった、アサド。それでいい。ひもに通したみたいに事は運んでいるってわけだ」

「どんなひもです？」

「いいから、アサド、忘れろ。次の課題だ。寄宿学校の三人、ディトリウ、ウルレク、トーステンそれぞれに関する資料を出してくれ。できるだけ多くの情報が欲しい。税金関係、会社の建設地、住所、家族構成、とにかくなんでもだ。じっくり腰をすえてファイルをつくってくれ」

「誰から先に始めましょうか？　すでに集めたものもありますが」

「すばらしい、アサド。ほかに何か話し合っておかなくちゃならないことはあるか？」

「上の殺人捜査課からの伝言で、オールベクがディトリウ・プラムと頻繁に連絡をとっていたことが通話記録でわかったそうです」

そりゃそうだろう。

「すばらしい、アサド。つまり連中と俺たちの事件には関連があるということだ。その情報を口実に、すぐにやつらのところに出向こう」

「コージッ？」

カールは目を開けて、はてなマークを浮かべた暗褐色のふたつの目を真正面から見た。アサドもデンマーク語の個人授業を少し受ければ、言葉の壁は二、三メートルくらい低くなるかもしれない。だが、アサドのことだから、そうなったらなったでセールスマンのようにべらべらしゃべりだすだろう。

「それから、クラウス・イェベスンを見つけました」カールが質問に答えなかったので、アサドは先を続けた。

「すばらしい、アサド」カールはすでに何回〝すばらしい〟と言ったか思い出そうとした。

「どこにいた？」

「病院です」

カールは体を起こした。どういうことだ？

「こういうことですよ」アサドは手首を切るまねをしてみせた。

「くそっ！　なぜだ？　生きてるのか？」

「はい。病院に昨日、行ってきました」

「それで？」

「べつに。背骨がなくなってしまっただけですよ」

背骨がなくなった？　どういう意味だ？　情けないという意味か？

「もう何年も前から、自殺するつもりだったと言っていました」

カールは首を横に振った。そんなにキミーが忘れられないのか？　自分はひとりの女にそこまで翻弄されたことはない。それはそれで残念なことだ。

「まだほかに何か言っていたか？」

「それ以上はきけませんでした。看護師に追い出されてしまったので」

カールは思わず笑みをもらした。無断で病室に入ったってことか。

そのとき、アサドの表情が突然変わった。「そういえば、三階で新顔を見ました。イラク人だと思います。ここで何をしているのか知っていますか？」

カールはうなずいた。

「バクの後任だ。レズオウア署にいたそうだ。俺は二日前の夜に例の高層住宅の現場で会った。ひょっとして知り合いか？　名前はサミルって言ったな。苗字はど忘れした」

アサドは顔を少し上げた。ふっくらとした唇をやや開き、目のまわりに細かいしわを寄せている。だが、笑いじわではなかった。一瞬、アサドが遠いところに行ってしまったように見えた。

「わかりました」アサドは小さな声で言うと、ゆっくりとうなずいた。「バクさんの後任ですか。じゃあ、ここにずっといるんですね」

「ああ、そうなるな。何かまずいことでもあるか？」

アサドはまた突然スイッチを切り替えた。表情はやわらぎ、いつもの無頓着なまなざしでカールをまっすぐ見つめた。

「あなたとローセもいい友だちになれるよう心がけてくださいよ。ローセはとても仕事熱心だし、とても……かわいらしい女性です。今朝、私のことをなんて呼んだと思います？〝わたしの大好きなベドウィンちゃん〟ですよ。かわいいでしょう？」アサドは歯をむき出して、嬉しそうに首を横に振った。

この男には皮肉も風刺も通じないらしい。


カールは携帯電話を充電器にセットすると、ホワイトボードを眺めた。次なる段階はプラム、デュブル・イェンスン、フローリンと直接話をすることだ。アサドを同行させよう。紳士たちがうっかり何かを漏らしたときの証人になる。

リストには三人の弁護士ベント・クルムも挙がっている。

カールは顎をなで、唇を嚙んだ。カールはベント・クルムの妻の注意を引くために派手な嘘をついたことを思い出した。お宅のご主人とうちの家内が浮気をしています！　なんであんな馬鹿なことを言っちまったんだ。クルムは会ってくれるだろうか。

カールはクルムの電話番号を探して、電話をかけた。

「アウニーデ・クルムです」

カールは咳払いをして、ばれないように声を一段高くした。

「いいえ。主人はもうここにはおりません。主人にご用でしたら、携帯電話におかけなおしください」妻は番号を伝えた。悲しげな声だった。

カールはすぐにその番号にかけたが、聞こえてきたのは留守番メッセージだった。クルムは船を完成させるために出かけているが、翌日の九時から十時までなら、この番号で連絡がとれるということだった。

ばかばかしい、それまで待っていられるか。カールはもう一度、妻に電話をかけた。船はロングステズのヨットハーバーにあると妻は言った。

さぞ立派な船を持っているのだろう。

「出かけるぞ、アサド。ちょっと手を休めてくれ」カールは廊下の向こうに声をかけた。

「その前に一本電話をかけるが、いいか？」

カールは古くからの同僚で、ライバルでもあるシティ署のブランドゥア・イーサクスンに電話をかけた。イーサクスンにはフェロー諸島とグリーンランドの血が半分ずつ入っている。

「なんだ？」イーサクスンはきいた。

「おまえさんのところから引き取ったローセ・クヌスンのことだ。シティ署で彼女とのあいだにちょっとしたもめごとがあったと聞いたんだが、事情を聞かせてくれないか」

よもや大爆笑が聞こえてくるとは思わなかった。めったなことで笑ったり、愛想を言ったりしない男である。

「おまえのところに行ったたって？」イーサクスンが笑いをこらえる気配はない。カールはどうもいやな気がしてきた。

「手短に言うぞ」イーサクスンは先を続けた。「まず、彼女は自分の車をバックさせているとき、同僚三人の車に傷をつけた。次に、彼女はボダムのコーヒーメーカーを、ボスが週間報告書用に手書きしている備忘録の上に置いた。コーヒーメーカーにはひびが入っていた。次に、彼女は女性事務員にあれこれ命令した。彼女は全捜査員にもあれこれ命令し、捜査に干渉した。そして最後に、クリスマスパーティーで同僚ふたりとセックスにおよんだ。俺が知ってるのはそれだけだ」イーサクスンは椅子から転げ落ちそうな勢いで笑っていた。「カール、おまえがローセを引き取ったたって？　じゃあ、忠告しておくよ。彼女に酒だけは飲ませるな」

カールはため息をついてきいた。

「ほかには？」

「彼女には双子の姉がいる。一卵性ではないんだが、姉のほうも負けず劣らず変わり者だ」

「なるほど。で、姉のほうはどう変わってるんだ？」

「電話をかけてきて仕事中の妹を呼び出せと言い始めたら、たまげるぞ。ローセのほうは簡単に言うと、強情で、あけすけで、大口叩きで、時にものすごく不機嫌になる」

要するに、酒にまつわるごたごたを除いては、カールが知っていることばかりだった。

カールは電話を切ると、聞き耳を立てて、ローセの部屋の様子をうかがった。

しばらくすると、ついに立ち上がって足音を忍ばせて廊下に出た。ローセは電話中だった。しばらくドアの前に立って、耳をすませた。

「ええ」ローセは静かに言った。「ええ、それはそのままで。ああ、そうなんですか。なるほどね、ではそういうことで」この調子で話はまだ続きそうだった。

カールは開いた戸口に姿を見せて、ローセをにらみつけた。効果があればいいんだが。

二分後、ローセは電話を切った。効果があったと言えるんだろうか？

「ここに座って、お友だちとのんびりおしゃべりか？」カールは嫌みを言った。

「お友だち？」ローセはそう言って、深く息を吸った。「まあ、そう言えるかもしれないけど。さっきの電話は法務省の局長からです。オスロからメールが来たそうです。あちらの刑事警察がうちの部を褒めちぎっていて、過去二十五年の北欧警察史においてもっとも興味深い存在だって言ってるんですって。それと、局長に、なぜあなたは警部じゃないのかってきかれました」

カールは息をのんだ。またその話か？　俺は二度と勉強机に向かう気はない。絶対に。その件については、マークス・ヤコプスンとっくに片《かた》が付いている！

「なんて答えたんだ？」

「私ですか？　話題を変えました。なんて答えればよかったんです？」

よし、いい子だ。カールは心の中で言った。

「ローセ」カールはそう切り出すと、勇気を奮い起こした。ユトランド半島のブラナスリウで生まれたカールは、人にあやまるのが得意ではない。「今日は少しそっけない態度をとってしまった。忘れてくれないか。マドリッド旅行はおおむねよかったよ。客観的に見て、娯楽的価値は平均以上にあった。歯のない物乞いも見たし、クレジットカードは全部盗まれたし、二千キロの空の旅の間、見知らぬ女性と手と手を取りあいもした。しかし、次回はもう少し早めに言ってくれ。いいな？」

ローセは微笑んだ。

「それから、もうひとつ。今、思い出したんだが、カサンドラ・ラスンの家から電話をかけてきた家政婦と話をしなかったか？　俺が警察バッジを持ってなかったもんだから、家政婦が身元確認の電話をしてきたはずなんだが」

「ええ、その電話なら私が受けました」

「俺の人相をきいてきたはずだ。なんて答えた？　言ってみろ」

ローセの頰に背信のえくぼが現われた。

「茶色の革ベルトをしていて、サイズ四十五の黒の履き古したどた靴を履いた男性なら、ほぼ間違いないって言ったんです。それに、頭にお尻みたいな形のはげがあったら、疑う余地はないって」

おまえには慈悲というものがないのか。カールは髪を後ろになでつけた。

ベント・クルムはヨットハーバーの端に位置する十一番の桟橋にいた。ベント・クルムのような男には不相応に見える高そうなモーターボートの後部甲板で、布張りの安楽椅子に座っていた。

「あそこにあるヨットが四十二フィートだ」若者が遊歩道にあるタイレストランの前で言っていた。若いのにもうエキスパートだ。

法の番人が移民の代表みたいな褐色の肌をした男を従え、その白いパラダイスに足を踏み入れると、クルムの恍惚とした表情はみるみるうちに曇った。

カールは抗議するひまを与えなかった。

「ヴァルデマ・フローリン氏から、あなたを訪ねるように言われました。息子が起こしたトラブルのことなら、あなたにきくのがいちばんだと。五分いただけますか？」

ベント・クルムはサングラスを髪の中に押し込んだ。曇っているのだから、もとからそうしておけばよかったのだ。「五分だけなら。それ以上は困ります。妻が家で待っていますから」

カールはにっと笑った。そうでしたっけ、と言いたげな笑みは、もちろんベテランのベント・クルムの注意を引いた。これでさらに嘘を重ねることは避けられるかもしれない。

「ヴァルデマ・フローリン氏とあなたは、一九八七年に寄宿学校の生徒がホルベクの警察署に連行されたときに同席していましたね。生徒たちにはラアヴィーの殺人事件の容疑がかかっていました。フローリン氏はそれとなく私に、彼らのうちふたりは他のメンバーとかなり違っていたようなことを言っていました。どういうことかもう少し詳しく説明していただけませんか。フローリン氏は何を思ってそんなことを言ったんでしょう」

クルムはひどく顔色が悪かった。血が足りないのだ。長年にわたって、卑劣な行為を言い逃れやごまかしで片付けてきたあいだに吸い取られてしまったのだろう。カールはこういう顔を何度も目にしてきた。未解決事件を抱えた警察官と、問題を解決しすぎた弁護士ほど顔色の優れない者はいない。

「違っているとおっしゃいましたが、みんなそれぞれ違っていました。すばらしい若者たちです。あれ以来、彼らが歩んできた道がその証拠ですよ。そう思いませんか？」

「いやあ、それはどうでしょう。ひとりは自分の猟銃で脚を撃ち、ひとりは女性の顔や体にボトックスやシリコンを詰め込んで生計を立て、ひとりは栄養不良でふらふらの若い娘にギラギラのスポットライトを当てて歩かせ、ひとりは刑務所暮らしで、ひとりは無知な少額預金者を犠牲にして金持ちをさらに金持ちにする専門家で、最後のひとりは十一年来、路上生活をしています。ですから、あなたがおっしゃっている意味がよくわかりません」

「そのような発言は公《おおやけ》の場でなさらないほうがいい」クルムは答えた。いつでも訴える用意はあるというわけだ。

「公の場?」カールは言葉尻をとらえ、グラスファイバーとクロムと磨き上げたチーク材でできた船を見回した。「ここは公の場とはとても言えないでしょう?」カールは腕を広げて微笑んだ。

「キミー・ラスンはどうでしたか?」カールは先を続けた。「他のメンバーと違っていませんでしたか? 彼女がグループの行動の中心人物だったんじゃないですか? フローリン、デュブル・イェンスン、プラムの三人は、彼女が地上からこっそり消えてしまえばいいと思ってるんじゃないですか?」

そのとき、クルムの顔に縦に笑いじわが寄った。「お忘れのようだが、彼女はもう消えてしまっていますよ。いいですか、彼女のほうから勝手に消えてくれたんです」

カールはアサドを振り返った。「あれを持ってきたか、アサド?」

アサドは鉛筆を高く挙げて肯定の意を示した。

「ありがとうございました。これで質問は終わりです」カールは言った。

ふたりは立ち上がった。

「なんです? 何を持ってきたんです? さっきのはなんなんですか」クルムは言った。

「いや、さっき、彼らはキミーが消えてしまえばいいと思っていたようなことをおっしゃったでしょう?」

「いや、そんなことは絶対に言っていない」

「そう聞こえたよな、アサド」

アサドは何度もうなずいた。忠実なやつだ。

「我々はあのグループがラアヴィーの兄妹を殺害したことを示す状況証拠をいくつかつかんでいます」カールは言った。「ビャーネ・トゥーヤスンのことだけを言ってるんじゃありません。またお会いすることになるでしょう、クルムさん。おそらく我々以外にもいろんな人と会うことになりますよ。もうご存じかもしれませんがね。記憶力のいい興味深い方々ばかりです。たとえば、コーオ・ブルーノの友人だったマンフレズ・スロトとか」

この名前にクルムは反応しなかった。

「寄宿学校の教師のクラウス・イェベスンとか。それから、これは言う必要もありませんんが、カイル・バセットに昨日マドリッドで会って詳しい話を聞いてきましたよ」

それには反応があった。「ちょっと待ってください」クルムはカールの腕をつかんだ。

カールがつかまれた腕をにらむと、クルムはあわてて手を引っ込めた。

「いいんですよ、クルムさん。友人の幸不幸に対するあなたの関心の大きさは承知しています。あなたはカラカス病院の理事会のメンバーでもある。それだけでも、こんなすばらしいところでのんびりしていられる理由になるかもしれませんな」カールは防波堤沿いのレストランから、エーレスンド海峡のあたりまでを指し示した。

ベント・クルムが即刻、プラム、デュブル・イェンスン、フローリンに電話をかけることは間違いない。

これで連中は少なくともカールを迎える覚悟はできるだろう。あるいは、戦意を失ってしまうだろうか。

　アサドとカールはカラカス病院に足を踏み入れると、いずれここで脂肪を吸引してもらいたいのだが、その前にゆっくり中を見学させてほしいと言った。もちろん、受付の女性は止めたが、カールは意に介さず経営部門らしき場所まで突き進んでいった。

「ディトリウ・プラムさんはどこにおられます？」カールは〝ディトリウ・プラム、最高経営責任者《CEO》〟と書かれたプレートをようやく見つけると、秘書にきいた。

　秘書はすでに警備員を呼ぶために電話に手をかけていた。カールは警察バッジを見せて、とびっきりの笑顔を進呈した。

「いきなり入ってきて申し訳ありません。ディトリウ・プラムさんとお話があるんです。呼んできていただけませんか」

　秘書はだまされなかった。

「あいにくプラムは今日はおりません」秘書はきっぱりと言った。「日をあらためてお越し願えますか？　そうですね、十月二十二日ではいかがでしょう？」

　要するに、今は話ができないということだ。

「ありがとう。また電話します」カールはアサドを引っぱって立ち去った。

　秘書はプラムに警告するにちがいなかった。すでに背を向けて、携帯を手にテラスに向かっている。有能な秘書だ。

ふたりは病棟まで行くと、受付で「あっちへ行くように言われました」と嘘をついた。途中で患者や看護師に訝《いぶか》しげな目を向けられると、ふたりは愛想のよい会釈で応えた。手術室を通り過ぎると、しばらく立ち止まってプラムの姿を探したが、見当たらない。そこでクラシック音楽が流れる個室が並ぶ廊下を突き進んでいった。その先は厨房だった。若返り手術の恩恵を受けられない者たちが、ありきたりの仕事着に身を包んで走り回っている。

ふたりは調理師に会釈をし、最後に建物のいちばん端にある洗濯室に行き着いた。気がつくとたくさんのアジア系の女性が驚いた顔でふたりを見ていた。

カールがここに来たことをプラムが知ったら、この女性たちは一時間で外に運び出されるだろう。賭けてもいい。

帰り道、アサドは無口だった。ようやく口を開いたのは、クランベンボーの近くまで来たときだった。「もし、あなたがキミー・ラスンだったら、どこに行くと思いますか？」

カールは肩をすくめた。誰にそんなことがわかる？　キミーは予想のつかない女だ。どうやら、人生を即興で生き抜く才能があるらしい。どこにでもいる可能性はあるし、どこにもいないかもしれない。

「キミーはオールベクに居所を突きとめられたくなかったんですよね？　つまり、彼女と連中はたいした胸の友じゃなかったということです」

「心の友だよ、アサド。心の友」

「殺人捜査課によると、オールベクは土曜の晩に〈ダムフス・クロ〉というダンスホールにいたそうです。もう言いましたっけ？」

「いや、だがそれは俺も聞いた」

「店を出るときは女性といっしょだったんですよね？」

「そっちは聞いてないぞ」

「カール、もし、キミーがオールベクを殺害したのなら、連中はあまり喜んでいないんじゃないでしょうか？　彼女と連中は戦争状態かもしれませんね」

カールは眠そうにうなずいた。ここ最近の昼夜を問わない捜査活動でたまった疲れが、脳だけでなく、すべての運動神経系に鉛のようにのしかかっている。アクセルを踏み込むだけでも大仕事だ。

「キミーは家に戻ってるんじゃないでしょうか？　あなたがあの箱を見つけた場所に。連中に不利な証拠を持ち出すために」

その可能性はある。だが、カールはうなずいたのか、居眠りしそうになったのか、自分でもわからなかった。

「行ってみませんか？」アサドは言った。

ふたりが到着すると、キミーの家の扉は固く閉ざされていた。何度も呼び鈴を鳴らし、電話番号を探して電話もかけてみた。家の中で呼び出し音が鳴っているが、誰もとる気配はない。無駄足を踏んだようだ。カールに深く考える力はなかった。くそっ、婆さんでも自分の家以外で暮らす権利はあるってことか。

「来い」カールはアサドに言った。「帰ろう。運転してくれ。俺はちょっと寝るから」

カールとアサドが警察本部に戻ると、ローセは帰り支度をしていた。家に帰ったらあさってまでは戻ってこないつもりだ。働きすぎてくたくただという。金曜日の夜から日曜日まで働きどおしでもう限界だと。

カールもまったく同じだった。

「ベルン大学の事務員をつかまえて、キミー・ラスンの資料を集めてもらいました」ローセは言った。

ローセは頼んだ仕事を全部やり遂げたってことか。カールは驚いた。

「キミーは優秀な学生でした。なんの問題も起こしていません。ただ、スキー事故で恋人を亡くしています。でも、それ以外、スイスでの生活は、資料から読み取れるかぎり、とてもうまくいっていたようです」

「スキー事故？」

「ええ、おかしな事故だったと事務員は言ってました。妙な噂が立っていたって。亡くなった恋人はスキーがうまかったし、あんな岩の多い斜面ではコースをはずれて滑るなんてありえないそうです」

カールはうなずいた。

警察本部の前でカールはモーナ・イプスンと会った。肩に大きなバッグをかけていたが、カールが口を開く前に、〝いえ、けっこうよ〟と目が言っていた。

「ハーディをうちに引き取ろうかって真剣に考えてるんですよ」カールは疲れ切った声で言った。「でもね、それがあいつとうちのみんなに精神的にどんな影響をもたらすか、俺はわかってないと思うんです」

カールは疲れた目をしてモーナを見た。どうやら、それが効いたらしい。そのあとで、カールが食事に付き合ってもらえたら、この大きな決断について少し話を聞いてほしいんだがと誘うと、色よい返事がかえってきた。

「ええ喜んで」モーナはそう言って、微笑んだ。カールの下半身を刺激するような笑顔だった。「ちょうどお腹もすいてますから」

カールは口もきけなかった。ただ彼女の目を見ながら、黙っていても充分な魅力が自分にあることを願った。

テーブルについて一時間が経ったころ、モーナ・イプスンはようやく打ち解け始めた。カールは天にも昇るような気持ちで胸をなで下ろし、緊張が解けると、そのまま眠り込んでしまった。

牛肉とブロッコリーに挟まれて、カールの頭は皿のど真ん中にきれいに盛りつけられていた。

36

月曜日の朝、声はやんでいた。

キミーはゆっくりと目覚めた。昔の自分の部屋を目にして頭が混乱した。つかのま、自分は十三歳で、また寝過ごしてしまったのかと思った。カサンドラと父にののしられ、食事も与えられず、家から追い立てられた朝が何度あっただろう。オアドロップの学校でグーグー鳴る腹を抱えて、はるかかなたの夢の世界に思いを馳せていたことが何度あっただろう。

そして、キミーは前日に起きたことを思い出した。カサンドラの見開かれた生気を失った目を。

キミーは古い歌をくちずさみ始めた。

服を着ると、包みを抱いて階下に降りていった。居間のカサンドラの死体に目を走らせた。そして、キッチンに座って、小さな娘にささやいた。これでなんでも食べさせてあげられるわ。

そうして座っているときに、電話が鳴った。

びっくりして、しばらくためらったあと、電話をとった。「もしもし」きどったかすれ声で言った。「カサンドラ・ラスンです。どちらさま？」

ひと言で誰の声かわかった。ウルレク。

「すみません。ウルレク・デュブル・イェンスンです。覚えていらっしゃいますか？　キミーがそちらに向かっているかもしれないんです、ラスンさん。どうぞ用心してください。もしキミーがお宅に行ったら、すぐに私たちに知らせてほしいんです」

キミーはキッチンの窓から外を見た。彼らがそちらの道からやって来たら、ドアの後ろに立とう。姿を見られずにすむからだ。それに、カサンドラのキッチンにあるナイフはどれも高級品だ。硬いものも柔らかい肉のように切ることができる。

「キミーが来たら、用心なさってください、ラスンさん。ですが、彼女の要求は聞き入れてやってください。とりあえず中に入れてから、お電話ください。すぐにあなたを助けにうかがいますから」ウルレクはもっともらしく聞こえるように言った。だが、彼らはわかっていない。キミーが姿を現わしたら、カサンドラ・ラスンを助けられる者はこの世にいない。それは証明ずみだ。

ウルレクはキミーが知らなかった三つの携帯電話の番号を伝えた。ディトリウ、トーステン、ウルレク本人の番号だった。

「お知らせいただいてありがとう」番号を書き留めながら、キミーは言った。実際に、ありがたかった。「今はどちらにいらっしゃいますの？　何かあったときに、すぐにオアドロプまで駆けつけていただけるのかしら。警察に電話したほうがよろしくありません？」

ウルレクの顔が目に浮かぶようだった。それ以上顔色が悪くなるとすれば、ウォール・ストリートで株価が暴落したときくらいだろう。警察！　今の状況でこれほど聞きたくない言葉はないはずだ。

「それはどうでしょう。警察が来るまで一時間もかかることだってありますからね。そもそも相手にしてくれるかどうか。とにかく今はそういう時代なんですよ、ラスンさん。昔とは違います」ウルレクは鼻で二、三回笑って、警察があてにならないことを納得させようとした。「私たちはそんなに遠くにいるわけじゃありません、ラスンさん。今日は仕事ですが、明日はアイルストロプのトーステン・フローリンのところで過ごします。グリプスコウの森に彼の別荘があって、そこで狩りをするんです。三人とも携帯電話の電源は入れておきます。いつでもお電話ください。警察より十倍速くお宅に到着しますよ」

なるほど、アイルストロプのフローリンの別荘にいるのね。これで居場所はわかった。

しかも三人いっしょとは何よりだ。

急ぐ必要はなくなった。

玄関の扉が開く音に気づかなかった。女性が呼ぶ声がした。

「おはようございます、カサンドラ。私です。起きる時間ですよ！」

キミーは凍りついた。

玄関ホールにはドアが四カ所ある。ひとつはキミーがいるキッチンに直接通じている。ひとつはトイレ。ひとつは食堂から、カサンドラの硬直した死体が横たわっている居間へと続く。そして、最後のドアは地下室だ。

命が惜しければ、食堂と居間に通じるドアだけは選ばないことだ。

「ここよ」キミーは声をあげた。

足音が止まった。キミーがドアを開けると、目の前に女が困惑した顔で立っていた。

見たことのない女だった。今、青いスモックをはおったことから判断すると、家政婦らしい。

「こんにちは。キアステン・マリーイ・ラスンです。カサンドラの娘です」キミーは女に手を差し出した。「カサンドラは具合が悪くなって病院に行きました。ですから、今日はお帰りになっていただいてけっこうよ」

キミーは握手をためらっていた家政婦の手をとった。きっと、キミーの名前を聞いているのだろう。短いおざなりの握手で、視線を合わそうともしない。「シャロデ・ニルスンです」女はそっけなく答えると、キミーの肩越しに居間のほうをうかがった。

「母は水曜日か木曜日に戻ってくると思います。決まったら早めにお電話します。それまで、家のことは私がしますから」〝母〟と口にしたとたん唇が焼けそうになった。その言葉をカサンドラに対して使ったことは一度もなかった。だが、今は避けられない。

「ずいぶん散らかってるようですね」家政婦はそう言って、キミーの服が投げかけてあるルイ十六世様式の椅子を見やった。「ざっとひとおり片付けてしまいますよ。どっちみち今日は一日こちらにいるつもりだったんですから」

キミーは食堂に通じるドアの前に立ちはだかった。「それはご親切に。でも、今日はけっこうよ」キミーは女の肩に手を置いて、コート掛けまで導いた。

家政婦はスモックを脱ごうともせず、いとまも告げず、眉をつり上げて出て行った。

早くカサンドラを片付けないといけない。キミーは庭に埋めるか、どこか別の場所に葬り去るか思案した。車があれば、シェラン島の北に位置するあの湖まで行けるのだが。あそこならあとひとりくらいどうにでもなる。

キミーは立ち止まった。声がした。

なぜ、そんな面倒なことをするんだ？　声がきく。**どうせ明日ですべてが終わるじゃないか。**

上の部屋に行こうとしたとき、カサンドラが〝マイ・ルーム〟と呼んでいた居間から窓ガラスが割れる音がした。

すぐに居間に戻ったキミーは、冷静に事態を把握した。家政婦が舞い戻っていた。へたをするとキミーは数秒でカサンドラの隣に、同じように横たわることになるかもしれなかった。

家政婦はテラスの扉を叩き割るのに使った鉄の棒を、顔の前で振りまわしていた。「あんたが殺したんだ。あんたは狂ってる。あんたが殺したんだ」家政婦は目に涙を浮かべて何度も叫んだ。

あんな女がどうやって家政婦の心をつかめたのか、キミーにはまるでわからなかった。

キミーは暖炉と花瓶のあるほうへじりじりと下がっていった。やる気？　だったら相手になるわよ。

暴力と意志がいったん結びつくと、決して解《ほど》くことはできない。そのことをキミーは誰よりも知っている。そして、その両方を果たす術をキミーは完璧にマスターしていた。

キミーは真鍮《しんちゅう》製の青年派様式《ユーゲントシュティール》の彫像をつかんで、品定めをした。正確に投げれば、優美に前に突き出された彫像の二本の腕がそれぞれ頭蓋骨を砕くだろう。

キミーは狙いをつけて投げつけた。次の瞬間、目を見張った。家政婦は鉄の棒で彫像をはねつけたのだ。壁に真鍮の腕が深く突き刺さっていた。

キミーは玄関ホールに向かった。三階の自分の部屋に安全装置をはずした装塡ずみの拳銃がある。このバカ女が闘いを望んでいるのだ。

だが、家政婦はあとを追ってこなかった。居間から足音と泣き声が聞こえてきた。

キミーは足音を忍ばせて戻り、ドアのすき間から居間の様子をうかがった。家政婦は魂の抜けたカサンドラの横にひざまずいていた。

「あの化け物にいったい何をされたんです？」家政婦は涙を押し殺した声でささやいた。

キミーは額にしわを寄せた。襲撃を繰り返していた何年ものあいだ、キミーは一度として人が悲しんでいる姿を目にしたことがなかった。恐怖とか、衝撃ならある。だが、悲しみというのは自分が感じたもの以外知らなかった。

もっとよく見ようとしてドアを押したときに、蝶番がきしんだ。家政婦は驚いて顔を上げた。

次の瞬間には立ち上がって、鉄の棒を振りかざし、キミーに向かって突進してきた。キミーはドアを閉じて走った。高鳴る心臓と混乱した頭で階段を駆け上がった。三階に拳銃がある。この場をなんとかしなければならない。殺すつもりはない。ただ縛り上げて、手が出せないようにするのだ。撃つつもりはない。

家政婦がわめきながら階段を上がってきた。そしてついに鉄の棒をキミーの脚に向かって投げつけた。キミーは階段から踊り場に真っ逆さまに落ちた。すぐに体勢を立て直そうとしたが、遅すぎた。喉に鉄の棒を突きつけられていた。

「カサンドラはよくあんたのことを話してたよ」家政婦は言った。「化け物って呼んでいた。さっき玄関で会ったときに、私が喜ぶとでも思ったかい？　あんたがカサンドラを手伝って孝行するなんて話を、私が信じるとでも思ったのかい」

家政婦はスモックのポケットに手を入れ、傷だらけの携帯電話を取り出した。「カール・マークって名前の警官があんたを探してる。ここにその人の番号が入ってる。名刺をくれたからね。その人にあんたと話をするチャンスをあげるべきだと思わないかい」

キミーは首を横に振った。ショックを受けているように見せた。「だめ、やめてちょうだい。カサンドラが死んだのは私のせいじゃない。いっしょに座って話をしてたら、カサンドラがポートワインで息を詰まらせたの。それはもう恐かったわ」

「へえ、そうかい」家政婦は信じなかった。膝でキミーの胸を押さえ込み、鉄の棒の先を喉に突きつけながら、携帯電話のディスプレイでカール・マークの番号を探し始めた。「ろくでなしのあんたは、もちろん奥様を助けようとはしなかったわけだ。警察はあんたの言い分に興味をかき立てられるだろうね。だけど、私があんたを助けるなんて思わないでおくれ。どこにいたって、あんたがしたことはお見通しだ」家政婦は息をはずませた。「病院に行ったたって言っただろ。あのときのあんたの顔を見せたかったよ！」

そのとき、キミーは脚を蹴り出した。ちょうど家政婦がカールの電話番号を見つけたと同時だった。家政婦の股間に命中させると、キミーはすぐにもう一度狙いをつけて蹴った。女は目と口を大きく開き、鉄の棒を離して、ポケットナイフのようにくずおれた。

キミーは無言で、家政婦のふくらはぎに踵を振り下ろし、手から携帯電話をたたき落とすと、もはや女の手に乗っているだけの鉄の棒から身をふりほどき、立ち上がって棒を取り上げた。

バランスを取り戻すまでに五秒とかからなかった。

キミーは立ったまま、起き上がろうとしている女を見ながらひと息入れた。家政婦の目は憎悪に満ちていた。

「あんたには何もしない。椅子に縛りつけておくだけよ」キミーは言った。

家政婦は首を横に振りながら、欄干を後ろ手で探った。逃げるための武器を探しているらしい。目がせわしなく動いている。まだ負けを認める気はないようだ。

とそのとき、前に飛びだしてきた女の腕がキミーの喉をつかみ、爪をめり込ませてきた。キミーは壁に背中を押しつけ、脚を胸に引き上げた。そうやって絶好のポジションから女を蹴り戻した。すると女は欄干から半身を突き出す格好で止まった。五メートル下は玄関ホールの石の床だ。

キミーはあきらめろと怒鳴った。しかし、女が抵抗をやめないとわかると、その頭を軽く押した。キミーは思わず目を閉じた。脳の中で稲妻が炸裂した。

しばらくして、ようやく目を開けて、欄干から下をのぞいた。

家政婦は十字架にかけられたような格好で、大理石の床の上に横たわっていた。両腕は横に伸び、脚は交差している。まったく動かなかった。どう見ても死んでいた。

十分間、キミーは玄関ホールのゴブラン織りの椅子に座って、手足がねじれた死体を見ていた。自分が手にかけた者をこんなふうに見たのは生まれて初めてだった。人間として見たことはなかった。自分の意志と生きる権利を持った人間として見たことはなかった。こんな気持ちを以前は一度も感じたことがなかった。それはとても好きにはなれない気持ちだった。声がののしった。そんなふうに感じてはならないと。

そのとき、玄関の呼び鈴が鳴って、男の声がした。ふたりの男が何か言っている。急いでいる様子で、ドアを揺すっていた。その後すぐに電話が鳴った。

裏にまわられたら、割れたガラスを見られてしまう。急げ、早く、拳銃を。心臓が高鳴った。

足音を忍ばせて三階に上がり拳銃を取ってくると、踊り場に立って、玄関の扉に銃口を向けた。入ってきなさい——二度と外には出られないから。

だが、踊り場の小さな窓から、ふたりの男が車に戻って行くのが見えた。大股で歩く大柄な男と、早足で歩く小柄な褐色の肌の男だった。

37

昨夜の惨憺《さんたん》たる結末をカールはまだ引きずっていた。ゆでたブロッコリーに縁どられたカールの驚いた顔を見て、モーナ・イプスンは爆笑した。恋人になるかもしれない女性の家で、腹具合が悪くなって初めてトイレに駆け込んだときのような気分だった。

まったく、これからどうすりゃいいんだ。カールはとりあえず一本目のタバコに火をつけた。

気持ちが徐々に集中してきた。ことによると、今日は決定的な日になるかもしれない。決定的な情報で検事局を納得させ、逮捕状を取れるかもしれない。リネルセ・ノアの入り江で見つかったピアス、キミーの箱。証拠としては充分なはずだ。オールベクとディトリウ・プラムとの関係も明らかになった。警察本部で事情聴取ができるなら、理由はなんでもよかった。引っぱって来られさえしたら、ひとりは口を割らせることができるだろう。

それさえできれば、ラアヴィーの殺人事件だけでなく、一連のおぞましい犯行すべてを解明できる。

カールにいま必要なのは、セレブな連中との直接対決だけだ。ピンポイントの精度で質問を投げかけてやる。彼らをいらだたせるような質問を。仲間割れまで持って行けたら理想的だ。

そのためには鎖のいちばん弱い環を見つけなくてはならない。最初に誰を締め上げるか。まず思いつくのはビャーネ・トゥーヤスンだが、長い刑務所暮らしでトゥーヤスンは口をつぐむ術を身につけた。檻の中で守られてもいる。すでに有罪判決が下りた事件についてトゥーヤスンがあえて口を開く必要はない。口を割らせるには別の犯罪の動かしがたい証拠を突きつける必要がある。

やはりトゥーヤスンは問題外だ。では誰にする？　フローリンか、デュブル・イェンスンか、プラムか。いちばん落としやすいのは誰だ？

それを判断するには三人を個人的に知る必要があるが、昨日のプラムの病院訪問は失敗に終わった。ディトリウ・プラムは警官が病院に来たことをすぐに知ったはずだ。近くにいたかもしれない。それでも姿を見せなかった。

彼らから話を聞くには、ほかのやり方を考えなくてはならない。アサドとカールは早朝に彼らを訪ねることにした。

まずはトーステン・フローリンに会いに行くことに決めた。さまざまな観点から、いちばん軟弱そうに見えたからだ。痩せた体、どちらかといえば女性的な職業、ファッション誌が取り上げている神経質な発言から、傷つきやすいタイプに思えた。とにかく他のふたりよりは御しやすそうだった。

カールは二分後にトリーアングレン広場でアサドを拾い、三十分後にはアイルストロプの屋敷の前に立って、トーステン・フローリンの不意をついてやるつもりだった。

「三人の情報を持ってきました。これがトーステン・フローリンの資料です」アサドは助手席に乗り込むと、かばんからファイルを取り出した。車はルングビュー通りを北に向かっていた。

「フローリンの屋敷は要塞みたいですよ」アサドは続けた。「背の高い鉄の柵で道路から隔てられていて、パーティーのときも客の車を一台ずつチェックするそうです」

カールはアサドが差し出したカラーコピーを見やった。しかし、グリプスコウの森を抜ける細い曲がりくねった道に注意を払いながら、細かい地図を見ることは難しかった。

「見てください、カール。航空写真だとよくわかります。ここがフローリンの別荘です。住まいにしているこの古い建物と、ここの木造家屋以外はすべて新しい建物で、一九九二年以降に建てられています」アサドは地図を指で叩いた。「この大きな建物も、その後ろに並んでいる数軒の小さな家も」

確かに妙な感じがした。

「それはグリプスコウの国有林の中にあるんじゃないのか？　ちゃんと建築許可をとってあるのか？」カールはきいた。

「いいえ、国有林の中じゃありません。グリプスコウの森とフローリンの小さな森のあいだには、ボーカ……ボーカ、なんて言うんでしたっけ、カール？」

「防火林道か？」

カールはアサドの視線を感じた。きょとんとしているようだ。

「まあ、いいです。航空写真でわかりますから。見てください。ここに細い茶色いすじがあるでしょう。それから、フローリンは自分の所有する敷地すべてに柵を張り巡らしています。湖も丘も全部」

「なぜそんなことをしたんだろう？　パパラッチ対策か？」

「狩りと関係あるんじゃないですか？」

「なるほどな。自分の地所にいる動物を国有林に行かせたくないんだろう。そういう人間もいるかもな」カールの出身地ユトランド半島最北部のヴェンスュセル地方なら、そんなことをしたら物笑いの種になる。だが、シェラン島では笑われないらしい。

ふたりは眺望が開けた場所にやって来た。目の前は森林伐採地で、その先に刈り入れがすんだ畑を見渡すことができる。

「あそこにスイスの山小屋ふうの家が見えるか、アサド」カールは北を指さした。右手に一軒の家があり、その下に雪解け水が流れる谷がはっきり見えていた。「あの後ろがケーイロプ駅だ。あそこで行方不明になった小さな女の子を発見したことがある。もう死んでるんじゃないかと思っていたら、その子は製材所の中に隠れていたんだ。父親が家に連れて帰ってきた犬が恐かったそうだ」

だが、本当にそうだったんだろうか。ふと、すべてが間違っていたように思えた。

「カール、ここで曲がってください」アサドはモーロムと書かれた道路標識を指さした。「まっすぐ進んで、その先を右です。そこから二百メートルで屋敷の門に着きます。フローリンに電話しましょうか？」

カールは首を横に振った。そんなことをしたら、昨日のディトリウ・プラムと同様、逃げられる可能性がある。

トーステン・フローリンが自分の敷地に柵をめぐらしているというのは本当だった。その柵からそびえ立っている錬鉄製の門の横の御影石に、大きな真鍮《しんちゅう》製の文字で〝ドゥーウホルト〟と書かれていた。

カールは運転席の窓の高さにあるインターホンに向かって言った。「カール・マーク警部補です。昨日、ベント・クルム弁護士と話をさせていただきました。今日はトーステン・フローリンさんに二、三質問があってうかがいました。長くはかかりません」

たっぷり二分は経過したあと、門が開いた。

柵の向こうは、まるで風景画のようだった。右手に湖と丘、そしてもう秋だというのに驚くほど豊かな緑の草原が広がっている。下に目を向けると小さな雑木林が森へと続き、奥のほうに、葉がほぼ落ちた冠《かんむり》を頂く数百年を経たオークの巨木が見えていた。

やれやれ、すべてを見て回るには一週間はかかるだろうとカールは思った。土地代だけでも二、三百万クローネはするはずだ。

森に接するように建っている、元は領主館だった屋敷のほうに曲がると、巨万の富をさらに感じさせられるものに出会った。〝ドゥーウホルト・ホーゼゴー館〟。まさに珠玉の建物だった。入念に修復された飾り縁、黒い釉薬《うわぐすり》をかけた瓦屋根。ガラス張りの室内庭園がいくつも、おそらく東西南北にあって、屋敷と中庭は王室付きの庭師でさえ敬意を込めてお辞儀をするのではないかと思うほど手入れが行き届いていた。

母屋の裏手に赤く塗られた木造の建物があった。おそらく文化財として保護されているのだろう。そうでなければ、その後ろにそびえ立つ威圧的な鉄骨の建造物とあまりにも対照的だ。威圧的とはいえ、それは本当に美しい建物だった。ガラスと輝く鉄骨。空港のポスターで見たマドリッドの温室みたいだった。

クリスタル・パレス・ア・ラ・アイルストロプ――ガラスの宮殿と呼ぶにふさわしかった。その先に数軒の小さな家が森に沿ってひとつの村を成すように並んでいた。庭とベランダも付いている。その周囲の手入れの行き届いた畑では野菜を作っているらしい。広大な面積にポロネギとチリメンキャベツが植わっているのが見える。

まさに桁《けた》はずれだ。

「なんてきれいなんだ」アサドが言った。

ふたりが初めてこの風景の中に人の姿を見たのは、呼び鈴を鳴らして、トーステン・フローリンが自らドアを開けたときだった。

カールはフローリンに手を差し出し、自己紹介をした。しかし、トーステン・フローリンの目はもっぱらアサドに向いていた。そして、戸口に御影石のように立ちはだかり、ふたりが屋敷の中に入るのを防いでいた。

フローリンの後ろに、絵画とシャンデリアの迷路を縫うように階段が上に延びているのが見えた。ファッションで生計を立てている男にしてはかなり俗っぽい趣味だ。

「我々がキミー・ラスンの犯行ではないかと考えている二、三の事件について、あなたにおうかがいしたいことがあるんです。お力を貸していただけませんか？」

「どんな事件ですか？」フローリンは聞き返した。

「土曜の夜にフィン・オールベクが殺害された件です。ディトリウ・プラムさんとオールベクが連絡を取りあっていたことは通話記録からわかっています。オールベクがキミー・ラスンを探していたこともわかっています。あなた方のどなたかがオールベクに依頼したんじゃありませんか？　もしそうなら、理由をお聞かせ願いたい」

「フィン・オールベクという名前は、確かにここのところ何度かニュースで耳にしていますが、私は付き合いはありません。ディトリウ・プラムが電話していたのなら、そっちに行かれたらどうですか？　では、失礼しますよ」

カールはドアに足を挟んだ。「すみません、もう少しだけ。ランゲラン島とベラホイで起きた事件もキミー・ラスンと関連づけることができました。二件合わせて三人が殺害されたと見ています」

トーステン・フローリンは二、三回目をしばたたかせたが、表情は石のようだった。「お力にはなれません。誰かと話をしたいということなら、キミー・ラスンとなさってください」

「ひょっとして彼女の居所に心当たりはありませんか？」

フローリンは首を横に振った。なんとも言えない顔をしている。カールはこれまでさまざまな表情を見てきたが、このときのフローリンの顔は理解できなかった。

「確かですか？」

「ええ。キアステン・マリーイとは一九九六年以来会っていません」

「先ほど申し上げた事件と彼女を関連づける状況証拠がいろいろあがっています」

「ええ、それは弁護士から聞いていますが、弁護士も私もその事件について知っていることはありません。どうぞお引き取りください。用があるんです。それと、いつか別の折に来られるときは、令状をお持ちになってください」

フローリンの笑みは驚くほど挑発的だった。カールが次の質問をしようとしたとき、トーステン・フローリンは一歩脇へ寄った。すると、ドアの後ろから三人の黒人の男が現われた。

二分後、カールとアサドは車の中ではらわたを煮えくりかえらせていた。

ここに来るまでトーステン・フローリンは軟弱な男だと思っていた。その考えはあらためたほうがよさそうだ。

38

キツネ狩りの日の早朝、トーステン・フローリンはいつものようにクラシック音楽と、軽やかで優雅な足音で目が覚めた。彼の前には黒人の若い女が上半身を露《あら》わにして立っていた。そして、いつものように、銀のトレイを差し出した。女の笑顔はぎこちない作り笑いだったが、トーステン・フローリンにはどうでもいいことだった。彼女の愛情も忠誠もフローリンには必要なかった。必要なのは生活の秩序であり、この場合の秩序とは、儀式を寸分違わぬ正確さで執《と》り行なうことだった。十年前からフローリンはそうしてきた。それは今後も変えてはならない。自分自身を金儲けの種にする手段として儀式を必要とする富豪もいる。だが、フローリンは日々を生き延びるために儀式を必要としていた。

フローリンは胸の上にほのかに香るナプキンを広げ、絞めたての若鶏の心臓が四つ載った皿を、深い思い入れを持って受け取った。

ひとつ目の心臓をひと口で食べたあと、狩りの幸運を祈った。そして、残りの三つも平らげた。それから、女は樟脳《しょうのう》の香りがするタオルを使い、フローリンの顔と手を慣れた手つきでぬぐった。

フローリンの合図で、女は夜の見張り番に立っていた夫とともに部屋を出ていった。フローリンは朝日が木々に降り注ぐ景色を楽しんだ。あと二時間で出発だ。九時にはハンターたちがそろうだろう。今回の獲物はあまりにも狡猾で気が立っていて、夜明けの狩りには向いていない。それで昼の光の中で狩ることになった。

キツネを解き放った瞬間に狂犬病と生存本能が闘うさまがフローリンの目にまざまざと浮かんだ。キツネは地面に伏せて好機を待っている。勢子《せこ》が近づいてきたら、飛びかかって急所をひと咬みするだけで、相手を亡きものにできるだろう。

しかし、フローリンは勢子を務めるソマリア人を知っていた。彼らはキツネをそこまで近づけさせることはない。むしろ心配なのはハンターたちだ。いや、〝心配〟という言葉は当てはまらない。ほとんどが経験者で、何度もフローリンのゲームに参加し、限度を少し越えることのありがたみを知っている。社会に強い影響力を持つ男たちだ。この国に足跡を残してきた男たちだ。普通の人間とはスケールが違う。考えることも、才能も、興味も。だからこそ、今日ここにやって来る。彼らはみなフローリンと同類だ。心配はいらない。興奮して、大はしゃぎするにちがいない。

本来なら申し分のない狩猟日和だった。ベント・クルムに近づき、防虫ケースから大昔の事件を引っぱり出してきたあのいまいましい警官やキミーがいなければ、すべて完璧だった。ランゲラン島、カイル・バセット、コーオ・ブルーノ。突然戸口に現われたあのぱっとしない警官は、いったいどこからそんなことを知ったのだろう？

フローリンはガラス張りのホールで獣の喧噪に囲まれながら、ソマリア人が運んでくる檻の中のわが友、キツネの〝ライネケ〟をじっと見ていた。狂暴なまなざしで、絶え間なく鉄格子につかみかかり、それが生き物であるかのようにかじっている。その鋭い歯と、キツネを徐々に死に至らしめているウイルスの取り合わせを目の当たりにして、フローリンの背筋に戦慄《せんりつ》が走った。

警官も、キミーも、巷《ちまた》の視野の狭い連中も、くそくらえだ。こいつをやつらのど真ん中に解き放つというのはどうだ？　それもまた一興じゃないか。

「長くはかからない。おまえの運命はすぐそこに迫っている、ライネケ」フローリンはキツネに語りかけると、拳で檻を殴った。

フローリンは満ち足りた気分でホールを見回した。すばらしい。百を超える檻の中に、考えられるかぎりの動物がいる。〈ノーチラス〉から猛獣用の檻を運び込んだのはつい先日のことだった。床に置かれたその檻の中で、興奮したハイエナが背中を弓なりに曲げて、陰険な目でこっちを見ている。ハイエナの檻はあとでキツネの檻があった場所に移されるだろう。そこには他にも狩りの獲物となる獣が保管されている。クリスマスまでの狩りは保証されているのだ。すべての獣はフローリンの支配下にある。

中庭から車の音が聞こえ、フローリンは笑顔でホールの入口を振り返った。

ウルレクとディトリウがいつものように時間どおりに到着した。寄宿学校で叩き込まれた時間を守る習慣はいまだに健在だ。

十分後、彼らは射撃練習場でクロスボウを撃つ準備をしていた。ウルレクはマゾヒストの本性を露わにしていた。キミーの話をすると興奮して震えた。だが、それが本当に彼女が姿を消したせいなのかどうかはわからなかった。たった一服とはいえ、コカインを吸ったせいかもしれなかった。ディトリウの意識は鮮明だった。冴えた目をしていた。自分の体の一部のようにクロスボウをたずさえていた。

「ご親切にどうも。昨夜はよく眠れたよ。古き良き友キミーとの再会が楽しみだ」ディトリウはトーステンの問いかけに答えた。「準備はできている」

「それはよかった」トーステンはあの厄介な警部補のことで狩り仲間の機嫌を損ねたくはなかった。試し撃ちが終わってからでいい。「準備はしておくに越したことはないからな」

39

カールとアサドは路肩に停めた車の中で、トーステン・フローリンとの会談をもう一度振り返っていた。

アサドは戻ってフローリンにキミーの箱を見つけたことをぶつけるべきだと言った。それによってフローリンの自信は揺らぐはずだと考えたからだ。だが、カールは決めていた。あの箱のことを話すのは逮捕状をポケットに入れてからだと。

アサドは口をとがらした。どうやら彼がおむつをしていたころにいた砂漠には、我慢という概念がなかったらしい。

そこへ二台の車が法定速度を超えるスピードでやってきた。スモークガラスの四輪駆動車で、パンフレットでしかお目にかかれないような車だ。

「なんてこった！」一台目が横を通り過ぎたとき、カールは叫んだ。そして車を発進させると、二台目のあとを追った。

二台の車がドゥーウホルト館に向かう袋小路に入ったとき、カールはわずか二十メートル後ろまで迫っていた。

「誓ってもいい。一台目にディトリウ・プラムが乗っていた。もう一台に誰が乗っていたか見えたか？」カールは二台の車がともにフローリンの屋敷に続く砂利道のほうに曲がるのを確認すると訊いた。

「いいえ。でも、ナンバーを書き留めました。すぐに調べます」

カールは額に手をやって考え込んだ。なんてこった、本当にあの三人がここにそろったのか？

だとしたら、どういうことだ？

その疑問の答えを得るには長くはかからなかった。アサドが情報をつかんだからだ。

「一台目はテルマ・プラムに登録許可が下りています」

ビンゴ。

「後続の車は〈ＵＤＪ証券アナライズ〉で登録されています」

またもやビンゴ。

「トリオが全員おそろいになったってことだな」カールは時計を見た。まだ朝の八時前だ。三人はここで何をするつもりだ？

「カール、彼らから目を離さないほうがいいです」

「何が言いたい？」

「わかってるじゃないですか。あそこに行って、彼らが何をするか見るんですよ」

カールは首を横に振った。こいつはときどき、突拍子もないことを言い出す。

「フローリンが言ったことを聞いただろ？」カールは言い、アサドはうなずいた。「そうするには令状がいるんだ。だが、俺たちがつかんでいる情報だけでは令状は下りない」

「でも、もっと多くのことがわかったら、令状は下りるんですよね」

「ああ、そのとおりだ。だが、あの中をこっそり嗅ぎ回るなんて駄目だ。アサド、俺たちにその権限はない。俺たちにそんなことをする法的根拠はないんだ」

「もし、やつらが痕跡を消し去るためにオールベクを殺したんだとしたら？」

「なんの痕跡だ？　知り合いの尾行を誰かに依頼することは違法ではない」

「でも、もしオールベクがキミーを発見していたら？　そして、やつらがキミーをあの中に拉致《らち》していたら？　その可能性は当然出てくるでしょう？　こういう言い方、あなたもよくするじゃないですか。やつらがキミーを拉致していたら、そのことを知っているのは、オールベクが死んだ今、あの三人しかいません。彼女はあなたの最重要証人ですよ、カール」

アサドがこの考えに次第に強くとらわれていくのがカールにはわかった。たたみかけるようにアサドは言った。「もし、やつらが今この瞬間にも、キミーを殺そうとしていたらどうするんです？　中に入りましょう」

カールはほっと息をついた。質問が多すぎる。

アサドの言っていることは確かに正しい。だが、間違ってもいる。

カールとアサドは、新モーロム通りのドゥーウモーセ駅で車を停めた。それから、グリップスコウに向かう線路から森に沿った小道をたどって防火林道に出た。そこからは湿原とフローリンの森の一部が見渡せた。地平線上の丘の上に、大きな門がかすかに見えている。だが、門を目指すわけにはいかない。監視カメラの数の多さを見てきたばかりだ。

目を引いたのは屋敷の前の広場だった。そこにプラムたちはジープを停めていた。遠くからでもよく見えた。

「防火林道沿いはカメラだらけでしょうね」アサドは言った。「入るなら、そこから行くしかありません」

アサドは湿原の小さな沼を指さした。柵がほとんど見えなくなるほど、地盤が陥没している。しかし、実際に気づかれずに敷地内に入るなら、そこしかなさそうだった。

それにしても、あまりそそられないコースだ。

ふたりが陸に上がって、泥まみれの濡れたズボン姿でたっぷり半時間待ったころ、ようやく三人組の姿が見えた。三人は痩せた黒人ふたりを後ろに従えていた。声は聞こえてきたが、風に飲み込まれて話の内容まではわからなかった。

三人は母屋に消え、黒人は小さな赤い建物のほうへと向かった。

十分ほどして、複数の黒人の男が現われて、ガラス張りの建物に消えていった。出てきたときには檻を運んでいて、それを小型トラックの荷台に載せると、森に向かって走り去った。

「さてと、行こうか」カールはわずかに抵抗を示したアサドを引っぱって防風林に沿って歩きだした。小さな家が立ち並ぶ場所まで来ると、外国語を話す声と子どもの叫び声が聞こえてきた。そこには世間から完全に孤立した小さなコミュニティーがあるらしい。

ふたりは一軒目の家の前をそっと通り過ぎた。たくさんの外国の名前が書かれた表札が目にとまった。

「あそこもそうですね」アサドは小声で言って、隣の家の表札を指さした。「奴隷でも置いてるんでしょうかね？」

そう思っても、想像がつかなかった。公園の中のアフリカ村のようにも見えたし、南北戦争前のアメリカ南部の奴隷小屋のコレクションのようにも見えた。

そのとき、近くで犬が吠えた。

「犬を放してあるんですか？」アサドはすでに犬に気づかれたかのように心配そうにささやいた。

カールは相棒のほうを向いて、落ち着け、と目で言った。田舎で育つと、否応なしに、犬の扱いを学ぶ。十頭の闘犬を相手にしているのでないかぎり、タイミングを逃さず一発蹴ってやれば、犬は人間に従うものだ。犬がしょっちゅう吠えるとしたら、それには理由がある。

ふたりは母屋の裏手に通じている道を見つけた。

二十秒後、ふたりは窓に鼻を押しつけていた。マホガニーの家具が置かれた部屋は古風な事務所のように見えた。壁は動物の角や毛皮で埋めつくされている。静寂そのもので、目を引くものはなく、捜査の進展に役立ちそうなものは何もなかった。

カールとアサドは後ろを振り返った。

「あれを見てください」アサドは小声で言って、ガラス張りの建物から森に向かって突き出しているパイプ状の増築部分を指さした。それは少なくとも四十メートルはあった。いったいあれはなんだ？　「来い。じっくり見てみよう」カールは言った。

ガラスのホールに入ったアサドは、一生忘れられないような表情を浮かべていた。カールも似たようなものだった。〈ノーチラス・トレーディング〉は動物好きにショックを与えるようなところだった。だが、ここはショックというより純粋に恐怖を感じさせられる場所だった。ぎっしり並んだ檻の中の動物たちはおびえきっているか、感情を失っているか、極度に興奮しているかのいずれかだった。壁には血のついた大小さまざまな皮が干されている。ハムスターから仔牛まで、なんでもあった。興奮した闘犬が吠えていた。トカゲに似た怪物、うなり声を上げているミンク。家畜も珍獣もごた混ぜだった。

だが、ここは決してノアの方舟ではないのだ。ここから生きて出られる動物は一匹もいない。

カールは〈ノーチラス〉で男が掃除をしていた檻を見つけた。ホールの真ん中に置かれ、中でハイエナがうなり声をあげている。その先の隅のほうで大きなサルが叫んでおり、イボイノシシのうめき声や、羊の鳴き声も聞こえてくる。

「キミーはこのどこかにいるんでしょうか？」アサドはホールの中を進んでいった。

カールは檻を見渡した。ほとんどの檻は人間が入るには小さすぎる。

「あれはなんのためのものでしょう?」アサドは側廊に並んだ大型の冷凍庫を指さした。冷凍庫はブンブンうなっている。アサドはふたを開けたとたんに吐き気に襲われ、跳びのいた。

「なんてこった!」

カールは冷凍庫をのぞき込んだ。皮を剝がれた大量の動物がカールをじっと見ていた。

「どれも同じです」アサドは次々にふたを開けては言った。

「おおかた餌に使うんだろう」カールはハイエナを見てそう思った。肉はここで消えていく。どのような形で差し出されようが、数秒のうちに大きく開いた口の中に消えていくことは間違いない。

五分後には、ふたりは、キミーはここにはいないという結論に達した。

「見てください、カール」アサドはすでに外で見ていた大きなパイプの中を指し示した。

「あれは射撃練習場です」

まったく常軌を逸していた。それは先端技術を駆使し、ありとあらゆる設備が整った射撃練習場だった。こんな最先端の射撃練習場が警察本部にあったら、昼も夜も大賑わいだろう。

「行くな!」カールはパイプの中に入って標的に向かって歩いて行くアサドに言った。「誰か来たらどうするんだ。どこにも隠れられないぞ」

だが、アサドは聞き入れなかった。目の前の大きな標的しか見ていなかった。

「これはなんでしょう?」パイプの反対側に出たアサドは言った。

カールは後ろを振り返ってホールにざっと目を走らせると、パイプの中に入っていった。

「矢ですか？」アサドは標的の中心に刺さった金属製の棒を指し示した。

「ああ、ボルトというアームブルストで使う矢だ」カールは答えた。

アサドは困惑していた。「すみません。腕《アーム》と胸《ブルスト》をどうするんです？」

カールはため息をついた。「アームブルストというのは弓のことだ。クロスボウとも言う。弦の引き方が特殊で威力が強い」

「威力が強いのは見ればわかります。精度も高そうですね」

「ああ、精度は抜群だぞ！」

カールとアサドは後ろを振り向いたとたん、罠にはまったことを知った。パイプの反対側に、トーステン・フローリン、ウルレク・デュブル・イェンスン、ディトリウ・プラムが立っていたのだ。プラムは弦を引いたクロスボウをふたりに向けている。

カールは叫んだ。「逃げろ、標的の裏だ、アサド！」

カールがショルダーホルスターから拳銃を抜いて銃口を三人に向けるあいだに、ディトリウ・プラムが矢を発射した。

アサドが標的の後ろに飛び込む音が聞こえた瞬間、矢がカールの右肩に当たり、拳銃が床に落ちた。

不思議なことに痛みは感じなかった。ただ、五十センチ後ろに飛ばされた体が、矢で標的に釘付けにされている。血が流れている傷口から矢羽根だけが突き出ていた。

「いやあ、おふたりさん」フローリンは言った。「なぜ、俺たちにこんなことをさせるんだ？　まったく、どうしろって言うのかね」フローリンは言った。

カールはなんとか動悸を鎮めようと努めた。フローリンたちは、カールの右肩から矢を抜いて傷を洗浄した。その間、カールは痛みで失神しそうだった。しかし、それで出血はいくらか治まった。

だが吐き気が襲ってきた。この三人は決して妥協しない冷酷な男たちだ。カールは自分が究極の間抜けに思えた。

アサドはホールに出てきて、檻に背中を向けた格好で床の上に座るように命じられた。

「勤務中の警察官をこんなふうに扱っていいと思ってるのか？」アサドは怒り狂っていた。

カールはアサドの脚をついた。だが、それでアサドを鎮圧できたのはつかのまだった。

「なに、簡単なことだ」カールはフローリンたちに答えた。ひと言発するごとに上半身がうずいた。「俺たちを逃がしてくれ。俺たちはここに来なかったし、何も見なかった。状況証拠は消えた。そういうことはよくあるんだ。だが、俺たちをここに引き留めたら、すべてぶち壊しだ」

「なるほど」ディトリウ・プラムが言った。クロスボウに新たに矢を装塡し、今もふたりを狙っている。「誰を相手にしていると思ってるんだ？　君たちは我々に殺人の嫌疑をかけている。我々の弁護士とも接触した。名前をいくつか挙げた。フィン・オールベクと私との関係を突き止めた。君たちは我々についてなんでも知っていると思っている。そして突然、真実が明らかになったと言っている」プラムは近づいてくると、自分の革のブーツをカールの足の前にぴたりと付けた。「しかし、その真実とやらは我々三人だけでなく、はるかに多くの人間に打撃を与えることになる。それはわかってるよな。我々には責任があるんだ、カール・マークさん。何千人もの従業員と家族、この社会に対して。実際に君の見解を司法当局が納得するようなことになれば、彼らのすべてが生活基盤を失うことになる。単純な真実なんてないいんだよ、カール・マークさん」

プラムはホールを指し示した。「莫大な資産が凍結されてしまうんだ。それは我々も誰も望んじゃいない。だから、私もトーステンと同じことをきこう。君たちをどうしたらいい？」

「跡形もなく消してしまえ」ウルレク・デュブル・イェンスンが言った。声は震え、瞳孔は大きく開いている。彼がどういう意味で言ったのかは疑う余地はなかった。しかし、トーステン・フローリンは躊躇していた。躊躇し、思案していた。

「どうだい。あんたたちを逃がしてやって、さらに百万クローネずつ支払うっていうのは。この件の捜査を放棄すれば、すぐに金は払う。それでどうだ？」フローリンは言った。

この提案をのまなければ、消されるということだ。

カールはアサドを見やった。アサドはうなずいた。利口なやつだ。

「あんたはどうする、カール・マークさん？　このムスタファさんのように協力的だといいが」

カールは冷たいまなざしをフローリンに向けた。

「足りなかったかい？　では、倍にしよう。沈黙の対価として二百万ずつだ。くれぐれも内密に。それでいいな？」トーステン・フローリンはきいた。ふたりはうなずいた。

「その前に、もうひとつはっきりさせておくことがある。正直に答えてくれ。嘘をついたってすぐにわかる。そのときは取引は無効だ。いいな？」

フローリンは、カールたちの答えを待たずに続けた。「今朝、ランゲラン島の夫婦の話が出たのはどういうことだ？　コーオ・ブルーノの件ならわからないこともないが、その夫婦が俺たちとなんの関係がある？」

「徹底的に捜査した結果だ」カールは答えた。「警察本部に同じような事件を何年も追ってきた男がいるんだ」

「そんなことは俺たちとは関係のない話だ」フローリンは結論づけた。

「正直に答えろと言っただろ。徹底的な捜査の結果というのが答えだ」カールは繰り返した。

「襲撃の方法、場所、手口、時間。すべて一致している」

まずい。カールが気づいたときには、傷口にクロスボウを叩きつけられていた。この三人にタブーはなかった。

叫ぶ声も出なかった。痛みで喉が締めつけられた。さらに一発プラムは殴った。さらにもう一発。

「とっとと答えろ！　正確に！　どうやって俺たちをランゲラン島の夫婦と結びつけた？」

プラムがまた殴ろうと腕を振り上げたとき、アサドが割って入った。

「キミーがピアスを持っていたんだ」アサドは叫んだ。「それが現場で発見されたものと一致した。キミーはそのピアスを箱の中に隠していた。ほかの襲撃事件の証拠品といっしょに。だが、そんなことはとっくに知ってるんだろう?」

カールの体にごくわずかでも力が残っていたら、何がなんでもアサドの口を閉じさせていただろう。

もう遅すぎる。

トーステン・フローリンの顔を見ればわかる。この三人が恐れていたことがすべて現実となったのだ。彼らに不利な証拠がある。決定的な証拠が。

「ほかにも箱のことを知っている人間が警察本部にいるとして、今、箱はどこにある?」

カールは答えなかった。ただあたりを見回していた。

カールが座っているところから出入口までは十メートル、そこから森までさらに五十メートル。フローリンの私有林を一キロメートル抜けると、グリプスコウの国有林に出る。隠れるには理想的かもしれない。しかし、そこまで行けるとはとても思えなかった。ここには何もない。武器として使えそうなものはまったくなかった。目の前には、矢を装塡したクロスボウを持った三人の男が立っている。これで何ができる?

お手上げだ。

「今、ここでやってしまおう。始末するんだ」ウルレク・デュブル・イェンスンがつぶやいている。「もう一度言うぞ。こいつらは信用できない。こいつらはほかの連中のようなわけにはいかないぞ」

プラムとフローリンの頭がゆっくりウルレクのほうに向けられた。なんてばかなことを言うんだ。ふたりの顔が語っていた。

三人が相談しているあいだ、アサドとカールは目を見交わした。アサドはすまなそうにしていたが、カールはすぐに許す気になった。こんなことになった今、アサドのちょっとしたへまなどなんの意味がある？　ここは死の待合室だ。頭のいかれた三人組が、今その準備を進めているのだ。

「よし、それでいこう。だが、あまり時間がない。五分後にはみんながやって来る」フローリンが言った。

ウルレク・デュブル・イェンスンとディトリウ・プラムがいきなりカールに飛びかかってきた。トーステン・フローリンは少し離れたところからクロスボウでふたりを援護した。カールは完全に不意を突かれた。

口に荷造り用の粘着テープを貼られ、両手を背中にまわされて粘着テープで縛り上げられた。そして、頭を後ろに引っぱられると、目もふさがれた。だが、身をよじったせいで粘着テープがまぶたに貼り付き、一ミリ上にずれた。このわずかなすき間から、アサドが猛烈に抵抗している姿が見えた。手当たり次第に蹴ったり、殴ったりしている。そして、ひとりが床に倒れた。喉に空手チョップを食らって動けなくなっている。ウルレク・デュブル・イェンスンだ。フローリンはクロスボウを放り投げて、プラムに加勢した。そして、ふたりがアサドを取り押さえているあいだに、カールは跳ね起き、出入口から射し込んでいる光に向かって走った。

こんなにがんじがらめにされていたのでは、アサドを助けることはできない。助けるために今は逃げなくてはならなかった。

彼らが大声で叫んでいる。遠くには行けないと言っている。どのみち使用人に捕らえられて、連れ戻されると言っている。待ち受けているのは、アサドと同じ、ハイエナの檻だと。

「楽しみにしていろ！」カールの背中に彼らの声が響いた。

やつらは完全にいかれてる。カールはあらためてそう思うと、方角を確認するためにわずかなテープのすき間に目をこらした。

そのとき、屋敷の門のほうから、次々と車が入ってくる音が聞こえてきた。かなりの数だ。車に乗っているのがあの三人の同類なら、カールはただちに檻に送られてしまうだろう。

40

ゆっくりと列車が動きだし、車輪の音が滑らかなリズムに変わっていった。すると、キミーの頭の中で再び声が聞こえ始めた。特に大きな声ではないが、途切れることなく聞こえてきた。キミーはもう慣れていた。

流線形の列車だった。昔のグリプスコウ行きは赤いレールバスだった。それに乗ってビャーネと最後に出かけたのは何年前だろう。あれから、いろいろなことが変わってしまった。

あのときはずいぶん盛り上がった。酒を飲み、コカインを吸い、一日中騒ぎっぱなしだった。トーステンはみんなを引き連れて、新しく手に入れた別荘を誇らしそうに案内してまわった。森、湿原、湖、畑。ハンターにとってまさに完璧な環境だった。ただ、撃たれて傷を負った動物が国有林に入りこまないように注意しなければならなかった。

キミーとビャーネはトーステンを見て大笑いした。緑色の編み上げのゴム長靴を大まじめに履いている男ほど滑稽なものはなかった。だが、トーステンはおかまいなしだった。森はトーステンのもので、森の中ではトーステンは撃てるものすべてに対する絶対君主だった。

二、三時間彼らはアカシカとキジを殺してまわり、最後に、キミーが〈ノーチラス〉でトーステンのために調達したアライグマも殺した。合図ひとつでトーステンはなんでもできた。それから儀式にしたがって、トーステンの映画室で『時計じかけのオレンジ』を観た。その日はみんなコカインと酒をやり過ぎて、獲物を探しに繰り出すエネルギーはなかった。

トーステンの森の別荘を訪れたのはあれが最初で最後だった。だが、昨日のことのように覚えている。キミーの内なる声が、もう気にかけ始めている。

今日は三人全員そろっているぞ、キミー。わかっているか？　これはチャンスだ。頭の中で声が響いた。

キミーは乗客に目を走らせたあと、大きな亜麻布《リネン》のバッグに手を入れ、手榴弾と拳銃と小さなショルダーバッグと愛する赤ん坊を確かめた。必要なものはすべてそこに入っていた。

キミーはドゥーウモーセ駅で、同じように早朝に降りたった客が迎えの車に乗るか、赤い屋根の下に停めてあった自転車に乗るかして去って行くのを待った。

キミーの目の前に車が一台停まり、送りましょうかときいてきたが、キミーはただ微笑んでいた。

ホームが空っぽになり、道も列車の到着前のように寂しくなると、キミーはホームの端まで歩いて行って、砂利の上に飛び降り、線路づたいに森の縁まで行った。そして、バッグを隠しておける場所を探した。

場所が見つかると、小さなショルダーバッグを取り出して斜めがけにし、ジーンズの裾をソックスに押しこんで、大きいほうのバッグを茂みの下に押し込んだ。

「ママはすぐに戻ってくるからね。心配しなくていいのよ」キミーは言った。声が急げとせき立てた。

通りに沿ってほんの数メートル歩いて小さな会社の前を通り過ぎると、もうトーステンの地所の裏側に通じる道だった。国有林の中はだいたい見当がついていた。

声がしきりに圧力をかけてきたが、時間はたっぷりあった。キミーは色づいた木の葉を眺め、深呼吸をした。空気中に漂うにおいの中に秋のエネルギーと色彩が蓄えられているように思えた。

自然をこれほど強く感じたのはいつのことだっただろう？　もう何年も前だ。

防火林道に出ると、以前よりも道幅が広くなっていた。キミーは森の縁に身を伏せ、林道の向こうのトーステンの森と国有林を隔てる柵まで見渡した。長年にわたるコペンハーゲンの路上生活で、キミーは監視カメラにも死角があることを知っている。木立に視線をさまよわせ、カメラが取り付けられている場所を確認していった。キミーが伏せているあたりには四台あった。二台は固定式で、あとの二台は左右に百八十度回転している。固定式カメラのうちの一台はキミーの真正面にある。

キミーは茂みに引き返し、状況を検討した。

林道の幅は約十メートル。草は刈り取られたばかりで、長くても二十センチ、視線をさえぎってはくれない。どっちの方向を見てもそれは同じだった。人に見られずに防火林道を渡る方法はひとつしかなかった。草のあいだを縫っていくのではない。木から木へ、枝から枝へと飛び移るのだ。

キミーは綿密に計画を練った。防火林道の手前にあるオークの木は、反対側のブナの木よりかなり背が高い。力強く節くれだった枝が林道の五、六メートル上に突きでている。反対側の木はもっと低く、枝も細い。オークの木からブナの木に飛び降りた場合の落差は一、二メートルになる。前に跳び出すようにして、なるべく幹に近いところに降りないと、枝がもたないだろう。

キミーは木の扱いに慣れているわけではなかった。小さいとき、服を汚すからと母親に木登りは禁じられていた。母親が去ったときには、登りたい気持ちも去っていた。

オークの木は実に美しい大木だった。節くれだった枝がたくさん出ていて、樹皮はごつごつしている。これなら難なく登っていけそうだ。

木を登っていくのはむしろ楽しかった。「あなたもやってみなくちゃね、ミレ」キミーはそっとつぶやき、さらに上を目指した。

枝に座ってみて、はじめてためらいが生じた。地面までの距離を見て驚いた。それでも、あのつるつるしたブナの枝に飛び移らなくてはならない。できるだろうか。落ちたら、それでおしまいだ。全身の骨が折れるだろう。トーステンの監視カメラに見つけられ、捕らえられ、すべてを取り上げられるだろう。三人のことはよく知っている。キミーの命はキミーのものではなくなり、あの三人のものになる。

しばらく座ったまま、蹴る力の見当をつけた。そして、ゆっくり立ち上がって、枝をしっかりつかんだ。

ジャンプしてすぐに、蹴りが強すぎたことがわかった。まだ空中を飛んでいるのに、ブナの木の幹が目前に迫ってきた。なんとか飛び移れたものの、衝突を避けようとして、指が一本折れた。だが、そんなことにかまっていられない。痛みを感じている余裕などないのだ。指はまだ九本ある。その九本を信頼して、これから下に降りていかなくてはならない。オークに比べてブナの木は低いところに枝が少ないことがわかった。いちばん低い枝からでも地面までまだ四、五メートルはあった。キミーはその枝に飛びつくと、しばらくぶら下がっていた。折れた指が邪魔だった。そして、ようやく幹をつかむと、腕を巻きつけ、力を緩めた。滑り降りるときに腕と首に擦り傷ができ、血が滲んだ。

下に降りると、折れた指が突き出していた。一気に引っぱって整復した。恐ろしく痛かったが、声は漏らさなかった。いざとなれば、その指を撃ち落としてもよかった。首の血をぬぐい、薄暗い森の中に足を踏み入れた。そこはもう柵の内側だった。そのあたりは前に来たときから針葉樹と広葉樹の混合林だったことを思い出した。トウヒの林があり、そのあいだの小さな空き地には植林されたばかりの広葉樹が並んでいた。その先には野生のシラカバ、サンザシ、ブナの林が広がり、ところどころにオークの木が見えている。

朽ちた葉のかび臭いにおいが鼻をついた。路上生活を十年以上続けると、そんなにおいばかり感じるようになる。

声が再び、急げ、やり遂げろとせき立てた。自分に有利な条件で対決しろとしつこく言っている。だが、キミーは耳を貸さなかった。時間はある。トーステン、ウルレク、ディトリウが血なまぐさいゲームを始めたら、飽きるまでやりかねない。

「防火林道に沿って森の縁を歩いて行くことにするわ」キミーは言った。声には従ってもらうしかないだろう。「遠回りになっても、どんなことがあっても屋敷には必ず行くのよ」

するとそのとき、森に向き合うように立って何かを待っている黒人の男たちが見えた。檻の中で狂ったように暴れている動物も見えた。男たちは足の付け根まであるプロテクターを装着している。

キミーは森の中に引き返し、様子を見ることにした。

まもなくして、勢子《せこ》の第一声が聞こえ、その五分後に一発目の銃声が鳴った。

森は狩り場になった。

41

カールは走った。頭をのけぞらせ、粘着テープのすき間からかいま見える地面と、乾いた木の葉や小枝を踏みつける音を頼りに走った。しばらくのあいだ、アサドのわめき声が後ろから聞こえていたが、それも聞こえなくなった。

カールは速度を落とした。背中の粘着テープはびくともしなかった。空気を吸い続けた鼻はからからに乾燥している。頭を反らせると、少しは前を見ることができたが、目の粘着テープだけでもなんとかはずしたかった。

すぐにでも追っ手が来るだろう。中庭にいたハンターや勢子《せこ》が、どこからやって来るかわからない。カールは周囲をぐるりと見回し、テープのすき間から木立を見つけると、再び走り出した。だが、すぐに低い枝に頭をぶつけて、地面にあおむけに倒れた。

「くそっ！」

なんとか立ち上がると、ちょうど頭の高さで折れている小枝を探して見つけた。そして、幹に体を寄せ、折れた枝の端を鼻の横から粘着テープの下に差し込み、体をゆっくり下にずらしていった。しかし、粘着テープは頭の後ろできっちり留められていて、目から離れることはなく、まぶたにしっかり貼り付いたままだった。

カールはもう一度試した。目を閉じていたが、まぶたが粘着テープに引っぱられ、それは筆舌《ひつぜつ》につくしがたい痛みだった。

「くそっ、くそっ、くそっ」とののしりながら頭を左右に回すと、小枝はテープの下にみごとに入りこんで、まぶたを引っ掻いた。

そのとき、初めて勢子の声が聞こえてきた。期待したほど離れてはいなかった。二、三百メートルくらいだろうか。だが、森の中で距離を判断するのは難しい。カールはもう一度頭をゆっくりと回し、小枝から身をふりほどいた。苦労は少しは報われた。少なくとも片目はある程度見えるようになった。

周囲は鬱蒼《うっそう》としていた。不規則な木漏れ日からは、どっちが東西南北か、皆目見当がつかなかった。わかっているのは、自分の最後がすぐそこに迫っているかもしれないということだけだった。

最初の銃声が聞こえたとき、カールは森の中の間伐地にいた。

勢子が接近してきたので、カールは地面に身を伏せた。そこは防火林道のすぐ手前で、その向こうは国有林だということくらいはわかった。車を停めた駐車場までは、直線距離で七、八百メートルほどだろう。しかし、方角がわからなければ、どうしようもなかった。

梢《こずえ》の上に鳥が舞い上がっていくのが見えた。茂みの中で何かが動いた。勢子が大声をあげ、木の棒を打ち合わせて大きな音を出している。動物が逃げていく。

犬を連れて来られたら、あっという間に見つかってしまうだろう。そのとき、カールはあたりに散乱する枝の前に風が吹き寄せた枯れ葉の山があるのを目にした。

そこへ、一頭のノロジカが茂みから飛びだしてきた。驚いたカールはとっさに枯れ葉の山に飛び込み、体が隠れるまでのたうちまわった。

くそったれ。カールはゆっくり深呼吸をした。人心地がつくと、カールは再び考えを巡らした。トーステン・フローリンは勢子に携帯電話を持たせているだろうか。脱走した警官が近くにいる、絶対に逃がすなと指示を出しているだろうか。当然だ。トーステン・フローリンのような男はあらゆる手を尽くす。勢子は何を見張っていなければならないか、とっくに知っているはずだ。

枯れ葉のにおいを嗅ぎながら、カールは傷口が開き、シャツが血で体に貼り付いていることに気づいた。このままでいたら、出血多量で死ぬかもしれない。いや、それはないだろう。その前に犬がかぎつけるにちがいない。

ちくしょう。どうやってアサドを助けたらいいんだ？　アサドが死んで、自分は生き残ってしまったら、この先どうやって生きていけばいい？　だが、そんなにありえないことか？　すでに一度、俺は相棒を失っている。すでに一度、俺は相棒を見殺しにしている。

カールは深く息を吸った。あんなことは二度と繰り返してはならない。たとえ刑務所に入ることになっても。命を失うことになっても。地獄でシチューにされることになっても。

そのとき、獣のうなり声が聞こえてきた。それは徐々にあえぎ声に変わり、ついには吠え始めた。カールは目にかかった枯れ葉を息で吹き飛ばした。脈が速まり、傷口がうずいた。犬だったら、一巻の終わりだ。

少し離れたところから勢子の足音がはっきりと聞こえてくる。彼らは笑って、叫んでいる。なすべきことを心得ている。

そのとき、茂みの中で枝が折れる音が止んだ。気がつくと、目の前に獣が立って、こっちを見ていた。

カールは目をしばたたいた。真正面にキツネの顔があった。目を血走らせ、口から泡を吹いている。激しくあえぎ、全身をぶるぶる震わせている。

カールが枯れ葉のすき間からのぞいていると、キツネはふーっと息をひとつ吐いた。カールは息を止めた。キツネは歯をむき出し、喉を鳴らしながら、頭を低く垂れて、カールに向かってゆっくりと歩を進めた。

すると突然、キツネは凍りついたように止まり、頭を上げて、後ろを振り返った。そして再びカールのほうに向き直り、ふと思いついたかのように、腹ばいになってカールに向かってくると、カールの足元に体を伏せ、枯れ葉の山を鼻でつつき始めた。

キツネはそのまま横になり、はあはあとあえぎながら、枯れ葉の下に隠れてじっとしていた。カールとまったく同じだった。

少し先のほうでひとすじの光の中にヤマウズラが集まっていた。勢子の声に驚いて飛びたっていくと、すぐに数発の銃声がした。銃声が聞こえるたびにカールは身をすくませた。全身に悪寒が走り、足元ではキツネが震えていた。

猟犬が鳥を拾いに走ってくるのが見えた。その後まもなくして、葉の落ちた藪にハンターの影が映った。

全部で九人か、十人。全員が編み上げ靴とニッカーボッカーをはいていた。近づいてくると、コペンハーゲンの上流社会の著名人が数人含まれているのがわかった。カールは出て行って身分を明かして助けを求めようかと思った。しかし、後続にフローリンらの姿を認めたとたんに、その考えは棄てた。デュブル・イェンスンとプラムは矢を装塡したクロスボウを持っていた。三人とも、カールを見つけたら、ためらうことなく撃ってくるだろう。彼らはそれを狩猟中の事故と言い、狩猟仲間はその説明をいとも簡単に受け入れるだろう。カールはその結束の固さを知っている。彼らは粘着テープをはがして、不幸な出来事をでっち上げるだろう。

カールの呼吸はキツネと同じように短く、浅くなっていった。アサドはどうなる？　俺はどうなる？

ハンターの一行が枯れ葉の山のほんの数メートル先まで迫ってきて、犬がうなり始めたとき、足元のキツネが一気に躍り出た。そして、いちばん前にいたハンターに飛びかかると、股間に激しく嚙みついた。咬まれた若者はすさまじい叫び声をあげた。死の恐怖の中で助けを求めていた。犬がキツネに食らいつこうとしたが、キツネは口から泡を吹きながら犬の前に立ちはだかり、足を大きく広げて放尿すると、生きるために駆けだした。プラムがすかさず狙いをつけて、矢を放った。

矢が飛んでいく音はカールの耳には届かなかったが、キツネの声は聞こえた。キャンキャンと鳴く声がしだいに断末魔のそれへと変わっていった。

犬はキツネの尿のにおいをかいでいた。そのうちの一匹がさっきまでキツネがいた場所に鼻先を突っ込んだ。犬はカールのにおいに気づかなかった。

キツネとキツネの小便に救われたのだ！　犬はそのままハンターのところに戻っていった。キツネに咬まれたハンターは数メートル先の地面で痙攣しながら、のたうちまわって叫んでいる。仲間が傷の処置をしていた。布を裂き、包帯をして、抱き上げた。

「ナイス・ショット」トーステン・フローリンはそう言って、手入れの行き届いたナイフとキツネの尻尾を手にしたプラムを出迎えた。そして、他のメンバーに向き直ると言った。

「みなさん、残念ですが、今日のところはこれで。サクセンホルトを早く病院に連れていかないとご心配でしょう。勢子を呼んで、運ばせます。念のために狂犬病のワクチンを打っておきましょう。何が起こるかわかりませんからね。それよりも、指で動脈を押さえておくように。いいですね？　そうしないと、彼は命を落とすかもしれません」

フローリンが木立に向かって何か叫ぶと、黒人の男たちが現われた。フローリンはそのうちの四人をハンターたちといっしょに送り出し、あとの四人に残るように命じた。そのうちのふたりはフローリンと同じような細い猟銃を持っていた。

ハンター一行がうめき声をあげている若者とともに姿を消すと、三人組と黒人は集まった。

「いいか、あまり時間はない」フローリンは言った。「あの警官を、絶対に甘く見るな」

「やつを見つけたらどうするんだ」ウルレクがきいた。

「キツネだと思え！」


カールは長い間、聞き耳を立てていたが、ようやく男たちが森の奥に散っていくのを確認した。ということは、ほかの黒人たちが仕事を片付けに戻ってこないかぎり、屋敷の中庭に向かう道には誰もいないということだ。

今だ、走れ。カールは立ち上がった。頭をのけぞらせてテープのすき間から前を見ながら、鬱蒼とした藪の中を走った。

ガラスのホールにナイフがあるかもしれない。それで粘着テープを切れるかもしれない。アサドは生きているかもしれない。藪に引っかかって動けなくなりながら、傷口から血を流し続けながら、その思いがカールの頭を何度もよぎった。

カールは寒気を感じていた。背中で手が震えていた。いったいどれだけの血を失ったのだろう。

そのとき、複数のジープがアクセルを踏んで、走り去っていく音がした。あともう少しのはずだ。

だが、考える間もなく、一本の矢が低いうなり声をあげてカールの頭すれすれに飛んできた。空気の流れを肌に感じるほどだった。矢はカールの目の前の木の幹に深く突き刺さっていた。こんなものを撃ち込まれたら、おそらく誰も引き抜くことはできないだろう。

カールは後ろを振り返ったが、何も見えなかった。どこにいる？　そのとき、また矢の音がしたかと思うと、すぐ横の木の皮が裂けた。

勢子の声が大きくなってきた。**走れ、走れ、走れ**。頭の中でカールは叫んだ。**転ぶな。茂みに隠れろ、よし、次の茂みだ。射線内に入るな。どこか隠れるところはないか？　どこにもないのか？**

これではすぐに捕まってしまう。捕まったら、やつらは簡単に殺すようなことはしない。まずはスリルを味わうのが、あのブタどもの流儀だ。

心臓が痛いほど胸を打っていた。

カールは小川を飛び越えた。ぬかるみに靴をとられた。靴底が鉛のように重く、脚が思うように動かなかった。**走れ、走れ、走れ！**

そばに間伐地があるような気配がした。おそらくアサドといっしょに侵入してきた場所だ。小川はカールの後ろだ。では、右に行かなくてはならない。ここからもうそんなに遠くはないはずだ。

今度の矢はかなりはずれて飛んで行った。気がつくと、カールは中庭に立っていた。たったひとりで、心臓を激しく打ち鳴らして。ガラスのホールから十メートルも離れていなかった。

ホールに向かおうとしたとき、次の矢がかたわらの地面に突き刺さった。矢がはずれたのは偶然ではなかった。動くなと言っているのだ。動けば、次の矢が飛んでくる。

カールは抵抗をやめた。立ち止まって、視線を地面に落とし、彼らを待った。こんな美しい石畳の中庭が、カールを生け贄として捧げる祭壇になるのだろうか。

カールは深呼吸をひとつして、後ろを振り向いた。そこに立ってカールを見つめていたのは三人組と四人の勢子だけではなかった。大きな目をした黒人の子どもも何人かいた。

「おまえたちは行っていい」トーステン・フローリンが命令すると、黒人たちは子どもを追い立てて中庭を出て行った。

残ったのは、カールと汗まみれでほくそ笑んでいる三人の男。ディトリウ・プラムのクロスボウにキツネの尻尾がぶら下がっていた。

狩りは終わった。

42

彼らはカールをこづいてガラスのホールまで追い立てた。

粘着テープのすき間から、人工の光が目を突き刺してくる。カールは床に目を落とした。この光の中でアサドの亡骸は絶対に見たくなかった。ハイエナが人間をどんな姿に変えてしまうか、絶対に知りたくなかった。

もうたくさんだった。これ以上何も見たくなかった。やつらのしたいようにすればいい。だが、やつらがやっているところは見たくない。

突然、ひとりが笑い声をあげた。腹の底からわき出るような笑いが、他のふたりにも伝染した。不愉快な合唱が、粘着テープに覆われたカールの目を本能的につむらせた。

人の死や不幸を目の前にしてどうして笑えるのだろう？　どこまで頭の中が病んでいれば、面白がれるのだろう？　どうしてこの連中はここまでゆがんでしまったのだろう？

そのとき、アラビア語でののしる声が聞こえた。喉の奥から発せられる不快な音だった。だが、このときばかりは、その音はカールに言葉で表現できないほどの喜びをもたらした。カールはすぐに頭を上げた。

最初はどこから聞こえてくるのかわからなかった。大きな檻が見え、ハイエナも見えた。ハイエナは腹を立てながらこっちの様子をうかがっていた。頭を反らせて、ようやくアサドを見つけた。檻の天井にサルのようにしがみついている。目はいきり立ち、腕と脚にけがをしていた。

このとき初めてハイエナが足を引きずっていることに気づいた。後ろ足にけがをしているらしい。一歩踏み出すごとに、哀れな鳴き声をあげている。三人の笑い声がにわかにやんだ。

「ざまあみろ」アサドが上から叫んでいる。

カールは粘着テープの下で笑いそうになった。やっぱりこの男は頼りになる。

「いつかおまえは下に落ちる。そのときはおまえの最後だ」トーステン・フローリンは低い声で言った。彼は、自分の動物園の自慢の一頭を傷つけられたことに激しい憤りを感じていた。だが、トーステンは正しい。アサドはいつまでもぶら下がってはいられない。

「いや、それはどうかな」ディトリウ・プラムの声だ。「そこにしがみついてるオランウータンはライト級じゃないからな。ハイエナの真上に落ちたら、ハイエナも攻撃できないかもな」

「くそっ！　役立たずのハイエナだ。なんのために生まれてきたんだ」トーステンは目に見えて興奮してきた。

「じゃあ、こいつらをどうするんだ？」ウルレク・デュブル・イェンスンも話に加わったが、他のふたりよりずっと頼りない声だった。さっきの興奮は治まってきたようだ。おとなしくなっている。コカインを吸引したあとではよくあることだった。

カールはウルレクのほうを向いた。口がきけたら、逃がしてくれと言っただろう。ふたりを殺すことは危険だ、まったく無意味だと。もし、明日、カールもアサドもオフィスに姿を見せなかったら、ローセがあらゆる手段を講じるはずだ。ただちにこのトーステンの屋敷に捜索の手が入り、何か発見される。とっとと地球の反対側に逃げて、死ぬまで隠れていろ。それがおまえらに残された唯一のチャンスだ。

だが、口に粘着テープを貼られていては何も言えなかった。いずれにせよ、三人は誘いにのってこないだろう。トーステン・フローリンは自分の犯行の痕跡を消すためなら、なんでもやりかねない。すべてを焼き払うことにしたら、もうおしまいだ。カールにはわかっていた。

「別の檻に入れよう。それでどうなるか、とくと拝見だ」トーステンは平然と言ってのけた。

「今晩、様子を見にきて、まだ片づいてなきゃ、また他の動物を使えばいい。動物ならいくらでもいるんだ」

カールは突然原始人のような叫び声をあげて、暴れ始めた。闘わずに降伏するなんてことはもうごめんだ。絶対にいやだ。

「おい、おい、どうした、カール・マーク。何が気に入らない？」

ディトリウ・プラムがカールの足蹴りをものともせず、そばに寄ってきた。そして、クロスボウを構え、カールに見えるように、まっすぐ目を狙った。

「動くんじゃない！」ディトリウが命じた。

カールは一瞬チャンスをうかがったものの、抵抗をあきらめた。ディトリウは空いたほうの手でカールの目に巻かれた粘着テープをつかむと、一気にはがした。

まぶたがもぎ取られたかと思った瞬間、眼球が自由になった。網膜が光を浴び、しばらく何も見えなくなった。

やがて三人の姿が見えてきた。カールを抱擁するかのように腕を広げ、彼らの目はここがおまえの最後のリングだと言っていた。

そんなことはわかっている。大量の出血で衰弱しきってもいる。それでも、カールは再び抵抗を始めた。

すると突然、カールの目の前の床に影が通り過ぎた。トーステンもそれに気づいた。ホールの反対側でガタガタ音がしている。それは何度も聞こえてきた。今度は猫がかすめるように前を通り過ぎて、日の光に向かって出ていった。猫の次はアライグマとシロテンが通り、ガラスの屋根の鉄の梁のまわりで鳥が舞っていた。

「くそっ、どういうことだ？」トーステンが叫んだ。ウルレク・デュブル・イェンスンは腹の垂れた豚が短い脚で通路を駆け抜け、檻のまわりを走り回っているのを目で追っていた。ディトリウ・プラムは、周囲をうかがいながら床に落ちたクロスボウを拾おうとしていた。

カールは後ろに下がった。ホールの奥からガタガタという音が相変わらず聞こえている。動物たちのざわめきがどんどん大きくなっていった。早足で歩く音、さまざまな動物の鳴き声、鳥のはばたく音。

アサドが檻の中で笑っていた。三人は罵詈雑言を吐いていた。

突然、彼女は現われた。ジーンズの裾をソックスに押し込み、片手に拳銃を持ち、もう片方の手に一片の冷凍肉を持っていた。

細い体にショルダーバッグをかけている。きれいな女だった。表情は安らぎに満ち、目は輝いていた。

三人の男は彼女をひと目見るなり言葉を失い、歩き回っている動物のことも完全に忘れて、体が麻痺したように立ち尽くしていた。どうやら彼らを震撼させているのは、拳銃でも、彼女の姿でもないらしい。彼女がそこに立っている理由——報復だった。

「しばらくね」女は言って、ひとりずつに向かってうなずいてみせた。「それを捨てなさい、ディトリウ」彼女はクロスボウを指し示した。そして、彼らに一歩下がるように合図した。

「キミー！」ウルレク・デュブル・イェンスンが言った。声に不安と好意が表われていた。好意のほうが上回っていたかもしれない。

キミーは二匹のカワウソがトーステンの脚にまとわりつき、においを嗅いで、外に逃げていったのを見て微笑んだ。

「今日で私たちはみんな自由の身になる。すばらしい日だと思わない？」

「そこのあなた」キミーはカール・マークを見た。「その革のループをこっちに蹴って」キミーが指し示したのは、ハイエナの檻の下に半分入り込んだ革ひもだった。「こっちにおいで、おちびちゃん」キミーは檻の中で苦しそうに息をしているハイエナにささやいた。その間も、三人の男から一秒たりとも目を離さなかった。「こっちにおいで、美味しいものをあげる」

キミーは鉄格子のあいだから肉を押し込み、肉のそばに革ひもで作った罠をそっと置くと、ハイエナの空腹が不安に勝る瞬間を待った。大勢の人間と沈黙がハイエナの頭を混乱させたのだろう。ハイエナはついに肉に近づいていき、咬みつくと同時に罠に足をとられた。するとそのとき、ディトリウ・プラムが出口に向かって走りだし、他のふたりが怒声を浴びせた。キミーは銃口を上げ、ディトリウを撃った。ディトリウ・プラムは石の床に頭から倒れて、のたうちまわっていた。その間に、キミーはいきり立ったハイエナを捕らえた革ひもを檻の格子に結びつけた。

「立って、ディトリウ」キミーは静かに言い、それができないとわかると、あとのふたりに手を貸すように命じた。カールは、これほど効果的に逃亡者が狙い撃ちされたのを見たことがなかった。坐骨がきれいに撃ち抜かれている。

ディトリウは真っ青だったが、声は出さなかった。三人とキミーのあいだには決して声を出してはならないという取り決めがあるかのようだった。

「檻を開けて、トーステン」キミーは頭上のアサドを見やった。「中央駅で私を見ていたひとね？　さあ、降りてくるといいわ」

「アッラーに栄えあれ！」アサドはそう言いながら、格子から足を引き抜いた。しかし、下に降りたときには、立つことも歩くこともできなかった。手足は完全にしびれ、しがみついていられたのが不思議なくらいだった。

「彼を外に出して、トーステン」キミーはそう言うと、アサドが檻の前の床に横たわるまで、トーステンの動きを目で追った。

「さあ、次はあんたたちが中に入って」キミーは三人に静かに言い渡した。

「ちょっと待ってくれ、キミー。俺は見逃してくれよ」ウルレクが小さな声で言った。「俺はおまえに何もしてないじゃないか、キミー。わかってるだろう？」

なんて情けないやつ。だが、キミーは答えなかった。

「さっさとして」ただそう言った。

「おまえは俺たちをまったく同時に殺せるんだろうな」トーステンはそう言って、ディトリウが中に入るのに手を貸した。「いいか、一秒たりとも間をあけるな。そうでないと俺たちは耐えられない」

「わかってるわ、トーステン」

ディトリウ・プラムとトーステン・フローリンが口をつぐむと、臆面もなく命乞いをしていたウルレク・デュブル・イェンスンが言った。「あいつは俺たちを殺すって言ってるんだぞ。わかってるのか？」

檻の扉を閉じると、キミーは笑みを浮かべて、拳銃をホールの隅に投げつけた。

金属が金属に衝突する音がはっきりと聞こえてきた。

カールは脚をマッサージしているアサドを見た。手から血が流れていたが、アサドはまた笑顔になっていた。カールの心の重石がすっと軽くなった。

そのとき、檻の中の三人が再び抵抗を始めた。

「おい、そこのおまえ、さっさとなんとかしろよ」ディトリウがアサドに向かって叫んだ。

「あいつがおまえらに手を出さないと思ったら大間違いだぞ！」トーステンがけしかけた。

だが、キミーは一ミリたりとも動かなかった。そこに立ったまま、とっくの昔に忘れていた古い映画を観るように、彼らを眺めていた。

キミーはカールに近づいてくると、口から粘着テープをはぎ取った。「あなたが誰だか知ってるわ」キミーは言った。それだけだった。

「俺もだ」カールは返した。カールは初めて呼吸をするみたいに、二、三回深く息を吸った。

ふたりのやりとりが三人組を黙らせた。

しばらくして、トーステン・フローリンが格子に体を寄せてきた。

「今、おまえら警官がなんとかしないと、五分後にここで息を吸ってるのはあいつだけになっちまうぞ。まったく頭の回転の鈍いやつらだな」

トーステンはカールとアサドの目を見て言った。「キミーは俺たちとは違う。あいつは殺すが、俺たちは殺さない。確かに俺たちは人を襲って、失神するまで殴った。だが、殺したことは一度もない。そこまでやったのはキミーだけだ」

カールは笑って、頭を振った。いかにもトーステン・フローリンのような生き残ってきたやつが言いそうなことだ。彼らにとって危機は成功の序曲にほかならない。どんな手段を使ってでも乗り越えようとする。大鎌をかまえてドアの真ん前に立って見張っていないかぎり、こういう連中は何度でも出てきて襲いかかってくる。トーステン・フローリンはあらゆる手段を使って、なんのためらいもなしに闘いを続けるだろう。アサドをハイエナの餌として投げ込んだみたいに。

カールはキミーを見た。カールの動きを封じ込めようとしたみたいに。

笑顔は予想していたが、これほど至福に満ちていて、それでいながら冷たくゆがんだ顔を目にするとは思わなかった。忘我の境で何かに耳をすましているようだった。

「そうやってキミーをよく見てみろ。感動したか？　あの腫れた指を見てみろ。だが、彼女がちょっとでも泣いてるか？　キミーは何を失っても泣かない。彼女にとってはなんでもないことなんだ。俺たちの死でさえな」肉食獣の檻の中でディトリウ・プラムがそういった。ディトリウは檻の床に横たわって尻のむごたらしい傷に拳を押し当てている。

このグループが始めた数々の犯行の様子がカールの心の目に浮かんだ。トーステンが言っていることは、まるっきりのでたらめでもないのだろうか？　それとも、ただの悪あがきだろうか？

トーステンが再び語り始めた。トーステンはとっくに王様でも、指揮者でもなくなっていた。ただのトーステンだった。「俺たちはクレスチャン・ヴォルフの命令で外に繰り出した。

クレスチャンの命令で獲物を選んだ。そして、その獲物をみんなで飽きるまで殴り続けたんだ。その間ずっと、この悪魔に魂を売った女はそばで立って見ながら、自分の番が回ってくるのを待っていた。もちろん、暴行に加わることもあった」トーステンは中断し、すべて目の前に見えているかのようにうなずいた。「だが、殺すのはいつもキミーだった。嘘じゃない。ただし、クレスチャンがキミーが付き合っていたコーオといざこざを起こしたときだけは別だったがな。それ以外はいつもキミーが殺していた。俺たちはただあいつのために道を開いてやっただけさ。キミーは人殺しだ。あいつだけが殺していた。あいつが望んでやったことだ」

「くそっ」ウルレク・デュブル・イェンスンが嘆いた。「頼むから、なんとかしてくれよ。まだわからないのか？　トーステンの言ってることは本当だ」

カールは、あたりの景色も自分の気分もゆっくりとバランスを失って傾いていくような気がしていた。そのとき、キミーがスローモーションでショルダーバッグを開けるのが見えた。しかし、衰弱した体で、おまけに縛られていては何もできなかった。男たちが息を止めるのが見えた。アサドが驚いて、なんとか立ち上がろうとしていた。

キミーはバッグの中から手榴弾を取り出し、安全装置に手をかけると、ピンを引き抜いた。

「あんたは何もしてないのにね」キミーはハイエナの目を見た。「でも、その足じゃ生きられない。わかるわね」

キミーは檻の中でなんとか助けてくれと哀願するウルレク・デュブル・イェンスンを尻目

に、カールとアサドのほうを向いた。

「死にたくなかったら、後ろに下がりなさい。今すぐ！」キミーは言った。

手を縛られていては他にどうしようもなかった。カールは狂ったように心臓が打つのを感じながら後ろに下がった。アサドも腹ばいで懸命に進んだ。

カールとアサドが充分な距離をとると、キミーは手榴弾をなんのためらいもなく檻の中に投げ込んで、走り出した。トーステン・フローリンがあわてて手榴弾をつかんで檻の外に押し出そうとしたが、そのときにはすでにホールは爆発によって地獄と化していた。

爆風がカールとアサドを吹き飛ばし、その上に小さな檻を積んだ山が轟音とともに崩れ落ちてきたおかげで、ふたりは天井から降り注いできたガラスの破片から身を守ることができた。

粉塵がおさまると、うろたえた動物たちのわめき声だけが聞こえてきた。そのとき、檻の底や曲がった格子をかき分けて伸びてきたアサドの手がカールの脚に触れた。

アサドはカールを引っぱり出し、無事であることを確認すると、手首の粘着テープをはがした。

ふたりの目に恐ろしい光景が映った。ハイエナの檻があった場所には鉄と死体の一部が散乱していた。三人の男がそこにいたことを示すものはほとんど残っていなかった。

警官になってからの長い年月、多くのものを目にしてきたカールも、こんな光景は見たことがなかった。鑑識と犯行現場に到着するころには、血は乾き始めているのが普通だからだ。

だが、ここはまだ生死の境が見えている。

「彼女はどこだ？」

「わかりません」アサドは答え、カールを立たせた。「この中のどこかに倒れているかもしれませんね」

「来い、ここを出よう」カールは言った。中庭でキミーがふたりを待っていた。髪はもつれてほこりにまみれ、目には果てしない悲しみをたたえていた。

カールは黒人たちに引き上げるように言った。もう大丈夫だから、動物の面倒を見て、火を消すように、と言った。女たちは子どもを連れて去って行った。男たちは壊れたガラスの屋根から立ちのぼる煙をしばらく途方に暮れて見ていたが、ひとりが何か叫ぶと、にわかに動き始めた。

キミーはアサドとカールと連れだって歩き始めた。ほとんど口をきかず、森を抜けて線路に通じる道を案内した。

「私のことはまかせるわ」キミーは言った。「自分の罪はわかってるつもりよ。駅に行ったら、バッグがあるの。その中にすべてを書き記したものが入ってる。私が覚えていることはすべてそこに書いてあるわ」

カールはなんとかキミーの速度に合わせて歩いた。キミーの実家で箱を見つけたことを話し、長いあいだ生死がわからなかった大勢の人々のことがこれではっきりするだろうと言った。

カールが犠牲者とその家族の苦しみ、家族を失った人々の悲しみを語っているあいだ、キミーはじっと黙っていた。カールの言葉は彼女の耳には届いていないように思えた。彼女のような人間は刑務所の中では長く生きられないだろう、とカールは思った。


線路に出るとプラットホームまでは百メートルほどだった。定規で線を引くように、線路が森を切断していた。

「バッグはあっちよ」キミーは言って、線路のそばの茂みのほうに向かった。

「待って。私が取りに行きます」アサドが呼び止め、キミーの前に出た。

アサドは亜麻布のバッグをつかむと、腕にかけてホームまで最後の二十メートルを歩いた。

ホームに着くと、アサドはキミーの抗議をよそに、バッグのファスナーを開け、逆さまにして揺すった。すると、本当にノートが落ちてきた。ぎっしりと書き込まれたページには、カールがざっと目を通したところ、襲撃の内容が正確な日付と場所とともに書かれていた。

アサドが小さな亜麻布の包みを手に取って、ひもをほどくと、キミーは呼吸を荒げて、両手で口を覆った。

アサドは額に深いしわを寄せて、中から出てきたものを見ていた。

それはとても小さな人間のミイラだった。眼窩は空洞で、髪は黒く、指は広がったまま硬直し、もろくなった胴体を人形の服が覆っていた。

カールはキミーがアサドの手から包みを奪い取って抱きしめるのをぼんやりと見ていた。

「小さなミレ、大好きなミレ。これで何もかもうまくいくわ。ママはここにいるからね、二度とひとりにしないからね」キミーの顔が涙で濡れていた。「これからはずっといっしょよ。きっと小さなクマちゃんももらえるわ。一日中いっしょに遊ぼうね」

カールは自分がまだ一度も感じたことのない連帯感を目の当たりにしていた。それは生まれたばかりのわが子を最初に腕に抱いたときに襲ってくるものだと聞いている。ときおり、そんな気持ちを味わってみたいと思う。自分の中にぽっかり穴が空いているように感じるときがある。

カールはキミーを見ているうちに、むなしさに打ちのめされていった。そして、キミーを理解する立場に変わっていった。力が入らない手でなんとか胸ポケットから小さなお守りを取り出した——キミーの箱に入っていたテディベアを。

キミーは何も言わなかった。体が麻痺したようにそこに立って、テディベアを見ていた。顔に笑いと涙が交互に表われた。

キミーの横で、アサドは身動きひとつせず、額にしわを寄せて立っていた。警戒心は解かれ、途方に暮れていた。

キミーはテディベアをそっと手にとった。ぬいぐるみをその手に感じた瞬間、憑《つ》きものが落ちたように見えた。そして、深く息を吸って、頭をのけぞらせた。

カールは湿った目をこすり、視線をそらした。二、三人の客がホームで列車を待っていた。

その先にカールの公用車が停まっていて、反対方向から列車の音が聞こえてきた。

再びキミーに目をやると、キミーは静かに呼吸をしながら、子どもとテディベアを抱きしめていた。

「さあ」キミーはそう言って、ため息をひとつついた。十年分の結び目が解けたようなため息だった。「もう声は完全にやんだわ」キミーは笑いながら泣いていた。「声がやんだ。もう消えた」もう一度繰り返すと、天を仰いだ。その姿は大きな安らぎを放っていた。

「ミレ、もう私たちふたりだけよ」キミーは子どもを抱いたままくるくる回って踊った。飛び跳ねるように踊った。

列車が十メートル先までやって来たとき、カールはキミーの足がホームのへりに飛び出すのを目にした。

アサドの警告が耳に届いたとき、カールはちょうど視線を上げて、キミーの目をまっすぐ見ていたところだった——感謝と魂の安らぎに満ちたまなざしを。

「私たちふたりだけよ、愛してるわ、私の小さな娘」そう言って、キミーは腕を横に差し出した。

数秒後、もうキミーはいなかった。

耳をつんざく列車のブレーキ音だけが聞こえた。

エピローグ

黄昏《たそがれ》が青い回転灯とサイレンの音に引き裂かれていった。たくさんの警察と消防隊の車が、踏切と、別荘に続く街道にとまっている。あっちにもこっちにも〝警察〟という文字と救急車が見えている。記者、カメラマン、救助ボランティア、そして野次馬の群れが現場をとり囲んでいた。線路の上では警察の鑑識と救助隊が互いを押し分けて前に行こうとして、邪魔しあっていた。

カールはまだめまいを感じていた。肩のけがの出血は救急隊員の処置で止まった。ただ、体の奥深く、心臓のあたりに、まだ血を流し続けている傷があるようだった。喉のかたまりもいっこうに小さくなる気配がなかった。

カールはドゥーウモーセ駅の待合所のベンチに座って、キミーのノートのページを繰っていた。グループの犯行が詳細に書かれていた。それは容赦ないありのままの告白だった。ラアヴィーの兄妹殺人事件はまったくの偶然による犯行だった。少年は殴り殺されたあとで、服を脱がされていた。死後に屈辱を与えられただけだった。指を切断された双子の兄弟。海で消えたドイツ人夫婦。コーオ・ブルーノとカイル・バセット。動物と人間への虐待が何度も繰り返されていた。そこにすべてが書かれていた。殺したのはキミーだった。方法はさまざまだが、キミーは死に至ることをわかってやっていたようだった。カールはこんなことをやった人間が自分とアサドを救い、そして、今は子どもとともにそこの列車の下に横たわっていることが、どうしても理解できなかった。

カールはタバコに火をつけて、最後のページを読んだ。そこには悔恨の念が綴られていた。オールベクではなく、ティーネに対してだった。キミーはしかたなくティーネに大量の薬物を与えた。言葉の裏にティーネに対する思いやりが隠れていた。それはほかの恐ろしい犯行の描写にはまったくないものだった。〝さようなら〟とか、〝ティーネの最後の至福のトリップ〟とか、生前の親しさをうかがわせる言葉が書かれていた。

このノートはマスコミの暴走を招くだろう。そして、あの三人組の連帯責任が世に知れたら、株価は急落するにちがいない。

「このノートを持って帰ったら、すぐにコピーを取ってくれ、アサド」

アサドはうなずいた。長くはかからないが、しばらくは忙しくなる。被告人がひとりしか残っておらず、それもすでに刑務所に入っているとなれば、何よりも重要なのは不幸な家族に事件の真相を伝えることだ。プラム、デュブル・イェンスン、フローリンの遺産から支払われることになるであろう賠償金が莫大な額になることは確実だ。そして、それはきちんと配分されなければならない。

た。カールはアサドを抱きしめた。危機心理学のカウンセラーがカールの番が来たことを告げた。カールは首を横に振った。

いざとなれば、カールにはお抱えのカウンセラーがいる。

「俺はこれからロスキレに行ってくる。おまえは鑑識といっしょに署に戻るか？　また明日会おう、アサド。全部それからにしよう、いいな？」

アサドは再びうなずいた。アサドの頭の中はもう整理がついているようだった。

ふたりのあいだに、わだかまりはなかった。


ロスキレのファサン通りにあるその家は、明かりがついていないようだった。ブラインドは下ろされ、静まりかえっていた。カーラジオから、アイルストロプの劇的な事件のニュースと、街の中心部で連続していたごみコンテナ死体遺棄事件の容疑者逮捕のニュースが流れてきた。容疑者は歯科医で、ストーア・キアゲ通りのニコライ広場で、私服の婦人警官を襲おうとしたところを逮捕されたという。いったい何を考えていたんだろう？

カールは時計を見て、もう一度明かりの消えた家を見た。老人は早く寝るとはいえ、まだ七時半だ。

カールは〝イェンス・アーノル＆ユヴェッテ・ラースン、そしてマータ・ヤーアンスン〟と書かれた表札を確かめると、呼び鈴を押した。

呼び鈴にまだ指がかかっているあいだに、痩せた女性が扉を開けた。

「どなたです？」女性は眠くてたまらない様子で、カールを困惑した目で見つめると、寒そうにガウンの前をかき合わせた。

「申し訳ありません、ラースンさん。カール・マークです。以前こちらに寄せていただいた警官です。覚えていらっしゃいませんか」

ラースン夫人は微笑んだ。「あらまあ、そうだわ。今、思い出しました」

「いいお知らせがあるんです。マータ・ヤーアンスンさんに直接お伝えしたくてうかがいました。お子さんを殺害した犯人を見つけました。正義はなされたと言っていいと思います」

「まあ」ラースン夫人は胸に手を当てた。「それは残念」そう言って再び浮かべた笑みは、さっきとは違っていた。悲しげなだけでなく、すまなそうでもあった。

「お電話を差し上げるべきでした。本当に申し訳ないことをしました。こんな遠くまでいらしていただくことはなかったのに。マータは亡くなったんですよ。あなたがここに来られた日の夜に。いいえ、あなたのせいじゃありませんよ。マータはもう力尽きてしまったんです」

ラースン夫人はカールの手の上に自分の手を重ねた。「でも、ありがとう。マータはきっと喜んでいますよ」


カールは長いあいだ、車の中に座ってロスキレ・フィヨルドを眺めていた。黒い水面に街の明かりが映っている。状況が違っていたら、安らぎに満たされていたことだろう。だが、今夜はそうはいかなかった。

事は時機を逃さず果たせ、という言葉が頭の中をめぐっていた。時間があるように見えても、突然、間に合わなくなってしまうこともあるのだ。あと数週間早ければ、マータ・ヤーアンスンはわが子を殺した犯人が死んだことを胸に刻んで旅立つことができた。母親に最後の安らぎを与えることができた。そして、それができていたら、カールも大きな安らぎを得ることができていた。

事は時機を逃さず果たせ。

カールは時計を見て、携帯電話を取りだした。しばらくためらっていたが、番号を入力した。

「脊椎損傷専門病院です」声の後ろから、テレビの音が聞こえていた。「アイルストロプ」、「ドゥーウホルト」、「ドゥーウモーセ」、「プラットホーム」といった言葉が聞き取れた。どこも同じだった。

「カール・マークといいます。ハーディ・ヘニングスンの友人です。すみませんが、ハーディに明日会いに行くと伝えてくれませんか」

「ええ、喜んで。でも、今はあいにくお休みになっています」

「じゃあ、起きたらすぐに、いちばんに伝えてください」

カールは唇を嚙んで、再び水面に目をやった。これほど大きな決断をするのは生まれて初めてだった。

迷いがナイフのようにみぞおちを突き刺している。

カールはひとつ深呼吸をすると、次の番号を入力した。永遠に思えた時間がたち、モーナ・イプスンの声が聞こえた。

「やあ、モーナ。カールだ。先日はすまなかった」

「いいのよ、忘れてちょうだい」心から言っているようだった。「今日のこと聞いたわ、カール。どのチャンネルでも伝えているし、映像もたくさん流れてる。今、どこにいるの？ 重傷だと聞いたけど」

「車の中からロスキレ・フィヨルドを眺めている」

モーナは黙った。おそらくカールの危機の程度を測ろうとしているのだろう。

「大丈夫？」モーナはきいた。

「いいや、大丈夫とは言えない」

「すぐに行くわ。そこにじっとしてて、カール。そこから動かないで。海を眺めて、おとなしくしていて。あっという間に着くから。正確な場所を教えてちょうだい、カール」

カールはため息をついた。

「いや、いいんだ」カールはそう言って、短く笑った。「心配しなくていい、俺は大丈夫だ。ただ、君とじっくり話さなくちゃならないことがある。その件について、まだ俺はちゃんと先を見通せてないような気がしてね。うちに来てもらえないだろうか。そうしてもらえると、とても、とても嬉しいんだが」

カールは労をいとわなかった。イェスパには、〈ピッツェリア・ローマ〉から、アレレズの映画館に行って、仕上げに駅でケバブを食べられるだけの小遣いを渡した。ふたりならおつりがくるはずだ。そして、レンタルビデオ店に電話をかけて、モーデンに仕事が終わったら、地下室に直行するように言った。

コーヒーを淹れ、紅茶用の湯を沸かした。ソファーとソファーテーブルの上をきれいさっぱり片付けた。

モーナ・イプスンはソファーのカールの隣に座り、両手を膝に置いていた。

モーナの目はすべてを見ていた。カールの話に耳を傾け、話が中断するたびにうなずいた。カールが話し終えるまで、口を挟まなかった。

「あなたはハーディを自分の家で介護しようと思っていて、それに対して不安を抱いているのね」モーナはそう言って、うなずいた。「どういうことかわかってる、カール？」

カールは自分の動きがすべてスローモーションになっていくのを感じた。永遠に首を横に振り続けている気がした。肺はまるで空気の漏れたふいごのようだった。どういうことかわかってる、カール？　モーナはそうきいた。質問の内容なんてどうでもよかった。カールはただ答えたくなかった。モーナに永遠にそこに座って、その質問を唇にのせていてほしかった。そうすれば、カールは生涯その唇に喜んでキスをするだろう。質問に答えてしまったら、たちまちモーナの香りは思い出となり、モーナのまなざしは現実のものではなくなってしまう。

「いいや、わかっちゃいない」カールはしぶしぶ答えた。

モーナはカールの手に自分の手を重ねた。「あなたはすばらしい人よ」モーナの顔が近づいてきて、互いの息がぶつかった。

なんてすてきなんだ。そう思ったときに、電話が鳴った。モーナが電話に出るようにとうながした。

「ヴィガよ！」まぎれもなく逃げた女房の声だった。「イェスパが電話をしてきて、私のところに引っ越してくるって言うのよ」ヴィガは憤慨していた。さっきまでカールの心を占めていた天にも昇る気持ちは容赦なく駆逐された。

「でも、そんなこと絶対に無理よ、カール。絶対不可能！　話し合いましょう。今、あなたのところに向かってるから。二十分で着くわ。じゃああとでね」

駄目だと言う間もなく、ヴィガは電話を切った。

カールはモーナの魅惑的な目を見て、申し訳なさそうに微笑んだ。

ひと言で言ってしまえば、それがカール・マークの人生だった。

解説

作家　恩田　陸

デンマークと言われると、真っ先に思い浮かぶのは、青花を散らしたロイヤル・コペンハーゲンの食器と、人魚姫の像くらいだ。

アンデルセンの童話はどれをとっても恐ろしく、子供の頃に読んでトラウマとなった「ある母親の物語」をはじめ、人魚姫にしろ、マッチ売りの少女にしろ、よく考えてみるとどれも身体性を伴った童話であることに気付く。端的にいうと、どれも「痛い」物語なのだ。

人魚姫が人間になって初めて陸地を歩いたところの痛みの描写、子供を捜す母親が目や髪を失い、挙句に茨に胸を押し付けてあふれ出した血を捧げる描写、寒さに凍え、手足が痛み感覚のなくなるマッチ売りの少女と、どれも読んでいてあまりにも「痛く」、震え上がったことを思い出す。

さて、デンマークといえばもうひとつ、バイキングという勇猛果敢で恐れられた（「海賊」とも同義語である）荒くれ者のほとんどはここから出たという。いわゆるバイキング料理もデンマーク発祥とのこと（現地では「スモーガスボード」と呼ばれているらしい）。おのおの出かけていって勝手に好きなものをぶんどってくる、というところから連想されたのだろうか。

この『特捜部Q』シリーズの作者、ユッシ・エーズラ・オールスン（北欧の名前は覚えにくい……）の写真を見ると、明らかにバイキング系だ。鎧と剣が似合いそうな荒くれ者の顔である。しかも、映画製作にかかわり、コメディやコミックの研究をしていたと聞いて納得する。このシリーズ、かなり内容が身体的に「痛く」て、かなり劇画チックなのだ。おまけに、ブラックに笑える。

ここまで考えてきて「もしかして」と思うのは、デンマークという国、優雅でおとぎばなしっぽいイメージと裏腹に、かなりの暴力性を内蔵している文化があるのではないかということ。むろん、どこの国でもそうだし童話というものにはすべからく暴力と差別が含まれているが、それを伝統的に認め、矛盾を感じていない国なのではないかという点だ。『特捜部Q』はそんな土壌から出てきた、ある意味寓話的な、おとぎの国の暴力の小説なのである。

おとぎばなしは常に残酷だ。女王の首はちょん切られ、強欲な聖職者は舌を抜かれ目をくりぬかれる。従って、おとぎの国の『特捜部Q』も悪い奴らは容赦しない。犯罪はむごたらしく、それに応酬する復讐も迷いがない。あまりに残虐で胸が悪くなるところもあるのだが、奇妙なことに、そのむごたらしさにある種の爽快感があるのだ。なぜなら、おとぎばなしだし、劇画だから。

登場する人々も、相当にヘンである。

元は優秀な捜査官だったはみだし刑事カールというキャラクター自体は今更珍しくもなんともないが、アシスタントのシリア系移民アサド、更に第二作の今回から加わった女性部下ローセも相当に奇矯な人物である。この奇矯さは第三作でますます明らかになり、「まさか！」と叫びたくなるようなものなのだが、別居中の妻や義理の息子などみんながヘンなので「そういうものか」と思わされてしまう。しかも、それが不愉快ではないどころか、実はかなり楽しい。

最近の警察小説はリアルさを追及した重量級のものが多く（それはそれで好きだし、面白いのであるが）、この『特捜部Q』のおとぎの国の面々には、「こんな奴らいないよ」と思いつつもむしろホッとさせられる。シリーズものの楽しみを久しぶりに思い出させてくれる、なんともアトを引く人々なのだ。

しかも、今どき『特捜部Q』。なんというベタな捜査班名であろうか。『特捜部X』でも『特捜部Z』でもなく、『Q』。そこに人を喰った、著者の劇画的センスを感じる。ここから既に戯画的展開が予想できるが、地下室で迷宮入りした過去の未解決事件の捜査、という設定も怪しく、安楽椅子探偵的な謎解きの気配も漂っている。

この『キジ殺し』は比較的ストレートに全体の構造が最初から明かされているが、第一作『檻の中の女』は凝った構成だったし、第三作『Pからのメッセージ』もなかなか全体図が分からない。過去の事件を掘り起こすセクションという性格上、過去と現在を行き交うストーリーは、それこそ古典的な推理小説を想起させるし、別荘に残されたボードゲームが鍵になるとか、レトロなアイテムをそこここで使っていることから、著者は意外にクラシカルな探偵小説が好きなのではないかと思われる。なにしろ、第三作では、壜の中に入った血文字の手紙が海から引き揚げられる、という、情報化の進んだ現代ではレトロ極まりない発端から始まるのだ。

泥臭く、カラダを張ったおとぎの国の警察小説。懐かしくも新鮮なのが不思議である。

身体性という意味では、主人公カールが「はみだす」原因となった事件で半身不随となった同僚ハーディの存在が効いている。カールが彼に負い目を感じ、第二作で自宅に引き取ることになるハーディは、わずかに感覚の残る腕が復活して自殺することを目標に、絶望の中を生きている。自分の意志で動けない、自殺すらできない。そのアイロニカルな存在は、この劇画的なおとぎの国の物語を現実に繫ぎとめる重要な役を担っている。実際、なかなか全容が明かされないこの奇妙な事件には裏に複雑な事情があるらしく、シリーズ全体に影を落としている。自宅介護には高額な補助金が出るなど、福祉国家デンマークの実態も垣間見えて、そちらの「身体性」も興味深い。

ともあれ、私はこの続きを早く読みたいので、この文庫で初めて『Q』に出会った読者も、一緒に声を揃えて著者と早川書房を急かしていただきたい。よろしく頼みます。

二〇一三年三月

本書は、二〇一一年十一月にハヤカワ・ミステリとして刊行された作品を文庫化したものです。

熊と踊れ（上・下）

Björndansen

アンデシュ・ルースルンド&ステファン・トゥンベリ
ヘレンハルメ美穂&羽根由訳

壮絶な環境で生まれ育ったレオたち三人の兄弟。友人らと手を組み、軍の倉庫から大量の銃を盗み出した彼らは、前代未聞の連続強盗計画を決行する。市警のブロンクス警部は事件解決に執念を燃やすが……。はたして勝つのは兄弟か、警察か。北欧を舞台に〝家族〟と〝暴力〟を描き切った迫真の傑作。解説／深緑野分

ハヤカワ文庫

天国でまた会おう（上・下）

Au revoir la-haut

ピエール・ルメートル
平岡 敦訳

〔ゴンクール賞受賞作〕一九一八年。上官の悪事に気づいた兵士は、戦場に生き埋めにされてしまう。助けに現われたのは、年下の戦友だった。しかし、その行為の代償はあまりに大きかった。何もかも失った若者たちを戦後のパリで待つものとは――？　『その女アレックス』の著者によるサスペンスあふれる傑作長篇

ハヤカワ文庫

解錠師

The Lock Artist

スティーヴ・ハミルトン
越前敏弥訳

〔アメリカ探偵作家クラブ賞最優秀長篇賞／英国推理作家協会賞スティール・ダガー賞受賞作〕ある出来事をきっかけに八歳で言葉を失い、十七歳でプロの錠前破りとなったマイケル。だが彼の運命はひとつの計画を機に急転する。犯罪者の非情な世界に生きる少年の光と影をみずみずしく描き、全世界を感動させた傑作

時の娘

The Daughter of Time
ジョセフィン・テイ
小泉喜美子訳

英国史上最も悪名高い王、リチャード三世——彼は本当に残虐非道を尽した悪人だったのか？ 退屈な入院生活を送るグラント警部はつれづれなるままに歴史書をひもとき、純粋に文献のみからリチャード王の素顔を推理する。安楽椅子探偵ならぬベッド探偵登場！ 探偵小説史上に燦然と輝く歴史ミステリ不朽の名作

ハヤカワ文庫

ロング・グッドバイ

レイモンド・チャンドラー

The Long Goodbye

村上春樹訳

私立探偵フィリップ・マーロウは、億万長者の娘シルヴィアの夫テリー・レノックスと知り合う。あり余る富に囲まれていながら、男はどこか暗い蔭を宿していた。何度か会って杯を重ねるうち、互いに友情を覚えはじめた二人。しかし、やがてレノックスは妻殺しの容疑をかけられ自殺を遂げてしまう。その裏には哀しくも奥深い真相が隠されていた。新時代の『長いお別れ』が文庫で登場

さよなら、愛しい人

Farewell, My Lovely

レイモンド・チャンドラー
村上春樹訳

刑務所から出所したばかりの大男、へら鹿マロイは、八年前に別れた恋人ヴェルマを探しに黒人街の酒場にやってきた。しかしそこで激情に駆られ殺人を犯してしまう。偶然、現場に居合わせた私立探偵のマーロウは、行方をくらましたマロイと女を探して夜の酒場をさまよう。狂おしいほど一途な愛を待ち受ける哀しい結末とは？ 名作『さらば愛しき女よ』を村上春樹が新訳した話題作。

ハヤカワ文庫

HM=Hayakawa Mystery
SF=Science Fiction
JA=Japanese Author
NV=Novel
NF=Nonfiction
FT=Fantasy

特《とく》捜《そう》部《ぶ》Q
—キジ殺《ごろ》し—

〈HM385-2〉

二〇一三年四月十五日　発行
二〇二一年一月十五日　六刷
（定価はカバーに表示してあります）

著者　ユッシ・エーズラ・オールスン
訳者　吉《よし》田《だ》薫《かおる》
　　　福《ふく》原《はら》美《み》穂《ほ》子《こ》
発行者　早川浩
発行所　株式会社　早川書房
郵便番号　一〇一 - 〇〇四六
東京都千代田区神田多町二ノ二
電話　〇三 - 三二五二 - 三一一一
振替　〇〇一六〇 - 三 - 四七七九九
https://www.hayakawa-online.co.jp

乱丁・落丁本は小社制作部宛お送り下さい。
送料小社負担にてお取りかえいたします。

印刷・星野精版印刷株式会社　製本・株式会社明光社
Printed and bound in Japan
ISBN978-4-15-179452-0 C0197

本書は活字が大きく読みやすい〈トールサイズ〉です。